文治
© wénzhì books

更好的阅读

更好的阅读

唐诗可以这样读

欧丽娟的
唐诗公开课

欧丽娟 著

浙江人民出版社

图书在版编目（CIP）数据

浙江省版权局著
作权合同登记章
图字：11-2018-392

唐诗可以这样读：欧丽娟的唐诗公开课 / 欧丽娟著. — 杭州：浙江人民出版社，2018.8（2024.5 重印）

ISBN 978-7-213-08838-4

Ⅰ. ①唐… Ⅱ. ①欧… Ⅲ. ①唐诗－诗歌欣赏 Ⅳ. ① I207.227.42

中国版本图书馆 CIP 数据核字（2018）第 150780 号

原著作名：惊艳唐诗
作　　者：欧丽娟

唐诗可以这样读：欧丽娟的唐诗公开课

TANGSHI KEYI ZHEYANG DU：OULIJUAN DE TANGSHI GONGKAI KE

欧丽娟　著

出版发行　浙江人民出版社（杭州市体育场路 347 号　邮编 310006）
责任编辑　徐　婷
责任校对　姚建国
封面设计　广　岛
电脑制版　顾小固
印　　刷　嘉业印刷（天津）有限公司
开　　本　880 毫米 ×1230 毫米　1/32
印　　张　12.5
插　　页　2
字　　数　280 千字
版　　次　2018 年 8 月第 1 版
印　　次　2024 年 5 月第 5 次印刷
书　　号　ISBN 978-7-213-08838-4
定　　价　58.00 元

卷首语

在历史的断层上，席卷全球的现代思潮呼啸而过，硝烟弥漫。古老的文明有如孤独的琥珀，被封存在透明的松香里，静静等待着基因解码。

唐诗的美，折射着帝国的辉煌与盛衰的沧桑。如今读来，在抑扬顿挫的音乐节奏中，一篇篇镌刻着美化的痛苦、诗意的寂寞、优雅的悲哀，那些是“他人之血”，所以点点滴滴都是浪漫。

但是，既然人与人的距离，有时比起人和类人猿的距离还要远，那么，我们和唐代的距离又该如何丈量？遗忘和误解，远比尊重和了解容易得多。而我们朗朗上口的诗词，是否常常烙印着美丽的误会？

让我们重新溯流而上，在唐诗中辨认独特的文化密码，也萃取永恒的人性奥秘，这是一趟艺术与人生的真、善、美之旅。

推荐序

文艺若缺唐诗，必逊色多矣

余光中（诗人、文学家）

台大中文系的欧丽娟教授在《红楼梦》的研究与网络推广之余，近又深入《唐诗可以这样读》，即将于六月推出其新辟之思路，实在可嘉可贺。唐诗之盛，多则已逾五万首，广则作者遍及社会各阶层，为时则初盛中晚，近三百年，影响中国文艺，则甚至今日之政客亦不免常引其名句以自壮。中国文艺若缺唐诗，必逊色多矣。

欧教授此好，我也同耽，并于近著《太阳点名》之中选入《唐诗神游》二十首，向前贤致敬。例如下面这短短的一首诗：

琤琤琮琮
周郎在座中
要他投来青睐
偶一拂错便可

时时误拂
只恐会引他皱眉
甚至一怒
会不顾
而去

欧教授选了唐朝的六大诗人来分析，我觉得选得都很妥当，只遗憾杜牧未在其列。杜牧也许不能径称大诗人（major poet），但也不是小诗人，应该算是“次要诗人”（minor poet）；李白、杜甫未必写得出《将赴吴兴》《题宣州开元寺》《九日齐山登高》《赤壁》《寄扬州韩绰判官》《赠别二首》《遣怀》《山行》等杰作。其实如果还有篇幅，我也希望能纳入刘禹锡与李贺。

2017 年 3 月　　于高雄

来自各方的惊艳推荐

（按来稿先后排列）

见山又是山

在见到欧丽娟老师本人之前，我早已久慕老师风靡网络的在线课程，而如今课程内容终于集结成《唐诗可以这样读》一书。本书深论六首脍炙人口的唐诗经典作品，但又不仅是普及性的介绍。文献的相互参照，理论的旁征博引，我阅读本书的经验，每段辄有心得，每章皆有启发。

关于陈子昂如何转化齐梁秾丽诗风；杜甫在《月夜》中如何运用宫体与深情两种视角凝视妻子；而“同是天涯沦落人”的白居易《琵琶行》，以及“一首锦瑟解人难”的李商隐《锦瑟》，都理路清晰、派势明朗地被解读了出来。崇高的经典转身就如此可亲易解，却又繁复深刻。我们常说“诗无达诂”，但读欧老师的著作，这些诗境深说浅解到了归结处，我才终于读懂那些字里行间最机括隐晦的密码，见山终而又是山了。

——祁立峰（台湾中兴大学中文系副教授）

对诗人情怀的共鸣

在书桌前翻开《唐诗可以这样读》，勾起了我儿时背诵唐诗、中学时上语文课和初恋等种种回忆，尤其当我看到书内有欧教授针对《锦瑟》的解说时，眼睛为之一亮，那正是青涩岁月极为喜爱的一首诗，最后甚至写成书法作品。我特别喜欢当中对于既定解读的重新考据，过去求学阶段习惯搭配释文一句一句读，多半是翻译式的片面理解，但现在依循着书内的探索轨迹，拓宽了原本的观看层面，让我对《锦瑟》有种豁然开朗之感。

这次有幸为书中介绍的诗文题字，对我而言正好是一个功课。现今抄录诗文并分享在网络平台的风气盛行，但如果我们能体会其意涵后再来写，所写出的不只是字的美感，更是对诗人情怀的共鸣。

——叶晔（《手写美行》作者）

感受诗人的理想抱负、苦恼忧郁与生活情趣

唐朝是中国诗歌的巅峰时期，许多优美的作品至今传诵千年。每每对这些诗朗朗上口之时，脑海中总是寻思，这些诗是怎么被创作出来的？诗人当时的心里到底在想什么？优美的文字背后，

是否隐藏少有人知的意涵？

终于，我们看到了欧丽娟老师的新著《唐诗可以这样读》，为我们回答了这些问题。欧老师选择从初唐到晚唐的六位代表性诗人，引领我们穿越一千四百年，回到唐朝，化身为诗人，从诗人的眼睛看当时的社会环境，从诗人的思想、感受、价值观，客观地解读其作品的真正含义：主张复古的陈子昂实则吸收融入了六朝的绮丽；思乡情切的王维想问却不敢说出口的辛酸；信手拈来的李白字字珠玑参透的是爱不是讽刺；忧国忧民的杜甫在婚姻与爱情中的浪漫情怀；创作巨量的白居易笔下的琵琶女真面目；“晚唐第一人”李商隐所言的美丽与哀愁是多么绝望的叹息。

欧老师引领着我们，与六位诗人走过大唐兴衰，从他们的名作深入感受古人的理想抱负、苦恼忧郁与生活情趣，也再度启蒙我们对生命的感动。

——叶丙成（台湾大学电机系教授）

建构唐诗立体化的观照

唐诗之美在于意象丰沛、情感真挚与文化底蕴深厚。

以往读唐诗，着重诠释意象运用如何营造氛围，借以引发和烘托诗人的诚挚情感，如是方式可使读者充分掌握诗人的文学技巧与诗文的情感内容，借由梳理诗句带领读者玩味唐诗文学美，这是诗的内部纵向直线式阅读。

欧丽娟教授所著《唐诗可以这样读》，严谨梳理诗文，并运用流畅文句陈述个中文学议题、意象原型与情感内涵，书中不仅呈现诗文的意象情感，更联结相关作品、文学原型与文化，以深化读者对唐诗的认识。此书以唐诗为出发点，触及不同面向，有别先前论诗著作的纵向诠释，开展横向面的讨论，两相结合，建构唐诗立体化的观照，开出解诗、读诗的新路径。

原来，读唐诗可以因为有新思路而多彩丰美。

——吴勇宏（台湾宜兰高中语文科老师）

将诗歌中的情感还原，看见真实的人性

长久以来，语文课都承载着“教化”的责任，即使是教最重感情的唐诗，“教师手册”也多从道德角度来解说。所以讲解李白的《清平调词三首》，必须说它有所讽喻；介绍杜甫，必得呈现他的悲天悯人；解说李商隐的《锦瑟》，也一定要寄寓政争的无奈，让我们读起来好沉重！

透过爬梳相关史料与典籍，欧老师将诗歌中的情感还原，带我们看见真实的人性，让我们看见唐玄宗对杨贵妃的爱情，体会杜甫对妻子的款款情意，了解《锦瑟》是李商隐对自我生命的思考——不只是爱国爱家爱民的道德教化。在欧老师的笔下，这些人物重新活了过来——用自己原有的生命方式。

感谢欧丽娟老师，让唐诗的美走出学术殿堂，走进我们的生活，

打动我们的心，也希望它能感动你！

——洪美雀（台湾桃园市立阳明高中语文科老师）

以古见今，回应当代心灵

这是一本颠覆唐诗教学手册的好书。作者选择唐代六位诗人、六首作品，以小见大，有陈子昂熔铸六朝精华的宇宙意识与文学改革，有王维近乡情怯背后的心理防卫机制，还有集天时地利人和的《清平调》组诗背景，每一章节既有古今征引，亦有翻案考证之实。对诗人与诗作的切入，令人耳目一新，如谈杜甫作品的妻子形象与宫体诗笔法，从琵琶女的心曲看白居易的世俗性，以及耽溺于绝望的悲剧人物李商隐。

清晰的问题意识配合完整的知识图像，让唐诗唐人的幽微情思立体显影，并能以古见今，回应当代心灵，郑重推荐！

——徐秋玲（台北市第一女子高级中学语文老师）

它是如此迷人又正向

唐代的诗歌，千年来以异禀灵姿、曼妙文字，在中国古典文学的花园里，始终绽放着最隽永芳醇的迷人气息。唐诗的作者众多，风格各具魅力，内容尤其丰盛，它不仅表现了唐人智慧的结晶，更抚慰了无数被现实生活撞击得满是创伤的心灵。

唐诗穿越了千年时空，吟咏出对生命的热爱与忧伤，对爱情的期盼、哀愁与迷恋，以及忧国忧民、爱家爱乡的情怀。唐诗是如此的锦绣斑斓而缤纷，深远而辽阔，它是中华文化的瑰宝，人类最美丽的诗歌。

十分喜欢台湾大学欧丽娟教授的《唐诗可以这样读》，透过其绝佳妙笔，牵引我们望见独特的宇宙观，感受真正的爱，体会充满生机的人性与文化内涵，从特殊的面向角度重新品味唐诗的美感，启蒙生命的新体验。我愿全力推荐这样的好书给所有爱好文学又等待正向能量的读者。

——陈美儒（台北市立中学语文老师）

自序

在生生不息的生命之链上古今共鸣

天地逆旅、光阴过客，此乃万物的生活本质，只看时间、空间的久暂短长。唯历经几番播迁，在壅塞泛滥的书柜深处，至今犹然矗立着一本小书，《唐诗三百首》。

作为一般古典文学爱好者最常接触的入门书，这本年深日久的《唐诗三百首》却是坊间粗制滥造的消耗品，校对脱误、注解简略，还带有粗暴的画线，加上破损的扉页，总体而言，就是先天来自漫不经心的业者，后天又遇到漫不经心的读者，注定要在世间灰飞烟灭。

但是，我永远记得乍然相遇的当下，翻开扉页后简直光芒万丈，如获至宝。周遭是年节夜晚的爆竹喧阗、笑语盈耳，父执长辈家的门庭内外，同辈的小朋友们都在玩耍嬉闹，我则因为那小小的书架而独留室内，并且从零落的几本书里发现了稀世奇珍，时间霎时定格，于是遗忘了这个世界的热闹与寂静、繁华与荒凉。

当时并不懂什么叫作印制精良、装帧精美，只清楚意识到，在凌乱的画线间、缺角的页面上，分明映现了一个和现实世界截然不同的意境，那些字句虽然看不懂却又迷人至极，宏大、深沉、优雅、精致，和这个白话的世界何其不同！

固然那时还只是入学不数年的孩童，并不知道何谓“文学”，但已经过早地感到真实世界是如此粗糙浅俗，一切都过于直接而有限。只有书本例外，却可惜文字所点燃的光总是在最后一行熄灭，留下莫名的空虚。然而，不断擦亮火柴的小女孩竟在这偶然的不可思议的瞬间，仿佛瞥视到白话世界之外的另一层存在，浓缩的、凝练的、深邃的、华丽的，一种无以名状的无限。甚且合上书本之后并没有消失，继续安顿在心里。

即使后来在成长过程中慢慢读了一些书，于文字里寻求救赎，也明白文学为许多苦闷的心灵提供了一条出路，却又隐隐觉得白话文学之为文学，同样停留在这个世界里，或许多一点美的意象，多一点善的感悟，也多一点真的揭露，仍然是对“这个世界”的咀嚼复制，不是质性的蜕变，一旦所处理的是虚荒谬失的现代乱象，更是不堪入目。可唐诗明白示现：真空并不需要用叛逆的、感官的方式来填补，那只是以其人之道还治彼身，同样落入粗糙庸俗之流，即使包装了艺术。

我们需要美，但更需要正派大气的美；需要艺术，却更需要坚定向上的艺术，这都非建立在求真存善的基础上而不可得。在唐诗的形式锻炼之下，唐代诗人的笔墨也被打磨、淘洗得晶莹剔透，容不下罪恶丑陋的渣滓；在历史的严苛冷峻之下，也过滤、淘汰了欺世盗名的成分，大美、至善、纯真兼容并存，这是最完美的艺术。只要一卷在手，便可以升华，抵抗现实的庸俗粗糙，填补存在的空虚荒寂，甚至碰触到永恒，于是可以真正地呼吸，不再感到窒息。

多年以后，才能明白这就是唐诗不朽的力量，而那力量本身则早已根深蒂固于童稚的心灵，逐渐酝酿成了志业，并且在志业的发展中逐渐意识到，自己想要的并不只是“感动”，尤其不是兴之所至、有感而发，用花团锦簇的感性直觉所渲染出来的感动。在诗的美感中其实存在着无比幽深的未知，这些诗在讲什么？那几首果真此意？如许篇章是否只有这个解释？一旦认真追问，便疑惑陡增，明明字里行间的心魂震荡着，我却只能依稀触摸到几分脉动，无法还原。

幸而随着知识学问的增加与进步，以及人生体验的扩展与深化，蓦然回首，在灯火阑珊中终于多了几分洞明，再度确认唐诗是多么优美而深刻的世界。那不是过去的遗迹，而是现代的预演，因为活着总面临着永恒的课题，生老病死，追求与幻灭，企慕与绝望，尤其是爱与缺憾，我们就在生生不息的生命之链上古今共鸣，秘音交响。

只可惜，一般的爱好者往往只获得浪漫的赏析，以致不乏美丽的误会；那深刻的部分则留在学术的象牙塔里，很少成为推动社会知识进展的动力。文化长江断裂，古典长城崩散，而力图复兴者所捡拾的，会不会只是七宝楼台所拆碎的片段，每一个碎片都光彩闪烁，拼凑起来却面目全非，甚至在折射的时候掺杂了飞舞的尘埃，遮蔽了原貌？

但是，又有什么关系呢？“古木无人径，深山何处钟”，如果一本简陋的《唐诗三百首》可以启迪一个小女孩的心灵，空谷传响，给予堂正崇高的追寻方向，那么，应该也可以相信，总有几颗种子借机发现了阳光从何处照耀过来，进而追踪溯源，探寻光源之所在。那是真正的希望。

《唐诗可以这样读》这本书是“唐诗新思路”的首部曲。很感谢台大图书馆数字学习网工作团队灵心巧思，于 2013 年年底初次制作在线课程时构想出这个题称，精要传达了内容的走向，于是这次便援用进来成为系列名。后续若还有机缘，尚有其他的唐诗主题可以继续开展，但何妨随运任化，行于所当行、止于所不得不止。唐诗永远存在，不废江河万古流，自有渔人溯溪而上，揭探桃花源的奥秘，又何须担忧乏人问津？

是为序。

2017 年 5 月 6 日　于台北

目录

之二　深水静流的智者

盛唐王维的《杂诗》（其二）

之三　穿透人间的诗仙

盛唐李白的《清平调词三首》

之四　博大精深的诗圣

盛唐杜甫的《月夜》

之五 精明世俗的诗魔

中唐白居易的《琵琶行》

之六　哀凄绝望的诗灵

晚唐李商隐的《锦瑟》

楔子

知人论诗，真正的温情与敬意

唐诗可以说是中国诗歌的高峰，傲视古今，其中蕴藏了深厚的文化与人性内涵，也可以说是世界性的文化遗产。

虽然表面上我们并不知道自己就活在这些诗人的庇荫之下，但犹如孟子所言："所过者化，所存者神。"（《孟子·尽心》）过去所经历的已经化掉了、看不到了，但它留下神妙的力量，影响了后来的世界，所以过去仍然永恒地存在着。每一个人、每一个社会都有过去、现在与未来，我们现在奋斗，为了未来而努力，凭借的是过去许多已经化入思想意识里、看不见却真实存在的文化根底，何况那些脍炙人口、触动人心的美丽诗篇，至今依然朗朗上口。

就像宋代李之仪《卜算子》所说的："我住长江头，君住长江尾。日日思君不见君，共饮长江水。"虽然看不见，但却品尝着一样的生命之泉，被一样丰沛深刻的文化所滋养。身在长江尾的我们，可以遥望长江头的无数先人，更可以在溯溪而上的过程中，感受到身心的洗礼。

在文化的长江大河里，涓滴都是智慧的宝藏。不是只有《红楼梦》带领我们领略复杂的人性与存在的酸甜苦辣，何况《红楼梦》之所以如此优美，也来自一千多年前的诗词情韵，小说中把盛唐当作是诗歌艺术的神圣经典，对盛唐诗人推崇备至，又充分吸收了中晚唐独特的残缺美学，形成了一股弥漫于字里行间的悲凉之雾，并且塑造出一个魅力无穷的林黛玉，这些都说明了唐诗的深厚影响力。

可以说，唐代的诗人与名篇早已成为所有华人共同的前世朋友，随着一代又一代的人们永远地活着，伴随着我们成长，一起喜怒哀乐，更成为美感与体验的启蒙者，教我们怎样感受春花秋月，教我们如何面对人生困境，也教我们行走生命之路的种种方式。

一切好诗，到唐已被作完

唐代之所以能够诞生出如许众多的伟大诗人，必然和整个时代环境的深厚博大息息相关。就像巨大的树木必然有整个森林作为支撑一样，如果杜甫诞生在今天，他就很可能不会成为杜甫，而会成为其他的人才。

当然，不可能每个唐朝人都会作诗，而且写诗并不是传统文人的最高目标。很多人以为唐朝人把创作诗歌作为人生的最大价值，以为唐朝人都以身为诗人为荣，这其实是一个很严重的误解。毕竟在以儒家思想为终极信念的传统社会之下，文人的最大人生价值还是经世济民，除非极少数的特殊情况，他们最大的努力方向还是实现政治理想；诗歌则是抒情言志的表达方式，是文字艺术的追求，兼作公共交流的媒介。

杜甫就说得很清楚，“致君尧舜上，再使风俗淳”（《奉赠韦左丞丈二十二韵》），国家社会的群体事业才是这些充满理想的知识分子的终极信念，他们希望可以为尧舜般的圣君奉献心力，实践王道，让社会淳厚、百姓安居乐业；因此直到晚年年老体衰，无能为力的杜甫已经完全放弃出仕做官的道路，还殷殷期盼年轻人可以接棒，薪火相传。所谓："致君尧舜付公等，早据要路思捐躯。"（《暮秋枉裴道州手札，率尔遣兴，寄近呈苏涣侍御》）意思是说，"致君尧舜上，再使风俗淳"的理想就交给你们这些年轻人了，你们要早一点占据重要职位，做大官才能做大事，在职位上想的不是个人名利权势，而是努力为国家、百姓奉献生命。

因此，杜甫的"致君尧舜上，再使风俗淳"就成为王安石最喜欢的诗句，它深深触动了传统知识分子的内心，表达了他们共同的志业与热情。连生性潇洒的李白也不例外，他到了晚年遇到安史之乱时，仍然没有放弃"为君谈笑静胡沙"（《永王东巡歌》）的建功立业、为国效劳的志向。这就可想而知，以为写诗是唐朝人最高的人生追求，实在是很大的误解。

然而，在传统文化之下，诗歌也确实成为文人追求艺术、表现自我的最重要的方式，只要受过教育、能够读书写字的人，大都有读诗的兴趣和写诗的能力，由此形成了中国传统"雅"文化、精英文化的核心之一。可以说，诗歌是唐代文人记录人生的生活日记，也是他们在人际关系中来往沟通的书信，甚至是他们参加科举考试的必要工具，不仅用来抒情言志，也有助于实现理想，所以得到了最大的实验和开拓。古典诗的丰富深刻，便是在这样的情况下形成的，唐诗就是登峰造极的艺术成就。

对于唐诗，明代诗评家胡应麟曾有一番精彩的描述：

甚矣，诗之盛于唐也。其体则三、四、五言，六、七、杂言，乐府、歌行，近体、绝句，靡弗备矣。其格则高卑、远近、浓淡、浅深、巨细、精粗、巧拙、强弱，靡弗具矣。其调则飘逸、浑雄、沉深、博大、绮丽、幽闲、新奇、猥琐，靡弗诣矣。其人则帝王、将相、朝士、布衣、童子、妇人、缁流、羽客，靡弗预矣。（《诗薮·外编》卷三）

意思是，各种体裁、各种风格的诗歌作品，还有各种不同身份的创作者，都使得诗歌的事业无比宏大辽阔，辉煌灿烂。难怪鲁迅说："我以为一切好诗，到唐已被作完，此后倘非能翻出如来掌心之'齐天大圣'，大可不必动手。"[1] 这几句话固然是言过其实，但也表达出唐代诗歌的伟大成就。

在如此炽烈的艺术热忱之下，创作诗歌变成了全民运动，也延续了将近三百年。保留到今天的唐诗一共有大约五万首，由两千二百多位诗人而作，他们来自各个社会阶层，从各个角落里孕育、生长、勃发，互相激荡，也前后相承，他们彼此对话，也互相成就，这才汇集出如此汪洋澎湃的文化大河。也正是在这样庞大的支持体系之下，最卓越的灵魂就会脱颖而出，最伟大的杰作就会横空出世，让艺术更加提升，也带来飞跃的进展，文化的长江大河就随之更加绵延壮大了。

若是把唐诗的特色与宋诗相比，在对照之下，便更能显出其强大的魅力。日本汉学家吉川幸次郎在分析唐、宋诗的特质时便

1 鲁迅，《书信·341220 致杨霁云》，《鲁迅全集》第十三卷，北京：人民文学出版社 2005 年版，第 307 页。

指出，“唐诗显得如火中焚，紧凑而激烈。简言之，在匆匆趋向死亡的人生过程中，诗人作诗只能抓住贵重的瞬间，加以凝视而注入感情，使感情凝聚、喷出、爆发。诗人所凝视的只是对象的顶点”，因而诗歌是凝缩简练的[1]；而宋代诗歌就比较是说理的，偏向抽象哲理的表达，以及直线的呈现，不像唐诗是一个饱满的整体意境，特别耐人寻味，也更必须经过咀嚼玩味，才能体悟出其中的深沉与饱满。

正因为唐诗如此盛大丰美，为了挖掘、阐发唐诗中既美丽又深刻的人性内涵，这本书并不走通俗性的、介绍性的方向，像入门导读一样的蜻蜓点水，也不做感性的赏析，停留在对唐诗有多美的一般说明上，而是要带领大家重新理解那些耳熟能详的诗人，以及脍炙人口的名篇，去挖掘原来所没有看到的，澄清积非成是已久的，探测一直所不知道的。

古人的思想感受和我们很不一样

当然，在看这些一千多年前的诗人和诗歌时，绝不能用望文生义的方式做直觉的理解，尊重历史、设身处地，是我们现代人面对传统文化时必须建立的态度。苏联学者伊·谢·科恩（Igor S. Kon）在《自我论：个人与个人自我意识》中清楚地提醒大家：

> 一知半解者读古代希腊悲剧，天真地以为古代希腊人的思想感受

1 〔日〕吉川幸次郎著，郑清茂译，《宋诗概说》，台北：联经出版公司 1988 年版，第 41 页。

方式和我们完全一样，放心大胆地议论着俄狄浦斯王的良心折磨和“悲剧过失”等等。可是专家们知道，这样做是不行的，古人回答的不是我们的问题，而是自己的问题。专家通过精密分析原文、词源学和语义学来寻找理解这些问题的钥匙。这确实很重要。[1]

这段话中谈到几个重点，首先，现代读者必须注意，不能用自己的思想感受方式来理解古人，在价值观或意识形态悬殊的情况下，古人的许多思想感受和我们是很不一样的；而且我们要尊重别人（尤其是古人），他们所思考、所苦恼、所追求的，是和我们不一样的问题，以为古人也都是在追求平等、自由，都是在渴望婚姻恋爱可以自主，那样是不行的。事实上，古人所面对、所要回答的不是我们的问题，而是他们自己的问题，如果不放掉现代人的价值观或意识框架，就不容易真正了解古人。

其次，除心态上要调整之外，做法上更要多下苦功，不能随兴地用直观的感觉来解释，何况真正的知识永远是千锤百炼才能获得的，所以科恩才会说“专家通过精密分析原文、词源学和语义学来寻找理解这些问题的钥匙”，这当然不是件轻松的事。对于一般人性而言，这段话犹如暮鼓晨钟！

必须说，虽然唐诗是华人世界最重要的文化资产之一，也是最受欢迎的古典文学作品，但其实读者往往爱其美而不知其真，尤其是经过近代历史性的巨大断层之后，现代读者更是常常望文生义，投射了并非其本来面目的不实幻影，美则美矣，却往往是美丽的误

1 〔苏联〕科恩著，佟景韩等译，《自我论：个人与个人自我意识》，北京：三联书店 1987 年版，第 54—55 页。

会。本书将选取最知名的代表性篇章，期望达到以下的目标：

一、厘清文字与内容的谬误，避免一再以讹传讹；

二、还原诗歌的真正含义，示范解读古典文学的应有做法；

三、正确地知人论诗，展现对古人真正的温情与敬意。

我们将从整个唐代，包括初唐、盛唐、中唐、晚唐的诗人中，选出六大诗人，针对他们的名作提出几个问题并给予解答，例如：

陈子昂真的完全反对六朝，以复古为目标吗？继承并且发扬了复古路线的李白，他的人生终极追求究竟是什么？

王维遇到久别的乡亲时，问的为什么是“寒梅著花未”？那是怎样的一种心理状态？

李白的《清平调词三首》是否有讽刺杨贵妃的意思？当时李白眼中所看到的，玄宗与贵妃之间又是怎样的爱情？他们两人是否有不为现代人所知的一面？

既然谈到了婚姻爱情，我们也来看看，杜甫是怎样看待他的妻子的？传统婚姻中是否就不存在着爱情？爱情是否只有我们现代人所以为的样态？《月夜》这首诗会带给我们完全不同的视野，并且让我们清楚地看到，杜甫是怎样地因复杂而丰富，而唐朝的伟大又确确实实应该归功于六朝，长江大河不可能只有一个源头。

接着，我们要重新分析白居易“琵琶女”的新造型，以及白居易在琵琶女身上怎样投射了自己的潜意识。最后，这本书要告诉你，李商隐“此情可待成追忆，只是当时已惘然”真正的意义，我们又是怎样在误会中爱上了这首诗。

五代·董源《洞天山堂》局部，台北『故宫博物院』藏

之一　初唐的新声

陈子昂与《登幽州台歌》

前不見古人，
後不見來者，
念天地之悠悠，
獨愴然而涕下。

国朝盛文章，子昂“始”高蹈

陈子昂是初唐的诗人，对大多数人而言，陈子昂是因为他的《登幽州台歌》而知名；对中文系的人而言，还知道他在唐代诗歌史上的重要性。他是一位复古派大将，反对六朝的形式化走向，不满诗歌被当作一种讲究对偶、声律、用字的文字游戏，而应该是要有寄托、有感而发的生命力的艺术。

确实，南朝的诗坛是以对偶、声律、用字这方面的追求为主要特征，一般认为，六朝尤其是南朝，包括宋、齐、梁、陈这几个时代，是一个讲究对仗工整、声律动听和文字华丽的阶段。但过度强调文字的讲究，就容易忽略对内在感受的抒发。因此甚至有人批评南朝的诗歌表现是形式化的、表面的、唯美的，不是内容的、深刻的；而且南朝的诗歌发展还直接影响到后继的初唐，初唐大约有一百年，出现了上官仪、四杰（王勃、杨炯、卢照邻、骆宾王）、沈宋（沈佺期、宋之问）等诗人，他们属于南朝诗歌发展的直接继承人，形成了初唐诗歌的主流。因此明代陆时雍《诗镜总论》说：“调入初唐，时带六朝锦色。”

但在这样的背景下，出现了一个声嘶力竭的反对者，那就是陈子昂。他觉得文字的讲究不应该反客为主，成为诗人最重要的目标，情感、心灵的表达才是最根本的价值，齐梁的诗人实在是本末倒置，因此以“复古”的理论与一百二十多首诗歌的创作，逆势走出不同的道路。当时虽然无法动摇诗坛，这种主张与努力后来却影响了伟大的诗人李白，一前一后，形成了一种激昂的声势。因此有人把唐诗有别于六朝的旺盛生命力归功于陈子昂，造就了陈子昂在文学史上的重要地位。

例如韩愈的《荐士诗》就说：“齐梁及陈隋，众作等蝉噪。搜春摘花卉，沿袭伤剽盗。国朝盛文章，子昂始高蹈。”总而言之，就是在批评六朝，尤其南朝宋、齐、梁、陈这几个朝代，他认为这些时代的诗人就好像夏天的蝉在聒噪一样，没有什么动听的声音，不过是“搜春摘花卉，沿袭伤剽盗”，只在无关紧要的小地方做文章，流于风花雪月、“争构纤微，竞为雕刻”（语出杨炯《王勃集序》），而且还辗转抄袭没有创意，这就是反对者最常见的批评。然后韩愈说“国朝盛文章，子昂始高蹈”。请注意，“始”这个字，标示了陈子昂最重要的文学史地位，意思是说，他的作品不一定最好，跟后面的复古大将李白相比，事实上是不及的，但是从时间点来讲，他确实是所谓的开风气之先，把文学发展转回正道上，是所谓的时代的先行者、领导者。就这点而言，陈子昂获得了大家的公认。

又如欧阳修、宋祁所编撰的《新唐书》，在《陈子昂传》里也提到：“唐兴，文章承徐庾余风，天下祖尚，子昂始变雅正。”又是这个“始”字，可见陈子昂的历史地位就是在于开创性，而他的开创性就是把南朝徐陵、庾信所带来的影响加以扭转、改变，回归到雅正、汉魏风骨，也就是文学正统！

再如宋代刘克庄《后村诗话》也说："唐初，王杨沈宋擅名，然不脱齐梁之体，独陈拾遗首倡高雅冲淡之音，一扫六代之纤弱。"所谓的"首倡高雅冲淡之音"等同于"子昂始变雅正"，接下来才有后继者，把这样的非主流变成了后代的主流，所以"太白、韦、柳继出，皆自子昂发之"。大家都肯定他扫去六朝锦色的一种历史地位，陈子昂可以说是"因开风气而为师"，因为开了风气而成为先驱的导师。

到了明代，胡应麟《诗薮》也称："子昂《感遇》，尽削浮靡，一振古雅，唐初自是杰出。"《感遇三十八首》就是陈子昂用以扭转六朝风气的有力杰作，将纤弱、浮靡、绮丽、雕琢的六朝诗歌风气加以导正，回到高雅、淳厚的理想。

以上种种，可见抱持这种态度的人很多，从唐朝直到今天，一直都是非常强大的意见主流，我们现代的文学史也大多采取这样的说法。

陈子昂的复古主张：汉魏风骨以兴寄

确实，陈子昂的创作以复古的表现最知名，他的《感遇三十八首》可以说是最重要的代表作，有感而发、随遇而作，一方面继承了阮籍《咏怀》诗、左思《咏史》诗等系列性的、以抒情言志为主的创作，一方面又影响了后来的类似作品，包括张九龄的《感遇十二首》、李白的《古风五十九首》等，形成一个脉络清晰的咏怀系列，陈子昂正是承先启后的关键性人物。更重要的是，陈子昂不只是以实际的创作行动表现他的看法，更有明确的说明提出他的主张，如此一来，就同时有了理论依据，思想上就更强而有力。

陈子昂的主张在《与东方左史虬修竹篇序》中表达得十分清楚：

东方公足下：文章道弊五百年矣。汉、魏风骨，晋、宋莫传，然而文献有可征者。仆尝暇时观齐、梁间诗，彩丽竞繁，而兴寄都绝，每以永叹。思古人，常恐逶迤颓靡，风雅不作，以耿耿也。一昨于解三处，见明公《咏孤桐篇》，骨气端翔，音情顿挫，光英朗练，有金石声。遂用洗心饰视，发挥幽郁。不图正始之音，复睹于兹，可使建安作者相视而笑。

这段文字恰恰可以用来示范分析文本意义的做法，也就是现代读者应该如何正确理解作者的用意，而不是望文生义、想当然耳。

首先，什么是“文章之道”？孤立地看，常识性的读者反应就会以为是韩愈所说的“文以载道”，把“道”理解为道德教化，文章就变成了一种社会工具。但其实这个直觉式的联想存在着两个错误：第一，“文以载道”这句话并不是韩愈说的，而是出自宋代的周敦颐，韩愈自己说的是“修其辞以明其道”；第二，韩愈所说的“修其辞以明其道”指的是写文章要能彰明儒家思想，发挥教化作用，这却不是陈子昂的意思。一旦望文生义，就会张冠李戴、谬以千里了。

分析这段文字，可以看到全文开宗明义所揭橥的“道弊五百年”一句，与下文诸陈述句所互相指涉的意义系统，呈现出极其一贯的清晰定义，也就是陈子昂透过反复地互文定义的修辞方式，明确传达出他所尊崇的“文章之道”究竟是什么。这个被反复不断应用的修辞方式，采取了“主词／时间点／否定词”的结构，说明了那个主词——也就是“文章之道”在某一个特定的历史时期沦丧颓弊的情况。请看：

“文章道弊五百年矣”，这句是说文章之道已经破弊五百年了，主词是“文章之道”，时间期限是“五百年”，否定词是“弊”。

而“汉、魏风骨，晋、宋莫传”，这两句话是说“汉、魏风骨”在两晋、南朝宋并没有被传承下来，主词是“汉、魏风骨”，时间期限是“晋、宋”，否定词是“莫传”。

至于“齐、梁间诗，彩丽竞繁，而兴寄都绝”这几句话，是说南朝齐、梁时期的诗十分华丽雕琢，却缺乏情志的寄托，因此诗歌中的兴寄都断绝了，只剩下虚有其表的绮丽文字。主词是“兴寄”，时间期限是“齐、梁间”，否定词是“绝”。

再则，“思古人，常恐逶迤颓靡，风雅不作”这几句话是说回想古人的作品，常害怕古人的价值逶迤颓靡，风雅的理想也就振作不起来了。主词是“古人、风雅”，否定词是“逶迤颓靡”和“不作”。

如此一来，陈子昂的意思就很清楚了，这些主词包括：“道”“汉、魏风骨”“兴寄”“古人”“风雅”。

时间期限是“五百年”“晋、宋”“齐、梁间”，而晋、宋、齐、梁正是包含在汉、魏之后的“五百年”之内。

否定词则包括：“弊”“莫传”“都绝”“逶迤颓靡”和“不作”。

由此可见，陈子昂所认为的“文章之道”，指的不是文以载道的道德意义，而是以“汉、魏风骨”为代表，继承了《诗经》的“风雅”精神，以“兴寄”为主的创作表现，但这个文章的理想却在汉魏之后就沦丧了，整个两晋、南北朝到初唐的五百年之间都破败消失了，直到陈子昂当代的东方虬才有所恢复。因此，这篇序的最后一段才会说，“不图正始之音，复睹于兹，可使建安作者相视而笑”。“正始之音”指的是曹魏时期以竹林七贤为代表的诗歌创作，阮籍就是其中最有名的一位，在文学史上可以和“建安”并称，形成“汉魏风骨”。这么一来，就更清楚地表示出，陈子昂所谓的“文章之道”就是“汉魏风骨”，而从汉、魏到初唐，时间大约是五百年。

总而言之，陈子昂所说的“文章之道”，乃是指以“兴寄”——内心之兴发与情志之寄托——为重的书写表现或追求目标，而在此一标准下，建构出一条“诗经（风雅）→汉魏风骨（包括建安、正始）→初唐（东方虬）”的诗歌传承脉络；中间以“彩丽竞繁”为主流的晋宋齐梁阶段，则是文章之道颓靡沦丧的黑暗时期。就此来看，陈子昂所复之“古”，明显是汉魏时期的建安七子、竹林七贤，而不是一般以为的尧舜三代；而所谓的文章之“道”，则是风骨、风雅，也就是一种由衷而发的文学生命的体现。

在这段话里，他不断地反复互文定义，所以这个“道”字，在他的叙述脉络里是非常清楚的，指的就是汉魏风骨。而汉魏风骨代表什么？汉魏风骨的内涵是什么？就是兴寄；要有兴寄，就是要有寄托，要有情志的感发。而汉魏风骨又是哪一个文学真生命的继承人？那个最初、最纯正、最绝假纯真的文学生命的体现是什么呢？这篇序讲得非常清楚，就是风雅！风雅就是由《诗经》所展示的，可以说是文学最纯正的、力量最丰沛的正统，因此才会说“风雅不作，以耿耿也”。

《与东方左史虬修竹篇序》就是在不断地反复叮咛，我们可以看得很清楚，陈子昂对于这个诗歌的正统乃至于这个正统的延续，是有他自己的看法的，也以此形成了著名的复古理论。

不过，这个复古理论并不是很精密的分析推论，并且他为了突显信念，以及理论说法的简洁扼要，用了一种非常对立的、简化的二分法，来建构他的复古理论。所以他把六朝，也就是汉魏风骨之后的六朝，全部纳入到所谓的“彩丽竞繁”这样的范围里，视其偏离了正统之道。陈子昂这样的复古主张，之后有一个非常伟大的继承人，这个人就是李白。李白的理论几乎跟陈子昂如出一辙，而且事实上李白所在的盛唐诗坛上，复古简直是一时之大纛，风靡一时，其情况非常之鼎盛，以至于引发了另外一个反对意见，也就是杜甫的反驳。

复古的伟大继承人：李白

李白版的中国诗歌史

我们还是先看李白的说法，《古风五十九首》（其一）是这么说的：

大雅久不作，吾衰竟谁陈。王风委蔓草，战国多荆榛。
龙虎相啖食，兵戈逮狂秦。正声何微茫，哀怨起骚人。
扬马激颓波，开流荡无垠。废兴虽万变，宪章亦已沦。
自从建安来，绮丽不足珍。圣代复元古，垂衣贵清真。
群才属休明，乘运共跃鳞。文质相炳焕，众星罗秋旻。
我志在删述，垂辉映千春。希圣如有立，绝笔于获麟。

这首诗可以说是李白版的中国诗歌史。李白用自己的话，以他自己的角度，以复古为中心，把从《诗经》以来的诗歌发展做了一个概述。当然，这个概述是很简略的，重点也是在凸显他对于汉魏风骨的推崇。

试看“大雅”指的是什么？就是《诗经》！尤其“雅”，那更是一种所谓的雅正风范，作为文学正统，跟“国风”是不大一样的。国风呢，以某个层次来讲，它还比较偏向于民间，最初是来自民间的风谣；当然，被采集到政府机构以后，经过了贵族阶层的整理，受到精英知识分子的润色雅化，其实已经不能算是民间作品，并非各地民歌的原本面貌，而是周代贵族阶层的产物，因此才会并称“风雅”。[1]

《国风》的诗篇尚且如此，至于“雅”字，那绝对是庙堂之音，《毛诗序》云：

> 雅者，正也；言王政之所由兴废也。政有小大，故有小雅焉，有大雅焉。

因此李白就说，文学正统还是要由“大雅”来建立，它生生不息，绵延万代，这个基本上就是他们最确切不疑、天经地义的一种信念。如此一来，连李白这样高歌“我本楚狂人，凤歌笑孔丘”（《庐山谣寄卢侍御虚舟》）的一位诗人，很奔放、很潇洒，仿佛蔑视一切权威，甚至鼓励了很多年轻人去反抗现实束缚，发现自己不羁的灵魂，他实际上还是活在中国传统脉络底下的。犹如杜甫也曾愤慨地说：“儒术于我何有哉？孔丘盗跖俱尘埃！”（《醉时歌》）但那都只是一时的轻狂、片刻的愤激，全然没有动摇儒

1 这可以从篇章的形式，文辞用雅言、用韵的情形，以及语助词、代词的用法五方面呈现一致的“雅化”看出，见屈万里：《论国风非民间歌谣的本来面目》，《书佣论学集》，台北：联经出版公司 1984 年版，第 193–215 页；另可参叶国良：《诗经的贵族性》，《经学侧论》，新竹：台湾“清华大学”出版社 2005 年版，第 37–61 页。

家的精神根底。可想而知，儒家的价值观可以说是古代文人血液里的DNA，这个价值观对他们来说，事实上是不可能打折扣的！

所以李白说，很可惜的，在“大雅”以后，这个完美的、正统的、真实的文学生命已经长久地被忽略而沉坠不振了，所以下面接着说，“吾衰竟谁陈”。他说：“可是我已经衰老了、衰退了、衰弱了，那么这样一来，又还有谁能够去把这样一个衰退的正统重新继承下去，再度加以复活，加以振兴？”

“吾衰竟谁陈”这句话，应该会让读者立刻想到，其实李白就是以孔子自许，“吾衰竟谁陈”根本就是套用孔子的话啊！孔子说：“甚矣，吾衰也！久矣，吾不复梦见周公。”（《论语·述而》）人家梦周公可不是在说睡觉的意思，而是他想要去继承、去发扬，去把那样一个由周公制礼作乐所形成的文化大传统内化成为自己灵魂的一部分，因此像《庄子·齐物论》所说的“其寐也魂交”，连失去意识时灵魂都还是向那个理想开放。人若一旦全心全意地追求，深入到潜意识的内里，对象就会在梦中出现。所以，如果连做梦都没有梦见周公，那就表示离周公伟大的礼乐精神已经有了距离，这是孔子的感慨，感慨说是不是我衰老了？是不是我的精神血性不足以把这样的大生命、大传统给承继下来了？

所以，李白一开始的“大雅久不作，吾衰竟谁陈”就表明了他是以孔子自许的，他要像孔子一样，把那个由周公所建构而成的文化传统的核心，那最源源不断的生机的来源化为己任。

就像孔子承担了这个责任一样，现在李白也说：“我要承担下来。”甚至李白认为除了他自己之外，没有别人可以承担下来！“吾衰竟谁陈”便是这个意思。就李白这个人物而言，我们读他很多作品后便会发现，他真的还是一个非常正统的传统知识分子，这个知识分子还是以儒家的价值观作为他的生命真切不疑的最高指导原则。这是没有谁能够例外的，杜甫也不例外，苏东坡也不例外，陶渊明也不例外，曹雪芹也不例外。所以一开始，李白就觉得当仁不让，他要以孔子自许，在诗歌发展起起伏伏的这条曲折的河流中，他自我定位在孔子的地位上，要做文学史上的孔子——那位不但继承周公的礼乐文化，同时也为后来的人点燃灵根般地成为中国文化传统主轴的至圣先师。

宋代人说："天不生仲尼，则万古如长夜。"他们认为假如没有孔子的话，中国文化会陷入无限的黑暗里，就这点来讲，孔子简直不但是这个文化的核心主轴，甚至还是唯一的一颗恒星，他带来这个文化一切的光亮。就这点来讲，李白会以孔子自许，你该知道那是有多么大的自信，以及多么大的自我期望！

接下来，李白用了和陈子昂同样的操作方式，也就是整个作品中不断反复地互文定义："大雅久不作"是不是就等于"王风委蔓草"？是不是就等于"正声何微茫"，也就等于"宪章亦已沦"，那个消失不见的价值？他用了四个文句来说明，而那四个文句所指涉的不同语辞，其实都是同一个意义："大雅＝王风＝正声＝宪章"，"久不作＝委蔓草＝何微茫＝亦已沦"。下面更清楚了，李白说："自从建安来，绮丽不足珍。"这十个字可以说是只要提到李白的复古理论，一定都会涉及的经典名言，由此，"建安"和正统的关系就非常明显了：

大雅 ＝ 王风 ＝ 正声 ＝ 宪章 ＝ 建安

久不作 ＝ 委蔓草 ＝ 何微茫 ＝ 亦已沦 ＝ 绮丽不足珍

对他而言，固然《诗经》的正统已经沦丧，如他前面所反复强调的，可是《诗经》之后确实还有一个在“委蔓草”“何微茫”“亦已沦”的衰颓状态下的中流砥柱，这个中流砥柱就是建安。所以他说，建安在《诗经》这个宪章沦落了四百年之久后，它终于恢复了正统，可是很可惜，建安之后又走向另外一条岔路，那一条岔路是以“绮丽”作为追求的目标，而这个“绮丽”却又是被李白这一类的复古诗人认为最不重要的文学追求，所以他说“绮丽不足珍”。

如此一来，“建安”跟“绮丽”就变成一个二元的对立组，而这个二元的对立组跟陈子昂所说的如出一辙：“仆尝暇时观齐、梁间诗，彩丽竞繁，而兴寄都绝。”可以说，李白这首诗就是对陈子昂的直接响应，只是一个是书信的散文版，一个是诗歌的韵文版，事实上意思完全一样。

李白进一步说：“圣代复元古，垂衣贵清真。”“清”“真”两个字，已经不是老庄垂拱而治、清净无为以及政治上的不扰民，而是指诗歌的一种对纯粹情志的追求，不再以绮丽的雕虫小技来覆盖它的原貌。不要有太繁缛的那些装扮，那些彩丽的文字脂粉气太浓了，覆盖在文字表面上遮蔽了真性情、真心灵，你都可以洗掉了，恢复它清雅的面貌吧！而这里所说的“清真”，确确实实在李白的很多其他诗里反复地出现过，例如《古风五十九首》（其三十五）的“一曲斐然子，雕虫丧天真”、《经乱离后天恩流夜郎忆旧游书怀赠江夏韦太守良宰》的“清水出芙蓉，天然去雕饰”等。“清”跟“真”代表一种由衷的、真实的、天然的特质，基本上就是李白的复古思想，以及他创作上最重要的核心指标。

由此可见，任何一个人要能成为一个大生命，他都绝对不会只顾及自己的名利地位，他会想的是：要把传统里好的东西，任何点点滴滴有价值的养分，都传承下去。我们作为历史的一部分，实际上都应该用一种历史意识，透过古往今来的宏大视野来看待一切问题，不要只活在当下，目光如豆地聚焦在一个太过中心本位的自我上！而是应该恢复人作为一个人的最高尊严，那就是：你能够了解过去，也能够期许未来，然后把自我扩充为整个时代的成员之一，薪火相传，人才会拥有真正的灵魂。

所以，接下来李白说，这是一个"群才属休明""众星罗秋旻"的时代，也就是人才济济，像无数闪耀的星星在天空中星罗棋布，大家都要来共同参与历史阶段里这一个昂扬的、圣明的大好时代。那么我，也就是李白，该做什么事情呢？他又回到个人身上，给自己一个宏大的责任、伟大的期许。

到此为止，《古风五十九首》（其一）的诗歌主张已经非常清楚了，李白在其他地方也一再做类似的表达。例如，《古风五十九首》（其三十）："玄风变太古，道丧无时还。"又《古风五十九首》（其三十五）："颂声久崩沦。"这些岂非都是"王风委蔓草""正声何微茫""宪章亦已沦"的意思？尤其是，唐代孟棨《本事诗》中更记载了李白所说：

梁陈以来，艳薄斯极，沈休文又尚以声律，将复古道，非我而谁欤？

所谓"梁陈以来，艳薄斯极"，岂非正是陈子昂所说的"齐、梁间诗，彩丽竞繁"？"沈休文又尚以声律"，这一句中的沈休文就是南朝齐梁诗坛上的沈约，他是奠定格律的先锋。如此一来，绮丽的这一脉发展就被贬低、被否定了。“将复古道，非我而谁欤？”就等于是“大雅久不作，吾衰竟谁陈”，李白当仁不让地以诗坛中的孔子自居，要去恢复、振拔文学的大生命，追求理想的永恒不朽。

请看最后的“我志在删述，垂辉映千春。希圣如有立，绝笔于获麟”这四句话，其实在响应前面的第一联。第一联李白不就是用孔子来自许？他在诗歌结束的地方，又回到孔子身上，开头和结尾都以孔子为坐标，就可想而知，李白气魄是很大的！他不甘于只做一个小小的诗人而已，他觉得即使做一个诗人，都应该有孔子的胸襟和目标，给自己一个宏大的眼光，所以他说：“我志在删述，垂辉映千春。”他的志向是什么？就是像孔子一样删诗书，然后述而不作。这里当然不是指学术上，不是指文化思想上的事业，他指的是要在诗歌的历史里达到像孔子在整个文化历史里所达到的成就。这是给自己最高的期许，他说这么一来，他的生命所散发的光芒，就可以辉映着千年的历史！千春就是千秋，就是千年，也就是永恒。

李白是不争一时，而是要争千秋的，因此尽其在我地努力，感谢盛唐这个大时代带给他们灵魂的养分，让自己壮大，让自己努力地散发光芒。这个光芒如果足够，便可以照耀千古，辉映后代。所以李白说，那个志气是很大的，也不知道自己能不能够做得到。

但是，正如司马迁所说的，“虽不能至，然心乡往之”，要有这个向往之情，人的灵魂才不会逐渐地低落下坠而不自知。假若没有这样仰望的志向在护持着、维系着一种高度，人就会越来越活在庸俗生活的浅水沙滩里，斤斤计较于小小的得失，志气就逐渐衰颓，终究被消磨殆尽。

又如同白居易所说的：“蜗牛角上争何事？石火光中寄此身。”（《对酒五首》其二）确实，眼界大的时候就会知道，我们所在的世界，真的只是一个小小的蜗牛角，是大千世界中的一粒尘埃！而原来我们就在一个如此狭窄的地方拥挤着，你争我夺，把稍纵即逝的宝贵生命用来费力追求一些恐怕临死回顾的时候根本不觉得重要的东西！但这就是人性，一旦不加以警觉，人们就会不知不觉地走上这条路，所以，才需要时时刻刻给自己一个大视野、大提醒。

重点就在这里，因此李白说：“希圣如有立，绝笔于获麟。”他说“希圣”，意思是希望能达到圣人所达到的境界，也就是孔子所展现的崇高的境界。如果这个期望能够达到，让他也能够在这个文明里有所成就、有所奠定，能够立足在诗歌的历史高峰上辉映千秋的话，那么他就会像孔子一样，“绝笔于获麟”，等到获麟事件发生时才会停笔，也就是不到死绝不会停下笔来，这清楚地宣告了李白终其一生的坚持和努力。如此一来，又岂能说李白是一个反对儒家的叛逆者呢？

孔子的“绝笔于获麟”

这里，必须谈一谈“绝笔于获麟”的典故。这个典故，不仅是认识孔子的关键，也可以在现代展现出新的意义！

获麟，也就是捕获一只麒麟的事件，与《春秋》的写作有关，是造成这部著作终止的关键事件。《春秋》是孔子所写的一部史书，寄托了他对历史的褒贬和他的政治理想，希望能够让“乱臣贼子惧”，以改善、提升国家处境。虽然孔子很谦虚地说他是“述而不作”，但是，一部史书实际上怎么写、怎么编年、要取用哪些材料、以谁为主轴、用什么角度切入，这背后都有一个史家的眼光。当然孔子不只以史家，而且是以一个圣人对于这个世界的、历史的褒贬和期许来写作。写到了鲁哀公十四年，孔子停笔，这就是《春秋》的最后一年。

作为孔子撰述的《春秋》的最后一年，鲁哀公十四年这一年是怎样的世界，又发生了什么事，让孔子竟然就此搁笔？他为什么不再写？关键便在于发生了“获麟”事件。

《春秋·哀公十四年》如此记载：“西狩获麟，孔子曰：‘吾道穷矣！’”意思是在西边捕获了一只麒麟，孔子就说：“吾道穷矣！”意思是我的理想之路已经到达尽头了。我们可以追问的是，抓到麒麟这件事情，为什么让奋斗了一辈子的孔子，却终于认为他的努力是白费的、是没有意义的，而最后全盘放弃？这个理由到底何在？你看“吾道穷矣”，我的“道”坚持了一辈子，在对这个“道”的坚持底下，孔子忍受了那么多的酸苦，那么多的流离失所，那么多的不幸，那些都没有让他放弃理想，放弃奋斗；却在“获麟”这件事情上面，孔子的个人生命跟理想生命反而双双断绝。因为当他停笔之后没多久，就过世了。显然这是一个非常发人深省的很独特的标志，就好比尼采在杜林事件之后，开始出现精神分裂的症状一样。

到底是为什么呢？参考汉代王肃所写的《孔子家语》，可以得到一点理解。《孔子家语·辨物篇》说：

叔孙氏之车士曰子钼商，采薪于大野，获麟焉。折其前左足，载以归，叔孙以为不祥，弃之于郭外。使人告孔子曰："有麐而角者，何也？"孔子往观之，曰："麟也。胡为来哉！胡为来哉！"反袂拭面，涕泣沾衿。……子贡问曰："夫子何泣尔？"孔子曰："麟之至，为明王也，出非其时而见害，吾是以伤焉。"

故事是说，叔孙氏的车辆驾驶人叫作子钼商，这个人"采薪于大野"，就是到很宽广的野外去捡拾柴火，或者砍柴之类的，总而言之，就在这个过程中，他抓到一只麒麟。他抓到麒麟的时候，事实上并不能够真正辨认出来，因此这个故事才会被放在《辨物篇》里。这只动物他是认不出来的，他不知道这是什么奇怪的动物。可是人也好奇怪啊！面对一个不认识的对象，它是一个活生生的生命，为什么人所采取的行为是残酷的这一种呢？下面接着说，抓到这只麒麟的时候，就"折其前左足"，把它的左前脚折断。

为什么？人究竟拥有怎样的人性？虽然可以理解，遇到了一只怪兽，就是他不认识的东西，他会感到恐惧，恐惧的结果首先是自我防卫，而自我防卫的积极做法，就是打击对方，这个攻击力导致他折断了麒麟的左前足，让它不会伤害他。之后再把它载回来，叔孙氏一看就觉得："咦，这什么东西？不认识啊！"觉得很怪异，很怪异的事情就不吉祥，"欸，这个不祥的东西，离我远一点！"觉得不祥的叔孙氏又把它抛弃到郭外，也就是外城门以外的荒野，一个比较远的地方。

然后，他心里大概有一个谜团想要破解，于是派人去告诉孔子说："我们找到一只'麏而角'者，很像鹿的一种动物，可是它长有角，这是什么东西？"孔子是博学多闻的，非常好学，"入太庙，每事问"（《论语·乡党》），又"多识于鸟兽草木之名"（《论语·阳货》）。于是他就跑去看，赫然发现这个受苦的甚至被杀害的动物竟然是千载难逢的麒麟！麒麟是一种瑞兽，就像凤凰一样，当麒麟、凤凰降临人世，有如和平使者般代表了祥瑞，它事实上是来宣告福音，带给大家祝福的，结果竟然受到这些无知又残暴的人这么大的伤害。孔子就很难过，他说："胡为来哉！胡为来哉！"你为什么要来到这个混乱的、是非不分的、没有知识的，又非常横暴的人间呢？于是"反袂拭面，涕泣沾衿"，孔子哭了。在我们从小到大对孔子的认识里，有见过他哭泣吗？没有，孔子的学生也没有。

学生子贡就问孔子："夫子何泣尔？"问他为什么而哭，老师平常不是都端庄稳重的吗？本来就是"望之俨然，即之也温，听其言也厉"（《论语·子张》），再怎么温，总没看过他哭嘛！这实在太匪夷所思，也让学生很受震撼。孔子便说："麟之至，为明王也。"麒麟是要带来福音的，带给世界和平、王道的，让君臣、百姓都能够共同进入乌托邦的。然而，"出非其时而见害"，它出现的时间不对！这是一个乱世，是一个价值病变、善恶混淆、是非不分的时代，一个人性非常无知又残暴的时代，于是就"见害"，也就是被害。所以他说："吾是以伤焉。""是以"就是"以是"，因此的意思。他说"我因此非常伤痛"。孔子的这个哭泣就意味深远，原来这么坚强的壁垒，这么强悍的意志，这么高度的毅力，没有被世间任何力量击倒的灵魂，现在却被凿开了一个破洞。然后，他的眼泪涌了出来。

孔子写《春秋》就停在这一年——鲁哀公十四年，而没有多久，孔子也过世了。把这两个事件放在一起来看，就可以感到其中的意义非比寻常，当一个人有了“造次必于是，颠沛必于是”的坚持都被动摇的经历之后，便终于能够体会孔子到底有多心碎。

虽然我们现在把孔子定位为至圣先师，使其受到后人无比的尊崇，然而回归到孔子本身，实际上可以说他是一个不折不扣的失败者。他周游列国，可不是到处观光旅游，他是要努力地实践理想，过的是所谓的席不暇暖、墨突不黔，时时刻刻都在奔波劳顿的生活，没有一时一刻可以真正好好地休息。而那个过程中还受到各种打击，包含帝王的轻慢，甚至曾经被误会为阳虎而厄于陈蔡，面临被误杀的危机！可是连那样生命悬于一线的生死攸关的时刻，他都仍然弦歌不辍，置个人死生于度外，这个人灵魂之强大、淡定，就可想而知。

可奇特的是，在永恒的尺度下从不动摇，连死亡都威胁不了他，为什么“获麟”这件事情，竟然成为如此重大到足以致命的打击呢？原来，让他可以“造次必于是，颠沛必于是”的那一种意志力，就在这里终究受到了重重的槌击，出现了致命的破坏！那数十年的奋斗、数十年的流离失所、数十年的失望和挫折，都没有让他灰心的这种坚持，在获麟的这个时刻，真正地彻底动摇了。

原因在于，麒麟是绝对不应该受到这种伤害的。对孔子而言，这样一个神圣的象征都被污蔑、被残害的时候，在他的心里，就造成一个严重到没有办法平复的创伤。而这个创伤，显示出原来他奋斗了数十年想要改善、提升的人性，在此终于证明了：不可救药！

当这个子钼商在获麟的时候，所作所为是“折其前左足”，这是不是显现出人性的残暴？人们面对一个不认识、不了解的事物的时候，竟然是用一个最残酷的方式去对待对方，这不就暴露出人性简直是根本上的野蛮？孔子不断地提倡教化，不断地希望以仁义道德提升人性，可是，最终事实却是这么无情地在他寄托理想的麒麟身上得到这么大的反讽。所以，人性不可救药！并且，人性不只是残暴而已，既然不知道这是什么东西，却还做这样的事情，又伤害它，又遗弃它，让它受到这么多的痛苦与折磨，这岂不是暴露出人在残暴之外，更可怕的一个本质，那就是无知！

不要以为“无知”只是一个泛泛的语词而已，德国的思想家尼采有句名言，他说，他这一辈子最痛恨的三件事情，第一个就是无知，另一个就是平庸，而这些都是人性的内容。他写有一本书，叫作《人性的，太人性的》，大意就是，感慨万千，为什么到处看到的都是这样庸俗无知的人性，然后，那些人性又让这些充满人性的人不愿意去超越人性，以至于就一直停留在这一种无知与残暴里。没有谁有故意的邪恶，没有谁要故意地残害，可是在无知之下，就盲目地投入到那样凶恶的心境里，施展残暴的行为。所以，“无知”真的就是最大的罪恶，很多很多可怕的、残忍的行为，以及历史上非常悲惨的灾难，归根结底都是来自无知。必须说，“无知”大概是人类在做“超越人性”的这个努力之前，最需要先意识到的，然后要好好地面对它，而理性就是最重要的力量。

然而，要打破无知、追求理性，需要很大的努力，而这又违背好逸恶劳的人性。以至于获麟事件后，这个世界在孔子的眼中变得不可救药，他终于觉得，数十年的奋斗已经没有希望，没有任何转圜的可能，没有一丝一毫救赎的机会，于是就在这个时刻万念俱灰，放弃了对这个世界的期待。

孔子为什么还要再写《春秋》？《春秋》没有人看，没有人再去做努力，那么，再写又有什么意义呢？而这样一个以理想作为生命所有力量来源的人，当他一旦放弃理想的时候，也就等于放弃生命。也就是当理想之光不再燃烧的时候，他的生命之火也跟着熄灭，他的生命也就走到了终点。所以，从某个隐喻来讲，“绝笔于获麟”就是宣告孔子不想再继续活在这样一个乱世里，这个乱世不一定是战争的时代，而是人性颠倒、价值混乱的时代，这使得孔子真正地感到窒息，觉得没有必要再奋斗下去了。于是万念俱灰的孔子，放弃了他的志业，不再“述而不作”，他连“述”都不愿意再动笔了，他的生命也因此画下句点——对于孔子这种人，放弃理想也就等于放弃生命，于是获麟事件后孔子停笔，两年后就逝世，离开了人间。

这样的绝望，没有身历其境的人是不能体会的，而身历其境的前提是，首先要用百分之百的生命，以数十年的精力与努力来从事一种理想的追求。孔子作为“千磨万击还坚劲，任尔东西南北风”（郑燮《竹石》）的一颗巨石，也终究不敌获麟事件所带给他的打击，可想而知，孔子已经忍受太多，获麟事件就成为压垮这头骆驼的最后一根稻草——其实不只是稻草，因为这是一个很悲痛的沉重打击。

既然万念俱灰的前提，就是首先要有全力的奋斗，而且是要坚持很久的奋斗，那么有几个人能做到呢？所以能够体会孔子绝笔心情的人，应该也寥寥无几。但李白是了解的，所以他用“绝笔于获麟”来表达自己传承文化的意志。虽然这里充满了盛唐与李白个性共鸣的一种昂扬的气势，但跟孔子的那种绝望并不一样。

若以现代人急功近利的眼光来重看获麟的典故，应该更发人深省——我们这个时代已经到了逼的所有的麒麟、凤凰，包括所有野生动物都快活不下去的状态了。如果孔子活在我们这个时代，他恐怕很早就绝笔了，不必等到七十几岁。就此而言，人类真的要做很多的努力，这个努力的前提是，不要把自己看得太重要，好好地尊重每一个生命，了解他们、珍惜他们，说不定其中就有麒麟，因为被我们珍惜了，也被我们感动了，它觉得我们这个时代很好，于是把一个盛世带来给我们也不一定！我想这背后是有一些深刻道理的。

听其言而观其行

回到李白的文学理想来看，他最后这四句诗的意思是说，如果遇到“获麟”一样的事件，我才会像孔子一样停下笔来；反过来说，如果还没有到这么绝望的地步，我的笔是不会停的！我要用这支笔不断地努力创作，去奋斗、去完成这个理想。所以，李白非常认真啊，而且很刻苦、很谦虚。大灵魂不是因为他的灵魂本来就很强大，而是他不断地让自己超越既有的视野，这就是人最应该要做的事情！

如果我们把陈子昂、李白这两个复古诗人前后统合来看的话，可以清楚地看到，唐代的复古是从陈子昂就已经开始了，然后有李白这个直接继承人，于是在盛唐形成一股复古的盛大风潮，风靡一时。

看起来陈子昂和李白的复古主张是鲜明又确切的，而他们所复的“古”，是指延续了《诗经》正统命脉的汉魏风骨，以建安、正始为代表。但必须郑重提醒，如果真的要了解一个人，不能只听他说什么，而且要看他做什么。如孔子所说的：“始吾于人也，听其言而信其行。今吾于人也，听其言而观其行。”（《论语·公冶长》）看他做什么当然费力得多，而且花时间，因为要很长久地阅读观察，仔细地揣摩思考，然后我们才终于明白，这个人到底是站在怎样的意图上来说这些话，他是否言不由衷，甚至言行不一。而这对一般好逸恶劳的人性来讲，是很难做到的，于是就容易落入表面的成见。幸好学者们做了辛苦的研究，告诉我们另一层次的真相：

其实陈子昂模拟、运用了六朝的很多资源，表面上把建安之后的诗歌史一概抹杀，说他们“彩丽竞繁，而兴寄都绝”，然而被他所抹杀的那些人，在诗歌艺术上点点滴滴的贡献，仍然被陈子昂加以吸收，成为他创作的养料。李白也是。

这当然不是要指控陈子昂和李白是言行不一的人，可是很明白的，他们所宣扬的那个诗歌价值观，跟他们的所作所为是有落差的。那该如何解释？我的看法是，所谓的理论，基本上是纯粹化的、为了达到某种目的的一种强烈要求，所以往往会比较极端，这个是人在表述他的想法的时候很难避免的；但是行为会融入到日常的点点滴滴里，本来就会有些出入、有些多元的情况。

这种多元并存的情况，其实就出现在著名的《登幽州台歌》里。

《登幽州台歌》逐句解

宇宙的视野，孤独永远需要豪迈

与陈子昂其他的诗歌相比，《登幽州台歌》这首诗有非常微小但却是本质性的差异，那就是它打开了一种宇宙视野，也就是时间上的古往今来（这是“宙”的意义）和空间上的上下四方（这是“宇”的意义）。请看“前不见古人，后不见来者”，不就是时间上往前无穷尽的追溯，跟往后无穷尽的推延？我们当然望不到这个世界的开端，也不知道这个世界最终的那一刻会在什么时候发生，那完全超越了人的能力。

然而，如果你有这样的企图，就会让人的存在获得那么一种庄严，而不会只是停留在当下。这么一来，人就不会受到局限，变得目光如豆、心胸狭窄。陈子昂在这首诗里，正是拉开这样的视野。不只如此，接着陈子昂说“念天地之悠悠”，这也是一种无限，是空间上的上下四方，他愿意穷极自己的视野到远方的地平线，纵观整个宇宙。

但即便在这样一个无限的时空之下，他感觉到自我的一种孤立，然而这种孤立，绝对不是渺小和悲哀。即便“独怆然而涕下”，他毕竟也流泪，可是这里所流的眼泪，整体的形象和意义，跟李商隐是非常不一样的。李商隐的眼泪是“春蚕到死丝方尽，蜡炬成灰泪始干”（《无题》）之类绵绵不断的、哀转凄恻的，从某个意义来讲，是对生命的一种侵蚀，一种内耗。就是说，它是一直在消解自己能量的那一种泪水，也很美，有一种蚀骨的悲伤，但他的心灵被这些悲哀所浸染，这种蚀骨是在自我消解。因此，李商隐给我的感觉常常就是：他没有行动，只有流泪，他甚至连呻吟都没有，更谈不上抗议了。

李商隐基本上就是用很脆弱的、很细致的，当然也很迷人的心灵，在这个颤动之中，唱出那些哀转久绝的缠绵的哀歌，非常迷人。但若只就生命的力量来讲，是比较软弱无力的那一种。比如他说“蜡炬成灰泪始干”“东风无力百花残”。所以，李商隐的眼泪很迷人、很酸涩，也触动每一个人心中很哀苦的那一面，因此感人肺腑；但是如果就生命的期望来讲，只用这样的方式来面对人生所遇到的种种困境并不容易。这一点，我们等到第六篇再详谈。

相对地，请在脑海里仔细揣摩，陈子昂虽然也“独怆然而涕下”，可是他所呈现出来的形象，是有着无限时空的宽广超然与屹立不摇，不是无力的、渺小的、被架空的那一种无奈的唏嘘；相反地，他展示了一个巨大的、凛然的形象，个人要来对抗苍苍茫茫、无尽时空的荒凉！这种气魄是英雄式的，绝对不是那种小儿女共沾巾式的！

所以，虽然整首诗有时间的无尽和空间的宽广，表面上在时空滔滔茫茫、无限苍茫的对照之下，个人似乎很容易就被架空成一个渺小的存在；可是陈子昂这首诗的动人之处不在这里，他所流露的不是沧海一粟的渺小感受，以及消极无力的无奈悲哀，完全不是！多加揣摩就可以注意到，充塞其间的无疑是一股与之相抗的浩然之气，那巨大的、无限的时空，跟个人的这种存在感相对照，所形成的是一种中流砥柱的自觉意识，所以才能够让人读了，感觉到有一种震撼，有一种提振人心的作用，不会流于低调哀音。

巨大与个体的渺小之间，当然很容易形成沧海一粟的感受，可是陈子昂的这首诗不是这一种，他的巨大跟个人的孤独之间，所形成的是中流砥柱式的一种勇气和豪迈。固然人都会是孤独的，所以，陈子昂非常孤独，李商隐也很孤独，李白、杜甫没有一个人不孤独，可以说孤独和寂寞是千古传唱的心声，是没有一个人可以避免的存在感受。

也因此，我想到了莱布尼茨（Gottfried W. Leibniz，1646—1716）这位德国哲学家的名言，他说："单子没有窗户。"意思是说，每一个人，甚至每一个存在物，都是所谓的"单子"，那是一个物理学的概念，然而用在每一个具体的、有血有肉的存在上也一样可通；他深切地感觉到，任何存在与存在之间有着根本性的隔绝，很难探头打招呼，很难真正地互相沟通，每一个人都是封闭的铁屋啊，单子没有窗户！

于是，就像鲁迅在铁屋外面一样，陈子昂在呐喊，即使不能唤醒任何沉睡的灵魂，可是他还是必须呐喊。因为他要让其他也在旷野中呐喊的人，感觉到一种响应，由此所获得的知己的感受，足以让孤独奋斗的人产生勇气。他要鼓励的是他看不到的那些人，但是那些人的灵魂值得你继续呐喊下去。所以，同样是怆然涕下，但意义真的不一样。人一定都会孤独，都会寂寞，但是你怎么面对，怎么来呈现，这就有很大的差异。“单子没有窗户”可以让人觉得非常悲哀，觉得存在孤寂到让我们可能会活不下去的沉重，但是它也可以有另外不同的面对方式，那就是：“孤独永远需要豪迈”。

有了这种豪迈，即使“单子没有窗户”，我们都可以虽然流着眼泪，却不会停下脚步，还是可以大踏步往前走去。所以，陈子昂虽然怆然涕下，可是你会感觉到，他并没有停在原地，用汹涌的泪水最后把自己淹死，他不是，他不是林黛玉。陈子昂固然在哭泣，可是他还是大踏步往前走，并且还要爬得更高，无惧于高处不胜寒，在耸立的幽州台上眺望宇宙，迎向高空的狂风！他的眼泪是在行动中让风吹干的，让他的双眼看得更清明；而不是让泪水累积得越来越多，遮蔽了视线，最后就只能让自己的灵魂窒息。我认为这就是陈子昂的这首诗会如此感人的原因。

“凝视永恒”的初唐时代精神

值得注意的是，让这首诗产生如此辽阔境界的用语和情调，其实并不是陈子昂所独有，也不是他所独创。即使文学史再怎样赞美他的开创之功，我们也都可以看到过去的文学遗产以及当代的时代空气，是如此深刻地渗透到他的笔下。其实，这种豪迈开阔真的是初唐人很普遍的一种心态，可以说就是一种时代精神。这种时代精神让他们即使面对足以让人灭顶的、各种强烈的感伤或痛苦，都还能超拔出来，形成一种宽阔清朗的气度。

例如王勃《送杜少府之任蜀州》所说的“海内存知己，天涯若比邻。无为在歧路，儿女共沾巾”；另外，在张若虚《春江花月夜》这首诗中也清楚地展现：

江畔何人初见月？江月何年初照人？人生代代无穷已，江月年年只相似。不知江月待何人，但见长江送流水。

这不就是“前不见古人，后不见来者”吗？甚至张若虚的探究还更悠长，他要追溯人类最早看到月亮的那一刻，又想参透未来最后一个与月亮邂逅的终点。可见这种“凝视永恒”的时代精神贯注在初唐诗人的笔下，使他们即使面临悲伤失落，都还可以有一种健朗的力量，因为他们永远望向宇宙！

更值得注意的是，除当代的时代精神之外，灌溉陈子昂以及他的创作的，还包括了过去的文学遗产。以《登幽州台歌》第一联的“前不见古人，后不见来者”来看，它确实是来自《楚辞·远游》：

惟天地之无穷兮，哀人生之常勤。往者吾弗及兮，来者吾不闻。

后来阮籍的《咏怀》诗第十三首也说：“去者余不及，来者吾不留。”这都还是在陈子昂所推崇的风雅汉魏范围之内。但令人意外的是，“前不见古人，后不见来者”这两句话最晚已经是晋、宋时流行的熟语[1]，属于共饮长江水的一滴养料；但前面已经提到，晋、宋却是属于陈子昂所不屑并加以否定的诗歌黑暗期！他的《修竹篇序》不是说“汉、魏风骨，晋、宋莫传”吗？然而就是这个晋、宋时期，保留并滋养了“前不见古人，后不见来者”这两句汉魏风骨，并且传承给后来努力复古的陈子昂！可见陈子昂是在这样悠远的包含他所反对的六朝的历史滋养下的一个子孙。

所以必须说，我们如果对文学史不够了解的话，就会觉得好像陈子昂就是那一个从石头里蹦出来的孙悟空，对眼前这么多大家争相投入的诗学主流冷眼旁观、发出抨击，好像他是一个特别具有慧眼洞见的人，其他所有的人都很盲目，只有他清醒地知道文学的生命在哪里！但真的是这样吗？事情真的没有这么简单。陈子昂事实上就是在一个积极地继承着过去，又加以转化的背景下，由过去的历史与当代所共同孕育出来的宁馨儿。

1 唐人孟棨《本事诗·嘲戏》记载：宋武帝尝吟谢庄《月赋》，称叹良久，谓颜延之曰：“希逸此作，可谓‘前不见古人，后不见来者’。昔陈王何足尚耶？”可见最晚到刘宋时期，这两句已经是常用语。

反对的对反：陈子昂对六朝的吸收

唐诗，是在整个六朝的基础上诞生出来的，不是突然从石头里蹦出来的。唐诗为什么如此之完美感人？事实上必须仰赖于六朝诗人所培育的土壤、所打下的基础。陈子昂也不例外。

表面上陈子昂是一个非主流的诗人，他以在体制外的、冲撞主流的方式，来反对当时的走向；然而事实上，他和其他所有的诗人都受到过去那个时代的滋养。也就是说，被视为复古派的改革者陈子昂，其实也是南朝文学的直接受益者与实质承袭者。

必须说：

1. 面对一个人，应该像《论语・公冶长》所说的"听其言而观其行"，也就是不单单听他说了什么，而且要看他做了什么。

2. 并且看一个人做了什么的时候，更应该全面地观察，而不是以偏概全。

那么，陈子昂透过《修竹篇序》提出了铿锵有力的复古主张，说出他对六朝的批判之外，他实际上又做了什么？首先，《新唐书・陆余庆传》载有"方外十友"的交游情况：

（陆）雅善、赵贞固、卢藏用、陈子昂、杜审言、宋之问、毕构、郭袭微、司马承祯、释怀一，时号“方外十友”。

另外，宋代叶廷珪《海录碎事》则载“仙宗十友”：

唐司马承祯与陈子昂、卢藏用、宋之问、王适、毕构、李白、孟浩然、王维、贺知章为仙宗十友。

这两段记录重叠性很高，有五个诗人重复出现，“方外十友”和“仙宗十友”的称号也很雷同，或许是同一个文人小集团在不同阶段的变化也说不定；但无论如何，陈子昂所友好结交的朋辈之中，就包括杜审言、宋之问这两位对唐代律诗大有贡献的诗人。尤其是同时出现在两个交游圈中的宋之问，正是诗歌史上奠定律诗格律的代表人物，与沈佺期并称为“沈宋”。可见，陈子昂虽然提倡复古，反对当时诗坛上的主流发展，但其实他和主流派诗人如杜审言、宋之问都是好朋友。而主流派在做什么呢？就是推敲格律的精致、琢磨文字的表现力，走的正是李白所抨击的“沈休文又尚以声律”的路线。

当然，好朋友之间容易物以类聚、同气相求，却未必就会做一样的事，所以陈子昂做了什么，还是必须从他的个人资料来判断。果然，陈子昂确实也做了主流派所擅长的事，也就是同题并作、模拟限韵之类，是六朝诗歌活动中常见的文字游戏！诗人们聚在一起，用同一个题目来写诗，限定押什么韵，甚至限定写作的风格，用这样的方式来比较才华的高下、定出输赢。

长孙正隐《上元夜效小庾体同用春字（并序）》云：“上元

之游，凡六人，皆以春字为韵，长孙正隐为之序。”当时同题并作的诗人除崔知贤、韩仲宣、高瑾、陈嘉言、长孙正隐之外，还包括陈子昂在内。这种做法一点也不复古，反而非常主流，并且他们所仿效的“小庾”又是谁呢？恰恰就是南朝最重要的诗人之一——庾信，而庾信所创造的“小庾体”，正是陈子昂所批评的“齐、梁间诗，彩丽竞繁”的一大代表！

可见“效小庾体”之为一时风潮，陈子昂厕身其中，并没有例外，甚且陈子昂《上元夜效小庾体》一诗并非偶然为之，这首作品只是在诗题上将他吸纳齐梁血脉的实践作为坦露得极为醒目而已。元代方回评价陈子昂《度荆门望楚》一诗时便说道：“陈拾遗子昂，唐之诗祖也。不但《感遇三十八首》为古体之祖，其律诗亦近体之祖。”（《瀛奎律髓》）可见陈子昂也是近体诗，亦即律诗的开宗祖师之一。

明朝胡应麟《诗薮》中更具体指出：

子昂“古木生云际，归帆出雾中”，即玄晖“天际识归舟，云中辨江树”也。（《诗薮·内编》卷四）

又说陈子昂的“鹤舞千年树，虹飞百尺桥”（《春日登金华观》）一联，属于“唐人句律有全类六朝者”之一，并言：

子昂《感遇》，尽削浮靡，一振古雅，唐初自是杰出。盖魏、晋之后，惟此尚有步兵余韵。……第自三十八章外，余自是陈、隋格调，与《感遇》如出二手。（《诗薮·内编》卷二）

原来陈子昂也有“全类六朝”“陈隋格调”的作品！而且不只有，还很多，和他著名的复古作品《感遇三十八首》《登幽州台歌》大不相同。一一搜剔那些“全类六朝”“陈隋格调”的作品，学者已经发现：“共计大约六七首诗构思立意与谢朓相近，造句用词相同者有三十处，这在他一百二十七首诗中，比例不能算小”，而“直用齐梁陈隋诗成句六处，化用十八处。……若加上对谢朓的追踪，超过六十处（包括体制立意），数量已占陈诗的一半。倘若加上风格接近而非模仿的，数量则更可观”。[1]

由此看来，不仅不能说陈子昂是打击齐梁诗风最有力的人，甚至必须说，他是广大吸纳齐梁诗风的时代一员，而南朝被称为小谢的谢朓，就是提供给他丰富创作资源的膏壤奥府。还有并称为“徐庾”的徐陵和庾信，同样都是南朝诗歌的代表人物，也都是唐代大多数诗歌创作者的共同渊源。

所以应该说，从陈子昂开始，启动了诗文的革新运动。从此以后，包括李白在内，一直延续成为中唐文人的文学主张，而元稹、白居易、韩愈、柳宗元、李翱等，则把这种精神推向一个新的阶段。但是必须说，陈子昂固然是一个非常重要的先驱，却不是孤立的、唯一的烈士，并且他的谏诤意识虽然十分强烈，但是并没有构成意识行为的全部。相反更多的地方都展现出继承、吸收、观摩、借鉴的做法，是整个时代走向中的一员，与其他主流诗人一起推动文学的集体进步。这才是陈子昂的全部真相。

1 魏耕原：《传统的双向抉择：陈子昂对齐梁诗的阳违阴奉》《谢朓诗论》，北京：中国社会科学出版社 2004 年版，第 298–299、301–302 页。

杜甫、韩愈的劝告：《戏为六绝句》与《调张籍》

转益多师是汝师

如果说，连作为复古的先锋、言论上激烈反对主流的陈子昂，实际上都是如此之海纳百川，那么，一般人又何须画地自限，偏执于一端？简单的二分法是最危险的思考方式，往往使我们做出错误的判断；而画地自限的结果并不能阻碍时代的进展，不肯理性地思考、宏大地看待世界，只会耽误自己而已。

很可惜，停在原地、用成见耽误自己的人一直很多。到了盛唐，一味反对六朝的人越来越多，形成了一股庞大的势力，非黑即白的二分法已经到了偏执的地步。在有识之士的眼中，这真的是一种形同自毁的行为。

于是，杜甫终于忍不住说话了，他在《戏为六绝句》中苦口婆心地劝告大家，人唯一的进步就是认真地、多方面地学习，而学习的对象无限宽广。对于这六首绝句诗，历来有两种截然不同的解释，我们认为徐复观先生的解释是最深刻而精确的。现在，只就其中重要的诗句提示些许。杜甫说道：

庾信文章老更成，凌云健笔意纵横。今人嗤点流传赋，不觉前贤畏后生。（其一）

王杨卢骆当时体，轻薄为文哂未休。尔曹身与名俱灭，不废江河万古流。（其二）

纵使卢王操翰墨，劣于汉魏近风骚。龙文虎脊皆君驭，历块过都见尔曹。（其三）

才力应难跨数公，凡今谁是出群雄。或看翡翠兰苕上，未掣鲸鱼碧海中。（其四）

不薄今人爱古人，清词丽句必为邻。窃攀屈宋宜方驾，恐与齐梁作后尘。（其五）

未及前贤更勿疑，递相祖述复先谁。别裁伪体亲风雅，转益多师是汝师。（其六）

第一首以庾信为代表，指出庾信的小庾体虽然是齐梁诗风的一种，但这位诗人到了晚年却功力大增，因为去国离乡的惨痛经验，使得他的艺术有了更伟大的成就，所以说“庾信文章老更成，凌云健笔意纵横”；可是“今人”，也就是这些一味赞美汉魏风骨的复古派，却“嗤点流传赋”，嘲笑、指点庾信流传下来的诗赋，实在是很无知的做法。

第二首则用初唐四杰——王勃、杨炯、卢照邻、骆宾王为代表，指出“王杨卢骆”所写的虽然是“当时体”，也就是被陈子昂所反对的初唐主流，但他们其实已经善用了时代的养分，尽力完成了时代的任务，对文学的进步有所贡献。可是这些盛唐的“今人”却“轻薄为文哂未休”，轻率地写文章批评初唐四杰，对他们嘲笑个不停。殊不知，“尔曹身与名俱灭，不废江河万古流”，你们这些“今人”注定面临“身与名俱灭”的下场，活着的时候固然占生命的便宜，可以喧哗嗤点、信口批评，但死了以后就会被历史淘汰，再也没有人记得；而初唐四杰却是“不废江河万古流”，永远在文学史上屹立不倒！

事实果然如此，到今天，我们仍然能够背诵四杰的诗篇，例如王勃的“海内存知己，天涯若比邻”(《送杜少府之任蜀州》)、“落霞与孤鹜齐飞，秋水共长天一色”（《滕王阁序》），卢照邻的“得成比目何辞死，愿作鸳鸯不羡仙”（《长安古意》）；但那些众口一腔批评四杰的“今人”“尔曹”，我们却一个都想不出名字来。杜甫一言命中，而这份真知灼见不是来自算命，是来自客观的理性与深厚的学问。

而深厚的学问来自“泰山不择细壤”的宽广博大，《戏为六绝句》（其三）的“龙文虎脊皆君驭”就是这个意思，龙文、虎脊是两种不同的马，但优秀的人都可以驾驭；第四首的“或看翡翠兰苕上”，同是此意，肯定“翡翠兰苕”也是“鲸鱼碧海”之外的一种艺术成就。这一点，清代的诗评家刘浚说得很正确：

> 翡翠兰苕，秀丽之至，所谓清新俊逸也。诗不到此地位，终是凡胎。自唐迄今，知之者鲜矣。（《杜诗集评》）

换句话说，做不到“翡翠兰苕”这种“秀丽之至”的风格或“清新俊逸”的境界，诗歌也只能是庸俗的凡胎，更别想企及“鲸鱼碧海”的伟大。可惜唐代以后的创作者很少能了解这一点，以致偏执地排斥“翡翠兰苕”，反倒是自我耽误。因此，《戏为六绝句》第五首才会说“不薄今人爱古人，清词丽句必为邻”，古人与今人都在各自努力，都值得珍惜与尊敬；而清词丽句与风雅、风骨更不是水火不容，其实可以相辅相成，让彼此更完美。

到了最后的第六首，杜甫更明确地总结道："未及前贤更勿疑，递相祖述复先谁。"我们比不上前人是毋庸置疑的，因为历史何其残酷，能够在严苛的淘汰下留下来的都是真正值得被记住的。南朝诗人清词丽句的绮丽诗歌也一样，所以应该"递相祖述复先谁"，一个一个地不断向所有的前辈祖述学习，没有谁是唯一优先的。文学的价值在于文学本身，古人的作品有好有坏，今人的文章也有高有低，"时代"又怎能作为甄别的标准？唯一决定我们该不该学习的原则不是古人或今人，而是真或假。杜甫下面接着说"别裁伪体亲风雅"，就是说，你应该区别出"伪体"、假文学加以淘汰，亲近风雅所代表的真文学，即"各种真能表现心灵、时代的作品"[1]；而只要是真文学，就应该"转益多师是汝师"，向古今这么多写出好作品的作家辗转请教，这种态度就是我们唯一的老师。

杜甫不但说得好，也做得很好，他自己就是因为如此才成为中国最伟大的诗人。而陈子昂虽然说得很偏颇，但实际上还是"转益多师"的实践者，阳违阴奉地吸收他所反对的六朝的成果。所以说，不能只听其言，还要观其行，透过理性才不会耽误自己。

韩愈对李、杜优劣论的排解

令人深思的是，历史往往是循环反复甚至是重蹈覆辙的，以致

1 徐复观：《从文学史观点及学诗方法试释杜甫戏为六绝句》，《中国文学论集》，台北：台湾学生书局1974年版，第175页。

有人说，“人们从历史中学到的唯一教训，就是人们永远没有从历史中学到教训”，于是历史不断重演。作为唐朝复古派的先行者，陈子昂对于他所批判的六朝文学其实是阳违阴奉，后来盛唐诗坛的复古潮流对六朝更是给予不公平的否定，因此当时引起了杜甫的针砭。再往后到了中唐时期，在盛唐获得胜利的复古派却又变成了被检讨的对象，产生新的诗歌论争，也就是李、杜优劣论。

在杜甫死后不久，中唐诗坛上就已经是李白、杜甫并称，并且视之为诗歌的最高成就，例如杨凭《赠窦牟》一诗道：

直用天才众却瞋，应欺李杜久为尘。南荒不死中华老，别玉翻同西国人。

窦牟酬和的《奉酬杨侍郎十兄见赠之作》也说：

翠羽雕虫日日新，翰林工部欲何神。自悲由瑟无弹处，今作关西门下人。

翰林、工部，就是李翰林、杜工部，分别指李白、杜甫。而窦牟（750—822）是出身士族的诗人，诞生那年杜甫三十九岁，杜甫亡故（770）时他已二十一岁[1]，“窦氏家族的文人生活主要集中在中唐玄宗（712—756）至唐文宗（826—840）之间”[2]，自

1 窦牟的生卒年，见陈尚君：《窦氏联珠集·前言》，傅璇琮、陈尚君、徐俊编：《唐人选唐诗新编》，北京：中华书局 2014 年版，第 714 页。

2 王新立：《唐代窦氏文学家族交游与创作研究》，汉中：陕西理工学院硕士论文，2012 年版，第 40 页。

盛唐到中唐长达百年，他们的意见可以说是精英阶层主流文化的反映。既然杨凭以“李杜”来衬托窦牟的天才，窦牟也以“翰林工部”给予回应，可见杜甫很早就已经获得极高的声誉，不亚于李白。一般文学史认为杜甫是到了宋代才受到重视，其实是不正确的；正确地说，杜甫在中唐时期就已经取得一流诗人的地位，到了宋代更被独尊为最高典范，且戴上了“诗圣”的桂冠。

只是，由于白居易、元稹发起了新乐府运动，极力推崇具有写实路线的杜甫，相对地，对于李白就比较冷眼相看。孰优孰劣、孰高孰低，逐渐成为中唐诗坛上的一个议论题，拥杜派、拥李派彼此争辩不休，往往也因此没有看到或故意忽略对方的优点。

但是，李、杜这两大诗人都是历史上最伟大的文学家，无论再怎么比较，都不可能减低或抹杀他们的成就与贡献，争辩谁高谁低是没有意义的。即使是以写实来推崇杜甫的白居易，也仍然对李白推崇备至，《读李杜诗集因题卷后》一诗云：

翰林江左日，员外剑南时。不得高官职，仍逢苦乱离。
暮年逋客恨，浮世谪仙悲。吟咏留千古，声名动四夷。
文场供秀句，乐府待新词。天意君须会，人间要好诗。

其中将李、杜并称，赞扬他们的诗篇带着“天意”，饱含了超出人间、有如天启的灵感，都是上天所恩赐的礼物，所以说“天意君须会，人间要好诗”。既然如此，各拥其主的人一味否定对方，就等于是抹杀恩赐人间的无上天意，岂非荒谬至极！

于是，这时韩愈出面了，他所扮演的角色恰恰就是盛唐时杜甫的角色，对于李杜优劣的论争给予了非常中肯的建议，等于杜甫所说的“转益多师是汝师”。

韩愈写了一篇题为《调张籍》的古体诗，从题目上来看，他要调侃的是另一个中唐诗人张籍，张籍就是一个贬低李白的拥杜派。这首诗对张籍以及他的同类喊话，说道：

李杜文章在，光焰万丈长。不知群儿愚，那用故谤伤。
蚍蜉撼大树，可笑不自量。伊我生其后，举颈遥相望。
……
顾语地上友，经营无太忙。乞君飞霞佩，与我高颉颃。

意思是说，李白、杜甫的诗篇历历在前，都散发出万丈光芒，谁知道竟有这么多愚蠢的人妄加毁谤中伤，这种行为就像蚂蚁摇撼大树一样不自量力，非常可笑。而我韩愈则不一样，诞生在李、杜两位大诗人之后，对他们的成就感到望尘莫及，只能拼命伸长脖子遥遥仰望，希望可以瞻仰效法，以接近一分、成长一分；并且越接近他们，就越觉得他们都高不可攀，因此更加努力不懈。可是回过头来，看到地上的朋友们还在忙着摇撼大树，简直是浪费力气、瞎忙一场。因此韩愈忍不住发出呼吁：快飞起来吧，这些赖在地上的朋友，我借给你们一领可以飞天的“霞佩”，跟我一起在高空中翱翔，奔往李、杜所树立的伟大标杆吧！

这里说的虽然是中唐肇端的李白、杜甫优劣之争，但其实也完全可以用在对六朝诗歌的评价上：后人该做的永远是好好学习、努力吸收，才能真正站在巨人的肩膀上看得更远；而不是画地自限、任意批评，那唯一会耽误的其实只有自己。所以，杜甫才会语重心长地说："尔曹身与名俱灭，不废江河万古流。"韩愈也中肯地警示人们，努力地飞起来打开视野，比起赖在地上随口批评别人要重要得多，也有意义得多。

这就警示了我们：首先，连李白这样的大诗人，和陈子昂一样，在反对别人的时候都难免偏颇，给予不公正的评论，因此对后人难免有所误导，那么，知识不够、见解有限的我们，岂不是更应该谨慎宽容？

其次，李白和陈子昂虽然在某种时代视野之下，为了达到恢复正统的使命感而不免在言论上矫枉过正，但其实他们并没有无知傲慢到目空一切，完全抹杀过去前辈的努力与心血，反而对他们所反对的人也还是努力吸取优点，以实际的行动给予肯定，借此延续了所有的文学资产，那么，知识不够、判断力有限的我们，岂不是更应该谦虚好学？

最后，抨击前人的李白自己到了中唐时期，也成为后人不公正对待的对象，为了凸显杜甫而被贬低，可见风水轮流转，世事难料，那么，知识不够、成就有限的我们，岂不是更应该谦虚宽容？

这些现象处处都发人省思，警示我们：任何成就都是站在前人的肩膀上更进一步，因此必须善于学习吸收，单靠"反对"是无法有成就的；没有站稳脚下的土壤，努力吸收其中的养分，便无法成长茁壮，更难以开花、结果。所以，我们应该像杜甫所说的，"转益多师是汝师"；像韩愈所呼吁的，不要忙着在地上经营，成为只会爬行的蚂蚁，而是应该努力为自己装上翅膀，飞到知识的无限领空中，探索宇宙的奥秘。

清·汪士慎《梅花图》局部，上海博物馆藏

之二　深水静流的智者

盛唐王维的《杂诗》（其二）

君自故鄉来，
應知故鄉事。
来日綺窗前，
寒梅著花未？

离人共感，所以千古传诵

在上一篇里，我们看到了人是多面的，历史是复杂的。陈子昂作为唐朝复古派的开路先锋和开山祖师，却出现了阳违阴奉的作为，也就是对于他不遗余力地反对的六朝文学，在表面的批判之下，其实是大力吸收的；而唐代诗歌的内涵之丰富博大，更是必须立足于六朝所打下的深厚基础，才能青出于蓝，站在巨人的肩膀上登峰造极。因此，对于诗人和诗歌史，都不能简单地一概而论，看待古人的问题时，也不能太过单向化。

除了单向化，以致削减了人与历史的多面性之外，一千多年后的读者对于唐诗的理解还有哪些问题呢？另一个常见的问题是深度。我们要谈的是王维的《杂诗》（其二）：

君自故乡来，应知故乡事。来日绮窗前，寒梅著花未？

对于这首短短的五言小诗，我们很可能是爱得不知所以然，原因在于：我们对人性的了解不够。

不过，在讨论这首诗的可能意涵之前，应该说明的是：从目前的版本来看，这首《杂诗》（其二）是该一组诗中的第二首。

原作《杂诗》组诗如下：

家住孟津河，门对孟津口。常有江南船，寄书家中否？（其一）
君自故乡来，应知故乡事。来日绮窗前，寒梅著花未？（其二）
已见寒梅发，复闻啼鸟声。心心视春草，畏向阶前生。（其三）

如果限定在三首作为一个整体的情况下，这组诗很可能就只是一般角色扮演式的代言体叙事诗，由诗人代替分居两地的征夫、思妇抒发心情感受，彼此问答响应，则整组诗的抒情主体便不是王维本人，所表达的是诗人所拟想的他人的处境与心情。

但我们可以注意到，王维诗集中的《杂诗》有好几首，除这一组外，还有两首独立标示“杂诗”的作品，可见这是王维喜欢采用的诗题；而这组《杂诗》是在创作伊始便有意一体化的有机结合，还是在流传过程中才被编成一组？这或许不无疑问。

考虑到这几首杂诗都是无法判断创作时间的未编年诗，再加上王维的作品里也有拼凑成组的情况，例如《偶然作六首》这一组诗，根据考证，其中的第六首应独立成篇，题作《题辋川图》[1]，那么，这组《杂诗》是否也可能存在这样的情况？在如此的可能情况下，将第二首独立出来加以分析，便不是不可行的做法。

其次，即使是在三首一体的限定下，将第二首独立出来进行分析，也是完全可行的方式。毕竟若是没有诗人自己的生命体悟，又如何能够推己及人，为他人的存在感受设想代言？倘若所设想代言的并不是出于切身所感，又怎能感人至深？从这个角度来说，

1 陈铁民：《王维集校注》，北京：中华书局1997年版，卷五，第477页。

《杂诗》（其二）的抒情主体不论是谁，其中必有王维在，也是因为王维，才能使这个代言如此触动人心。因此，透过王维的生命史与性格特质来诠释这首诗，应该是更好的切入点。

更何况文学理论早已指出，对一篇文学作品而言，它的意义是在历代读者的接受过程中才被完成的，因此很多时候，重要的不是诗人的写作动机，而是作品所表现出来的效果、所给予读者的触发与共鸣。确实，对许多娴熟古典诗词的智识文人而言，这一组《杂诗》的价值往往只在于其中的第二首，历代评论家所点评、赞叹、分析的都是这一篇，遑论一般社会大众甚至以为它是独立的一首诗，另外两首仿佛并不存在。

这个现象已经清楚说明了在诗歌的接受史上，《杂诗》（其二）的内涵已经脱离了三篇一组的特定框架，以完整自足的形态与意义被单独看待，既不受另外两篇的限制，也不限于代言对象的立场、身份与口吻，从而扩大了、提升了、深化了它的内容与意义，具备了离人共感的普遍性。这是此诗得以传诵千古的原因。

因此，与其说触动人心的是隶属于《杂诗》组诗中的第二首，不如说就是这一首诗本身；也因此，将这首诗视为王维的夫子自道，便未尝不可。

《杂诗》（其二）逐句解

这首诗如果从王维的生命史来考察的话，比较有可能是在他年轻的时候所写，因为王维从十五岁离家到长安寻求出路，到他二十一岁考中进士，其间就已经有六年的时光；但考上进士并不等于宦途顺遂，甚至有学者认为，王维为了应试而在长安折腾了近二十年[1]。如此一来，便算是一篇少作。另一种看法是，古代读书人从年轻时就在外做官，像贺知章，到年纪很大了才辞官回家，于是感慨“少小离家老大回”（《回乡偶书二首》其一），所以也有可能是王维在外面做官已经很久了，遇到从故乡来的人，于是问了这样的话。但无论是哪一种，都不是很重要，重要的是什么呢？

首先，比较表面的基本语义要解释清楚。什么叫“来日”？这不是未来的某一天，就中古时期的用法，指的是过去时，“来日”正确的意思是昔日、往日，跟我们现在把它当作将来的用法，所谓“来日方长”的“来日”是不一样的。张相说得对：“来日，

1 〔日〕前野直彬著，洪顺隆译：《唐代的诗人们》，台北：幼狮文化公司 1978 年版，第 183 页。

犹云往日也。与作将来解者异。”[1]也就是王维遇到这个朋友，问他从故乡出发来到长安的启程时间。那已经过去好几天，甚至好几个月，已经是过去时了，王维之所以问那个“来日”，因为那是乡亲所能掌握的最近日期以及最新消息。

而王维所问的最新状况，则是“绮窗前，寒梅著花未”。所谓的“著花”，就是开花，是平仄不同的同义词，当必须遵守格律的时候，可以替换使用。句尾的“未”这个字，是一个句末的否定疑问词，今天的口语里已经不这样使用了，但是保留在闽南语里面，例如：吃饱未？困饱未？“未”就是中古的用法。“绮窗前，寒梅著花未”的意思是：种在雕刻精美的窗前的那一株梅花开花了没有？

闽南话就是“河洛话”，对应它的文字就是黄河、洛水的河与洛，就是中原的音与义。这是因为随着历史的发展，包含六朝时发生的五胡乱华，后来又有各式各样的动乱，中土人士一路到了南方，中原语言的古音古义也就跟着被留了下来。实际上闽南语是所有的地方方言里被公认保留最多唐代中古音的一个语系，在唐诗里这样的例子很多。像“请问”这个用法，用闽南语来说，就是“借问”，而唐诗里用到不少“借问”这个词，例如“借问酒家何处有，牧童遥指杏花村”（杜牧《清明》）、“停船暂借问，或恐是同乡”（崔颢《长干曲四首》其一），李白也说“借问此何时，春风语流莺”（《春日醉起言志》），以及“借问汉宫谁得似？可怜飞燕倚新妆”（《清平调词三首》其二），显然这就是直接从唐代延续下来的河洛话。

1 张相：《诗词曲语辞汇释》，卷六，台北：洪叶文化事业公司1993年版，第793页。

至于句末表示疑问的否定词，除了王维所说“寒梅著花未”的“未”，还有“无”这个字。白居易有一首著名的绝句《问刘十九》，诗中说：“绿蚁新醅酒，红泥小火炉。晚来天欲雪，能饮一杯无？”最后一句提问的“能饮一杯无”，这个“无”字今天闽南语也仍在使用，与“绮窗前，寒梅著花未”的“未”字是类似的用法。理解这些用语的传承，确实印证了“共饮长江水”的道理，令人倍感亲切。

回到王维的这首《杂诗》（其二）上来。照理说，一般人在离家已久，好不容易遇到乡亲时，最迫切想知道的应该是父母家人是否平安、家里是否安然无恙。确实，从常情来说，好像是如此。可是奇特的现象出现了，王维问的不是父母家人，而竟然是“绮窗前，寒梅著花未”。如果好好面对这个写法，读者们通常会产生困惑，毕竟，寒梅开花了没有，是一个多么微不足道的小问题，怎么会是种种“故乡事”中最重要的？即使这株梅花是王维亲手种植的，对它特别有感情，但首先问的不是父母亲人，而是窗前的梅花，并且除了“绮窗前，寒梅著花未”这唯一的提问之外，就再也没有其他的提问，父母亲友都完全没有涉及，这诚然是非比寻常的情况。

对于这样一个不想则已、一想便疑虑重重的现象，留给读者很大的思考空间，而如何解答，当然和读者个人的知识学问以及人生体验息息相关。

其中，有现代学者提出了一个令人惊骇的说法，声称这首诗证明了王维是一个很自私的人。为什么呢？因为离家那么久，好不容易遇到一个故乡来的人，他竟不问家乡好不好、父母平不平安，问的是他窗前那株梅花开了没有，这不就证明他很自私吗？然而这个说法立刻产生很大的问题，一首证明诗人自私的诗，竟然会让无数游子传诵不已，难道历代的读者都喜欢自私的诗人，喜欢表现出诗人自私的诗篇？而王维这首《杂诗》（其二），毋庸置疑是一首脍炙人口的名篇，被传诵了一千多年，也收入重要的诗选课本里，那么，我们千古以来一直在欣赏一首证明这个诗人很自私的诗，这是可能的吗？

即使读者并不是以道德作为评价一首诗的标准，但一首证明这个诗人是很自私的诗，竟然能感动无数的读者，是不是太不合情理？还是说后代的读者都很盲目，没有看出这首诗显示了王维是一个很自私的人，才会被这样微不足道的提问所触动，那么多人的心灵都在盲目中千古共鸣吗？这显然也很不合情理。毕竟历史是残酷的，批评家是严格的，被反反复复地吟咏、检验、分析了一千多年，能够留下来的必属杰作，其中必有深刻的道理。再说，写出“独在异乡为异客，每逢佳节倍思亲”（《九月九日忆山东兄弟》）的王维，又怎会在羁旅异乡、思乡情切的情况下，对故乡亲友问一个自私的问题？这当然都是不可思议的事，所以这实在是一个太奇怪的说法。

最值得思考的是，人们很容易以为，第一个冒出来的问题就应该是他最关心的问题，这个推理看起来好像很有道理，但其实是对人性一点都不了解的想当然耳。真的，人性太复杂、太微妙了，不是一般所以为的那样简单；而当我们没有这样的人生经验，也不想好好透过别人的经验去学习、体认，于是用想当然耳，甚至轻慢的逻辑去推论古人的作品，就会落入疏忽、无知与狂妄的地步，得出荒谬的推论了。

英国诗人艾略特（T. S. Eliot）曾经说：“诗人只是把人们早

已熟悉的感情用更富有自觉的方式表达出来，因而能帮助读者更加认识到他们自己。”[1]必须说，这首《杂诗》（其二）和王维另一首思乡名作《九月九日忆山东兄弟》的“每逢佳节倍思亲”一样，都是大家朗朗上口，传达了他们集体的内在心声的一首代表作。如同《送元二使安西》这首诗，都属于“得人心之所同然”，也就是触及人心共通点的杰作。明朝李东阳《麓堂诗话》曾经评论说：

辞能达意，可咏可歌，则可以传。王摩诘“阳关无故人”之句，盛唐以前所未道。此辞一出，一时传诵不足，至为三迭歌之。后之咏别者，千言万语，殆不能出其意外。必如是方谓之达耳。

清代赵翼《瓯北诗话》也认为：

王摩诘“劝君更尽一杯酒，西出阳关无故人”，至今犹脍炙人口，皆是先得人心之所同然也。

同样地，这首《杂诗》（其二）也是“得人心之所同然”，能够代表许多人说不出口的千言万语，所以才能流传千古。那么，到底这首诗的优点在哪里？“绮窗前，寒梅著花未”此一提问，到底碰触到人心的哪个层次？探测到哪一个人性的面向？为什么会跟一个离家很久的游子的心境如此深刻地联结在一起，而且深深触动人心？

1 T. S. Eliot, *On Poetry and Poets* （New York: Noonday Press,1961）, p.9. 中译见孙康宜：《末代才女的“乱离”诗》，李丰楙主编：《文学、文化与世变》，台北：文哲研究所 2002 年版，第 328 页。

先行者王绩，十四个关于家乡的提问

在提出我们的解释之前，还可以先看看其他诗人是怎样写类似的情境的，又是否还有其他的解释。

在王维之前，也有人写过类似这样离家久别而在异乡重逢的诗，那位诗人是初唐的王绩。王绩的《在京思故园见乡人问》这一首诗，简直和王维的《杂诗》（其二）如出一辙，都是离家很久，在京师思念故乡，偶然见到乡亲时向对方提出询问，表达出对家乡亲人的种种挂心：

旅泊多年岁，老去不知回。忽逢门前客，道发故乡来。
敛眉俱握手，破涕共衔杯。殷勤访朋旧，屈曲问童孩。
衰宗多弟侄，若个赏池台。旧园今在否，新树也应栽。
柳行疏密布，茅斋宽窄裁。经移何处竹，别种几株梅。
渠当无绝水，石计总生苔。院果谁先熟，林花那后开。
羁心只欲问，为报不须猜。行当驱下泽，去剪故园菜。

王绩人在京都长安，离家多年之后很想念故乡，有一天遇到故乡来的亲戚邻居，心情非常激动，紧紧握着对方的手，然后“破涕共衔杯”，又哭又笑，因为好高兴遇到一个故乡来的人，泼洒出来的欢喜中蕴含了忍耐多年的苦涩，一瞬间都交织在一起，于是笑中又带泪。接着，就忍不住像连珠炮一样问了许多的“故乡事”，从亲友、长幼，乃至庭园中的石头、水渠、花果、树木，无事不问，一连抛出十四个问题，显示出对故乡的满满挂念，以及久别之后渴望问讯的急切心情。

请看他最开始问的是“殷勤访朋旧，屈曲问童孩”，家乡的那些人怎么样啦，孩子们如何了？“衰宗多弟侄，若个赏池台”，我们家里的那些子弟，谁还会欣赏他们所住旧居中的园林、池苑呢？于是接下来提到旧园，不知今天还在不在？如果还在，其中也应该栽种新树木了吧？柳树的行列有的疏、有的密，是园子里分布最多的植物；可以用来歇息的茅斋也多少有些修葺，这边扩建了、那边拆掉了；布局既然有所变更，原来的竹子也可能移到别处，再多种了几株梅花。

除花草树木之外，花园总还有假山流水，于是接着推测“渠当无绝水，石计总生苔”，水渠里面的水流还是源源不断的吧？石头呢，我估计应该长出青苔了吧？还有，“院果谁先熟，林花那后开”，院子里面的果子哪一颗会先成熟，哪一朵花比较晚开啊？一路下来，一共问了十几个问题。最后诗人说“羁心只欲问，为报不须猜”，我这颗羁旅异地的心始终怀念着故乡，迫不及待地很想知道各个问题的答案，才会巨细靡遗地一直提问，你也不要迟疑，什么答案都直接告诉我，以满足我悬念的心。

这首诗看起来很正常，很能够把离家很久以后对于故乡的悬念、心中蓄积的各式各样的关切，一股脑儿都爆发出来，表现出对故乡的人、事、物的无比牵挂。大家都是这样体会的。

为什么要问：“寒梅著花未？”

然而，在经过更多的人生体验，对于人性有了更深刻的体悟之后，可以发现王绩的这首诗，实际上是落于下乘的。必须说，王维是在王绩之后却后出转精，这不只是说诗歌的艺术表现，还包括对于人性所把握到的深邃程度，王维都远远超过王绩。王绩的这首作品，其实只停留在一般人的普通层次而已，只是在字面上呈现常识化的那一面，读者们似乎都会有的那个心境。说“似乎”，是因为实际上在当下的特定处境中，我们不可能连珠炮似的问这么多问题。但历代诗评中却很少阐述到这一点，这一点下面再做解释。

比较起来，王维只问了一个问题：“来日绮窗前，寒梅著花未？”融合了王绩《在京思故园见乡人问》中的“别种几株梅”“林花那后开”，意思是隆冬春寒中的梅花开了没有。相较之下，在同样思乡情切的背景下，王维的提问就显得太过简略、太过平淡了，这确实是一个非比寻常的状况，也引起了不同的揣摩诠释。最负面的一种，前面已经说过了，就是以此推论王维是自私的，此一说法的不合情理，不必赘言。

“有敦瓜苦”，从微物关情

至于另外的历代诗评家对王维这首《杂诗》（其二）的诠释，则是从正面的角度阐发这个提问的意义，主要是强调它的简单却有韵味。

例如，清代注解王维的知名评论家赵殿成便认为，透过和王绩《在京思故园见乡人问》的比较，王维的诗显得更为耐人寻味，他说：“右丞只为短句，一吟一咏，更有悠扬不尽之致，欲于此下复赘一句不得。”确实，仔细想想，在“来日绮窗前，寒梅著花未”这两句之后，还能增加什么问题？任何增加的新问题都不免显得牵强造作、拖泥带水，损害了这首诗原本悠扬不尽的含蓄韵致，于是在百般尝试之后，发现无论添上任何提问都难以妥帖，才会赞叹“欲于此下复赘一句不得”。

但赵殿成只有赞叹，却没有进一步的说明，仍然令人不甚了了。另外，清代宋顾乐提出了比较具体的意见，他的评论应该也是最好的一个。清初引领康熙诗坛的大文人王士祯（又叫作王渔洋），于所辑的《唐人万首绝句选评》中引述宋顾乐的说法，指出：

> （王维）问得淡绝、妙绝。如《东山》诗“有敦瓜苦”章，从微物关情，写出归时之喜；此亦以微物悬念，传出件件关心，思家之切。此等用意，今人那得知？

意思是说，王维跟王绩的问法不一样，他问得很淡，只问了“寒梅著花未”这么淡淡的一句而已，却又巧妙、微妙到极点。然后他解释原因在哪里。他认为，这就像《诗经·东山篇》的第三章“有敦瓜苦”，那一段是说：

我徂东山，慆慆不归。我来自东，零雨其蒙。
鹳鸣于垤，妇叹于室。洒扫穹窒，我征聿至。
有敦瓜苦，烝在栗薪。自我不见，于今三年。

其中，“垤”是小土丘，“聿”是语气助词，有“将要”的意思。“敦”是一个一个的样子，“栗薪”则是列薪、束薪，指柴薪搭起的木架；而上面的“瓜苦”就是瓠瓜，一种葫芦，古代在婚礼上剖开瓠瓜成为两张瓢，夫妇各执一瓢盛酒漱口，取合而成双之义。整篇的串读是说：我到东山去作战，久久不得回家，如今从东方回来，一路细雨绵绵，鹳鸟在土墩上鸣叫，妻子则在卧房里叹息，快快打扫庭院收拾房屋，因为做丈夫的我经过漫长的旅途，就要回家了。圆圆的葫芦瓠瓜，躺在柴堆上，看到这样一个婚礼上所用的小东西，不禁感慨我离家去东山，到今天已经整整三年，那是多么漫长的时光，多么漫长的离别与等待。

由此可见，“有敦瓜苦”这四个字代表了这位征人战士对妻子的想念，《诗经》用了一个很小的东西来传达感情，用一个瓠瓜写出归乡时的万分欣喜，这就是“从微物关情”的意思。宋顾乐认为，王维也是异曲同工，王维是“以微物悬念”，用一个很小的东西来表达对故乡的深刻怀念，那“微物”就是寒梅开花。这么一来，就可以传出件件关心。

可见宋顾乐的理解在于，王维之所以问得淡绝、妙绝，是类似《诗经・东山篇》的笔法，也就是以小观大、举一以反十而不只是反三。连一个微不足道的小东西都关心了，其他更重要的、更多的事情就一定更关心了，不问可知、毋庸多言，于是知道窗前的花开了没有，便等于知道家里其他的状况了。

宋顾乐这个以单一来概括其余的说法当然非常好，他自己也很自豪，才会说“此等用意，今人那得知”，他觉得当时的人都搞不清楚这首诗的用意，其他人的说法都不对，只有他最明白，所以特别做这样的诠释。

这个说法可以说是我所见过的最好的解释。但是宋顾乐所讲的可能也还不够好，原因是，这个说法其实是一种理性逻辑安排之下的产物，所谓诗人举一个小东西来概括其余，以微物悬念来传达件件关心，这是事过境迁之后的一种后设安排，是经过理性认知之后的一种艺术技巧，而只要是刻意安排的技巧，就是在自觉意识下的理性空间中去运用的，不是见到故乡来人的那一瞬间的心理状态。在那个当下，实在无法考虑这种逻辑性的安排，以达到由小观大、举一反三的暗示，所以不会是这样的一种理由。

王绩更不用说了，他绝对是当下过后再回头去写的，即使在遇到故乡来人时心情十分激动，心里也很想问那些问题，却是在心思稍微平静下来后才做的反应，甚至是亲友离去后再回过来把这个遭遇写成一首诗，把所有关心的人、事、物统统塞到作品里面来一一罗列。这些都偏离真正遇到故乡来人的那一瞬间、很激动的时刻的心理状态。

第一瞬间的反应：自我防卫的心理机制

也就是说，乍见乡人的那一刻，当下心情是激动无比的，因此，无论是王绩在他的诗中表现出件件关心，还是如宋顾乐所认为的，王维只选了一个最微不足道的事物来举一而概括其余，这些都不切合人在这个当下的心理反应。

写到这里，关键的差异已经慢慢清楚了，那就是：无论是王绩的写法还是宋顾乐的解释，都避开了或者没有真正把握乍见乡人那一瞬间的心情，那激动无比的状态容不下逻辑安排的理性反应，也不会大大小小的问题都一一爆发。而王维所深刻把握到的、所精准反映的，正是那一个很激动的、当下的瞬间。他没有要你举一反三，没有要你去做什么合乎理性的推论，他就是精确地展现出那个乍然相见的瞬间反应，于是当下你只会问“寒梅著花未”。就是这样。

至于乍见乡人那一瞬间的激动心情，除了百感交集得说不出话来，又到底是什么感受，以致当下只会问出“寒梅著花未”？我们认为，还有一个更重要，也是最关键的因素，那就是——很深的恐惧。是的，就是恐惧，犹如佛家偈语所说的“由爱故生忧，由爱故生怖”（《妙色王求法偈》），因为爱所以才会忧虑，也因为爱所以才会恐惧，这份很深的恐惧正是由很深的爱而来，这也才是王维为什么只问“寒梅著花未”最可能的原因。

现在，我们就要提出另外一种解释，说明为什么王维只问“寒梅著花未”，并且还能深深触动人心的原因。

而这个新解释的缘起，很幸运地不是我自己的亲身之谈，对此，我深深感到一个善于学习的人应该是不辞涓滴，在生活中从其他人的人生体验里取得对生命不同的感悟，也庆幸于有时候人可以不用亲身受到熬炼，只要透过学习便能够明白，原来人类的各种经验里还有极端而独特的这一种，从而扩大自己的眼界心胸。这种人生体验的事情，有的时候真的是没经验，所以无法体会；或者虽然有经验如王绩，却缺乏那种敏锐感，于是便不能够细腻体会或精确呈现。重要的是，当你知道有这一种体悟之后，就更能够读懂其他有类似情况的文学作品，而同时对于他人也可以更加的慈悲，更加的宽容。

我的高中语文老师段延春先生，在课堂上告诉我们他的亲身故事。海峡两岸因为历史原因，1949 年百万人仓促跨海到台湾来，没想到这一去就是三十年。漫漫无尽的阻隔在许多人心中留下无法弥补的伤口，渐渐地，稍稍弥补的机会来了，两岸逐渐开放，经过一段时间的通信之后，隔绝三十年的亲人终于可以在香港会面。焦虑、期待、担忧的煎熬在终于见到弟弟的那一瞬间达到巅峰，请特别注意，是一瞬间，而且是乍见之下的一瞬间。

双方当然都是满面沧桑，三十年的岁月本来就会对很多人、事、物造成重大的改变，更何况大家都吃了很多的苦，承受了各方面的身心压力，绝不是以前那个记忆中年轻的小伙子，其他就不用讲了，对各位亲人以及各式各样的家乡变化等，也都是既关心又害怕。在那心情无比激动、简直百感交集的当下，累积了三十年的许许多多的话，许许多多的悬念与疑问，堆积在胸腔里都要汹涌而出，急切地想问，好想立刻得到解答；又有好多的话急切地想要倾诉，好让对方知道自己心中悬了三十年的焦虑与悲苦。可是连他自己都非常意外的是，在那样百感交集、千万个问题都急着要冒出来的爆破性的激动时刻，第一个蹦出口的问题，竟然是一个事前根本就一点都不关心、自己也完全没有打算要问的问题。而这个在他无比激动、心绪混乱，因此说不出话来，终于又开始恢复语言能力之后，脱口而出的问题是什么呢？竟然是：家乡现在有没有电？

有没有电？这不是什么了不起的问题，并且连当事人也觉得这一点都不重要，甚至根本没有想到自己竟然会问出这样一个连答案都无关紧要的问题！

我在台下坐着，听到老师讲述这段切身的经验，那一瞬间就蓦然懂了，为什么王维《杂诗》（其二）问的是“寒梅著花未”了！原来如此，我们从小耳熟能详的这首诗，他问的这个问题，所隐含的真的是人生无比辛酸的遭遇，才可能重现了王维这首名诗的幽微深刻。也就是说，这里王维问“寒梅著花未”，正是捕捉到久别重逢之后乍然相见的第一瞬间，当时第一瞬间的反应是什么，王维就借由文字加以定格；而不是事后再去回溯，经过艺术技巧的安排用来以小观大，当然更不是王绩这种把所有的问题像连珠炮般巨细靡遗地罗列出来，那已经是在激动过后平静下来，一方面有了心理的余裕，一方面则是双方开始促膝长谈、娓娓道来，才能出现的情况。

可以说，王绩所写的思乡情切，不是双方乍然相见时激情动荡的那一瞬间，而是这个瞬间过后的那个阶段，甚至是事后要写出这段经历时，回过头去重建的；但是王维不是，王维就是要非常逼近于第一瞬间的那个心灵现场。那个心灵现场是什么呢？是连自己都未必清楚意识到，也不是刻意安排之下脱口而出的第一个问题，那个问题是最微不足道的一个小问题，所以是“寒梅著花未”，是“家乡有没有电”。

这么一来就更值得思考了。这是为什么呢？人在久别重逢、乍然相见的第一瞬间，在那样异常激动的心情下，为什么所问的，会是一个自己并不在乎的问题？答案是，这和人类非常复杂幽微的心理机制有关。

许多复杂幽微的心理机制背后都有一个根源，那个根源就是自我保护，于是形成了自我防卫的心理机制，并且发展出各式各样的表现形式。比如我们的梦境，为什么会做这样的梦？还有，像《红楼梦》里，香菱为什么会出现全盘性的失忆？迎春为什么会如此没有自我地、病态地依顺？而惜春又为什么会如此绝情地六亲不认？种种心理反应，背后其实都有一个很简单的根源，就是这个生命体在启动自我保护机制，避免自己受到伤害。

既然这个自我保护机制是一种生命的本能，也因此就不在人的意识管控之下。换句话说，王维在那个第一瞬间所问出的问题，之所以是这么微不足道的小事情，那正是生命本能的反应，在自我防卫机制的启动下，所进行的一种自我保护。

进一步思考或者细心揣摩，为什么这里会涉及自我防卫的需要？为什么这个时候他需要自我保护呢？就因为其他没有问出口的问题对他而言太重要，甚至是致命的问题，这多年的悬念，攸关他心灵最深切的恐惧。

对人而言，越是重要的问题，他就越害怕知道答案，因为你不知道是 YES 还是 NO。如果对方说 NO，则苦苦守候的期望破灭，多年的等待成空，你可能就会被推到地狱的深渊，面临崩溃；若答案是 YES，这么多年来的悬念就得到放下与解脱，有如进入天堂乐园。可是这是两个极端的结果，没有人知道命运的签会是哪一个，而那个 NO 的答案会让人承受不起，于是心里很隐微的恐惧就开始启动生命的自我防卫机制。

你的本能知道心理的脆弱，这个求生本能就在潜意识中自动地保护你，不让你在还没有准备好的情况下去得到坏的消息，以免崩溃。这种推迟作用，让真正关键性的重大问题延后面对，所以越是重要的问题，越是不可能第一个跳出来问。随着时间拉长，慢慢地，你的心情平静下来了，心理建设已经准备好了，可以有足够的勇气去迎接坏消息的时候，自然地就会触及最关心的那些问题，而此时，就算那个问题的答案是可怕的，也会让你非常悲痛、万分伤心，可是那已经不是致命的状态，关键就在于需要“时间”。而潜意识的心理防卫机制就是在替你准备这个缓冲时间，以致自动封锁致命时刻的重大提问，因此在第一瞬间问出来的，往往是一个你根本不在乎答案是什么的问题。

所以有没有电不重要，没有电可以点蜡烛啊，日子过得简单一点就是了，这个跟生命没有关系；同样地，花有没有开的答案也并不重要，也许今年气候暖化提早开了，也许今年寒冬那些花朵整个被摧毁了，但这对人都无关紧要。所以，为什么王维这首诗会传诵千古，一定是诗里面有一些什么东西，非常微妙地触动了一代又一代许许多多有共同经验的人的心灵，而到底那个触动在哪里，恐怕连很多被感动的人自己也不是很明白，我想，我学到的这个体悟应该是最合理的。由此可见，人类的某些心理反应是共通的。

“不敢问”的情怯

可以说，王维的提问是出于“不敢问”的心理，而唐诗中又刚好有一篇名作，诗中清楚点出“不敢问”的心理状态，我们就放在这里一起看看。

那首诗是宋之问的《渡汉江》。宋之问被视为奠定唐代新体诗歌格律的重要人物，与沈佺期合称为“沈宋”，但是他们的人品德操不好，算是没有原则的墙头草，在政治的变化局势当中，往往趋炎附势，依附有力人士以保障自己的荣华富贵。这么一来，在变化无常、权力来来去去的政治场中，有些人就很讨厌他们，于是得到政权之后，找到机会便把他们贬逐到南方。

宋之问作为一位诗人，当然是一个好的诗人，可是就一般标准而言，他的人品确实是有问题的，但这并不等于他的诗就都一定虚伪。这是可以分开来看的两个层面，尤其是当他以切身的经验，由衷地流露出某些人生感受，那便是在真诚无伪、心灵纯净的状态，再加上他在格律上的努力，那时所作出来的诗，实际上就拥有传世的价值。

这首《渡汉江》便是一首血泪之作，确实是他当时那一瞬间，非常真诚、纯净的情感流露，诚属一篇佳作：

岭外音书断，经冬复历春。近乡情更怯，不敢问来人。

宋之问被流放到南边，“岭外”的岭就是五岭，位于江西省南边和广东省北边的两地交界，那一道绵延的山脉叫五岭，其中包括著名的大庾岭，那是唐代官员被贬谪到南方时会经过的路线和所在地，一个唐诗中常见的关卡。“岭外”就是岭南，通过五岭再往南走就是广东，这对唐代人来讲真的是瘴疠荒凉的化外之地，一个气候甚至足以致命的所在。欧阳詹《题梨岭》一诗便说道：

南北风烟即异方，连峰危栈倚苍苍。哀猿咽水偏高处，谁不沾衣望故乡。

孟贯《送江为归岭南》一诗亦云：

旧山临海色，归路到天涯。此别各多事，重逢是几时。
江行晴望远，岭宿夜吟迟。珍重南方客，清风失所思。

“岭南”已经被视为“天涯”，在南北的巨大阻隔之下，“重逢”恐怕是遥遥无期。宋之问就是来到这样的地方，才会“音书断”，跟家人亲友完全断绝音讯。然后“经冬复历春”，还不到一年的时间，但遇到乡亲时他的心情已经无比激荡，悬念的深切就足以产生下面“近乡情更怯，不敢问来人”这两句千古传诵的名句。请注意，就是这个“情怯”的心理导致“不敢问”，什么话都没有说出口，整首诗就结束了。

由此可见，对宋之问而言，他只呈现好不容易见到故乡亲友时，一开始“不敢问”的心理，无论之后是否鼓起勇气前往相认，是否殷勤叙旧，甚至是否回到家中与家人团聚，种种后续的情况都不是他所想要表达的。当然严格来说，这个“不敢问来人”的背景和王维是不同的，因为宋之问身为一个戴罪之臣，第一是感到羞愧，第二也可能是觉得恐惧，所以他明明见到故乡来的人，可是连上前跟他相认都不敢，遑论问他关于家乡的消息。

这个近乡情怯是另外一种情境，和王维的《杂诗》（其二）并不完全一样。但是，其中那“不敢问”的感受是可以相通的；或者说，借由宋之问所说的“情更怯”以及“不敢问”，那份怯懦所隐含的恐惧，也恰恰可以说明为什么王维问的是“寒梅著花未”。他们都是定格在乍见故乡来人、心情最激动的那一瞬间，这可以说是两首诗相通的地方。

“不敢说”的辛酸——辛弃疾的“欲说还休”

识尽愁滋味：超乎言语的人生历练之苦

除此之外，我们还要补充另一篇作品，虽然是另外一个完全不同的情境脉络，所反映的是完全不同的一种心理机制，但却很值得和大家分享，也一并做进一步的厘清。假设说王维的《杂诗》（其二）是“不敢问”的结果，那么辛弃疾的《丑奴儿》这阕词，就是“不敢说”“欲说还休”。

辛弃疾《丑奴儿》也同样是脍炙人口的名篇：

少年不识愁滋味，爱上层楼。爱上层楼，为赋新词强说愁。
而今识尽愁滋味，欲说还休。欲说还休，却道天凉好个秋。

前半篇的“少年不识愁滋味，爱上层楼。爱上层楼，为赋新词强说愁”，最是适合少年心境，许多人都体会过。但是生命是往前走的，人生不会永远停留在“年少春衫薄”的时刻，“不识愁滋味”而“为赋新词强说愁”的辛弃疾，也终于被时间、被岁月推到了“而今识尽愁滋味”的人生阶段。可是什么叫“识尽愁滋味”呢？十五、二十岁左右的年轻人，即使完全不明白什么叫“识尽愁滋味”，却可以自以为很熟悉、很了解，对于凄切、悲凉、沧桑等凄美的词语也都感受深刻，浸润在这些词语所带来的情境里，不但点滴在心头，还可以写出很动人的文章来描述这些感受。《红楼梦》中的林黛玉，可以说就是这类状态的代表。

但是，正如辛弃疾所体悟到的，事过多年，在经历过真实的苦难以后再回头去看，却真的只能说是“为赋新词强说愁”。诗人前辈没有冤枉你，对你年少阶段明明很深切的感受，却说是“强说愁”，那是只有等到真切地走入泥泞，历经人世的苦痛，被东西南北风千磨万击，而真正懂得什么叫“愁滋味”之后，再回过头看看二十岁的愁绪，相对之下，确实只能说就是无端闲愁。

这不是当事人主观认知的问题，这是一个比较的问题。一旦进入比较，永远会有更高级的层次，人生就是这样获致无尽的经验累积和更深的体悟，那个更深的体悟可以用同样的话说出来，可是其境界就完全不同。所谓的“见山是山、见水是水”，这是最初的直观阶段，一切都是直接产生的印象和感觉；第二个阶段则有了变化，面对许多的复杂矛盾，一个人已经无法单纯地碰触这个世界，于是“见山不是山、见水不是水”，原来熟悉的事物蒙上了疑惑，以致走样变形，既陌生又扭曲；但到了第三个阶段，还是“见山又是山、见水又是水”，字面上是一样的，但在经过千回百转之后，那种经验和见识已经是截然不同的本质了，一个人的智慧能让他穿透表象、直探本心，于是一切事物又都恢复清朗的原貌。

我现在已经学会不照字面来理解，因为字面永远只是字面，它们可以很像，但真实的内在却是高下迥别。只要多了解一下，就可以知道它到底是不是花拳绣腿，只是很漂亮的锦绣文章，还是说它真的是一字一字充满血泪的呕心沥血，那是只有长久的经验和努力才能够学会判断的一种本领。

从少年的“不识愁滋味”到如今的“识尽愁滋味”，那“识尽愁滋味”的表现方式又是什么呢？是急着找人倾诉，还是号啕大哭？令人意外的是，这些强烈的情绪反应都不是，而是“欲说还休。欲说还休，却道天凉好个秋”。

他为什么就不说了呢？面对这个问题，一个最常见的答案是：因为发现语言很有限，不能够充分表达，所谓“词不达意”“言不尽意”“纸短情长”，你觉得语言好苍白无力啊，无论用怎样强烈的言语，都没有办法传达内心的那种愁滋味于万分之一，所以就不说也罢。确实，很多人会提出这个答案，这也能符合大多数人的大部分情况。

另外还有一种解释，是说那“识尽愁滋味”的人百感交集，在弥漫着苍凉的心境下，反而不知从何说起。就这一点，蒋捷《虞美人·听雨》可以作为一个范例：

少年听雨歌楼上。红烛昏罗帐。壮年听雨客舟中。江阔云低，断雁叫西风。

而今听雨僧庐下。鬓已星星也。悲欢离合总无情。一任阶前，点滴到天明。

蒋捷的《虞美人》也是许多文艺少年很喜欢的一阕词，当然经过多年之后再回头去看，更能体会的却是后半阕，就是最后这半段最耐人寻味。请看“而今听雨僧庐下”这一句，为什么他是在和尚庙的旁边呢？不是“红烛昏罗帐”的歌楼，也不是“江阔云低，断雁叫西风”的客舟，而是历尽沧桑，在经过大喜大悲之后返璞归真，一切回归平淡。那时候“鬓已星星也”，发鬓出现了点点的斑白，年岁渐增，深刻体会到“悲欢离合总无情”，所以你有几许无奈，还有无限感慨，甚至带有一种不再强求的坦然，以致“一任阶前，点滴到天明”，听着雨声清晰入耳，心情有一种历经沧桑之后的平静。

这时你不会再喧嚣地求告，到处去声张自己的苦楚辛酸，因为那种平静来自你深刻的了解，最深的心声用说是没有用的。说出来只不过是制造噪声，或者只会扭曲原貌，或者只会更加无味，都会让自己更落入一种浮躁的、小气的、等着别人来给你安慰的可怜姿态；而平静里会有一种尊严，因为一切都回到自我的内心里，靠自己承担、沉淀、转化，产生一种坦然以对的坚毅力量。然后你便明白，有一种尊严是建立在沉默之上，于是人就会越来越沉默。

辛弃疾的“而今识尽愁滋味”更清楚地说明了这一点，只不过在这阕词里，还触及了更有意思的一个问题，就是在平静地听着阶前雨声点滴到天明之前，实际上人不是不想说的。当一个人“识尽愁滋味”的时候，心中最是愁苦不堪、难以承受，所以还是希望多多少少交流一些、多多少少谈论一些，辛弃疾不就重复了两次“欲说还休”吗？

因为人的承受能力是很有限的，那样的愁滋味超过了人的负荷，压得人喘不过气来，就像快要灭顶、淹死的人，那个时候的生命本能一定会让你挣扎求生。而怎样挣扎呢？就是想找个人说几句话，以稍稍减轻那份痛苦，哪怕是一分一毫的重量都好。人被沉重的负担压到活不下去的时候，纵使明明知道那减轻一到两分的痛苦于事无补，可是有那减轻一到两分的当下，还是会觉得有一丝一毫的安慰，这对于识尽愁滋味的人而言，都是迫切需要的。

于是我们终于明白辛弃疾的意思了，事实上他还是“欲说”、想说，可是为什么终究没有说呢？这是第一个问题。而且很有意思的是，当他终究不说自己所识尽的愁滋味的时候，竟然是“却道天凉好个秋”，谈起天气来了，又是为什么？这是第二个问题。

虽然，只要看字面就可以回答得出来，辛弃疾欲说的内容是什么，当然就是他所识尽的愁滋味，但最后说出来的却是“天凉好个秋”。表面上看，和王维问“寒梅著花未”有点像，最想问、最想说的最后都没有问、没有说，并且所问的、所说的，都是最不重要的一件事情，两者之间颇有异曲同工之处。还有一点非常接近，那就是它们都牵涉一般人罕见的极端体验，其反应也都和自我保护有关。

应该特别注意的是，“识尽愁滋味”这一句的关键词，在“尽”这个字，那不是一般的愁滋味，更不是年少无知的强说愁。这么多年来我所学会的一个道理，就是重点不在动词，尤其不在形容词上，而在于副词。副词是最重要的，它显示了怎么做、做到什么程度；也就是重点不在于做了什么，而是你怎么做，又做了多少，这些都是副词的功能。

同样地，事况的不同在于到了哪一种程度，小小的悲喜没有深刻的差别，小小的挫折也没有多大关系。无论生的是哪一种病，只要不严重、可以控制、能够痊愈的，都不用担心。所以重点在这个“尽”字，当你识尽各种痛苦悲哀的经验之后，那确实是没办法用言语来表达的，这时候只好承认我们的语汇本身非常有限，“痛苦”这两个字绝对表达不出当事人所真切感受到的，用得再多次、再怎样强调，都仍然觉得远远不够。

不过，要用“尽”这个字才能说明愁滋味的时候，情况就不是这么简单。必须说，“欲说还休”的原因并不是因为发现语言苍白无力不足以表达，所以“还休”；很清楚地，辛弃疾明确地说他“欲说”，他还是想说的。当人在“识尽愁滋味”的当下，痛苦到咬紧牙关都没有办法承受的时候，那是人生最极端，也可以说是最深层的体验，你要忍受非常人所经历的苦痛和压力，当下若能抒解于万一，对当事人都是难得的拯救。即使词不达意、语无伦次，即使感到语言苍白无力，真的搜索不出恰当的用词，都还是会想要诉说的，因为只要有人肯听，就多少能够抒解这种愁滋味于万分之一，而万分之一对这种受尽苦痛的人来说，都可以带来一点点的减轻、一点点的救赎，即使很快他又落入那个万丈深渊，但那减轻的、救赎的一瞬间，仍然让他多喘息了一口气。所以他是想要说的，这和语言能不能达意完全没有关系。

辛弃疾之所以欲言又止，终于“还休”，其实有着更悲哀的原因。

单子没有窗户：人的有限性和绝对的孤独

我的体会是，辛弃疾的“欲说还休”，是因为他虽然渴望有人来分担，也一定找人倾诉过，但是一次、两次、三次之后，尤其对这种很敏感或者要求很高的人而言——所谓要求很高，是指希望你是真心地全心全意对待他，若是百分之八十甚至百分之六十，那就不用了吧——他总是能感到几分的敷衍、几许的隔阂，因此总是感到失望与落空。

所以，他终究不说的真正原因，是因为最后终于明白：没有人真正关心你，真正地倾听、替你分担。他表面上跟你有对话，好像也在旁边跟你交谈，但是几句话以后你就会知道，他并没有完全把心思放在你身上，并没有真正走进你的心去感受。而这是人性使然，也就是每一个人都面临的有限性，因此注定了“单子没有窗户”，“识尽愁滋味”的人终究只能自己承担。

这种没有人真正关心的孤独感，可以举一些例子来说明。美国诗人弗罗斯特（Robert Lee Frost，1874—1963），就是以《未选择的路》(*The Road Not Taken*)闻名的诗人——森林中有两条岔路，他选择没有人走的那一条，然后人生就不一样了，你也不会知道另外一条路是什么风景，这就是人生的局限。他在另一首诗中写了类似的观察，诗题叫作《熄灭，熄灭——》（*Out, Out*—），这首诗很长，讲述一个悲哀的故事，说有一个小男孩很穷、很乖，锯着木柴分担家务，却在即将结束工作、准备去吃晚餐时，一不留神手被锯到，随后医生赶到，但因为伤势太重，急救无效，心跳停止，诗的结尾是：

而他们，由于他们不是死者，转身继续他们各自的事。

这样乖巧的一个小男孩，应该要获得鼓励和应有的幸福吧！

至少应该平安地长大，可是就在光明与黑暗交界的瞬间，一不留神就命运翻转，进入了死亡。这当然是很令人震撼的悲剧，可以引发关于世事无常、祸福不一或天道不公等许多问题，司马迁在《史记·伯夷列传》里就是在苦苦思考这个问题。

但整首诗最关键的是结尾，这么长的叙事诗就定格在“而他们，由于他们不是死者，转身继续他们各自的事”。他们就是那些旁观者，他们在意外事故刚发生的时候也很紧张、很慌乱，赶快去救治，可是当这个孩子心跳停止，已经没有救了以后，即使再悲恸、再惊骇，都还是只能转身继续他们各自的事，因为他们不是死者！

这个现象乍看之下当然是很无情的，可这是必然的结果，毕竟没有人应该代替死者去死，也没有任何人应该代替这个无辜的小男孩去面对这样不公平的、可怕的灾难，所以要旁人不转身回去做自己的事，是个不合理的要求。然而，这仍然很残酷地碰触到人性的有限，那个“有限”就是说，人毕竟只能回到他的世界、关心他自己所关心的事，既然不是死者，当然要回到原本的生活常轨去承担各自的责任。每一个人都有他的苦难、有他的地狱要面对，所以死者就这样独自进入黑暗的深渊，那是一个没有任何人可以分担的过程。活着的人也许心里或多或少对这个男孩有着悲悯、有着怀念，也有着痛楚，但是事实上，他们不可能全心全意去负担这个小男孩生命的悲剧，这就是人性的有限。

如果连身边具体的、活生生的亲友邻人都是如此，那么更遑论远方的、陌生的灾难了。亚当·斯密（Adam Smith）在 1759 年出版了《道德情思理论》这本书，于 1761 年的再版里，“突然”加入了一段论述：

让我们假设，伟大的中华大地及其广大的居民，在一夕之间被某个地震所吞没。现在让我们想想，一个富有人道胸怀，却与那边的世界毫无瓜葛的欧洲居民，在得知如此令人耸然的灾难之后，会受到何种影响。我猜想，他首先会强烈表达他对这群不幸之人的哀伤，他会对人类生命的多舛、人类之意图与作为的浮妄做出忧伤的反思，毕竟那些作为在一瞬之间就化为烟尘。如果他是个投资客，他或许会思考这灾厄对欧洲商业，或全世界贸易的影响。当所有这些细致的哲思结束之后，当所有的人道情怀都适当地表述了之后，他终将继续追寻他的事业或快乐，再度拾起从前宁静、从容的休闲生活，仿佛那事件从未发生过。[1]

这不就是弗罗斯特在《熄灭，熄灭——》这首诗中所表达的吗？不就是我们对其他国家的天灾人祸最常见的反应吗？庞大的死亡人数、巨额的财产损失，刚开始必然会引起一阵震撼，可是感叹过后，不消几天时间，人们就会完全回到自己的生活轨道，心里也没有那件灾难留下来的任何阴影。

当然，在弗罗斯特《熄灭，熄灭——》这首诗所说的极端的例子里，我们绝对不能谴责那些转身继续他们各自事情的人，他们并没有什么不对，因为连我们自己都必须如此，没有谁应该要跟着去陪葬，连他的父母都不应该。因此这一个极端的例子，只是要呈现人类本来就是非常有限的，这是我们必须接受的人性真

1 Adam Smith, *Theory of Moral Sentiments* (Indianapolis: Liberty Classics, 1976), 136-137. 中译见陈正国：《英国思想界对里斯本大地震（1755）的回应》，《台大文史哲学报》第七六期（2012年5月），第296页。

相。只是从生命本质、从极端处境来讲，人真的就只是孤独的个体，没有谁能够来分担你的命运，我想诗人是在感慨这一点。

于是弗罗斯特借这个极端的例子塑造出一个典型的情境，放大生与死的强烈对比。诗题的“熄灭”，一方面是透过比喻，指有光有热的生命，也就是生命之火的熄灭，哀悼一个可爱小男孩的死亡；然而很可能还有另一层次的隐喻，是感慨人心如此有限，有限到无法持续地点燃那份对别人的关爱，即使是面对这么触目惊心的死亡悲剧，那种不忍之心也一下子就熄灭了。于是人类注定孤独。

那么，如果不用这么极端的例子，逼迫平常人去面对这么本质性的困境，以一般的情况来说，结果会不会好一点呢？答案是：不会。

为什么在一般日常的互动中，每个人还是一样地感受到那种很强大的孤独感，而这也是辛弃疾所遇到的，为什么呢？

在这里，我们要引述一些西方小说家的体会，来说明这个问题。小说家作为刻画人性以及人的各种处境的探索者，他们的解释，可以把辛弃疾为什么“欲说还休”的原因说得更透彻。

首先是法国作家加缪（Albert Camus，1913—1960）。加缪在《瘟疫》这部小说中，刻画了一个很普通的城市——俄兰城，因为发生了传染性的瘟疫，随着疫情的恶化，死亡人数急速攀高，尸体堆积如山，连焚烧都来不及，于是整座城就被封锁了，怕把瘟疫散布传染出去。城市里的每个人都有丧亲之痛，而且充满恐惧，不知道有没有明天，自己会不会是下一个牺牲者；再加上像囚犯一样被限制自由，被关在城市里找不到出路，即使接二连三很辛酸、很苦痛，根本想象不到竟然要失去无比重要的东西，却毫无反抗能力，只能不断地被剥夺人生中最重要的东西。然而在那样“识尽愁滋味”的绝境下，却发现他们的处境如同加缪所说：

在这种极度的孤独之中，没有人能够仰赖邻居的帮助；每一个人都必须独自承担他自己忧苦的重量。如果，由于某些机会，我们之中有人想把他自己的担子卸下来，或把情感述说一番，他得到的回答，不论是什么，通常都会使他受伤。而这时他才了解到，他跟他那对着说话的人并不是在谈论着相同的东西。因为虽然他是从那日日夜夜反刍的个人悲痛之深渊中说出话来，虽然他所想表达的意象是慢慢形成，在热情与痛苦的火焰里经过熬炼证明是真的，这些东西对那些听他说话的人来说却毫无分量，那听的人所想象的只是一种平常的情感，是那种大量生产、在市场里交易的一种悲哀而已。他所得到的回答不论是友善的或敌意的，都总是张冠李戴，而沟通的企图不得不就此放弃。[1]

加缪所说的这段话，完完全全就是辛弃疾为什么“欲说还休”的绝佳解答。他说，每一个愁苦的人都想把他自己的担子卸下来，或者稍微抒发感触，就是因为担子太重了，他真的走不下去了，迫切地想要卸下来一点点，这就是辛弃疾为什么“欲说”的原因。然后，加缪又从另外一个角度来说明我刚刚提到的现象。加缪说，虽然这个极端受苦的人，“他是从那日日夜夜反刍的个人悲痛之深渊中说出话来，虽然他所想表达的意象是慢慢形成，在热情与痛苦的火焰里经过熬炼证明是真的，这些东西对那些听他说话的

1 〔法〕加缪著，孟祥森译：《瘟疫》（*La Peste*），台北：桂冠图书公司 2003 年版，第 69 页。

人来说却毫无分量”，他们只会觉得你那些都不过是一种普通的感情，一种大量制造的、在市场贩卖的伤心故事，因为听起来不足为奇。

在罗曼史故事里、在很多的电视广告里，不是到处都可以看到类似的伤心事吗？他们觉得是一样的啊，所以对听的人而言，他根本不觉得你的话有什么分量。这个时候，那个受苦到活不下去的人，他才从对方的反应明白自己的灾难和苦痛，对他的谈话对象来说毫无意义，他只是把这些灾难和苦痛当作是一个廉价的产物，然后用一种普通的态度来面对，而这种常见的反应，就是让愁苦的人受到更多伤害的反应。

为什么辛弃疾会欲说还休？因为他得到的回答不论是什么，通常都会使他受伤，反而雪上加霜，因此不说也罢。

诉说的痛苦：三种因诉说而受伤的模式

当你想说的时候，确实，就算语无伦次、词不达意，都会想说一说以抒解心中郁积的沉重块垒，因为太痛了，痛到你真的没有办法承受。但是你试图说了以后，真的不用三句话就会深深受伤。其中至少有三种形态，包括：

A. 第一种类型会说什么呢？他只会听你说几句话，就立刻回到他自己身上，举他以前的例子，把他多年下来已经跟你讲过五遍、十遍的以前的经验，重复一次，而那个经验跟你现在想讲的其实完全无关，都只是一些普通的经验而已。

也就是当你要谈谈自己的悲哀和痛苦时，他立刻触及的是他自己过去的经验，于是开始讲他自己的往事，把话语权又放回自己身上。从本质来说，他所关心的还是他自己，即使他所讲的那些故事已经说过很多遍了，仍然津津乐道，所以这减缓不了你的苦痛，以致和那背负着重担的人一样寂寞——或者说，更寂寞，因为在自己承受不了的愁滋味之外，还要分出所剩无几的心力去应酬、去响应对方的陈腔滥调——于是便感到以后真的不用再说了，“欲说还休”。

B. 第二种类型会说什么呢？他会质问你，为什么要这样想不开？为什么要这样钻牛角尖呢？你为什么这样、为什么那样之类的质疑。对于一个在茫茫水域中费力挣扎的人，他们给的不是一双援手，把你拉出水面喘一口气，而是站在岸边批评你怎么那么不小心，让自己掉进水里，或者批评你怎么那么软弱，让自己一直沉溺在水里不肯出来。然而，对一个筋疲力尽的溺水的人，又岂有多余的力气为自己辩解？这就像对一个快要淹死的人，却还要拿石头去砸他，把他推到更深的深渊去灭顶啊。

还有一种情况是，这些站在岸边的局外人，就算不是质问和批评，他们所给予的建议也完全不适合当事人，甚至还适得其反，变成一种勉强和施压，创造出使人状况恶化的反效果。

这一点，可以举一个现代社会中不算少见的例子说明：对于忧郁症患者，精神科的临床经验曾整理出言谈上必须避免的十大禁忌，其中之一就是绝对不能劝他想开一点！然而一般人大多以为，劝人想开一点不是很自然、很正常的吗？只要想开一点，就不会继续陷在忧郁或悲苦中了。这就反映出大多数人对人性的认识是很不足的，难以设身处地体会到当事人的心理状态。其实只要用一点心仔细推敲就会明白，其中的道理一点也不奇怪。因为对这样状态的人说想开一点，形同一种变相的指控，意味着他现在的痛苦处境是因为自己想不开所致，也就是咎由自取；或者即使不是指控，却也等于是强迫一个筋疲力尽的人，去做一件他现在根本做不到的事，于是更加深他的自责和压力，那用来撑在水面上所剩的最后一丝力气就此完全耗竭，完全被压到水面底下，严重的后果就此产生。

因此，劝人想开一点的这个做法只会雪上加霜，让他更忧郁，说不定因为这样一句自以为好心的话而让他的状况恶化。这句话于是成为一个禁忌，却往往被大多数的人所忽略。连这样一句普通的话都有这样的杀伤力，其他不适合当事人的种种建议所带来的压力，就可想而知。

不只如此，这些缺乏同理心的建议都只会造成当事人更大的负担，甚至受到更大的伤害，而建议者虽然带有好意，却因为无知，完全不知道他是在雪上加霜、落井下石。例如：要一个在悲恸中丧失生存力量的人去骑单车环岛，忽略了受困者需要的是陪伴与帮助，好慢慢恢复力量，而不是去让他把仅存的力气耗尽；或者建议一个心灵饱受丧亲之苦的脆弱之人去看一部电影，内容竟然是描写一位大学教授罹患癌症后孤独死去的过程！这就难怪 20 世纪欧洲的政治哲学家海耶克（Friedrich August von Hayek）提出了一句名言：“一切的善意，铺成了通往地狱的路。”或者翻译得更简洁一点：“通往地狱的路是由善意铺成的。”从此这句话就成为西方文化中常见的隽语。

对一般人而言，这真是太奇怪了，善意怎么会让人走向地狱呢？尤其中华文化圈的人很容易认为，只要我的出发点是善意的，对别人就是好的，自己就是一个好人，就应该会成就好事；但却完全忽略，从“好意”到“好事”之间还有很遥远的一段距离。不是单单一个善意就可以所向无敌，也不是只要问心无愧就立地成佛。不是的，所谓“徒善不足以为政”，人间的道理绝不是“只要问心无愧”这么简单，因为人心是有限的、是会被蒙蔽的，自欺欺人不也是常常发生的情况吗？因此，曾子这位大儒者都还要“每日三省吾身”，才能避免德行发生问题，那么，从不深刻反省自己、愿意知错认错的平凡人，又怎能靠着问心无愧就解决一切问题呢？

因此，这种 B 类型的反应，之所以会造成落井下石的结果，就是因为他们不明白自己的善意只是站在自己的立场，并没有真正设身处地站在对方的立场，了解他、尊重他，而仍然只是一种以自我为中心的善意，本质上等同于自以为是。

就这一点而言，法国小说家加缪在《瘟疫》这本小说中说得好：“善意，假如缺乏理解的话，也会跟恶意一样，造成严重的损害。”[1] 海耶克和加缪这两个思想深刻的人都发现，单单有善意是不够的，在人与人的互动中，那不过是一个起点而已；虽然是好的起点，但是从这个起点到达对方的内心，还有着漫长的路程，需要对人性有更多的了解与真正的关心、尊重，否则善意很容易就带来伤害，以致和恶意一样残酷可怕。

然而，要理解别人是多么不容易；真正地关心别人又是多么

1 〔法〕加缪著，周行之译：《瘟疫》（*La Peste*），台北：志文出版社 1984 年版，第二章，第 138 页。

不容易！了解和关心都需要一颗无私、无我的心，但无私正是人性最大的挑战，于是那来自泛泛的、粗浅的善意，就更把身陷苦海中的人带向了地狱。受苦的人倘若不想彻底坠落，便“欲说还休”。

C.至于第三种类型呢，对于“欲说”愁滋味的人，他的反应是什么？他的反应是没有反应，也许他虽然有着几分关心，却并不知道该说什么、该做什么，于是导致了没有反应。确实，面对别人的痛苦，大多数的人是不知所措的。当你很想要一个人帮忙分担重担，对方却完全没有反应，那个重担才刚一放出去，就仿佛遇到一个黑洞，又如石沉大海，以致那发自肺腑的倾吐变成了自说自话的独角戏，越说就越感到寂寞，而这一个背负着千钧重担的人就更累了，不如不说，于是就渐渐地沉默了。“欲说还休”。

另外，C类型中还有一种可能，也就是他的没有反应，是如实地表现出漠不关心，没有掩盖他对那份让你痛苦不堪的愁郁不感兴趣，甚至多听几次还会感到厌烦。汉代乐府诗中早就深深感慨过：“枯桑知天风，海水知天寒。入门各自媚，谁肯相为言。”（《饮马长城窟行》）意指连无情物的“枯桑”“海水”都感受到天风、天寒，枯桑因感知疾风而落叶，海水因天寒而结冰，而身为有情的万物之灵的人类，却反倒如此之狭隘自限，“入门各自媚，谁肯相为言”，因此更增感慨：人们转身走入门里，各有他们自己所喜爱、所关心的人、事、物，谁会回头看那独自被关在门外的人呢？一扇又一扇紧闭的门窗，彻底把他人隔绝在外，怀抱着痛苦的人只能在外孤独流浪。

这也让我们联想到鲁迅在《祝福》这篇小说中所写的：可怜的祥林嫂一生不幸，亲爱的孩子又被狼叼走，因为经不起丧子之痛，祥林嫂不断诉说她所遇到的可怕灾难，和大家讲述她自己日夜不忘的故事。刚开始村人还怜悯她，给予同情和安慰，但是久而久之，却对祥林嫂的倾诉感到厌烦了，鲁迅说：

她未必知道她的悲哀经大家咀嚼赏鉴了许多天，早已成为渣滓，只值得烦厌和唾弃；但从人们的笑影上，也仿佛觉得这又冷又尖，自己再没有开口的必要了。

连没有受过教育的乡下女子都能感受到其中的冷漠，何况那些心智敏锐而大有学问的文人？

于是，经过几次“欲说”的经验，“识尽愁滋味”的人就会明白，他所得到的响应，无论是什么，都会让自己受到更大的伤害。于是乎，很快地就会遇到A不想说，遇到B不想说，遇到C也不想说，最后就是什么都不说，这就是“欲说还休”的真正原因。

没有人真正愿意听自己说话

如果进一步探索，为什么会有A、B、C等不同的、却都使人宁可沉默的原因，当然还是在于人性，那极其有限的人性。我们可以借几位文学家的感悟做更透彻的阐述。

加缪身为杰出的小说家，对于人性的观察自然更为深入，他在1942—1951年的《工作笔记》中就说：他人和我们相处，并不是希望我们处境不好，而是他们对此“根本”就是漠不关心。[1]

他说的是真的！没有人会刻意去希望旁边的人处境不好，除非是仇人，但一般人不是，重点是这些人对我们的处境好或是不好，根本就是漠不关心，关键是“根本”这个副词。也许最亲的父母是例外，他们是真正地关心子女，可是用严格的标准来说，他们也是出于一种本能在关心你的安危、你的幸与不幸，未必是从心灵上来切近你的感受，这也是只有在“识尽愁滋味”的极端状态下，才能这么敏锐地观察到。

从而就可以发现，平常我们和其他人都只是一种很泛泛的交流，如同小说家福斯特（Edward Morgan Forster）在《小说面面观》中所指出的：

> 人类的交往，如果我们就它本身来观察，而不把它当作社会的附属品，看起来总似附着一抹鬼影。我们不能互相了解，最多只能做粗浅或泛泛之交；即使我们愿意，也无法对别人推心置腹；我们所谓的亲密关系也不过是过眼烟云，完全的相互了解只是幻想。[2]

并且，不只推心置腹的亲密关系、完全相互了解是难以存在的，连在交往的当下，要真正地关心对方也几乎是不可能的。于

1 〔法〕加缪著，孟祥森译：《瘟疫》（*La Peste*），台北：桂冠图书公司 2003 年版，第 69 页。〔法〕加缪：《工作笔记（1942—1951 年）》，纽约：阿西娜神庙出版社 1967 年版，第 30 页。转引自段义孚著，周尚意、张春梅译：《逃避主义》（*Escapism*），台北：立绪文化公司 2006 年版。

2 〔英〕福斯特著，李文彬译：《小说面面观》（*Aspects of the Novel*），台北：志文出版社 1995 年版，第 85-86 页。

是在人们的一般互动中，一方随口讲讲，另一方随意听听，姑妄言之姑妄听之，大家好像也都有了沟通，然后友谊也可以继续下去；但是，一旦你是在“识尽愁滋味”的极端状态之下，你终于会明白，连你最好的朋友都不见得全心全意地关心你，其他人就更不用讲了，你要他在没有几十年的友谊基础上还要发自内心地关心你，那根本就是缘木求鱼。

至于为什么会导致这个现象，除了人对他人基本上是漠不关心之外，还有一个原因，或者说是一体的两面，那就是人性的有限，往往最关心、只关心的就是自己。犹如托尔斯泰（Leo Tolstoy，1828—1910）这位俄国大文学家所说的：

> 人们……谈话失败并不是因为缺乏智慧，而是因为自负。每一个人都希望谈论自己或是自己感兴趣的话题。[1]

既然只想谈论自己或自己感兴趣的话题，又怎能真的关心别人呢？所以说这是一体两面。我们可以看到，即使在日常中的一般状况都是这样。托尔斯泰说，人们之间谈话失败，以致无法真正沟通、无法真正促进互相了解，并不是因为缺乏智慧，而是因为自负。自负其实就是自我中心，每个人都希望谈论自己或是自己感兴趣的话题，所以当你在讲你的苦痛的时候，听者最关心的还是他自己。刚才所举的 A、B、C 三种类型中，A 不就总是把话题又带到他自己身上吗？他畅谈过去已经陈述过无数遍的往事而

1 贝利（John Bayley）编：《托尔斯泰作品简本》，纽约：维京出版社 1978 年版，第 37—38 页。转引自段义孚著，周尚意、张春梅译：《逃避主义》，第 148 页。

不厌其烦，因为那就是他感兴趣的自己的事，而你的悲伤对他来讲，只不过是像引子般的一个触发而已。

如此一来，就产生了一种常见的现象，如同美国华裔人文地理学家段义孚在《逃避主义》这本书中所说：

> 事实上，在社交场合，甚至在绝大多数的场合中，人们很少真正用心去交谈或是用心去倾听别人的诉说，他们陈述的是自我，每一个个体引用别人的话仅仅是为了作为自己演讲的开场白。……想想纪德那虽然悲哀却是明智的体会——没有人真正愿意听自己说话。倾听需要无私的奉献。[1]

这段话有几个重点。第一个是，何以人们很少真正用心去交谈，或者用心去倾听别人的诉说？正因为每一个人所陈述的都是自我，他只想谈论他自己或是他自己感兴趣的事，包含足球、电影、文学等，谈这些好像不是谈他自己，但事实上还是在谈他自己，因为那是他所关心的事，等于是他自己的延伸；而每一个个体引用别人的话，仅仅是为了作为演讲的开场白，你的伤心故事对他来讲不过是个催化剂，听了之后用来引发他自己的事情。因此他提醒我们，想一想纪德（Andre Gide，1869—1951）那个虽然悲哀却很明智的体会：没有人真正愿意听自己说话。

纪德是诺贝尔文学奖得主，他究竟发生了什么事，以致会有这样悲哀却明智的体会呢？这个聪明敏感的法国作家，时时刻刻都在生活中观察、体验并且获得领悟。有一次，在沙龙里一群朋

1 段义孚著，周尚意、张春梅译：《逃避主义》，第 147-149 页。

友互相聊天，谈论一些文艺或者生活的话题，那时他正在讲一件事，讲到一半刚好电话来了，那时候还是有线电话，他就跑去接听，当他讲完电话回来以后，发现所有人已经在谈论另外一件事情，最重要的是，他发现没有任何一个人去追问他刚刚讲到一半的事情后来怎么样。由此他就体会到，确实没有人真的关心你所关心的问题，所以你就算讲一半，大家也根本不在乎，反正就换另外一个话题，永远都有不那么关心的话题可以替换，你所讲的事只对自己有重要性！所以纪德说，从那次经验之后，在有别人的场合里他就几乎很少讲话了，他几乎不谈论自己和自己的事，因为他知道没有人真心地倾听。人们因为礼貌或是三分的兴趣，还会跟你有一番对话，可真的只要严格一点、敏感一点，你很快就会知道，对方事实上并不关心。

段义孚对此深表赞同，并且点出另一个关键性的重点——之所以没有人真正愿意听自己说话，是因为倾听需要无私的奉献。可是没有几个人是可以无私的，每一个人都是只想谈自己或自己所感兴趣的事，于是就不会去专心倾听，而你也得不到真正倾听的耳朵。

这样一来，便回到刚刚所说的，他人并不是希望你的处境不好，而是根本对此漠不关心，这就是人，这就是人性。对希望真诚地交流、不想浮泛地说话的这种人而言，两三次的经验之后就会觉得，算了，没什么好说，反正说了也是白说。更何况加缪还体认到，当一个人要谈他很深刻、很痛苦的感受时，所得到的响应通常都只会带来更大的伤害，不如自己咬紧牙关好好地忍耐，痛苦总会过去。只要有足够的耐力和坚忍不拔的毅力，也许几个月，也许几年，总是会撑过去的，比起讲了以后受到更多的伤害、被推到更深的深渊，事实上还好得多。

到此为止，我们已经看到许多文学家都有类似的体验和感悟，若更极端来说，美国剧作家爱尔比（Edward Albee，1928—2016）甚至讽刺地说："人们讲话只为了不想听别人说话。"这真是太夸张了，然而，或许有几分真实。既然每个人都只想谈自己，根本不想了解别人，也根本不想听你说什么，那么确实不妨说，人们讲话只为了不想听别人讲话，而这就是人性。

于是受苦的人终究会体验到：自己的世界末日只是别人的茶余饭后，自己的刻骨铭心只是别人的轻描淡写，自己的椎心泣血只是别人的不痛不痒。因而，再大的悲伤，都只是自己的事。

痛苦需要的是温柔的承接，因为"识尽愁滋味"的人已经脆弱到不堪一击，轻轻的一个碰触都会痛彻心扉，甚至窒息灭顶。然而，人性的本能是趋吉避凶的，每一个人也都有自己的压力与无奈，又怎能轻易地温柔承接他人的愁滋味，增加自己的负担？有温柔的态度却没有承接，固然造成落空的伤害，有承接却没有用温柔的方式，更是在伤口上撒盐。而这些或者不温柔，或者不承接的人，都不是出于恶意或故意，甚至他们还自觉是带着善意或好意，并不知道自己既没有温柔，也没有承接，他们就只是很普通的人而已。

并且，从另一个角度来说，我们不能这样奢望，也不可能要求别人全心全意地来关心你、爱你，因为其实我们自己也没有做到，也同样冷漠自私。所以对这个现象，我们一点都没有谴责的意思，而只是从本质上陈述一个客观事实，加缪也是。

然而，我们必须认识到这个本质，以便坚强面对人生的苦痛，但平常的时候还是应该多与人为善、多宽容别人，不要拿最高的要求来期望他人，以免变得偏激尖刻。

所以有的时候，为了珍惜友情，我们也不应该太过苛刻，不要老是把这些话拿出来作为一个标准。所谓“不要考验你的神”，这是基督教说的话，既然不要考验你的神，那就更不要去考验人，人比神更经不起考验。不要因此而对人性绝望，不要让对人性的信心被扭曲，而是在了解这个本质之后，还能够有一种毅力，有一种对别人的宽容与慈悲，这就是真正的道德。真正的道德不是那种陈腔滥调的迂腐乡愿，而是对这样的人性给予宽容悲悯，知道这些人也在他自己不知道的局限底下。这时候就会想到《圣经》所说的：“原谅他们吧，他们并不知道自己在做什么。”

所以，对于 A、对于 B、对于 C，就可以从一开始的怨怼到后来的原谅，因为他们是那么的有限，根本不知道如何去对待在苦痛深渊中的人；同时替他们庆幸，他们没有这样的经验，所以也不懂得怎样去照顾他们表面上关心的人；又或者，他们虽然也有类似的经验，但毕竟已经事过境迁，脱离了当时的极端处境，恢复正常之后很自然地也不想再重揭疮疤，再受一次那样的痛苦，于是也成为隔靴搔痒的局外人。

而受苦的人就要自己学会坚强，其实再大的悲伤都会成为过去，只剩下淡淡的哀愁。了解这一点，可以帮助自己拥有更大的勇气渡过难关。

所以说，人真的是太复杂了，复杂到难以一概而论，人性也真的是深不可测，这就是为什么人文学者要这样皓首穷经、辛苦地去分析体认的原因。

再回到辛弃疾为什么“欲说还休”的问题，我们应该可以确定，那绝对不是因为语言的苍白无力所导致，“欲说”这两个字很清楚地表示他是想说的，可是为什么后来终究不说？简单地讲，那就是他意识到没有人真正想听，并且就算听者有所回应，通常也只会带来更多的伤害，于是就吞下那想说出口的话，干脆不说。只是，既然“欲说还休”而不说，为什么接着又道出一句“天凉好个秋”？这又是一个大堪玩味的问题了。

天气：不会受伤的社交话题

让我们想一想，连又沉重又苦涩的愁滋味都“欲说还休”了，随便拿一个话题来说不都可以吗？为什么要说天凉了，真的是个很凉爽的秋天啊？为什么他最后说出口的，是这样一个跟气候有关的话题呢？

原因就在于：“天凉好个秋”并不是一个无关痛痒的话题，甚至更进一步来说，“天凉好个秋”比起你的“识尽愁滋味”会让对方更感兴趣。天气永远是人群中社交时最安全、最有效果的话题，很热、很冷，要加外套以免感冒、外面下雨很不方便等，因为空气的冷、热，各种湿、干的作用，就在每一个人的皮肤细胞上，大家都共同感受得到。其实这是最有共鸣的话题，也是最可以发挥社交功能的话题，也因此比起你个人的“识尽愁滋味”更能够引发对方的兴趣，因为它同时是对方感兴趣的话题。

我们现在终于明白，为什么辛弃疾要“却道天凉好个秋”了，不是为了押韵就找一个字来，那是初学者或二流诗人词家才会做的事，而且这样做的结果，往往也不会写出感动人的好作品。毋宁说，这真的就是触及人跟人那种很复杂相处的微妙性，天气永远是最保险的，而且也是可以引起最大共鸣的社交性话题。

例如，尤其像英国贵族这种很注重隐私、很讲究礼貌的上层阶级，大家明明心里很想知道谁的八卦，可是绝对不会讲，在赛马场上、歌剧院里，他们谈的都还是今天天气如何，绅士淑女都是这样的对话。可想而知，天气这个题材就是涉及人跟人相处，尤其是在群体社交场合中的最大公约数，你就不会落入那种“单子没有窗户”的感慨；也因为它不涉及隐私，不涉及内心最深处那柔软的、脆弱的，又非常深切的渴望，所以也就不会有失落的感觉。就算你说秋天的天气很舒爽，人家却说他最讨厌秋天，你也不会受到伤害，因为那无关紧要，比起诉说“愁滋味”时所得到的反应跟所受到的伤害是截然不同的。

这就是为什么明明“欲说”愁滋味的辛弃疾，却咽下了想说的冲动而改变话题，改说“天凉好个秋”的原因。

读诗，也读懂了人性

总结来看，王维《杂诗》（其二）中的“寒梅著花未”，写的是“不敢问”的微妙心理；辛弃疾《丑奴儿》的“欲说还休”，写的则是“不敢说”的辛酸悲哀。人类的心是如此的复杂巧妙，而人类的孤独苦痛又是多么深沉无奈，都以这么出人意料的方式存在。

我们要很不舍地说，这些伟大的诗人都是真正受苦的人，真切地了解生命的苦涩，也以最佳的文字修炼加以表达，所谓“诗穷而后工”，才能创作出这些千古名作。虽然大多数的读者没有这样的经验，这些文字难免成为擦边球，就是擦过去、考完试就算了，这固然是一种幸运，毕竟快乐的猪比痛苦的苏格拉底活得轻松；然而世事难料，万一有一天很不幸地，你变成了上天的选民，上天挑中你让你去忍受这样的痛苦时，也许你就更能体会这些诗歌的意境，超越了年少时的强说愁，不但活得更深刻，也因此懂得宽容人类的有限，甚至给予他人一点慈悲与温柔。

透过这几首诗的重新认识，我们希望的是，对人性仍然可以充满慈悲和信心，但是乐观、宽容不应该建立在非常乡愿、素朴的性善论上面，那是经不起考验的一厢情愿，这种表层的认识无论是鼓励你还是阻碍你，都没有太大的价值。只有真正认识到黑暗有多么深沉的人，才能够知道光明有多么灿亮；真正知道人性有多么冷漠自私的人，也才能够坚持对人性美善的信心。也就是说，无论是黑暗还是光明，是残酷还是慈悲，都只有认识得越深，才能够越坚定地走下去，这样的人才能够真正把人性加以提升和升华，这种人对于人性的信心才是真正的可贵。

古典诗歌绝不是跟我们没有关系的、一种过去的文字作品而已，在传统文化中，生命一直是真实地跃动着，和我们事实上是完全相关、彼此相通的。我们事实上还活在明代、活在唐代，甚至还活在原始人的神话时代，只是自己并不知道。那么，如何透过这些古典作品，一方面增加我们的人生体验，另一方面也加深我们对人性的认识，正是我们应该要努力的。借由王维的《杂诗》以及辛弃疾的《丑奴儿》，了解到古典作品的内涵是多么丰富深刻，而探索的工作当然还可以做得更多，还可以继续努力。

元・钱选《杨贵妃上马图》局部，美国弗利尔美术馆藏

之三 穿透人间的诗仙

盛唐李白的《清平调词三首》

雲想衣裳花想容，
春風拂檻露華濃。
若非羣玉山頭見，
會向瑶臺月下逢。

语语浓艳，字字葩流

如果说盛唐时期王维是全方位的艺术天才，诗歌、书法、绘画、音乐样样杰出，那么唐玄宗就是不折不扣的全方位的艺术家皇帝，在超绝的政治才干之外，诗歌、书法、绘画、音乐样样精通。当全方位的艺术家皇帝遇上了飘逸的诗仙，双方的历史性交集碰撞出一组灿烂发光的诗歌——《清平调词三首》。

李白以诗仙的飘逸狂放之姿，成为最具青春气息的唐代诗人，也拥有亲身进入皇宫的罕见际遇，这一组《清平调词三首》是优美动人的爱情颂歌，书写唐玄宗与杨贵妃的真挚恋情。然而因为后来发生了安史之乱的政治功过问题，随着唐玄宗与杨贵妃的污名化，这组诗历来也受到很大的误解。此篇将深入解读这组诗的创作背景、意象运用、结构安排，确定其真正的宗旨，也借此澄清一般人对唐玄宗与杨贵妃的种种误解。

李白和王维一样，都诞生于武则天长安元年（701），揭开了公元8世纪的序幕，也都成为盛唐的代表人物。李白不仅是中国文学史中数一数二的大诗人，也是当时很罕见地能够进入皇宫，亲眼见到唐玄宗与杨贵妃的诗人，歌咏两人爱情的《清平调词三首》，就是在这样的背景下写成的。

这三首诗都是由七言绝句所组成，根据唐人李濬（一说为李浚）《松窗杂录》所载，其创作之事和作品内容为：开元中，禁中初重木芍药，即今牡丹也。得四本红紫浅红通白者，上因移植于兴庆池东沉香亭前。会花方繁开，上乘月夜召太真妃以步辇从。……李龟年以歌擅一时之名，手捧檀板，押众乐前欲歌之。帝曰："赏名花，对妃子，焉用旧乐词为？"遂命龟年持金花笺宣赐翰林学士李白，进《清平调》词三章。……上命梨园弟子约略调抚丝竹，遂促龟年以歌。……上因调玉笛以倚曲，每曲遍将换，则迟其声以媚之。

云想衣裳花想容，春风拂槛露华浓。
若非群玉山头见，会向瑶台月下逢。（其一）
一枝红艳露凝香，云雨巫山枉断肠。
借问汉宫谁得似，可怜飞燕倚新妆。（其二）
名花倾国两相欢，长得君王带笑看。
解释春风无限恨，沉香亭北倚阑干。（其三）

必须说，这一组诗大家已耳熟能详，是由好几个奇迹所创造出来的宁馨儿。从诗歌史的历史观察而言，这组诗是第一次涉及李、杨爱情的诗篇，而且是最美丽动人、最温柔浪漫的礼赞，堪称"语语浓艳，字字葩流"（《唐诗选脉会通评林》）。之所以能有这一组三首联章诗篇的诞生，必须有赖于天时、地利、人和的各种条件互相配合，缺一不可。没有这些奇迹，也就没有《清平调词三首》，你怎么能不珍惜它呢？

《清平调词三首》的创作背景

“布衣入宫”——天时、地利、人和的奇迹

首先，我们要谈创造出这一组诗的几个奇迹中的第一个奇迹，也就是天时、地利、人和的条件俱足。

所谓的“天时”，是指经过了开元时期三十年的励精图治，唐朝的国势已然登峰造极，历史称之为开元盛世。接下来的天宝年间，一方面延续了这个盛世的辉煌，虽然其中也逐渐埋下了盛极而衰的隐忧，但在天宝初期，社会上仍然是一片欣欣向荣、富庶繁华的景象，并且因为承平已久，这时的太平盛世和开元时期有一点不同，那就是从开元的清明治世变成了歌舞升平的享乐氛围，还有杨贵妃的加入，所以更展现出旖旎浪漫的特质。

根据《新唐书·玄宗本纪》及乐史《杨太真外传》的记载，杨玉环被唐玄宗召入宫中，是在开元二十八年（740）十月，当时二十二岁的杨玉环与五十六岁的唐玄宗定情于骊山温泉宫，从甲子日至辛巳日，一共度过了十八天的浪漫日子；其间下诏将杨玉环度为道士，号太真，解除了寿王妃的身份。之后玄宗返回兴庆宫，杨玉环则以道士身份住在大明宫内的道观内。开元二十九年（741）

十一月，杨玉环已脱去道袍住进兴庆宫，“宫中呼为‘娘子’，礼数实同皇后”（《旧唐书·后妃传》），直到天宝四载（745）八月初六，被正式册封为贵妃。

而李白进入皇宫中，正好是天宝元年到三年之间，唐玄宗刚刚得到杨贵妃不久，正是躬逢其盛，亲眼看到了天宝之初那清晰而高亢的爱情主题，一切繁弦急管、舞姿联翩的曼丽景致所辐辏的真正核心，就是玄宗和贵妃之间深挚的情感。

至于所谓的“地利”，是在天宝元年（742）八月，四十二岁的李白获得了入宫的难得机会。由于李白终身没有参加过科举考试，所以无法像一般的读书人循着科举的系统进入朝廷；并且，即使是通过科举成为国家的正式官员，所进入的也是商讨公务的朝廷，而不是皇帝私人的后宫，这么一来，也无法走入唐玄宗和杨贵妃的爱情世界。李白的特别之处就在这里，靠着唐玄宗对他的欣赏，而接受了玉真公主的推荐，把李白这个没有一官半职，也没有显赫背景的平民召进宫中。

这时李白担任的是翰林供奉，和一般我们比较熟知的翰林学士并不一样。仔细辨析，翰林院与学士院是不同的机构，虽然在玄宗朝以前的职能分化并不稳定，但翰林待诏、翰林供奉二者与翰林学士之间仍存在着明显的区别，情况大致如下：

首先，唐初的待诏机构容纳了众多擅长各种技能的才彦，其中词学之士较受重视。

后来，为了与其他翰林待诏如医待诏、书待诏、画待诏、棋待诏相区别，并以示重视，于开元十年（722）前后，玄宗便把文词待诏特别擢拔出来，称之为“翰林供奉”，取其“入居翰林，供奉别旨”之意，与集贤院学士一起，帮助皇帝起草重要文书，分掌制诏书敕。

到了开元二十六年（738），玄宗选翰林待诏中一部分人为翰林学士，别置学士院，专门执掌起草制诏书敕，属皇帝的机要秘书一类，即翰林学士。[1]

所以，担任翰林供奉的李白出入于皇宫内苑，而不是处理政事的朝廷，也因此才能躬逢其盛，亲眼见识到帝妃之间的真实互动。并且，即使是翰林学士，其文学文化的职能即包括“应君王之命，为宫中节日撰行乐之词”[2]，何况翰林供奉？以致“文士在宫廷作七绝以入乐的情况在当时也是常事”[3]。而《清平调词三首》正是由七言绝句所构成的乐府组诗，属于应制颂美的作品，这是所谓的“地利”。

再看“人和”。李白之所以能够进入皇宫后苑，靠的是唐玄宗对他的欣赏，并且一开始就给予极高的礼遇。书法家李阳冰在为李白所编纂的《草堂集序》里就描述了这段时间的情景，玄宗对他是：“降辇步迎，如见绮皓。以七宝床赐食，御手调羹以饭之。……置于金銮殿，出入翰林中，问以国政，潜草诏诰，人无知者。”意思是说，皇帝从车辇上走下来，亲自步行前去迎接他，有如见到国师一般。“绮皓”指的是汉代初年安定国家局势有功

1 马自力：《唐代的翰林待诏、翰林供奉和翰林学士》，《求索》2002年第五期，第186–189页。另可参傅璇琮：《李白任翰林学士辨》，《文学评论》2000年第五期，第5–11页；毛蕾：《唐代翰林学士》，社会科学文献出版社2000年版。

2 傅璇琮：《唐代翰林与文学》，《唐翰林学士传论》，辽海出版社2011年版，第68页。

3 吴相洲：《唐代歌诗与诗歌传唱》，北京大学出版社2000年版，第56页。

的“商山四皓”之一的绮里季。

而在帝王垂青赏识之下，李白这时也是竭力地想要有所作为，以赤诚写出“一朝君王垂拂拭，剖心输丹雪胸臆。……待吾尽节报明主，然后相携卧白云”（《驾去温泉后赠杨山人》）的诗句。所谓“剖心输丹”“尽节报明主”，正是对君王的感恩回报，可说是君臣相得。

这番非凡的经历甚至还被添油加醋，说是“御手调羹”“龙巾拭吐”“贵妃捧砚”“力士脱靴”，这固然越来越脱离现实，却也显示出李白的独特际遇。至于李白后来因为“天子呼来不上船，自称臣是酒中仙”（杜甫《饮中八仙歌》）之类的狂放不羁，被玄宗赐金放还，多少有些不愉快地结束了君臣之间的这段特殊缘分，但这并不能抵消掉双方具有的和谐状态。

何况单凭一个平民百姓，却能够越过阶级的重重关卡直达朝廷，一跃成为帝王的座上宾，参与了皇室的生活，简直可以说是千古罕见的奇遇，这就难怪李白虽然只是翰林供奉，可是如此独特的际遇已经为其他读书人津津乐道。

例如小李白十一岁的杜甫就艳羡不已，在《赠李白》这首诗中说“李侯金闺彦”，称李白为皇宫金闺中的侯爵。主要就是因为他曾经如此亲炙天颜，在天子的身边，那是在金堂玉马的权贵核心，而杜甫始终就是被排斥在皇城之外的人，根本连宫廷的门都碰不到，所以对李白佩服得五体投地。那感佩推崇的心理当然包含了李白诗文的远播以及潇洒飘逸的气质在内，也就是所谓的硕彦，而“李侯金闺彦”就是在赞美李白曾经有“布衣入朝”这样一个非凡的际遇。

其实，李白自己心中也未尝不庆幸这份际遇，他在《驾去温泉后赠杨山人》一诗中如此说道：

少年落魄楚汉间，风尘萧瑟多苦颜。
自言管葛竟谁许，长吁莫错还闭关。
一朝君王垂拂拭，剖心输丹雪胸臆。
忽蒙白日回景光，直上青云生羽翼。
幸陪鸾辇出鸿都，身骑飞龙天马驹。
王公大人借颜色，金璋紫绶来相趋。

所谓的“一朝君王垂拂拭”“直上青云生羽翼”都是说他有如鱼跃龙门，一扫少年落魄、风尘萧瑟的苦颜，让管仲、诸葛亮般的才干得以发挥。不只如此，“王公大人借颜色，金璋紫绶来相趋”更表明各方权贵争相结交，威风得意之情溢于言表，玄宗引召入宫所带来的崇高身价，可想而知。另外，《温泉侍从归逢故人》一诗也说：

激赏摇天笔，承恩赐御衣。逢君奏明主，他日共翻飞。

诗题已经清楚指出，李白随侍玄宗到骊山温泉宫度假，回来后遇到故人旧友，于是写了这首诗，整首诗既有近身随侍君王的光荣，也有承蒙君王赏赐的感激，充满了翻飞天际的踌躇满志，甚至隐隐然带有自夸的意味，其中又哪里有一丁点蔑视帝王的成分？毋宁说，李白对玄宗的知遇之恩莫大感激，对擢升翰林供奉的身份志得意满，固然具有实践济世理想、一展抱负的勠力尽心，却也清楚显露出接近权力核心的意气风发。

就在天时、地利、人和三个条件的完美配合之下，才产生了这一组《清平调词三首》。从整体来看，唐诗里对于李、杨爱情的书写，有各式各样的角度，李白这一组诗是第一个触及李、杨爱情的诗篇。虽然到了后来，安史之乱爆发，整个唐代由上到下都在反省这个惊天动地的时代巨变，有些人从历史功过，有些人从政治责任，有些人从爱情本身，就各式各样的角度来书写，这当然是后续的问题。

而李白的这一组诗无出其右的原因，第一是因为李白本身就有绝佳高超的诗歌艺术，这是毋庸置疑的，但最重要的是，实际上也没有别人可以跟他一样，拥有如此的一个机遇，能够挤进到帝妃的身边做近距离的第一手观察，所以事实上，唐诗里要再出现像李白这样的作品，几乎是不可能的事。

在这样天时、地利、人和兼具的背景底下，这一组《清平调词三首》，绝对是如实的、充满全心全意的一种颂赞，这个颂赞不是应酬式的歌功颂德、锦上添花，而是李白对眼前所见这一对人间才子佳人、天上神仙眷属般的恩爱恋人的真正爱情的甜美歌颂。

“帝王／浪漫情人”的奇迹——文艺盛世的轴心

至于创造出《清平调词三首》的第二个奇迹，那就是唐玄宗与杨贵妃本身的性格特质，以及两人所激发出来的真挚爱情，否则即使有李白的天赋，也是巧妇难为无米之炊。尤其对于自称“寡人”、注定没有朋友的帝王而言，玄宗与贵妃之间的知己式爱情，更足以成为历史传奇。

但很奇特的现象是，有很多人认为，这一组诗含有讽刺杨贵妃的意思，而这是可能的吗？如果现代人都能察觉其中含有讽刺的意思，当时就在李白面前看他写诗而且诗歌造诣深厚的唐玄宗，却竟然会看不出来，这又是可能的吗？玄宗看出来之后又欣然接受，不加以降罪，这更是可能的吗？必须说，很多人不了解李白，更不了解唐玄宗与杨贵妃，也因此误解了这一组《清平调词三首》。

首先，唐玄宗并不是一个马上得天下、只懂得骑马打仗的大老粗，而是在并非嫡长子、没有当然继承权的情况下，当时又是政局纷乱、各方人马激烈角力的局面，却完全靠自己的才能、见识与胆识而取得皇帝的宝座，当时年仅二十八岁，这足以证明李隆基是一个不世出的英雄人物。

甚且更应该注意的是，在高明的政治才能之外，他还具备了深厚的诗书学养和高超的文艺修养。以深厚的诗书学养来看，作为儒家经典的十三经，注疏的人都是大学问家，注疏的内容也都具有高度的权威性，而其中的《孝经》就是唐玄宗注释的。唐玄宗曾在开元十年（722）和天宝二年（743）两次亲自注《孝经》并撰序[1]，并且以隶体书写出来刻于石碑之上，此碑现存西安碑林“孝经亭”内。

至于玄宗的文艺修养，那更是高明至极，堪称一位全能的艺术家。就以书写《孝经》刻在石碑上的隶体字而言，玄宗年轻时就以高妙的书法闻名天下，尤其精于书法中的“八分体”，如《书

1 历代统治者注释《孝经》，除唐玄宗《孝经注》外，还有晋元帝《孝经传》、晋孝武帝《孝经讲义》、梁武帝、简文帝《孝经义述》、清顺治帝《孝经注》及雍正帝《孝经集注》。

苑》载："明皇好图画，工八分章草，丰茂英特。张说等献诗，明皇各赐赞褒美，自于彩笺上八分书之。"杜甫也说"御札早流传"（《送顾八分文学适洪吉州》），意谓皇帝的手札早已流传天下，可见书法之精良；而亲眼见过玄宗挥毫的李白更赞佩"激赏摇天笔"（《温泉侍从归逢故人》）。因此，玄宗能以专业的眼光识才擢能，招致济济如云的八分书法家韩择木、蔡有邻、顾戒奢等三人入直承恩，会集于宫廷之中共享翰墨荣华。杜甫便说：

惜哉李蔡不复得，吾甥李潮下笔亲。尚书韩择木，骑曹蔡有邻。开元以来数八分，潮也奄有二子成三人。（《李潮八分小篆歌》）

昔在开元中，韩蔡同赑屃。玄宗妙其书，是以数子至。御札早流传，揄扬非造次。三人并入直，恩泽各不二。（《送顾八分文学适洪吉州》）

意思是说，书法家顾戒奢、韩择木、蔡有邻都是开元以来的名家，都因为玄宗的慧眼青睐而获得入宫的恩遇，更因为玄宗这位行家的褒扬而得到更大的声望。连杜甫的外甥李潮也因为擅长八分书，而让杜甫感到十分骄傲，与有荣焉。可见玄宗对提高书法艺术的文化地位是有贡献的。

古代书、画相通，果然妙善书法的玄宗也是"明皇好图画"，皇宫中也常亲自引见举世一流的画家，例如：曹霸。杜甫就有《丹青引赠曹将军霸》《韦讽录事宅观曹将军画马图》等诗歌赞叹这个人物。以《丹青引赠曹将军霸》为例，其中说："开元之中常引见，承恩数上南熏殿。凌烟功臣少颜色，将军下笔开生面。……

至尊含笑催赐金，圉人太仆皆惆怅。”

可见在绘画艺术的领域中，曹霸是炙手可热的宫廷艺术家，可使凌烟阁绘制的功臣图颜色鲜明、别开生面，所画的马图更是栩栩如生、真假莫辨，因此至尊含笑赐金，贵戚权门亦相与追索，成为“常引见”而“承恩数上南熏殿”的一个宠儿。就此而言，玄宗自己必然也拥有对绘画高度的鉴赏能力。

可是玄宗的才华还不止如此。更令人叹为观止的是，玄宗不但可以写诗，还能亲自作曲，著名的《霓裳羽衣曲》就是他所创作的。刘禹锡《三乡驿楼伏睹玄宗望女几山诗，小臣斐然有感》便提到这件事：“开元天子万事足，唯惜当时光景促。三乡陌上望仙山，归作霓裳羽衣曲。”玄宗还有一百多首乐曲，对于乐理的掌握十分专精。

《清平调词三首》前面的小序中，已经清楚提到“上因调玉笛以倚曲”，当然，玄宗也可以亲自演奏乐器，他最喜爱、最擅长的就是从西域传进来的羯鼓。唐代南卓《羯鼓录》说：

上洞晓音律，由之天纵，凡是丝管，必造其妙，若制作诸曲，随意而成。不立章度，取适短长，应指散声，皆中点拍；至于清浊变转，律吕呼召，君臣事物，迭相制使，虽古之夔、旷，不能过也。尤爱羯鼓玉笛，常云八音之领袖，诸乐不可为比。……上旋命之临轩纵击一曲，曲名《春光好》。（上自制也。）神思自得。……又制《秋风高》，每至秋空迥彻，纤翳不起，即奏之，必远风徐来，庭叶随下。其曲绝妙入神，例皆如此。

可见玄宗也是一位技巧高超的演奏家，配合巧妙的作曲能力，演奏时竟然能让远风徐来、庭中秋叶飘落，简直达到天地万物为之共鸣的境界。这也是他和杨贵妃之间称得上是琴瑟和鸣、夫唱妇随的原因。

另外，玄宗甚至创办了“梨园”这个音乐机构，这个名词也成为对传统音乐戏曲机构的代称。宋程大昌《雍录》卷九道：“开元二年正月，置教坊于蓬莱宫，上自教法曲，谓之梨园弟子。至天宝中，即东宫置宜春北苑，命宫女数百人为梨园弟子，即是。梨园者，按乐之地，而预教者，名为弟子耳。”《明皇杂录》又说：“上素晓音律，时有李龟年、贺怀智，皆能以伎闻。安禄山献白玉箫管数百事，皆陈于梨园，自是音响绝不类人间。”玄宗对于音乐艺术的推广，可以说是一大功臣。

其中，最著名的歌唱家是李龟年，他在安史之乱后落魄潦倒，流落于江南，同样进入晚年的杜甫遇到他时，写出了《江南逢李龟年》这篇名作：

岐王宅里寻常见，崔九堂前几度闻。正是江南好风景，落花时节又逢君。

这位歌唱家出入于长安城中高官贵戚的府邸，可谓独占鳌头，因此是“岐王宅里寻常见，崔九堂前几度闻”。唐郑处诲《明皇杂录》卷下也记载：“唐开元中，乐工李龟年、彭年、鹤年兄弟三人皆有才学盛名，彭年善舞，鹤年、龟年能歌，尤妙制渭川。特承顾遇，于东都大起第宅，僭侈之制，逾于公侯，宅在东都通远里，中堂制度，甲于都下。其后龟年流落江南，每遇良辰胜赏，为人歌数阕，座中闻之，莫不掩泣罢酒。”其中的“特承顾遇”之说，正可与杜诗所言相互印证。

当然，能够欣赏李白、提拔李白的玄宗，诗歌造诣也是不同凡响的。元朝的诗评家方回便认为：

> 开元、天宝盛时，当陈、宋、杜、沈律诗，王、杨、卢、骆诸文人之后，有王摩诘、孟浩然、李太白、杜子美及岑参、高适之徒，并鸣于时。韦应物、刘长卿、严维、秦系亦并世，而不见与李、杜相倡和。诗人至此，可谓盛矣！为之君如明皇者，高才能诗，亦不下其臣，岂非盛之又盛哉！（《瀛奎律髓》）

这段话的意思是说，固然盛唐时期杰出的诗人济济一堂，但作为君王的玄宗也是高才能诗，不亚于这些优秀的臣民，盛唐可以说是诗歌盛之又盛的美丽时代。

由此可见，盛唐时长安的文艺活动盛极一时，各个领域里学有专精、卓然成家也引领风骚的一流名家全都济济一堂。以上所提到的这些人，也都在安史之乱发生后，经过战火的洗礼和岁月的消磨之后，成为杜甫晚年里一一被重新翻阅与回味的光辉记忆。特别的是，上面引述的这些诗中，包括“开元以来数八分”“昔在开元中”“开元之中常引见”等，可以清楚看到“开元”一词正是贯通于各首诗之间的共同钥匙，每一道辐射线都引带出个中翘楚和一门精湛的艺术，为开元盛世织染出创造力蓬勃的图景，而这个文艺盛世的轴心，就是唐玄宗。

到了天宝时期，执政超过三十年的这位艺术家皇帝有一点倦勤了，他心中丰沛的审美因子更加活跃，加上又得到了杨贵妃这一位才貌兼具的佳人，于是整个人陷溺于艺术场、温柔乡中，从伟大的帝王摇身一变，成为伟大的浪漫情人，而他所深爱的人就是杨贵妃。

唐人的审美观——兼谈杨贵妃的美

杨贵妃的美必然是倾国倾城的等级，否则也无法抓住唐玄宗这样伟大帝王的眼光；至于美，固然存在着不同的类型，所谓“环肥燕瘦”，便道出多元的道理。但是必须说，“环肥燕瘦”这个成语并不恰当，因为赵飞燕固然纤瘦，杨玉环却不肥胖，以为唐朝人对女性的审美观是肥胖多肉，实在是长期以来的一大成见。

事实上，从古代一路下来，传统所欣赏的，大都是纤细甚至不免瘦弱的病态美，连男性的审美观也常常属于这一种；而唐代的美女，所呈现出来的女性审美观，只是恢复正常的、健康的那种人体之美，多一分珠圆玉润，却并不能说是肥胖。最重要的是，在社会背景广泛的五万多首唐诗中，所描写的美人全都是赵飞燕型的，诗里凡是讲到美女，一定都是说腰很纤细，例如：

玉山翘翠步无尘，楚腰如柳不胜春。（杨炎《赠元载歌伎》）
吹龙笛，击鼍鼓，皓齿歌，细腰舞。（李贺《将进酒》）
秋千细腰女，摇曳逐风斜。（白居易《和春深二十首》其十六）
剥葱十指转筹疾，舞柳细腰随拍轻。（方干《赠美人四首》其三）

这类的诗句很多。杜牧所写的、那让他流连忘返的“十年一觉扬州梦”，其中的美人便是“楚腰纤细掌中轻”（《遣怀》）。更有趣的是，连杜甫都这样描写，所谓的“隔户杨柳弱袅袅，恰似十五女儿腰”（《绝句漫兴九首》其九），春天时刚刚萌生的杨柳条，非常柔细，杜甫就用来比喻十五岁少女无比纤细柔软的腰肢。而细腰、楚腰就是这类体态的代称，成为文学表达上惯用的“身体常用句”，意味着美人都是纤细袅娜的，这才反映了唐朝主流的女性审美观，与一般所以为的肥胖仕女并不相同，毕竟细腰配上肥胖的身躯，恐怕是非常突兀怪异的。

其实，地下考古的出土文物中，虽然广泛流传的仕女像、仕女图，真的是有双下巴的、比较肥胖的女性，但它们并不是唯一的证据，那些是皇宫中的仕女图，是特定阶层的少数范本，也不见得就是那些女性的真实样貌。近年来中国内地又出土了唐代的绢画，上面所绘的仕女也有纤细轻盈的，与唐诗中的描写一致，这才是唐朝人普遍喜爱的体态，是唐代社会女性美的主流。

至于一般常见的肥胖仕女图像，只较局限于宫廷上层阶级的审美观，并不能作为整个唐代女性审美的代表。并且经过研究，如傅乐成先生所指出的，唐代这一类的女性美只能说是丰润健硕的健康美，不是瘦弱纤细的病态美，却绝不能说是肥胖多肉。[1]甚至在诗人笔下，杨贵妃也是弱不禁风的，白居易就说：“贵妃宛转侍君侧，体弱不胜珠翠繁。”（《江南遇天宝乐叟》）这样的贵妃才是唐代文人们心目中所咏叹的倾国绝色。这是我们一定要借此澄清的。

1 傅乐成：《天宝杂事》，《汉唐史论集》，台北：联经出版公司 1980 年版，第 156–160 页。

贵妃有多美呢？在没有照片留下来佐证的情况之下，文字的抽象形容很难让人真切体会，最多只能像白居易《长恨歌》所描绘的“天生丽质难自弃，一朝选在君王侧。回眸一笑百媚生，六宫粉黛无颜色”。而白居易的好友陈鸿在《长恨歌传》则云：杨氏“光彩焕发，转动照人，上甚悦。进见之日，奏《霓裳羽衣曲》以导之”。所以说可意会而不能言传。

最有趣的是，杜甫，这位人们以为全心全意忧国忧民的诗圣，却以十分浓艳的笔调展现出贵妃姊妹的绝色，远远超乎其他诗人。天宝时期杜甫正在长安，遇到唐代盛大的节日之一，也就是农历三月三日的上巳节，从上古以来，即是带有宗教性的祈福禳灾的节日。在三月的第一个巳日，人们要到溪流边借由水的净化作用祓除不祥，又叫作“修禊”，王羲之著名的《兰亭集序》就是在这样的背景下写成的。到了唐代，长安城的人们在这个节日便就近到东南的风景名胜曲江行游取乐，身在长安的杜甫于是有机会目睹帝王贵妃的仪仗队伍，而写了《丽人行》这首诗，诗中对贵妃姊妹的美有了以下的绝美形容：

三月三日天气新，长安水边多丽人。态浓意远淑且真，肌理细腻骨肉匀。

所谓的“态浓意远淑且真，肌理细腻骨肉匀”，真把美人匀称优雅的体态表达得入木三分、沦肌浃髓，完全不像一般诗人刻画眉目脸孔而流于皮相，达到了“美人在骨不在皮”的境界。由此也可见，杜甫的笔端深入到每一个领域，闪烁着多样的姿彩，真诚地实践了他所主张的“不薄今人爱古人”“清词丽句必为邻”，也难怪他会对一味地复古、偏执地否定六朝诗歌感到不以为然了。

这样一位“态浓意远淑且真，肌理细腻骨肉匀”的绝色佳人，自然是令人万分惊艳，杨玉环成为中国历史上著名的绝色美人，诚可谓实至名归。但是，要抓住唐玄宗这样伟大帝王的心，单单靠美丽是不够的；何况若是单靠美丽而得宠，也会落入汉武帝宠妃李夫人所说的“以色事人者，色衰则爱弛，爱弛则恩绝”。《汉书·外戚传》记载，李夫人病危时坚拒汉武帝的探视，即使汉武帝动怒之际也都不肯动摇，她深刻地指出这个看似不智的举动，其实是大智慧的表现，说道：

我以容貌之好，得从微贱爱幸于上。夫以色事人者，色衰而爱弛，爱弛则恩绝。上所以挛挛顾念我者，乃以平生容貌也。今见我毁坏，颜色非故，必畏恶吐弃我，意尚肯复追思闵录其兄弟哉！

意思是说，汉武帝对她的眷恋与情分完全是建立在容貌上，如今病容憔悴、美色顿失，必然会减损她在武帝心目中的形象，甚至产生失望厌恶的感觉，连带地摧毁掉这份情意；因而冒着触怒皇帝的危险，正是要在皇帝心中永远保留完美的容貌，让皇帝念念不忘，如此才能在她死后爱屋及乌，将这份眷恋不舍转移给李夫人的其他兄弟，这才是真正可以继续造福家人的最佳做法。后来果然印证了这份真知灼见，李夫人死后汉武帝怀念不已，渴望再见她一面，于是请方士召来她的魂魄，还因此留下了一句“姗姗来迟”的成语。李夫人并没有因为受宠而得意忘形，也没有因为出身卑微而缺乏见识，反倒能够从本质上洞察到女性靠着皮相获宠的悲哀，也掌握到借此美貌遗爱亲人的方式，真是一位美貌与智慧兼具的了不起的女性。

可是和李夫人不同，杨贵妃对唐玄宗而言却不是建立在“以色事人”之上，因此双方之间呈现出十多年忠贞专一的关系，也不存在“色衰而爱弛，爱弛则恩绝”的情况。即使到了最后死亡将他们分开，这份真情仍然沛然不绝。

“帝妃之爱”的奇迹——单子没有窗户的救赎

关于玄宗与贵妃的相处，首先可以注意的是，文献中有许多情深意切的描述，例如白居易《长恨歌》说：“七月七日长生殿，夜半无人私语时。”其中的细节则是陈鸿《长恨歌传》所记载：

昔天宝十载，侍辇避暑骊山宫。秋七月，牵牛织女相见之夕。秦人风俗，是夜张锦绣，陈饮食，树瓜果。焚香于庭，号为乞巧，宫掖间尤尚之。夜殆半，休侍卫于东西厢，独侍上。上凭肩而立，因仰天感牛女事，密相誓心，愿世世为夫妇。言毕，执手各呜咽。此独君王知之耳。

你看，七夕的浪漫夜晚两人俪影双双、并肩谈心，岂非正是热恋中的爱侣？他们庆幸自己比天上的神仙更幸运，牛郎、织女只能一年一会，自己却能朝朝暮暮，而情到深处又总是渴望这样的朝朝暮暮可以天长地久。例如汉乐府《上邪》说：

上邪！我欲与君相知，长命无绝衰。山无陵，江水为竭，冬雷震震，夏雨雪，天地合，乃敢与君绝！

五代词家冯延巳《长命女》也说：

春日宴，绿酒一杯歌一遍，再拜陈三愿：一愿郎君千岁，二愿妾身常健，三愿如同梁上燕，岁岁长相见。

可见强烈的爱情总是让人贪心，爱一辈子还不够，还要爱到天长地久、爱到世界末日，以致玄宗、贵妃两人由衷发誓“愿世世为夫妇”，讲到动容之处竟相对呜咽起来。为什么在这样甜蜜的时刻竟然会呜咽哭泣呢？这看似反常的反应其实意味深长，可能是因为浸润在彼此的深情中幸福满溢，而感动到哭了；也或许是深知这样一个“生生世世为夫妇”的愿望根本不可能实现，而遗憾得哭了，无论哪一种，处处都呈现出无比的情深意重。由此可见，玄宗、贵妃之间的真情，何尝亚于历史上的任何一个爱情典范？

这岂不正是一种奇迹吗？不是有人说，好色是男人的本性，还用这样的说法来合理化自己的作为。可是老实说，一般男人跟皇帝怎么比啊，他们只不过是有了一点金钱名声、一些地位权力，就不甘寂寞地到处猎艳，玩弄女性，可见人性真的是非常脆弱而经不起考验；相对之下，皇帝是《诗经·小雅·北山》所说的“普天之下，莫非王土，率土之滨，莫非王臣”，集天下之大权于一身，因此也合法地拥有“后宫佳丽三千人”，比起一般男人更容易放纵于渔色，一旦堕落起来，其严重程度也会有过之而无不及，隋炀帝的“迷楼”就是一个荒淫至极的代表。然而，正是这种皇帝的极权，更凸显出唐玄宗真是非常的难能可贵，绝对不是一般的难能可贵而已，足以成为一个伟大的爱情传奇！

必须说，李、杨的这一则爱情传奇，是当事人的性格特质所创造出来的。一方面，玄宗本身就是一个比较深情、专情的男人，不只在爱情方面如此，其他方面也是有名的念旧重情。《旧唐书·睿宗诸子传》记载，玄宗即位前与其兄弟岐王李范、宁王李宪、申王李扮、薛王李业分院同居，号“五王宅”，待玄宗登基为帝之后，四王皆被赐宅于兴庆宫旁侧，邸第相望：

> 玄宗于兴庆宫西南置楼，西面题曰花萼相辉之楼，南面题曰勤政务本之楼。玄宗时登楼，闻诸王音乐之声，咸召登楼同榻宴谑，或便幸其第，赐金分帛，厚其欢赏。诸王每日于侧门朝见，归宅之后，即奏乐纵饮，击球斗鸡……天子友悌，近古无比。

对于自己的亲兄弟恩遇甚隆，堪称史上罕见。

至于友情，自幼就进入藩邸的高力士实际上是玄宗一生的异姓兄弟，终生对玄宗忠心耿耿，可以说是为玄宗而生也为玄宗而死的至交。他与玄宗之间不仅是发动政变时并肩作战的盟友，之后一起共富贵，更可以同患难，尤其在安史之乱爆发后，玄宗退位成为徒有虚名的太上皇，甚至被软禁在荒废的西内宫殿里，无比凄凉寂寞，这时高力士便陪伴在玄宗身旁，尽力侍奉，给予玄宗唯一的安慰。唐代郭湜《高力士外传》记载：

太上皇（唐玄宗）移仗西内安置。……每日上皇与高公亲看扫除庭院，芟薙草木。或讲经、论议、转变、说话，虽不近文律，终冀悦圣情。

可见高力士甚至模仿当时流行的讲经、转变，亲自讲唱表演，目的是“冀悦圣情”，患难见真情，莫此为甚。不仅如此，后来因为肃宗的猜忌与宦官李辅国的陷害，高力士被流放巫州（今湖南黔阳）西南而离开长安，玄宗陷入完全的孤寂郁闷中，终于在宝应元年（762）驾崩，这时始终渴望回京侍奉太上皇的高力士虽被赦还朗州（今湖南常德），闻知先帝已驾崩后：“号天叩地，悲不自胜。制服持丧，礼过常度。每一号恸，数回气绝，昼夜无时，伤感行路，恨不得亲奉陵寝，而使永隔幽明。哀毁既深，哽咽成疾。”（《高力士外传》）最终悲痛而死，唐代宗便遵先皇遗诏将高力士陪葬于唐玄宗的泰陵。

在交互往返的人际关系中，能够赢得一个人全生命的忠诚，其本身必有非常之心，绝不可能单凭笼络施惠就足以买到，则玄宗念旧重情的人格特质不言可喻。

这样的性格在爱情上的表现就更显突出了。在杨玉环入宫之前，玄宗宠爱的是武惠妃，《旧唐书·后妃传》记载：“开元初，武惠妃特承宠遇，故王皇后废黜。二十四年惠妃薨，帝悼惜久之，后庭数千，无可意者。”宋代乐史《杨太真外传》卷上也记述道：“先是开元初玄宗有武惠妃、王皇后，后无子，妃生子，又美丽，宠倾后宫。至十三年，皇后废，妃嫔无得与惠妃比。二十一年十一月，惠妃即世，后庭虽有良家子，无悦上目者，上心凄然。至是得贵妃，又宠甚于惠妃。”

从武惠妃的例子，已经可以看出玄宗的性格是用情很深的，为了武惠妃的死而感伤悲痛，甚至到了无法上朝理政的地步，并且“后庭数千，无可意者”，没有其他妃嫔能够替补武惠妃的位置。《资治通鉴》卷二一五也有一段类似的记载：武惠妃死后，“上悼念不已，后宫数千，无当意者。或言寿王妃杨氏之美，绝世无双。上见而悦之”。而这份沉浸在悼念中的心灵，那巨大的空缺因杨玉环而获得填补，甚至更进一步，装满了这位帝王的整个心灵，两人之间从此就以恩爱深情的恋侣形象，成为文人笔下津津乐道的天宝传奇，无论对两人的历史功过评论如何，都一致认为双方爱深情浓。

先看宋乐史《杨太真外传》中很有意思的一段描写：

(定情)是夕，授金钗钿合，上又自执丽水镇紫库磨金琢成步摇，至妆阁亲与插鬓。上喜甚，谓后宫人曰：“朕得杨贵妃，如得至宝也。”

就在他们定情的晚上，玄宗送给贵妃金钗、钿合，这个金钗、钿合就是两人之间的定情物，后来在《长恨歌》里也出现过：“钗留一股合一扇，钗擘黄金合分钿。但教心似金钿坚，天上人间会相见。”同样都用了钗和钿的物件意象，可见这是两人爱情发展非常重要的证物。而除了这个定情物之外，皇上又自执丽水镇紫库磨金琢成的步摇，这是用非常珍贵的材质雕琢的步摇——女子发髻上所佩戴的一种首饰，发钗下面的垂坠，随着走路的步伐就会摇摇摆摆，更有一种摇曳生姿的娇媚姿态——玄宗亲自拿着这样一个首饰到了妆阁，也就是杨贵妃自己专属的一座化妆阁，亲自为贵妃插上鬓发，看了贵妃的美，真的是龙心大悦，高兴地对后宫人说，“朕得杨贵妃，如得至宝也”。

值得注意的是，这段“至妆阁亲与插鬓”的作为，让人想到汉代“张敞画眉”的故事。张敞是长安的京兆尹，也就是首都市长，政绩卓著，但他流传千古的事迹却是为妻子画眉的闺房之乐。《汉书·张敞传》记载：

然敞无威仪，时罢朝会，过走马章台街，使御史驱，自以便面拊马。又为妇画眉，长安中传张京兆眉怃。有司以奏敞。上问之，对曰：“臣闻闺房之内，夫妇之私，有过于画眉者。”上爱其能，弗备责也。然终不得大位。

从“上爱其能，弗备责也”这个说法，可见这是有损男子气概的行为，果然张敞也在宦途上受到阻碍。就此而言，更难得的是玄宗以一国之君的身份，具有傲视古今的雄才大略，开创了历史罕见的开元、天宝盛世，但另一方面却又有着这般温柔的儿女情长，是一个浪漫的情人，难怪令人心折！

要注意，这只是定情的那一天，从此以后他们还有十多年的岁月，还一直保持着这样纯度、深度的爱，这真是人间难得一见的，连一般会遇到七年之痒的平常夫妻都望尘莫及。

上面这一段是宋代人的记录，我们再回来看唐代诗人怎样表述帝妃之间的爱情，并且终于可以明白，为什么《长恨歌》里会说“后宫佳丽三千人，三千宠爱在一身”。

我们很容易会以为，这不过是在说玄宗对于贵妃的爱非常浓烈，浓烈到三千人的爱都集中到杨贵妃身上，所以杨贵妃的宠爱要用三千倍来计算。但是，当我们对这个课题做了一些考察以后，就发现这样的理解其实不够精确，真正精确的说法是，不但玄宗对杨贵妃的爱是三千倍的浓度、强度，更重要、更关键的条件，事实上对杨贵妃的爱是到了一种高度排他性的情有独钟，以至于后宫佳丽三千完全排除在流连忘返的行列之外，那三千人从此等于被打入冷宫。这就是所谓的排他性的爱，不可能再去接触任何别的女性，这不但切合真正的爱情，也符合其他唐代诗人的说明。请看白居易《上阳白发人》这首诗。

“上阳”是皇宫的名字，到了白居易的中唐时期，他偶尔还遇到存活到中唐的白头宫女。这个白发人就是指开元、天宝时的宫女，随着岁月流逝已经变成老妪了。这一类的人，谈到过去的天宝盛世，就有无限的感慨。就此，会想到白居易的好朋友元稹所写的“白头宫女在，闲坐说玄宗”（《行宫》）吧，白居易的《上阳白发人》也是类似的情况。其中有一句，白居易就特别加了一个注，说：“天宝五载以后，杨贵妃专宠，后宫人无复进幸矣。”

这一段话大有深意，原来一开始玄宗就已经很爱杨贵妃了，不过跟前面的武惠妃一样，他对你有七八成的爱，可是他作为一个帝王，当时还多多少少有所沾染的情况，但是随着时间加深了感情，到了天宝五年，真正的爱一旦确立，杨贵妃便受专宠，后宫就再也没有人能够走近帝王身边一步。为什么呢？因为情有独钟，只要是真正的爱情，就一定是排他性的，不可能三心二意。

不只白居易如此说，陈鸿的《长恨歌传》这一篇文章，是跟白居易的《长恨歌》同时并作的，他用散文的书写来补充，或者映衬、呼应白居易的《长恨歌》，其中所讲的就更详细了，他说：

虽有三夫人、九嫔、二十七世妇、八十一御妻，暨后宫才人、乐府妓女，使天子无顾眄意。自是六宫无复进幸者。非徒殊艳尤态致是，盖才智明慧，善巧便佞，先意希旨，有不可形容者焉。

当时玄宗的后宫有各种等级的女性一百多人，再加上“后宫才人、乐府妓女”，夸张一点地说，就是“后宫佳丽三千人”。但这还不算多的，在六朝时期，最有名的纪录达到一万多人。无论如何，这些成千上万的后宫女性，都无法吸引皇帝的目光，所谓“使天子无顾眄意”，也就是他完全不流连花丛，没有一朵花可以让他驻足，因为他的眼睛里只能看到最心爱的一个。就像《小王子》这部成人童话中所说的，真爱，会使一个人只选择五千朵玫瑰花中唯一的那一朵；又好比《红楼梦》续书里，贾宝玉所说的“任凭弱水三千，我只取一瓢饮”。于是从此之后“六宫无复进幸者”，这不就是跟《上阳白发人》所提的“后宫人无复进幸矣”完全一样吗？

必须说，真正的爱情必然如此。可是除了玄宗本身的性格之外，为什么这个女子可以脱颖而出，赢得这个历史上最伟大的男性之一的至爱地位呢？一定要考虑这一点：单单有绝色容貌，或者非常高明的媚术，是不可能让玄宗对贵妃爱到这样的一种程度的。也因此，对于杨贵妃这个人在唐代历史上的功过讨论，我们也要非常谨慎，批评很容易，但真正耽误的是自己。要严格要求自己，没有下功夫去理解的，不要妄下断言，自我节制是很重要的一个文明的态度。

对于贵妃跟玄宗之间的关系，陈鸿有一个说明，他说“非徒殊艳尤态”，意思是她不止“殊艳尤态”——绝色的容颜与媚人的体态，才导致这样的结果，而必须有另一个更重要的原因。要抓住英雄的心，绝对不能只靠皮相，也要有高度的灵魂能够跟他平起平坐，能够以平等的姿态作为他的灵魂知己，这才能真正抓到他的心。所以陈鸿说“才智明慧，善巧便佞，先意希旨，有不可形容者焉”，意思是说，贵妃比玄宗更了解他自己，在玄宗有一些想法还未必这么清楚成形的时候，贵妃已经先掌握到他的意念心志，然后提供一个最切合的建议，或者给他所需要的一切情感安慰。

还不只如此，《旧唐书·后妃传》也记载：“太真姿质丰艳，善歌舞，通音律，智算过人，每倩盼承迎，动移上意。”可见这已经完完全全不是一般的男女关系，甚至更超越一般的知己程度了。如五代王仁裕《开元天宝遗事》里有一段提到：

> 明皇秋八月，太液池有千叶白莲数枝盛开，帝与贵戚宴赏焉。左右皆叹羡久之，帝指贵妃示于左右曰：“争如我解语花！”

这几朵太液池中的千叶白莲当然是非凡的品种，才会被搜集到京城的宫苑里来，秋天盛开的时候，皇帝与贵戚们就在旁边设宴，欣赏眼前难得一见的绝美风光。左右的皇族贵戚对这样的青叶白莲，简直是大开眼界，只有在神话国度才能目睹，如今就这样活生生在眼前，当然久久赞叹不已。可是玄宗在这里有个很有意思的举止，他指着贵妃对他们说，来看看我身边的这位绝色美人，那神话中才有的非凡白莲花，怎么比得上我的解语花！

这个“争”字是唐代常见的一个惯用词，作为否定意义的疑问词，就是“岂、哪里、难道”的意思，《红楼梦》里也故意用这个“争”字取代“岂”字，更有一种浑厚典雅的语感；玄宗的意思是说，即使是令人们赞叹至此的千叶白莲，都还比不上我的这一朵解语花。解语花就是杨贵妃，不但人比花娇，甚至在人比花娇之外，人更加灵动可爱，因为她有灵魂，而这个灵魂跟玄宗又是如此之呼吸相关、彼此共鸣。

而“解语”的前提是“知心”，贵妃正是玄宗的知己。《开元天宝遗事》卷下记载一则“猧子乱局”的故事，很能显示贵妃的“解语”：

一日，明皇与亲王棋，令贺怀智独奏琵琶，妃子立于局前观之。上欲输次，妃子将康国猧子放之，令于局上乱其输赢。上甚悦焉。

眼看着玄宗与亲王手谈而即将输了棋局，旁观的贵妃立刻放出小狗，让它跳上棋盘拨乱了棋子，局面一旦混乱，也就无从断定胜负，于是解救了玄宗的难堪，又让本来可赢棋的亲王难以追究，毕竟小狗的顽皮无法苛责，也不能找它赔偿；而又有谁能证明小狗不是自己跳出来，是贵妃故意放出来的？这一招急中生智既表现出贵妃的聪慧，更展示了对玄宗的体贴知心，却又尽在不言中，可以说超过了“解语”的境界。显然贵妃不只是一般的温柔、善体人意的女子，对玄宗这样一个明断、睿智、魄力、谋略、英武的英雄人物而言，又是一个体贴入微的灵魂知己，如果没有和玄宗一样的心智能力或灵魂高度，又哪里能碰触到玄宗那颗深不可测的心！

第二个故事，同样是在《开元天宝遗事》卷下所记载，刚刚是秋天，现在到了冬天，故事是说：

冬至日大雪，至午雪霁，有晴色，因寒，所结檐溜，皆为冰条。妃子使侍儿敲下二条看玩。帝自晚朝视政回，问妃子曰：“所玩何物耶？”妃子笑而答曰：“妾所玩者，冰箸也。”帝谓左右曰：“妃子聪惠，此象可爱也。”

冬至那天大雪，到了中午的时候雪停了，天空放晴，然而气候还是很严寒，所结的“檐溜”，就是从屋檐滴下来的雪水已经都结成冰，成为冰条，形成一片晶莹剔透的琉璃世界。贵妃就派侍儿敲下两条冰柱，拿在手中欣赏、把玩。这时皇帝自晚朝视政回来，你看皇帝真的好辛苦，不但有早朝还有晚朝，累得要死回来之后看到心爱的人这么可爱，心里就有种稳定感。这就是家的感觉，在她身边就是心情轻松，觉得一切的疲惫烦闷几乎都抛诸脑后。真正的爱就是这样，你看到她就觉得人生就是这么的平安祥和，看到她就觉得回到一个最宁静的灵魂的归宿，这里就显出类似的意涵。

皇帝从晚朝回来，就问贵妃说，你手上把玩的是什么东西呢？贵妃笑着回答：“妾所玩者，冰箸也。”那是冰做的筷子。这当然是个比喻，我们今天觉得这个比喻没有什么特别，一个很常见的、不出奇的比拟，可是在当时，这样的一个比喻是非常有创造性的想象，让人觉得耳目一新，有如点铁成金、化腐朽为神奇。贵妃可以欣赏冰条这样一种北方平常的景物，给予新鲜的观照，可见她也具有一种脱俗的审美眼光，不是一般只懂得珠光宝气的庸俗之辈，可以说到了诗人的境界，所以玄宗非常高兴，对左右说“妃子聪慧，此象可爱也”。总而言之，这段记载的意思就是说，玄宗眼前所看到的，正是人世间最圆满的一幅图像，足以“解释春风无限恨”，一见忘忧，人生夫复何求？

从这两段记录，可以感受得到玄宗跟贵妃之间，贵妃所提供的绝对不只是美色而已，她是以非常聪慧的心智，再加上非常体贴入微的爱，才能够互相交流，达到夫唱妇随的境界。这种形影不离的恩爱场景，普遍地反映在唐诗中，诸如：“上皇正在望仙楼，太真同凭栏干立”（元稹《连昌宫》）、“贵妃宛转侍君侧，体弱不胜珠翠繁”（白居易《江南遇天宝乐叟》）、“当时七夕笑牵牛”（李商隐《马嵬二首》其二），连杜甫都说“昭阳殿里第一人，同辇随君侍君侧”（《哀江头》）。白居易《和元微之霓裳羽衣曲歌》更有“由来能事各有主，杨氏创声君造谱”之说，刻画了帝妃之间琴瑟和鸣的情态。难怪从天宝五年以后，她能够完完全全赢得玄宗专注的、唯一的爱，这一点绝对有赖于贵妃本身非常独特的各种内外条件。

所以说，“英雄美人”这个词对玄宗、贵妃而言，事实上是不精确的。真的要非常聪明的美人才能够匹配英雄，若单单是美人的话，很快就会被别人所替代，因为美人到处都是，后宫里不是就有三千佳丽吗？然而心智上的聪慧、灵巧，以及视野的高度、见识的广度，这份心灵能够让英雄感觉到有这么一个人时时刻刻在身边，真的是人生的莫大福分；何况玄宗并不只是英雄，更是兼具诗人、书法家、音乐家的一位艺术全才，一般虚有其表的美人是不可能走进他的心的。于是，正如修伯里在《风沙星辰》这本书中所说的：“爱并非存于相互的凝视，而是两个人一起望向外在的同一个方向。”可以说，玄宗与贵妃不仅互相凝视，也一起望向外在的同一个方向，因此结为灵魂知己、艺术伴侣，徜徉在“美”的世界里，也难怪玄宗会对贵妃始终不渝了。

最感人的是，这种专一的爱足以超越权力的腐蚀，超越“食、色，性也”的人性腐败，以至于能够长达十几年始终如一。

根据历史学家详细而精密的考证，这场旷世恋情的来龙去脉是“以开元二十八年（740）十月温泉宫相会为标志，揭开了李、杨情爱史的序幕”[1]。此后直到天宝十五载（756）六月马嵬坡事变贵妃枉死，其间约十六年，惊人的是在这段时间，玄宗几乎完全没有出轨（详情可参许道勋、赵克尧合著的《唐玄宗传》，其中值得注意的是，起居注中两次非比寻常的不明事件，很可能就是玄宗意图出轨以致贵妃愤怒，所引起的闺房勃豁）。这对一般人也许还不算罕见，但对帝王而言却可以说是绝无仅有。必须说，结为精神共感、灵犀相通的生命伴侣，才是两人情感维系长达十六年并且至死不变的首要原因。

以至于白居易在《长恨歌》中所说的“在天愿作比翼鸟，在地愿为连理枝”，并不是文人写作时浪漫化的夸大之词，而是中肯地传达出众人对帝妃之爱的共识。

总而言之，唐朝当时以及距离唐朝还很近的五代和宋代，许多的文献传说都一致认可李、杨的真挚爱情。这些传说流传于唐代各个阶层，反映了一般共识，这些传说有的有根据，有的多少经过添油加醋，可是无论如何，在各式各样的传说里，都非常一致地说明杨贵妃跟玄宗之间是真正绝无仅有，而且是没有杂质的纯粹爱情。

李白这组诗也就成为唐代诗歌史上最早歌咏李杨爱情的第一部作品，更是诗歌艺术上的一大杰作。

1 许道勋、赵克尧合著：《唐玄宗传》，北京：人民出版社 1993 年版，第 328 页。

《清平调词三首》的层次结构

由天上到人间、从神话到真实

了解了李、杨之间的真情本质之后，再看李白这一组《清平调词三首》，就可以清楚把握诗人的创作宗旨，并且精确地分析这一组诗的艺术高度。

请注意李白的手法非常一致，而在一致的主轴中又有着精密变化的层次。所谓的主轴，就是以杨贵妃为中心，以名花、美人为焦点，三首中每一首的前两句都是牡丹与贵妃互相融合，然后从她们的颜色、香气各方面加以皴染，互相烘托强化，但又有轻重的不同：

第一首的前两句是以贵妃为主，牡丹花则是比喻和陪衬，第一句“云想衣裳花想容”，就是说贵妃的霓裳羽衣有如天上的云彩，轻柔飘逸，而牡丹花就有如她艳丽的容貌，“想”是一个明喻之词，和“如、若、仿佛、好似”等一样；第二句“春风拂槛露华浓”就从牡丹切入，说明“花想容”的“容”有多么美丽。

第二首的前两句则是以牡丹花为主，再带入贵妃，第一句“一枝红艳露凝香”进一步渲染“春风拂槛露华浓”的感官之美，接着“云雨巫山枉断肠”便转到贵妃身上。

到了第三首就没有轻重之分，一开始的“名花倾国两相欢”即合写贵妃与牡丹，两者相提并论、一体呈现。

可见用花来比拟美人，虽然是传统常见的写作套式，但李白还是运用联章结构的优势，分三首表现出错落有致的层次感，以致不会流于僵化的陈腔滥调。

但必须注意到，这一组诗中还有第二个结构上的主轴，也就是每一首诗除了前两句以名花与贵妃互相融合之外，后两句就改用其他的美人为比拟。从第一首的西王母，到第二首的巫山神女、赵飞燕，贵妃的美丽与地位就更加鲜明了。

请看第一首，所谓的“若非群玉山头见，会向瑶台月下逢”，“群玉山”“瑶台”都是西王母的居处，《山海经·西山经》载：“玉山是西王母所居也”，而根据《太平御览》引《登真隐诀》所说：“昆仑瑶台，是西王母之宫，所谓西瑶上台。”至于“会”这个字是“应该、应当”的意思。“若非群玉山头见，会向瑶台月下逢”这两句便是将杨贵妃提升到神话人物的地位，不以凡俗的人间层次，以免降低贵妃的绝色。

到了第二首，李白还是延续超现实的范畴来比拟杨贵妃，因此接着说“云雨巫山枉断肠”，用的是大家耳熟能详的典故，也就是宋玉《高唐赋》中所说的，楚襄王游于云梦之台，望高唐之观，独有云气缭绕，一问宋玉才知，那云气叫作“朝云”，是巫山神女所遗留下来的形迹：

昔者先王尝游高唐，怠而昼寝，梦见一妇人曰：“妾，巫山之女也。为高唐之客。闻君游高唐，愿荐枕席。”王因幸之。去而辞曰：“妾在巫山之阳，高丘之阻，旦为朝云，暮为行雨。朝朝暮暮，阳台之下。”旦朝视之，如言。故为立庙，号曰朝云。

虽然这个故事隐含了古代祈求丰收的“圣婚仪式”（sacred marriage），但因为去古已远，解离了其中的严肃意义，只留下浪漫的色彩，也形成了“巫山云雨”“高唐”“阳台”这类的性爱语词。

而李白用这个典故的意义，从结构上来说，是把美人的存在范畴移位到另一个层次：西王母是神话世界的女神，远远超越于人间之上；而巫山神女则在山中，虽然也是超现实的存在，但已经活动于人间的山水中，与人间的帝王可以直接接触，形成了人神之恋，因此更接近于人类的世界；然后“借问汉宫谁得似，可怜飞燕倚新妆”就完全进入人类的范畴，从过去的历史中寻找足以匹配贵妃的绝代佳人，因而汉成帝的皇后赵飞燕就得以中选。

天上 → 天上、人间 → 人间 → 人间
神话 → 传说 → 历史 → 眼前当下
西王母 → 高唐神女 → 赵飞燕 → 杨贵妃

归结于玄宗的宠爱

你看，从天上到人间，从神话到传说、再到历史，从历史的过去到眼前的当下，这种空间与时间双重的渐层设计，将古往今来、天上人间的美丽精华都汇集于杨贵妃身上，极力呈现杨贵妃的无与伦比，证明了李白的精心安排。

当然，杨玉环之所以成为杨贵妃，乃至杨贵妃之所以能如此风华绝代，都必须归功于唐玄宗的宠爱，因此，这三章最后就归结于“名花倾国两相欢，长得君王带笑看”。请注意，前面都是杨贵妃浓墨重彩的美丽形象，而这个美丽形象之所以能够在皇宫中绽放出万丈光芒，那是因为她受到了帝王的专宠，帝王的无限疼爱。太阳出现了，在太阳的照耀底下，最美的花、最美的女性都散发出最耀眼的光辉，互相辉映，因此“名花倾国两相欢，长得君王带笑看”，这才是真正的压轴。

“名花倾国两相欢”的完美又反过来令君王浑然忘忧，就在这“沉香亭北倚阑干”的所在，足以“解释春风无限恨”，这是一个无忧无虑，可以忘掉人间所有缺憾和悲哀不幸的最完善的乐园，而这个乐园完全就是一个爱情王国，根源于百分之百的、晶莹剔透的、完美无瑕的、空前绝后的一段恋情。

由此可见，对贵妃的歌颂就是对玄宗的赞美，却又赞颂得如此优雅浪漫、不着痕迹，一切都融合到那真挚浓烈的爱情里。

《清平调词三首》的比喻做法

国色天香的牡丹

这三首诗在结构上安排了精密的变化：由天上到人间、从神话到传说、从历史到现在、从虚构到真实，层层递进、井井有条；此外，更通过国色天香的牡丹、母仪天下的女神、历史上的名美人三个元素互相搭配，让华美的意象更加浓厚饱满，可以说是满目富丽堂皇的锦绣文章。

首先，每一首的前两句都是牡丹与贵妃互相融合，彼此皴染。以国色天香的牡丹而言，其雍容华贵使之荣登唐朝的国花，举国上下为之风靡不已，甚至不惜倾家荡产，是唐代积极的、扩大的文化精神的代表。值得注意的是，李白并没有流于皮相的刻画，而是集中在“春花带露”的意象，极尽感官之美。

其次，在“花想容”的联想方向上，李白从牡丹花展开歌咏，第二句“春风拂槛露华浓”描写春风吹拂之下，露水犹如盛开的花朵一样浓艳耀眼，而露水又让花朵闪耀着晶莹剔透的光泽，在浓艳中不失清丽脱俗。而这个意象延续到第二首诗，说的是“一枝红艳露凝香”，但这一句比起第一首的“春风拂槛露华浓”，其实是更进一步。其中的手法必须注意，它运用到一个现代的科学新发现，就是所谓的“联觉”或说是“共感觉”（synesthesia），这是一个翻译的语词，已经在现代心理学的各种实验里面获得印证的一种特殊现象。

“联觉”或说是“共感觉”，指的是人有五官，透过眼、耳、鼻、舌、肤而产生视觉、听觉、嗅觉、味觉、触觉等，这些感官一般是各自运作，去接收外界的各种信息的；但有时候，尤其是有些特殊禀赋的人，在感觉这个世界的时候，这几种不同的感官并不是独立而是同时在运作的。就在同时运作的情况下，不同的感官所接触到的那个经验或感受信息就会融合在一起，彼此相通、同时出现，以致你可以在声音里，真的就品尝到甜或酸的味道；或者在听到一段音乐时就真的闻到一股花香，在阅读一段文字时就听到一段旋律。这是心理学做过的实验所证明的，可是没有办法用科学来解释，怎么可能透过听觉，出现的却是嗅觉的作用和结果。

这类情况一般人不容易体会到，因此也接触不到这个领域，但是在某些特殊的情况或是某些特殊禀赋的人身上，却可以呈现出来。若是把这套知识拿来考察传统文学作品里的书写，便会发现，其中有一些就触及所谓的联觉或共感觉。

李白诗中会出现这个现象的原因，正如同意大利学者维科（Giambattista Vico，1668—1744）所说：

诗人们首先凭凡俗智慧感受到的有多少，后来哲学家们凭玄奥智慧来理解的也就有多少，所以诗人们可以说就是人类的感官，而哲学家们就是人类的理智。[1]

作为人类的感官，诗人是感受灵敏的、细致的，他们并不一定天赋异禀，更不是在理论的训练之下去察觉到这个现象，可是他们却透过非常复杂而且领略很深的感觉经验，去反映他们所经历过的这些情况。因此，老早在一千多年前中国文学的创作中，就已经存在联觉或共感觉的例证，博学多闻的钱锺书先生也注意到这个现象，他认为在传统诗词里就有这种相关的表达。

所以，假如我们不要太穿凿附会、太采取严格的科学标准的话，“联觉”这个概念可以帮助我们理解什么叫作“一枝红艳露凝香”。你看“红艳”是视觉，而“露水”虽然也是通过视觉才能够辨认出来，可是露水的感觉却是要通过触觉，而露水里又凝结了花的香气；露跟香怎么凝聚呢，这就是把视觉、触觉，还有嗅觉整个融会贯通，所形成的一种全方位的感官之美的极致表现。前面的“春风拂槛露华浓”只不过是说，那带着露珠的花朵非常浓艳，可是现在“一枝红艳露凝香”更加进了嗅觉，并且熔于一炉，那就可想而知，贵妃的美跟花的美不但是互相比拟，而且把两者彼此结合成为一个共同的美感造型，这个美感造型也透过“联觉”，进一步加强了感官的吸引力。

再加上“雨露”这个词的政治意涵，是指皇帝的恩宠，例如张说《十五日夜御前口号踏歌词二首》（其一）的“花萼楼前雨露新，长安城里太平人”，歌颂皇帝的恩泽使京城一片繁华太平。

1 〔意〕维科著，朱光潜译：《新科学》（*New Science*），北京：商务印书馆1989年版，第二卷前言，第172页。

而在贬谪的情况下，“雨露”更是臣子们的最大期待，诸如：

·岁月茫茫意，何时雨露新。（耿沣《送友贬岭南》）
·莫畏炎方久，年年雨露新。（司空曙《送郑明府贬岭南》）
·鼓棹烟波暖，还京雨露新。（李中《送阎侍御归阙》）

都是渴望君王加恩施惠，让沦落异地的逐臣可以重回京师。因此，“雨露”也常常被用在妃嫔受到帝王的宠幸上，诸如：

·细腰宫里露桃新，脉脉无言度几春。（杜牧《题桃花夫人庙》）
·银烛树前长似昼，露桃花里不知秋。西园公子名无忌，南国佳人号莫愁。（韦庄《忆昔》）
·露桃宫里小腰肢，眉眼细，鬓云垂，惟有多情宋玉知。（韦庄《天仙子》）

在这个文学语境里，李白一再用带露的牡丹花来比拟贵妃，就不只是为了意象的效果而已，同时隐含了贵妃深受宠幸的意涵。

所以“一枝红艳露凝香”下面才会说“云雨巫山枉断肠”，所谓的云雨巫山，前面已说过，出自先秦宋玉的《高唐赋》，这篇辞赋的序中描写巫山的神女自荐枕席于楚王，此后就变成一个性爱的典故。从这个角度而言，“春风拂槛露华浓”与“一枝红艳露凝香”这两句很一致地带出“云雨巫山枉断肠”的意象，从自然意象转向人事意象，内在脉络一以贯之，也使得这组诗的结构更为紧密。

不过在李白这句诗里，不只是强调感官享乐而已，关键在于借这个成语扣合当事人的身份，一个是楚王，一国之君，一个是女神，山中神女，双方都是非比寻常的超凡人物，这也才能切合唐玄宗和杨贵妃的身份地位。

母仪天下的女神

从这个角度来说，名花只是烘托贵妃的一环，贵妃的美丽与尊贵还远超过价值连城的牡丹，与贵妃相比，连天上的女神都是拱月的众星。其中最值得注意的是第一首诗中，用西王母比拟杨贵妃的做法，比起巫山神女更能充分显示杨贵妃的身份地位，也就是“若非群玉山头见，会向瑶台月下逢”这句。

事实上，贵妃绝对承担得起作为西王母在人间的代言人，以展现美丽与权力的极致。也就是说，将杨贵妃神格化为瑶池仙境的西王母，透过其神圣性以提升皇族的尊贵地位与世俗权威，西王母则受到世俗化成为杨贵妃的神界代言人。[1]

当然，比较说来，李白所谓“若非群玉山头见，会向瑶台月下逢”的比拟乃偶一为之，属于美人、仙女相衬比的泛泛表达；而杜甫则是从质与量两方面将之提升为一以贯之的系统性隐喻关系，因此真正赋予此一比拟的精密性与深刻性者，不能不归功于杜甫。

因为天时、地利、人和的关系，李白首先发出了李、杨爱情的一阕旷世颂歌，其中他用西王母来类比杨贵妃，这可以说是空

1 详参欧丽娟：《论杜甫诗中的女性神话》，《唐代诗歌与性别研究——以杜甫为中心》，台北：里仁书局 2008 年版，第 250—258 页。

前却不绝后的手法。由于李白在宫中的经历只有很短的时间，很快地他离开了宫城之后，也就不再有机会触及这个题材；反倒是安史之乱爆发后，杜甫在失落的时代被逐出了乐园，形成了一个失乐园的挽歌。在这样一个哀婉的局面底下，他不断地回忆开元天宝盛世，而就在这个追忆之中不断地提到贵妃，杨贵妃的形象就越加闪烁鲜明。

可见在这样一个空前的盛世里，杨贵妃事实上是不可或缺的一环，是使天宝盛世更加灿烂的必要元素。杜甫正是用这样的角度去看杨贵妃，他绝对没有把贵妃当作一个祸水女人来加以抨击、讽刺，因此在对贵妃的颂扬之中，也就非常频繁地用西王母来比拟杨贵妃，一共有六次之多。在这六首诗中，杨贵妃都是西王母在人间的化身，而把两者类比的复杂程度发展到登峰造极，其中也蕴含最深刻的心理意涵。相较起来，李白基本上还是比较直接，也比较浅层的一种比拟运用。

当然这并不能责怪李白功力不够，没有展现出同样的复杂度与深度，因为李白创作当下的天时与人和，使他最多就只能做到这个程度。所以人的创作必然有时代的因素，很多环境的变动因素加进来之后，就会产生不同的结果。也所以一个人在成功的时候不要扬扬自得，有一半以上的原因是时代或环境所致，你的成功有一半要归之于你刚好生在这个世代，所谓时势造英雄，你真正的才能跟你所得到的成功相比，最多不过就是其中一半。成熟的人便会认识到这一点，因此他会很谦虚，继续踏实地努力，不会被他的成功所腐化；但是太年轻就成功，很容易就失去灵魂。就此而言，也可以再度看出唐玄宗的难能可贵。

既然李白是第一个用西王母模拟杨贵妃的诗人，细细探究起来，此一模拟关系赖以建立的基础，大约有几点可言：

其一，西王母所统辖驻居的瑶池，具备了与昆仑同等鲜明突出的“仙境”意义，却又带有其他仙界罕见的女性化空间形态。而“宫廷”本身原即具备与仙界相比拟的神圣性，皇家园林作为皇权的象征，历代宫殿池苑建构所依据的符号设计与象征原则，往往是向仙境平行投射的具体化，往往模拟蓬莱、昆仑等仙人所居住的仙境，也是皇帝与仙人相会之所，呈现了天堂般的花园意象。如此一来，皇宫御花园中的杨贵妃便等同于瑶池仙境中的西王母，这是第一层次的空间因素。

其二，就称号、地位等条件来看，西王母与杨贵妃更是多所雷同。东晋葛洪《枕中书》说：

> 九光玄女，号曰太真西王母，是西汉夫人。……所治群仙无量也。

同样地，《旧唐书·后妃传》记载：

> （玄宗）召见，时妃衣道士服，号曰太真。既进见，玄宗大悦。……宫中呼为“娘子”，礼数实同皇后。

比对之后就可以发现，西王母和杨贵妃颇有相似。杨玉环入宫后先是出家做女道士，然后才到玄宗身边变成杨贵妃，当时的道号就是太真；天上人间的这两位女性，都叫作“太真”，两人一致的道号更强化了彼此的联想关系。其次，西王母的地位是“所治群仙无量也”，是无数神仙的领导者。西王母到了六朝时期，已经是主管一切灵界女仙的母神，并且成为早夭女子得道者的养育、掌领之母，影响深远，唐末杜光庭《墉城集仙录》便记载，当时称为金母元君的西王母，其职司是：“母养群品，天上、天下、三界、十方女子之登仙得道者，咸所隶焉。”也就是女神们的领袖；而杨贵妃则“实同皇后”，实际上等同于皇后，是天下所有女性的领袖。如此一来，母仪天下的杨贵妃正与“统领群仙”的西王母地位相当，这又更增加两人的一致性。

其三，就容貌而言，双方都是美丽绝伦。以西王母来说，经过了古代中国艺术发展中神话人物图像从兽形到人兽共体，逐渐递至全然人化的运动过程，早已蝶变出非凡的美貌，班固《汉武帝内传》就说：西王母“可年三十许，修短得中，天姿掩蔼，容颜绝世，真灵人也”。同样地，杨贵妃也是以国色天香令玄宗惊为天人的。因此可以说，西王母全然体现了“权力”与“美丽”的特点，这都构成了西王母、杨贵妃相互等同的类比基础。

其四，我们还可以注意到，西王母是唯一与世间帝王互动频繁而关系密切的仙界女神。不但历史传记中，如《穆天子传》《史记·赵世家》《竹书纪年》《水经注·河水》，屡屡可以见到周穆王“天子宾于西王母，……天子觞西王母于瑶池之上”的记载；《汉武故事》和《汉武帝内传》等与汉武帝有关的书籍，又有汉武帝七月七迎宴西王母的传说，更颇为后人所艳称。如此一来，作为与人间帝王交会的非凡女性，天上的西王母与世间的杨贵妃就形成了关系结构上的一致性。

总而言之，杨贵妃确实是有如西王母般的永恒女神，聪慧、美丽、尊贵而才华横溢，对玄宗而言更具有生命动能的根源。杜甫于《哀江头》一诗所描写的“忆昔霓旌下南苑，苑中万物生颜色。昭阳殿里第一人，同辇随君侍君侧”，以及创作于玄宗生日那一天的《千秋节有感二首》（其二）中所说的“王母献宫桃”等，若对这些相关诗篇加以仔细推敲，似乎杜甫也隐隐同意，杨贵妃就如同太阳的燃料般为玄宗点燃了暮年的青春之火，具有赐予玄宗生命活泉的重大意义，而玄宗那如太阳光源般的灿烂生机，便大半来自爱情所燃放的无上动能。可以说，“爱情”是杨贵妃带给玄宗最美好的礼物，也是天宝繁华的动力引擎。

以上所谈到的这些特点，就是诗人所掌握到的最佳模拟条件，也是杨贵妃当仁不让的奥妙所在。李白和杜甫两大诗人都选择以西王母来拟杨贵妃，可以说是英雄所见略同。

历史上的名美人

但是这样还不够，李白并不满足于这样的神话比喻而已，虽然神话是一个超现实世界，但是回到现实世界里来，又有谁足以担任杨贵妃的分身，来衬托添加贵妃的美丽与地位呢？

眼前的现实世界当然只有杨贵妃一个人，独一无二、傲视群伦，因为当代不可能再找到这样的人啦，如果找到的话杨贵妃就被取代了，又哪里能有这样的爱情传奇，如同陈鸿《长恨歌传》所说的“希代之事”——举世稀有的事。在这样的情况下，李白进一步从时间超越出来，往过去的历史去追溯，寻找足以跟杨贵妃匹配的女性，原来一代又一代最杰出、最优秀、最极致的人选，还有从古到今的庞大文化数据库可以挖掘探索，去寻找出足以相类比的人物，以加强杨贵妃的历史地位。

第二首一开始所说，“一枝红艳露凝香，云雨巫山枉断肠”，先是进入到半超现实、半现实的世界，从古代的传说切入，引用了楚王与神女的故事。巫山神女还是超现实的仙女，足以烘托贵妃的地位；而楚王是一国之君，也对应了玄宗的身份。就此而言，第一你可以发现，李白所运用的这个成语，其中人物的身份、地位都是和歌咏对象相称的；第二当然还是要能反映贵妃和玄宗的爱情。

回顾第一首诗，还没有涉及贵妃与玄宗的爱，它只是在说，眼前这位美人只有天上才能得见，她的美貌超凡脱俗；到了第二首，就在感官元素上加进了更丰富的美的体现，不只如此，它已经介入了爱情的因素，呈现出一层一层再添加、再进展的一个内在结构。而第二首诗所加进来的情爱元素，就是第二句的“云雨巫山枉断肠”。

请注意“断肠”这个词，是指“销魂”的意思，“断肠”和“销魂”这两个是同义词，又都可以指涉到两种截然不同的心灵反应：一个是悲哀痛苦到极点，一个却是喜乐或感动到极点，至于是哪一个，要从上下文来判断。进一步来问，这种大悲大喜的极端感受，又为什么会用“肠”这个脏器来表达呢？这是因为“肠”被古人视为最内在的情感器官，如杜甫所说的“惊呼热中肠”“嫉恶怀刚肠”“沉痛迫中肠”等；还有主要是肠道的曲曲折折，古人于是有了“九回肠”的说法。例如柳宗元《登柳州城楼寄漳汀封连四州》一诗中就说“江流曲似九回肠”、元稹《送致用》说“欲识九回肠断处”、唐彦谦《离鸾》说“下疾不成双点泪，断多难到九回肠”，都可以形象化地呈现出情感的曲折缠绕，所以才被联想在一起。

尤其是李贺，他在《秋来》诗中所说的“思牵今夜肠应直”，就更清楚地显示“思”和“肠”，也就是“情思”“情感”和“肠”是等同的，所以一旦在呕心沥血地构思作诗的时候，思绪牵动绷紧，连带的肠子也就拉直了。由此可见，诗人用到“肠”这个概念，都是用来表示他打从内心最深层的情感反应，也因此“断肠”就是指极度的感受。

可是为什么李白要说“云雨巫山枉断肠”呢？“枉”字是白费的意思，而“断肠”可以有两种解释：一个是指云雨巫山的欢会喜乐到极点，一个则是指云雨巫山的欢会令人极度感动。加了“枉”字以后，整句诗的意思是说，楚王和巫山神女的浪漫爱情虽然浓烈欢乐至极，或让人极度感动而向往不已，但那只是神话中的虚构，是虚幻不实的，而眼前贵妃与玄宗那样一种前所未见的深重情爱，却是真实无比的。比较起来，云雨巫山的故事和其中的情爱不过是幻想出来的文学产物，也因此他们令人极度感动的人神之恋就显得虚幻而白费了，也就令人唏嘘感慨，原来再好、再美也不过就是一场梦，是根本虚假的幻梦。如此一来，“云雨巫山枉断肠”更用来突显贵妃与玄宗的爱不仅是空前绝后，简直就是超越神话！

而这一段超越神话的爱情，女主角当然是倾国倾城，只有仙女可比，于是用了巫山神女的传说。这里还可以注意到，第一首的“群玉山头”与“瑶台”是完全的神话世界，而第二首的“云雨巫山”虽然带有神话色彩，可是已经跟人间的帝王有关，就从天上神话逐步过渡到人间，它形成一个中介，下面就顺势地完全进入到人间的世界里来，从时间轴往历史去追溯傲视群伦的不朽美人。

于是下面说“借问汉宫谁得似？可怜飞燕倚新妆”。“借问”就是“请问”，这个用法如今还保留在闽南语，也就是河洛话里，呈现出汉语传承不绝的一个流程，上一篇已经举例说明。从字面上的意思来看，“借问汉宫谁得似？可怜飞燕倚新妆”是说，请问一下在汉朝的宫殿里，有谁能够比得上杨贵妃？李白自问自答，用一个设问的修辞方式，把唯一可以跟杨贵妃类比的人物标举出来，那就表示除了这个人之外，从古到今再也没有谁可以跟眼前的贵妃相提并论，这当然又是一个烘托贵妃的极端手法。而且这个布局是非常严密的，一层一层环环相扣，从神话顺势地转到了人间，并且从历史上去找足以跟贵妃比美的绝世美人。而他唯一标举的人是赵飞燕，并且是“可怜”的赵飞燕。

“可怜”的意思，在中古时期指的就是“可爱”，例如《长恨歌》中说的“可怜光彩生门户”，那辉耀门楣的光芒无比灿烂。李白说有一个人，从历史以来只有一个很可爱的赵飞燕，而且赵飞燕凭借的不只是本人天生丽质的绝色美貌，还要再加上刚刚艳妆浓抹的情况下，这才足以跟贵妃相比。“倚”是“凭借”“倚赖”之意，“倚新妆”的意思就是说，在刚刚化好妆、最浓艳的状态，这样子的赵飞燕才比得上杨贵妃，那就可想而知，素颜的赵飞燕只好到后面去排队吧，根本无法和贵妃相比。无论如何，李白都是在赞扬杨贵妃真的是空前绝后、天上人间的独一无二。

在此，我们可以进一步思考一个问题：为什么李白会标举赵飞燕，而不是其他的历史美人？这个类比中又存在着哪些奥妙，足以表现出李白的卓越才华？

要分析这些问题，可以先实验的一个方法是：我们所认识的古代的名美人有哪些，请在脑海中列举名单，这份名单你再一一去思考，为什么李白都不用，偏偏用赵飞燕？到底是因为他其实褒中带贬，想要借由这样的颂扬暗度陈仓，把赵飞燕的声名狼藉带进来，以寄托对杨贵妃的讽刺？还是说其实绝对不是如此，真正另有别的原因？

在唐代以前的名美人有哪些呢？假设你是李白，不能穿越时空，唐代之前有哪些名美人是列举得出来的？历史是极其残酷的淘汰过程，现在我们还耳熟能详的有谁？西施、貂蝉、王昭君、赵飞燕这四位；绿珠也可以，她算非常有名的；甄宓、妲己、项羽宠爱的虞姬也可以算；或许还可以补上连孔子都去见过的卫夫人，也就是卫国国君的夫人南子，她也是非常美丽的，李商隐不是赞颂过她吗？所谓“锦帏初卷卫夫人，绣被犹堆越鄂君”（《牡丹》），卫夫人就是美丽到被用来形容牡丹花的。

那我们一个一个来比较吧，先来看妲己，她是亡国的红颜祸水呀，而且早已声名狼藉，背负了亡国耻辱，怎么可能用她来比杨贵妃，是要诅咒杨贵妃吗？那你就不要命啦，所以在这一点上，妲己绝对不是合格的，褒姒也不是。

然后你就会发现，上述名单中的人一个一个删除之后，本来就屈指可数，现在更是寥寥无几了。王昭君可不可以？当然不行！她是和番去了，等于发配边疆，而且一辈子没有受过皇帝的宠爱，从命运、遭遇这些来说全部都不切合。再来呢？陈阿娇是皇后，曾经是汉武帝“金屋藏娇”的宠儿，可是她善妒，后来更因为很犯忌讳的巫蛊案而被废掉了，所以不行。

那么西施可不可以？西施当然也不行，她也是亡国的，而且西施下场其实很悲惨。一般熟悉的说法是，在越王勾践复国、大仇得报、吴国灭亡以后，完成美人计的西施就跟范蠡成双逍遥去了；但那是不太可能的，一个导致国破家亡的女性，不可能被放过而不加追究，还出去逍遥度日的，可不要自己偷偷幻想美人计的工具会有这么好的一个下场。事实上有另外一个悲惨的传说，那可能才是真正的结局，也就是吴国人民非常愤怒，搜捕到了西施，把她淹死在护城河里。所以就下场来讲西施并不适合，而且西施基本上是被当作美人计的工具，是导致国家灭亡的棋子，也不适合用来类比杨贵妃。在面对帝妃的创作现场，根据书写的对象以及环境的种种需要，一定要严格考虑到这些重要的面向。

那还有谁？绿珠当然更不行啦，绿珠虽然受到石崇的宠爱，不过她后来不也是“落花犹似坠楼人”（杜牧《金谷园》）吗？跳楼自尽的下场也不行，而且她的地位更和杨贵妃不能相比，她只不过是一个很有钱的权臣所宠爱的众多女人之一，身份也算是很低贱的，虽然美丽专情，但是很多地方都不合格。至于貂蝉，她更只是个被辗转于好几个男人之手的礼物，不过是政治场中用来角力的一个工具而已，所以也绝对不恰当。

还有谁呢？有人会想到汉武帝的宠妾李夫人，李夫人当然很美，其兄李延年为她所写的《李夫人歌》脍炙人口，词曰：

北方有佳人，绝世而独立。一顾倾人城，再顾倾人国。宁不知倾城与倾国，佳人难再得！

这首歌不仅让李夫人飞上枝头变凤凰，汉武帝宠爱有加，还创造了“倾城倾国”这一个形容绝色美人的优雅词语，她的美丽理当无与伦比；然而李夫人的问题也很多，第一是早死，不到三十岁就死了，而且请注意她是“以色事人者”，她在临死前说出：“以色事人者，色衰而爱弛，爱弛则恩绝。”可见汉武帝虽然宠爱她，但那和真正的爱情有很大的差别，何况她也不过就是个夫人而已，较之实质为皇后的杨贵妃可谓望尘莫及。

其实讲到这里，关键点已经很清楚了，李白做类比时有一个非常重要的条件，那就是身份地位。[1]

在现代讲究平等的意识形态下，我们真的不知道封建社会中等级身份地位的区分是非常关键的，因为我们这个时代打从人一出生起，呼吸到的空气都是教你人人平等。英国著名的经济学家、历史学家、社会批评家及教育家托尼（R. H. Tawney，1880—1962）就洞察到一个可怕的真理，他在《平等》（*Equality*，1931）一书中写道：“‘等级’这个词会引起种种令人不快的联想。所以，只要在这个话题上稍作逗留，就会被理解成是精神变态、嫉恨和充满偏见的症状。”尤其在美国，“等级”这个概念更有如洪水猛兽，社会学家保罗·布卢姆伯格（Paul Blumberg）在他的作品《衰落时代的不平等》（*Inequality in an Age of Decline*，

1 〔美〕保罗·福塞尔（Paul Fussell）著，梁丽真、乐涛、石涛译：《格调：社会等级与生活品味》（*Class: a guide through the American status system*），世界图书出版公司 2011 年版，第一章《敏感话题》，第 2-3 页。

1980）中，干脆把社会等级称作“在美国遭禁的思想”。可见现代的意识形态与传统的历史文化背道而驰，却一样的根深蒂固，简直势不两立。

既然等级的概念在过去是那样的根深蒂固，也决定了古人的意识形态，是他们思想作为上根本的原则、重大的决定性因素，我们若要真正地了解古人，就必须完全尊重他们，应用等级身份的意识形态来思考。

如此一来，用赵飞燕类比杨贵妃，固然有一些共通处，包括美貌这一点不用讲了，她们都是绝美的，而且也都是极为受宠的（上面列举的那些历史美人多少都有这个成分在里面）；至于善舞这一点，确实更是赵飞燕与杨贵妃的一大共通处。杨贵妃是很善舞的，她跟玄宗在温泉宫的第一次见面就有绝美的音乐，而且是玄宗自己创作的乐曲《霓裳羽衣曲》，杨贵妃最初便是以这样的曼妙舞姿出现的（那么想想看，能够穿上飘飘欲飞的薄纱，跳起仙女般的霓裳羽衣舞的人，她的体态应该是优美轻盈的，否则就撑不起那种凌波微步般优雅的美感）。但绝美、受宠、善舞仍然是古代美人常见的共通条件，真正非赵飞燕不可的关键因素，还是在于皇后的身份地位，就这点来讲，诚然只有赵飞燕一个足以担当。

固然陈阿娇也当过皇后，可是陈阿娇很快就被废了，这样一个不祥的下场并不适合放在李白要歌颂的场合里。当然我们也可以质疑说，赵飞燕后来的下场不也很惨吗？她被王莽下诏贬为庶人，不久便自杀身亡。但是真的不要忘记，李白处在一个面对皇帝的当下，思考的时间很短、选择性也不是完全自由的有限情况之下，只能够找一个最大限度上最恰当的人，赵飞燕便是这个最大限度之下的最佳人选。

除此之外，让李白借赵飞燕来类比杨贵妃，还有一个非常重要的原因，那就是唐人有“借汉喻唐”的创作习惯。他们认为大唐帝国走到登峰造极，简直是前所未有，唯一让他们青睐有加，觉得足以跟唐朝相提并论的只有一个朝代，就是汉朝。因为汉代之前是分崩离析、各国分裂林立的春秋战国时代，汉代之后也是一样，魏晋南北朝又是一个非常混乱的局面，于是唐朝人觉得古往今来只有汉代可以跟他们相比。所以，当他们在做历史的反省，或者要在文化数据库里去寻找能够跟书写题材互相比拟的对象时，就倾向于从汉代的范围去找，称之为“借汉喻唐”的一种创作习惯或创作手法。

在这种情况下，取材的范围又更受限了，既然是到汉代去找，又必须有皇后的身份，又要绝美而受宠，又要善舞，所有的条件加起来之后，确实只有赵飞燕具备了最大公约数，是最适合的一个。所以说，在考察李白的杰作时，得要用这种面面俱到、非常严密的思考推敲，以认识他到底有多庞大与深厚的内涵量。

由此可见，李白会成为中国几千年来数一数二的大诗人，怎么可能只有飘逸，怎么可能只有“谪仙人”的风度在吸引人，他在诗歌艺术上面绝对是一流的。可是什么叫诗歌艺术？那绝不只是与生俱来的天赋，而且必须饱学多闻，要对庞大的传统资源能够运用自如，并且要给予足够的技巧锻炼，使得诗歌中的每一个文字都能够有最高度的、极致的表现力，可以在短短的诗行之中，熔铸最丰富的内涵、最高度的联想。如果有人真的以为李白是作诗不假雕琢的天才，如杜甫所赞叹的“李白一斗诗百篇”（《饮中八仙歌》其六），信手拈来、随笔一挥就是惊人的佳作，每一篇都是火山喷发，那样的想法实在太过无知，绝对不是这么简单的。尤其这一组诗更加不可能，李白在皇帝面前势必是倾尽其所有才华，打造出最足以跟帝妃匹配的杰作。

所以请看，这组诗其实是从超现实的神话世界到现实世界，层层递进、非常有逻辑，而且是条理分明的。对杨贵妃的美丽与地位，以及杨贵妃所得到的帝王的至爱，李白是一层一层地给予不同角度的抒发；其中所用的比喻之精当合宜、意象塑造之丰满动人，非常多元而丰富地表达了各方面的内涵。这也是古典诗歌吸引人的地方，真的是耐人寻味。

《清平调词三首》的主旨

不可能是讽刺

这组《清平调词三首》诞生于好几个奇迹，在这样的奇迹之下，竟然有很多学者主张，这一组由许多奇迹所培养出来的诗篇，是用来讽刺贵妃的淫荡不贞，主要的根据就是其中的“可怜飞燕倚新妆”“解释春风无限恨”这两句。而这是讲得通的吗？

首先，我们要延伸一个问题，那就是：这样的赵飞燕虽然各方面的条件都很吻合，可是她有一个条件最不相干，却又最启人疑窦，即赵飞燕大概是历史上排名第一的淫荡的皇后。就这点来说确实是很大的问题面，以致许多人在解读这首诗的时候，就推论诗中具有对杨贵妃讽刺的意图，这种谬说的关键就在这里。赵飞燕确确实实在历史上是非常淫荡的，淫荡到什么地步呢，可以说是老少通吃、饥不择食。在《西京杂记》这部魏晋时期的笔记文献里就有提到：

庆安世年十五，为成帝侍郎。善鼓琴，能为双凤离鸾之曲。赵后悦之，白上，得出入御内，绝见爱幸。尝着轻丝履、招风扇、紫绨裘，

与后同居处。……以軿车载轻薄少年，为女子服入后宫者，日以十数，与之淫通，无时休息。（卷二）

这样子的一个景况，当然声名狼藉，而这一点是存在的事实。那么问题就出现了，李白在援引赵飞燕做类比的时候，有没有考虑到这一点？或许是有考虑的，但是他为什么还是用了赵飞燕呢？

这里就必须郑重指出，一个诗人在用一个典故、用一个历史人物或事件来作为抒发意念的取材时，不可能是在所有条件都完全切合的情况下才去运用，因为这个世界不是围绕着你旋转的，没有一个对象是可以完全吻合你现在的需要，如果要完全吻合才能去用，就注定写不出来了。所以使用典故的时候，诗人一定有所取舍、有所轻重，不是照单全收，这个时候读者就要去分辨，诗人的偏重点到底是在哪里。

而事实上，古代文学的典故运用里，用到赵飞燕却完全没有淫荡意涵的情况很多，清人王琦就批驳道：

巫山云雨，汉宫飞燕，唐人用之已为数见不鲜之典实。若如二子之说，巫山一事只可以喻聚淫之艳冶，飞燕一事只可以喻微贱之宫娃，外此皆非所宜言。何三唐诸子初不以此为忌耶？[1]

意思是，唐诗中许多作品都没有这类的限定，因此也没有典故运用上的禁忌，李白当然也是如此。但最佳的例子，还是举《红楼梦》来看。

1 瞿蜕园、朱金城：《李白集校注》上册，上海古籍出版社 1980 年版，第 392 页。

《红楼梦》第二十七回的回目是“滴翠亭杨妃戏彩蝶　埋香冢飞燕泣残红”，上一句指宝钗扑蝶，曹雪芹用杨贵妃来拟薛宝钗，果然又有一些读者说，你看这就是暗藏着讽刺，借由杨贵妃来讽刺薛宝钗，但这真是一表三千里的藤蔓式推论法。其实曹雪芹根本没有任何讽刺，他完全就是正面的书写，非常简单。“滴翠亭杨妃戏彩蝶”对仗的下一句是“埋香冢飞燕泣残红”，两句平行一致，小说家分别用杨贵妃和赵飞燕来比喻两大女主角，一个是薛宝钗、一个是林黛玉，而“埋香冢飞燕泣残红”对应的就是黛玉葬花以及她的《葬花吟》。你认为曹雪芹在这里会用赵飞燕的淫荡来暗示林黛玉淫荡吗？所有人都知道这绝不可能。既然用赵飞燕来拟林黛玉，不可能有任何负面的意涵，纯粹就是传达一种身轻似燕的纤细体态，那么，为什么跟它对仗、用来类比薛宝钗的杨贵妃就是有讽刺的意思呢？是不是因为自己不喜欢薛宝钗，于是就添加很多负面的东西？然而，对你不喜欢的人就用各种理由去糟蹋人家，这是不可以的。既然对仗的“埋香冢飞燕泣残红”没有负面意义，同样地，“滴翠亭杨妃戏彩蝶”也没有任何讽刺意思，实在不应该被成见误导而流于欲加之罪。

《红楼梦》的这个例子明显地告诉我们两件事：第一，原来用赵飞燕做类比的时候，可以完全没有负面的意义，也同样可以证明古人在运用这些典故的时候，其实是有所偏重，偏重的关键在于他自己所需要的部分；第二，原来读者的成见可以带来如此南辕北辙的误解，岂可不慎？而李白运用赵飞燕这个对象的时候，主要就是我们在前面所考察出来的那五个因素，包括：绝色的美丽、帝王的极致宠爱、善舞、皇后的至高地位，以及借汉喻唐的创作手法，这些都可以跟赵飞燕吻合，于是飞燕中选，也足以展现出李白用典时的高妙精细。

只不过，那唯一不吻合的淫荡特质，却往往被现代人当作是李白的用意所在，于是就此发挥，说这组《清平调词三首》的主旨就是在讽刺贵妃，这实在是差之毫厘、谬以千里，并且在这样的成见之下，连带地“解释春风无限恨”这一句也被有成见的人给予过度曲解。

“解释”不是今天所谓的explain，而是一个同义复词，“解”就是解开、解放、解除，“释”就是释放、放开。“解释春风无限恨”意味着就在“名花倾国两相欢，长得君王带笑看”的情况下，置身于春风、美人、名花的幸福洋溢的圆满场景里，就算人生有再大的缺憾，有再多的愁怨，有再多的悲恨，都可以放下来了。在这里，完完全全就是可以忘掉人间无限缺憾的、一个人间最幸福洋溢的乐园。但有人竟然说，你看哪！李白一定有讽刺的意思，因为杨贵妃淫荡，这就导致了玄宗的隐痛，于是就有了无限恨，如果没有恨，为什么要去“解释”呢？而唐玄宗的“无限恨”从哪里来，就是因为他所爱的杨贵妃淫荡！这些推论逻辑都是跳跃式的，极为牵强而且矛盾，目的只是要证明他的成见。

试问：人生不如意事十之八九，皇帝更是日理万机，在国事如麻的情况下多所烦忧，甚至身心俱疲，如何能说玄宗的“无限恨”就是来自贵妃不忠？这种说法不但是无稽之谈，极端地牵强附会，更严重的是自相矛盾。如果玄宗的“无限恨”真的是来自贵妃不忠，又怎么会在“沉香亭北倚阑干”的此时此地，带笑看着被牡丹花衬托得无比娇艳的贵妃呢？而这个让皇帝痛恨的出轨贵妃竟然还可以“长得君王带笑看”？只要稍加思考，就会发现这些解释都是成见之下的穿凿附会，不堪一击。

事实上，玄宗本来就曾说过艳丽无比的名花足以“解恨”，禁苑中的千叶桃便被称为“销恨花”：

明皇于禁苑中，初有千叶桃盛开，帝与贵妃日逐宴于树下，帝曰：“不独萱草忘忧，此花亦能销恨。”（《开元天宝遗事》卷上）

只是玄宗所说的千叶桃，到了李白笔下则成了牡丹花，其国色天香同样足以销恨；不仅如此，再加上倾城倾国的贵妃花面交相映，那就完全可以“解释无限恨”了。无论李白在写诗的时候是否知悉这一则典故，但他绝对是把握到了玄宗的人格特质，既能够如此之慧心、慧眼，全神贯注地赏花、惜花，在面对名花时忘却烦忧；又可以如此之多情、深情，全心全意地眷爱着贵妃，在贵妃的陪伴下心满意足，并且应该说，正因为有心爱的人在身旁，才更有赏花的兴致。

“解释春风无限恨”这句话是在极力地强调，即使皇帝（或者每一个人）有着无限恨，在面对心爱的人的当下，都可以释放压力、放下重担，而获致圆满无缺的幸福，从而在“名花倾国两相欢，长得君王带笑看”的沉香亭前，织染出一幅幸福洋溢的乐园图景。

李白会是个没有教养的人？——谈格调与等级

再回到李白用赵飞燕来做类比的时候，有没有讽刺的这个问题，必须说，李白不可能有讽刺的意图，赵飞燕的淫荡更不可能用来模拟杨贵妃。可以从三个层面来分析：

一、李白为什么需要冒生命危险，去得罪皇帝，拿自己的性命开玩笑？

二、如果李白有讽刺的意思，玄宗会看不出诗中有讽刺的意思吗？

三、最重要的是，为什么你会认为李白是一个没有教养的人？

首先，就第一点而言，李白为什么需要冒生命危险，去得罪皇帝，拿自己的命开玩笑？既然所谓的讽刺，无论出于何种语气，"讽刺的目标就是要伤人"[1]，但很现实的问题是，眼前的这个人是全世界最有权力的人，是可以对你生杀予夺的皇帝，双方权力的高下是巨大到悬殊的一种程度，你只要触怒龙颜，就会被拖出去斩了。有谁会如此莽撞，随便出现这样轻率的作为，所采用的还是当面人身攻击、激怒皇帝的幼稚方式？这称得上是不可思议。

姑且不论这时尚在天宝盛世的太平里，即使到了天宝末年，社会动荡已经处处可见，贫富差距十分悬殊，灾难一触即发，杜甫就痛心地说："朱门酒肉臭，路有冻死骨。"（《自京赴奉先县咏怀五百字》）李白也写了《远别离》这首诗提醒玄宗政局的危机，所谓：

我纵言之将何补？皇穹窃恐不照余之忠诚。雷凭凭兮欲吼怒，尧

1 Arthur Pollard 著，董崇选译：《何谓讽刺》（*Satire*），第四章《语气》，辑入〔美〕姜普（John D. Jump）主编，颜元叔主译：《西洋文学术语丛刊（上册）》，台北：黎明文化事业公司 1978 年版，第 290 页。

舜当之亦禅禹。君失臣兮龙为鱼，权归臣兮鼠变虎。或云：尧幽囚，舜野死，九疑联绵皆相似，重瞳孤坟竟何是？

但忧心忡忡的读书人也只是诚恳地发出呼吁，是讽谏而不是讽刺。因此诗中都是从大局着眼、就原则提醒，并且在借古鉴今的时候也都是含蓄委婉，苦口婆心，完全没有对皇帝本人人身攻击。那么，在天宝三年的太平岁月里，在帝妃游园的轻松场合中，说李白有意触犯龙颜，实在是缺乏现实的动力，也不符合情理。

何况，李白当着手握生杀大权的帝王面前讽刺他所心爱的贵妃，比起直接讽刺玄宗本人，效果还会更加严重，李白除非想自寻死路，否则这样的做法岂非太缺乏正常人的一般见识？李白固然率真，却并不无知，更不缺乏常识，何以我们竟然以为作为中国最伟大的诗人之一的人会是个没有基本常识的人？一个生死的重大压力摆在面前，他竟然可以完全没有察觉，然后很任性地去讽刺人家，这真的是匪夷所思的一个揣测。

因此，研究李白的权威专家詹锳先生，他后来主持编撰了一整套十几本的《李白全集校注汇释集评》，便特别提到这里不可能有这种隐含，正是因为看多了这种违反常识的说法，所以特别加以强调。可以见得，就像“亡铁意邻”所说的道理，一个人有了成见之后谁都是淫荡的，谁都是可耻的，诗人也会为了满足读者的期待而失去常识；可是你不知道这样做，所反映的是自己的见识、判断力有问题，以致会在这样的成见下，把文章做这样的曲解。

其次，如果李白真有讽刺的意思，玄宗会看不出来吗？我们前面说过，玄宗是一个全能的艺术家，也是一个诗歌造诣很高的人，根据宋代乐史《杨太真外传》对《清平调词三首》所记载的本事：

得数本红紫、浅红、通白者，上因移植于兴庆池东、沉香亭前。会花方繁开，上乘照夜白，妃以步辇从，诏选梨园弟子中尤者，得乐十六色，李龟年以歌擅一时之名，手捧檀板押众乐前，将欲歌之。上曰："赏名花，对妃子，焉用旧乐词为？"遽命龟年持金花笺，宣赐翰林学士李白立进《清平乐词三篇》。承旨，犹苦宿醒，因援笔赋之。……龟年捧词进，上命梨园弟子略约词调，抚丝竹，遂促龟年以歌。妃持玻璃七宝杯，酌西凉州葡萄酒，笑领歌，意甚厚。……上自是顾李翰林尤异于他学士。（卷上）

其中所谓"上曰：赏名花，对妃子，焉用旧乐词为"，表示玄宗认为眼前是一幅无比曼妙的美丽景致，以前那么多的"旧乐词"是不足以表现的，所以才要李白这位大诗人重新创作更好的作品，显示玄宗对"旧乐词"不仅很熟悉，还具有高明的鉴赏力与判断力。元朝方回《瀛奎律髓》说得对："诗人至此，可谓盛矣！为之君如明皇者，高才能诗，亦不下其臣。"那么，连隔了一千多年、诗学素养浅薄的后代读者都感受得到其中的讽刺，身在当代擅长诗歌的唐玄宗，却竟然看不出其中隐藏的负面意义，这真是非常奇怪的推论，实在是不合逻辑的事！

既然从情理逻辑上来说，玄宗必然会看出诗中的讽刺，但李白却不担心皇帝会震怒加罪，那也太过违反人情。必须说，现场中的贵妃含笑聆听李龟年配词所唱的歌曲，玄宗看了诗以后还非常高兴，从此对李白更加优遇，不仅没有生气，反而恩遇有加。

既然当事人都没有产生这个误会，足以证明诗中并没有现代人所怀疑的阴影，现代读者根本不用替他们操心。

再次，最重要的是，为什么你会认为李白是一个没有教养的人？

什么是教养？真正的教养是尊重别人，体贴对方的感受，并且控制自己的情绪，不侵犯到别人，这才叫作教养。因此，即使对方不是手握生杀大权的皇帝，而只是普通人，没有死亡的压力，但当面加以讽刺，羞辱他最心爱、最珍贵的人，毫不尊重对方的感受，这实在是非常没有教养的行为。而我们为什么又会以为李白是一个没有教养、不文明的人？李白既然是中国最伟大的诗人之一，身为中华文化里正统的精英、优秀的知识分子，其心智之优雅，学识之渊博，理想之高超，怎么可能是一个粗鲁不文、没有教养的莽夫？而一个不懂得尊重别人的莽夫，又怎能写出这样洞察入微、细腻深刻的优美诗篇？

必须说，会产生“讽刺说”这样的解释，问题应该在于现代人很常见的毛病——粗糙的个人主义。以为当着一个人的面去讽刺他最珍爱的人、最宝贵的事物，代表在执行某一种正义，还说讽刺得好、很有胆识。但这真的是不正确的，一点都不值得赞美。再者说，就算你讽刺的对象是罪有应得，但做这种事情就是没有格调、没有教养的，已经斯文扫地到一种非常荒诞的地步。

李白虽然很潇洒、很狂放，但绝不是没有格调的人。相反地，能成为伟大的人，甚至只要是优秀的人，都必然会有人品与格调，而一个真正有格调的人是不会口出恶言，不会说话尖酸刻薄，更不会当着别人的面去打击人家心里很珍贵的东西的。我们所遇到的杰出古人懂得温柔敦厚，也懂得自我节制，除非是面对国家社会的大是大非，否则一个人就算讲得再对，都没有权利在别人面前去嘲讽羞辱他。何况你所想的、讲的还不一定是对的，很有可能只是自己的无知和成见。因此更不应该自以为是，以为没有格调教养可以表现出胆识，或是把无礼当作直率。

孔子早已指出“直而无礼则绞”（《论语·泰伯》），子贡更是憎恶“以讦为直”：

子贡曰：“君子亦有恶乎？”子曰：“有恶。恶称人之恶者，恶居下流而讪上者，恶勇而无礼者，恶果敢而窒者。”曰：“赐也，亦有恶乎？”“恶徼以为知者，恶不孙以为勇者，恶讦以为直者。”（《论语·阳货篇》）

可见一般人很容易混淆“勇”和“无礼”的差别，以致误把“讦（攻击、伤害）”当作“直率”、把“不逊（蛮横、无礼）”当作“勇敢”来歌颂，这是缺乏明辨力的人性盲点；再加上现代人习惯于唯我独尊的个人主义，对于“无礼”“不逊”更加没有警觉性与自制力，于是“讦”和“不逊”的没有教养就在“直率”的掩护下大行其道，偏离了真正的“文明”的境界。

换句话说，我们会以为李白是一个没有教养的人，关键是否就在于没有教养的概念与要求的，其实是我们自己，以致推己及人，不知不觉也把李白看成没有教养的人？就如同我们会以为唐玄宗是一个无知的人，读不出诗中的讽刺意味，而其实真正无知的是我们自己？

人性里有很多美好的方面，包括后天的教养所带来的优雅和格调，李白绝对是很有教养、很有格调的一个人。如果我们不了解什么叫格调、什么叫教养，那就好好去揣摩吧，好好去学习一下，不要停留在粗糙的个人主义里以自我为中心，却误以为是天真率直，那真的是非常无知。

到此，我们可以进一步指出，不仅社会地位的区别是严格的、天经地义的，最发人深省的是：这个等级地位与其说是因权力、金钱所产生，不如说是来自文化格调，与个人的品位、教养息息相关。

著名的社会学家特纳（Bryan Stanley Turner）认为，造成社会分化或分层（social stratification）的原因是社会不平等，其认定包含三个主要方面：

1. 以阶级来表示的经济差异；

2. 以地位关系（Status）来表示的法律政治差异；

3. 以人们的生活方式、态度和文化气质来表示的各种文化差异。

人们的言谈举止、衣着打扮、文化趣尚、生活消费方式等方面，都呈现出地位阶层的差异。[1] 既然这个文化范畴更广泛、更内在，在日常生活中由内而外地处处体现、时时显露，因此甚至可以进一步指出：品位、知识和感知力比金钱更能决定人的社会等级。

罗素·林内斯（Russell Lynes）也提出一个三重结构的说

1 〔英〕布赖恩·特纳著，慧民、王星译：《地位》（*Status*），台北：桂冠图书公司 1991 年版，译序，第 4 页。

法，即把人分为：有高度文化素养的人、有一般文化教养（中产阶级趣味）的人和缺乏文化教养的人（highbrow，middlebrow，lowbrow）。[1]而毋庸置疑，玄宗、李白都是“有高度文化素养的人”，他们彼此的对待方式、互相交流的诗歌内容，都是在高度的文化素养之下进行的。因此，如果我们用现代中产阶级趣味的一般文化教养，甚至是缺乏文化教养的层次去解释，就真的会误入歧途，以致出现如此背离常理的“讽刺说”，这显露了诠释者对人性的轻率无知，以及无礼、无品、无格调的修养层次。

就这一点而言，误解古人还是其次，耽误自己最是严重，我们是否还要继续当一个缺乏文化修养、品格修养的现代人，这是值得深思的课题。

禄山之爪的谬误无稽

最后，还应该思考的是，杨贵妃根本没有任何不轨。当时才天宝三年，那些荒腔走板的传闻比较可能发生在后期一点，但这也只是说“比较可能”而已，事实上没有这样的事情。严谨的历史考证足以证明这一点。遗憾的是，通常读者只喜欢脱轨的逸事，喜欢把别人丑化一点，故事暧昧一点、淫秽一点，其间不自觉地添油加醋，反正古人的名节跟我们没什么关系，他们也不会到法院去按铃控告，只要大家讲起来有痛快的感觉就好，这就是一般读者很常见的不良心理。以致这样一路传闻下来的结果，历史中

1〔美〕保罗·福塞尔著，梁丽真、乐涛、石涛译：《格调：社会等级与生活品味》，第二章《解剖等级》，第25页。

就风行着杨贵妃与安禄山有染的流言，虽属穿凿附会的无稽之谈，却是一般读者心里“脍炙人口”的逸闻传说。

故事说他们不但有染，安禄山还在杨贵妃的胸口留下了抓痕，明代程登吉所写的《幼学琼林》便说：“贵妃之乳服诃子，为禄山之爪所伤。”据说第二天杨贵妃羞于见人，因为唐代宫廷中的仕女们服装是袒胸的，如此不就等于将偷情不轨的证据都暴露出来了吗？这时候杨贵妃感到很为难，于是灵机一动，想出一个遮掩的办法，她把本来贴在额头上的花黄（一种装饰品）改贴在胸口，遮蔽了那个爪痕，结果没想到这个做法竟然变成一种装扮上的创新，大家从没想到贴在额头上的可以改贴在胸口，效果让人耳目一新，于是变成新的时尚潮流，也算是无心插柳柳成荫。

此外，清朝唐训方《俚语征实》引《隋唐遗史》亦云：“唐天宝间，杨贵妃私通安禄山，被爪伤乳。妃恐帝见之，乃绣胸服掩蔽曰诃子。即今之抱肚。”也是类似的版本说法。但是必须说，这些传闻都出现在明清时期，显然是后来才产生的穿凿附会，真的是完全无中生有，而且都是出自读者那种很猥亵、卑鄙的心理，反正名节是古人的，她也不会来告我。好比我们私底下讲起别人来，话常常就会比较难听，大约就是这样的人性吧，导致这个故事就流传了更广、更久。

但是人很奇怪，为什么不肯自我节制？谣言止于智者，谣言也止于有格调、有教养、有知识的人，不应该传播这样毁人名节的一个传闻。在这里，我们必须指出贵妃出轨之所以不可能，是来自客观的环境条件与历史的因素。

第一，后宫不是随便谁都能够进去的，虽然当时安禄山确实进了后宫，还发生了“洗儿”的趣事，但这件事完全没有暧昧可言。

“洗儿”又称“洗三”，婴儿出生后的第三日，要举行人生的第一次重要仪式，包括为婴儿沐浴，因此称为“洗三”，是中国古代诞生礼中非常重要的一个仪式。如欧阳修就有一首《洗儿歌》；苏东坡的《洗儿诗》更是著名，诗中说：“人皆养子望聪明，我被聪明误一生。惟愿孩儿愚且鲁，无灾无难至公卿。”既自我解嘲，也嘲讽世人，可以说是借题发挥，在对儿子的期望怜爱中寄托了对人间不平的感叹，百感交集。

“洗儿”这一个旧俗在唐代也盛行于宫中，如王建《宫词》之七十一：“日高殿里有香烟，万岁声长动九天。妃子院中初降诞，内人争乞洗儿钱。”这件事和安禄山发生关联，可能是来自姚汝能《安禄山事迹》的一段记载，说安禄山生日：

> 后三日，召禄山入内，贵妃以绣绷子绷禄山，令内人以彩舆舁之，欢呼动地。玄宗使人问之，报云：“贵妃与禄山作三日洗儿，洗了又绷禄山，是以欢笑。”玄宗就观之，大悦，因加赏赐贵妃洗儿金银钱物，极乐而罢。自是，宫中皆呼禄山为禄儿，不禁其出入。

但应该注意到，一则这是稗官野史，未必可靠；再则即使发生过这一件事，那也只是说安禄山以他肥胖庞大的身躯被当作婴儿一样地包裹起来，样子非常滑稽可笑，引起了大家的围观与讪笑，表现出安禄山能屈能伸的心机与手腕，以讨好玄宗最爱的贵妃，其中完全没有与贵妃有染的描述。更何况，这一件事究竟是发生在天宝三年之前还是之后，都不很确定，较大的概率是发生在天宝三年之后，那么李白就更没道理牵连到安禄山了。

实际上，以杨贵妃的身份地位、高雅格调，岂能看得上一个没有文化的西域蛮族胡人，又何必纡尊降贵、自贬身价去屈就下属，肥胖粗鄙的安禄山哪里有一亲芳泽的可能？这是第一点。第二点，在后宫各种森严的防备之下，安禄山也没有什么机会可以偷溜到后宫，即使他能进去，所谓的“宫中皆呼禄山为禄儿，不禁其出入”，只不过是说他有自由出入宫门的特权，但进到宫中，周围一定有很多人，各级的侍女环绕在旁，并没有隐私的空间。

诚如许多读者以为，才子佳人可以旁若无人轻易地偷情幽会，是一个完全不在等级制度底下，不知道什么叫贵族，更不知道什么叫皇室，所想当然耳构思出来的。就好像你可以把一个出身贵族之家、所谓的甲族千金小姐崔莺莺，写成一下子就跟一个男人待月西厢去了，但对于真正的贵族千金那根本是不可能的。所以，陈寅恪先生也说《莺莺传》这篇小说里所写的崔莺莺，实际上的蓝本就是一个倡伎，[1]只有女伎才会做这种事，也才有条件这么做。

我们这么说完全没有贬低和嘲讽的意思，而是要强调，一个人的作为必然牵涉到他的出生环境与社会等级，只有在包括社会结构、生活模式、意识形态等各种条件都能够配合的情况之下，才会出现特定的行为，而崔莺莺的行为表现并不符合世家大族的出身。这就难怪曹雪芹要透过贾母安排一段《史太君破陈腐旧套》，

1 莺莺之为谬托高门的倡伎，参陈寅恪：《读莺莺传》，《元白诗笺证稿》，上海古籍出版社 1982 年版，第四章《艳诗及悼亡诗》，第 107–113 页。

批判才子佳人小说不合理的地方，[1] 理由正是那些爱情故事根本违反了贵族阶层的生活形态和思想价值观。

所以杨贵妃跟安禄山之间，绝不可能发生这样的事情。清朝才子袁枚也说道：“唐书新旧分明在，那有金钱洗禄儿。”（《随园诗话》卷二）这并不是曲意开脱之词。然而，杨贵妃却无端被附会出如此荒腔走板的传说，并且这个荒诞不经的故事确实流传下来了。直到如今，还流传着一个我们都在使用的成语，叫作“禄山之爪”，也就是色狼的手，这实在令人感到匪夷所思。不禁疑惑人的内心阴暗面到底有多深，如此轻易地就把脏水泼到了古人身上，而完全不考虑评论者应有的责任？谣言以讹传讹、积非成是，岂不是让人们的心智更加低落，理性更加沦丧？

另外，大家可能还听过一个传闻，就是唐玄宗宠爱梅妃，因此引发了杨贵妃的嫉妒。但这也是无中生有，透过历史的考证，还有相关的追踪，并不存在梅妃这样的人物。但是梅妃这个人可不可能有一个现实的依据，被添油加醋之后栽赃到唐玄宗身上呢？有可能。据说梅妃叫江采苹，现实中她是另外一个妃子，那江采苹有没有现实的蓝本，可能有，但是真实的那个人也不叫江采苹，只是名字有一点接近。反正在传说中就兜来兜去地张冠李戴，然后就发展出《梅妃传》的版本。

总而言之，希望大家不要再受到这些无稽之谈鬼魅般的影响，以致干扰我们对事实的判断。你相信李白吧，李白就在眼前看到这对帝妃之间的真情挚爱；你就接受李白的判断吧，不要自以为

1 欧丽娟：《〈红楼梦〉中的情 / 欲论述——以“才子佳人模式”之反思为中心》，《台大文史哲学报》第七十八期（2013 年 5 月），第 1–43 页。

比李白更聪明，你根本就离他一千多年，完全不在那个背景里，为什么会比他更了解现场中所有的一切？不要再去传播那些错误的观念，其实只要好好思考，就不会轻易相信这样荒谬的传闻。

歌颂永恒的帝妃之爱

既然这组诗不可能含有讽刺的意思，那么它真正的主旨，乃是对帝妃之恋的甜蜜讴歌。

我们可以问一个问题：这组诗最美的是哪一句？如果我们不懂得幽微的人性，就只会在字面上感受，从直接的语感上——语言给人的感觉——觉得“云想衣裳花想容”很美啊，“一支红艳露凝香”也很美，“名花倾国两相欢”更美。但是，这组诗作为永恒爱情的颂歌，它真正的核心、真正的颂赞焦点，事实上要汇集到“长得君王带笑看”这一句，这是整组诗最美的一句，因为它讲的不是外表实相上的美，而是内心真正的爱意所自然散发出来的温柔。

在脑海里想象一下，那一刻唐玄宗是怎样的表情？是脸上带着笑容，看着他心爱的贵妃，这个“带笑看”的“看”是一种凝视，看着眼前你最爱的人，不知不觉就会洋溢出一种真心的笑容。这种笑容绝对不是装出来的，也不是因为有什么好事发生，于是牵动了脸部的肌肉，绽放出嘴角的线条；不是。那完全是由内心孕育、散发出来的充盈的情感，“诚于中，形于外”，由衷所洋溢出来的微笑，因此像涟漪般扩散到整个面庞，连眼睛都闪耀着喜悦。这是最幸福、最具有感染力的表情。你没有那种感受，就无法有这种笑容，也分辨不出这样的笑容，而这种笑容很容易判断，只要你有经验。

请在脑海中想一想，玄宗的表情有多么温柔，那笑意又是多么怜爱，真的是情到深处自然而然地流露。可以说，李白就在“长得君王带笑看”这一句中，捕捉到玄宗生命中最幸福洋溢的那一瞬间。

必须说，在许多爱情箴言里，最好的几句之一就是“我爱你，因为世上有你”，所以只要看到你，看着所爱的人陪在身边，就觉得心满意足，觉得人世间的一切就是这么没有缺憾，幸福感油然而生，于是脸上便洋溢出笑意。真的，“爱”并不是来自对方具有多好的条件，也不是因为对方可以满足自己的欲望，而是因为你就是你，你的存在就带给我幸福。于是在这样的情况下，“你快乐，所以我快乐”，我的快乐就来自让你幸福，所以怎么可能我最爱你可是我也爱上别人，那会让对方多么痛，既然我最爱你，又怎么可能忍心让你如此痛苦？也因此对唐玄宗而言，他为什么会“后宫佳丽三千人，三千宠爱在一身”，原因就在这里，因为他遇到的是真正的爱情，当他看着贵妃的时候，生命已臻完美的境界，哪里还会有容下别人的余地！

而且注意到了吗？“长得君王带笑看”这一句中还有个“长”字，也就是“总是、一直”的意思。玄宗带笑看着贵妃，并不是只有这一瞬间、偶然的时刻，而是每每只要看到贵妃，玄宗就时时由衷绽放出最幸福的笑容，可见他的生命有了贵妃后就一切圆满，无以复加。而李白虽然只亲眼看到这一次的“君王带笑看”，但他懂得“带笑看”这个表情所显示的挚爱，认定玄宗必然是“一直带笑看”，于是写出“长得君王带笑看”来展现玄宗对贵妃的无限深情。

也因此，李白这组诗不仅没有讽刺的意思，甚至应该说是正好相反，他的真正用意其实是在讨好玄宗。原来你要讨好一个人，最有效的做法不是直接讨好对方，而是间接去讨好对方最爱的人，这会让对方更高兴。李白就是在做这样的事情，他知道要让玄宗高兴，最好的做法就是赞美、颂扬他所爱的人，所以这一组诗是如此全力地渲染贵妃的风华绝代。当然，李白这么做，应该并不是一种策略的运用，那未免流于奸猾的心机；倒不如说，李白是真心想让玄宗高兴的，在“剖心输丹”“尽节报明主”的心意之下给予由衷的祝福，于是自然地表现出这样的写作方式，这也反映出他那洞察人性、体贴人情的深厚心灵。如此说来，讽刺说就显得更加错误了。

再者，既然玄宗的生命是有了贵妃就一切圆满，才会把朝政交给他所信赖的李林甫。而李林甫也确实非常能干，只是心术不正，阳奉阴违，口蜜腹剑，懂得投玄宗之所好，制造许多国泰民安的假证据，让倦勤的玄宗信以为真，于是更放心地去过个人生活，以致朝政越加败坏，短短十几年就到了不可收拾的地步。从这一点，也让我们看到世事的复杂吊诡：原来好皇帝是不能请假的，也不能找代理人来轻松一下，因为他所拥有的权力实在太大，除非让位退休，否则就得一辈子宵衣旰食，想要过自己的个人生活就得付出惨重的代价。

这就难怪，曹雪芹在《红楼梦》第二回提出了一段著名的正邪两赋说，清楚指出，先天禀赋“正邪二气”的人若是生长在公侯富贵之家，就会形成“情痴情种”。用这个标准来看，玄宗正属于曹雪芹所列举的“情痴情种”，其中的“痴”和“种”，都是指一种耽溺与执着，这就是所谓的“邪气”。而只有具备了“富贵”与“闲散”的两大必要条件，一个人才有资格耽溺于审美的世界。

进入天宝阶段的唐玄宗正是如此，将开元时期勤政的宵衣旰食，蜕变为醇酒美人的游艺享受，透过倦勤所获得的闲暇去“重塑自己”而进行另一种自我定位，从群体的、责任的、工作的转换为个人的、游戏的、创造的，因此由帝王变身为情人、艺术家、生活美学家，以致耽溺于才情私爱而荒疏于家国责任，导致严重的失职误事，以致邪胜过正，难怪荒废了朝政，也导致了安史之乱，令人不胜唏嘘。

两个自我超越的天才

唐玄宗：短暂沉睡的圣君

现在我们做一个总结，并且提出一些问题与思考。首先，李白《清平调词三首》的创作，牵涉好几个奇迹：

第一，之所以会有这一组联章诗篇的诞生，必须说，有赖于天时、地利、人和的条件配合，缺一不可。而能够这样的因缘具足，这本身就是一项奇迹。

第二，帝王是不可能有朋友的。一方面是因为他所拥有的权力太大，大到超过了人性的极限，而身边的所有人都各有企图，想要从帝王那里得到各式各样的好处，升官发财、争权夺利，走门路的人太多，难以分辨真情或假意；何况即使一开始可以单纯地成为朋友，又焉知时间一久，对方是否会变质？毕竟帝王所能给的东西太诱人，身为朋友一旦尝到特权的滋味，单纯的友谊很难不发生变化。也毕竟世上“富贵不能淫”的圣人没有几个，而这种权力一旦被人分享僭用，后果太过可怕，很可能会导致朝廷分崩离析，甚至亡国。

如同李白在天宝晚期所写的《远别离》，诗中便忧心忡忡地提出警告："君失臣兮龙为鱼，权归臣兮鼠变虎。或云：尧幽囚，舜野死。"意思是说，君王一旦失去了臣子的支持，伟大的神龙也会变成任人宰割的鱼，而权力一旦旁落，毕恭毕敬、唯唯诺诺的臣子也会变成吃人的老虎。接着举了历史上的两个例子作为血淋淋的前车之鉴。他认为有的历史学家所说的，尧晚年是被幽禁，舜最后是在野外的九嶷山死无葬身之地，都很可能是真的，也因此特别提醒玄宗，要以此为戒。这当然是非常极端的悲惨例子，于是为了避免后患，帝王也不应该有朋友。

更何况，从另一个角度来说，君权至高无上，没有人可以和皇帝平起平坐，他们都只能是低下的臣民，而朋友却是建立在平等互惠关系上的，从本质来说，不平等的关系就无法建立真正的友谊；再加上君王拥有生杀大权，轻易就可以威胁到其他人的生死福祉，所谓伴君如伴虎，在皇帝身边战战兢兢，太过辛苦，因此时间一拉长，也不可能有朋友。

既然连做朋友都很难，何况是做情人、做夫妻？情人与夫妻的关系比朋友更亲近得多，所需要的条件更不容易达到，其难度可想而知。如此一来，玄宗与贵妃之间竟然能产生十几年纯净浓烈的真挚爱情，这岂非就是一项奇迹？

第三，皇帝也是血肉之躯，也会有一般人的人性弱点，尤其是"食、色，性也"，所谓的欲壑难填，一旦拥有天下大权，很难不落入纵情声色的感官享乐里；至于爱情，那是属于心灵的、精神的形上体验，连一般人都很少能够忠贞不渝，那么帝王就更难以用爱情的形式对待单一女性，至多是以女宠的方式表现对某些女性的喜爱，但那和所谓的爱情仍然相去甚远。可是唐玄宗李隆基却做到了，这个从二十八岁开始就正式统治天下的男性，在拥有三十年的极权之后，却还是历史上一个极为罕见的专情的人，以最高的爱情标准和杨贵妃夫唱妇随了十几年，这是人间的另一种奇迹。

所以精确地说，玄宗并不是惑于女色，后来也不是一般意义的所谓的荒淫误国，之所以会导致安史之乱的原因，跟一般的亡国之君是不一样的，而且当亡国的灾难降临眼前的时候，唐玄宗的种种表现也确实依然合乎英明皇帝的标准。

一方面他非常震惊于安禄山的叛乱，不明白为什么他这么宠信的爱将会背叛自己；一方面非常震惊于国家竟已衰弱至此，原来他所信赖的李林甫的执政都是表面功夫的欺瞒。但灾难既然已经发生，历史已经走到这个地步，也不是人力可回天，所以玄宗也必须打落牙齿和血吞，接受他所造成的这个惨烈的结果，可是他并没有因此而堕落或者自暴自弃。例如司马光《资治通鉴·唐纪》卷二一八记载，天宝十五载六月，潼关沦陷：

乙未，黎明，上独与贵妃姊妹、皇子、妃、主、皇孙、杨国忠、韦见素、魏方进、陈玄礼及亲近宦官、宫人出延秋门，妃、主、皇孙之在外者，皆委之而去。上过左藏，杨国忠请焚之，曰："无为贼守。"上愀然曰："贼来不得，必更敛于百姓；不如与之，无重困吾赤子。"是日，百官犹有入朝者，至宫门，犹闻漏声，三卫立仗俨然。门既启，则宫人乱出，中外扰攘，不知上所之。于是王公、士民四出逃窜，山谷细民争入宫禁及王公第舍，盗取金宝，或乘驴上殿，又焚左藏大盈库。……上过便桥，杨国忠使人焚桥。上曰："士庶各避贼求生，奈何绝其路！”……日向中，上犹未食，杨国忠自市胡饼以献。于是民争献粝饭，杂以麦豆；皇孙辈争以手掬食之，须臾而尽，犹未能饱。上皆酬其直，慰劳之。众皆哭，上亦掩泣。俄而尚食举御膳而至，上命先赐从官，然后食之。

玄宗都已经仓皇出逃，踏上离开长安之路，照理说应该接受杨国忠的建议，将左藏这个储备丰富的国库给烧毁，以免留给占领军大量的补给而增加敌人的战力，但他却不愿意采取坚壁清野的策略，原因就是为了维护百姓，担心乱贼攻进京城之后，转向百姓搜刮劫掠，以致百姓更加受苦，用“吾赤子”来称呼百姓，岂不正是爱民如子的表示？等到过桥之后，又拒绝杨国忠的建议，不肯把便桥给烧毁，以增加追兵的阻力，让自己有更多的活路，同样是为了留给百姓一条逃命的生路。最后，一路上挨饿疲惫，终于获得百姓奉献的食物可以充饥，玄宗竟然是先给其他人享用，自己则是最后果腹的那一个。可见他一点都不自私自利，甚至还带有置个人死生于度外的超然，优先考虑百姓、下属，这岂不是非常罕见的仁君风范吗？

所以，当玄宗在入蜀前退位为太上皇，太子李亨即位为肃宗，相关与后续的过程乃是：“天宝十五载六月己亥，禄山陷京师，七月庚辰，次蜀郡，八月癸巳，皇太子即皇帝位于灵武，十二月丁未，上皇天帝至自蜀郡，大赦，以蜀郡为南京。”（《全唐诗》卷一六七）这时，李白《上皇西巡南京歌十首》之十写道：

剑阁重关蜀北门，上皇归马若云屯。少帝长安开紫极，双悬日月照乾坤。

可见李白依然尊奉玄宗的无上地位，与新帝并为朗照乾坤的日、月，毫无讥讽不满之意。同样地，杜甫在安史之乱家破人亡的动荡崩溃中，一方面虽然痛彻心扉，但同时却还是称赞唐玄宗是“皇明断若神”（《能画》），认为玄宗的明智果断已达到出神入化的境界，而杜甫总是用这个“神”字代表某一种能力的登峰造极，最有名的就是“读书破万卷，下笔如有神”（《奉赠韦左丞丈二十二韵》），可见对玄宗的判断力赞誉有加。杜甫甚至一再把玄宗比喻为赐予万物生命力的光源，也就是太阳：

· 每蒙天一笑，复似物皆春。（《能画》）
· 忆昔霓旌下南苑，苑中万物生颜色。（《哀江头》）

而这些作品都是写在安史之乱以后，并不是歌功颂德的美言，而是痛定思痛之后仍然肯定的客观判断。这样一个一笑就带来春天，一莅临就让万物熠熠生辉的“光之君”，已经到了圣王仁君的极致，这就完全合乎玄宗之所以开创开元盛世的杰出能力，也难怪晚唐杜牧《华清宫三十韵》一诗中，更以尧舜类比于玄宗：

昔帝登封后，中原自古强。一千年际会，三万里农桑。
几席延尧舜，轩墀立禹汤。雷霆驰号令，星斗焕文章。

这些都显示了唐代知识分子多承认唐玄宗是一位伟大的君王，

并没有否认他对国家所创造的伟大贡献。也确实，能够开创三十年开元盛世的帝王，必然是十分英明杰出的。只是世事既无常又复杂，谁能想到一个伟大的帝国短短十几年就从巅峰坠落到谷底？玄宗真的是一个太奇特的案例，从一个最伟大的帝王最后却导致几乎亡国，救亡的过程中又能够立刻回到英明之主的状态，真的是非比寻常、空前绝后的一位。他跟那些亡国之君如周幽王、李后主之流在本质上并不一样，也因此当我们谈论杨贵妃的问题时，应该仔细分辨，以免谬以千里。

就此而言，玄宗在逃出长安后发生马嵬兵变时，何以忍心在兵谏的情况下让贵妃去死？司马光《资治通鉴·唐纪》卷二一八描述，天宝十五载六月，潼关沦陷：

> 丙申，至马嵬驿，将士饥疲，皆愤怒。陈玄礼以祸由杨国忠，欲诛之，……国忠走至西门内，军士追杀之，屠割支体，以枪揭其首于驿门外，并杀其子户部侍郎暄及韩国、秦国夫人。……上闻喧哗，问外何事，左右以国忠反对。上杖屦出驿门，慰劳军士，令收队，军士不应。上使高力士问之，玄礼对曰："国忠谋反，贵妃不宜供奉，愿陛下割恩正法。"上曰："朕当自处之。"入门，倚杖倾首而立。久之，……上乃命力士引贵妃于佛堂，缢杀之。舆尸寘驿庭，召玄礼等入视之，玄礼等乃免胄释甲，顿首请罪。

浪漫派的人往往以此批判玄宗，一口咬定他并不是真心爱贵妃，否则怎么可能眼睁睁看着心爱的人死在眼前？但这样的推论是否可以成立？如果玄宗当时拒绝答应禁卫军的要求，一味维护贵妃，后果会是如何？而那样的后果就一定是真爱的最佳表示吗？真爱是否只有一种形态，只能用一起去死来证明？尤其最重要的是，一旦我们同意玄宗是真心深爱贵妃，那么，他之所以忍心让贵妃以死化解危机，他在当时的考虑是什么？请试着用一个从二十八岁起就担任英明伟大的帝王的视野和胸襟去设想可能的答案，借此让我们更懂得人性可以多么丰富而深刻，而爱情又可以完全不是罗密欧与朱丽叶的那一种形态。

一、在这群情激愤、草木皆兵的紧张情势下，如果玄宗一味维护贵妃，后果必然是更加惨不忍睹，杨国忠被“军士追杀之，屠割支体，以枪揭其首于驿门外”，就是前一刻才刚刚发生的血淋淋的前车之鉴。既然贵妃必死无疑，一味袒护只会让贵妃的死更加难堪，而且玄宗也会失去军心，对接下来的抗战极为不利，得失之间，“皇明断若神”的玄宗又岂能做出满盘皆输的错误判断？

二、何况这时玄宗还没有禅位给肃宗，在“国家不可一日无君”的情况下，如果任由私情引导，与贵妃一起赴死，在这存亡危急之秋的动荡时刻，国家竟然群龙无首，朝廷中央失去了号召力、凝聚力，岂不是严重冲击国家的求生力量，形同宣告帝国灭亡？这种只顾私情、置天下于不顾的以私害公，又岂是一国之君负责任的行为？

三、请切勿忘记玄宗自幼生长在帝王家，年仅二十八岁就完全靠自己的才能登基为王，何况又至少当了三十年太平盛世的英明皇帝，从大局考虑已经是他性格的基本成分，具有高度的危机处理能力，不会流于冲动与情绪化的反应。他不是古墓里的杨过，更不是温室里的浪漫少女，以为全天下只有自己的感觉最重要。

李白：超越自我的伟大诗人

当然，除了前面所说的各种奇迹之外，李白自己也是一个奇迹。李白真是一个非常特别的诗人，生命力的强大勃发，表现出杜甫所谓的痛饮狂歌、飞扬跋扈，就是像“其翼若垂天之云”的大鹏鸟、“鲲之大不知其几千里也”的大鱼。他自己是一个浪迹天涯、用情不专的浪子，在婚姻爱情上表现出露水姻缘般的不负责任，梅开几度、狎妓出游，留下了不少的浪漫韵事；但这样的一个情场浪子，却完全能够了解爱情的真谛，甚至比拥有深刻爱情的人更了解那份深刻爱情的美好价值与永恒意义。

从“长得君王带笑看”这一句来看，李白捕捉到玄宗最幸福的那一瞬间的表情，既然只有真正懂得这种爱的人才能辨认出这种表情，也证明了李白自己也是懂得这种爱的人，并且不仅是《清平调词三首》的帝妃之爱，还包括平民之爱，例如《长干行》：

妾发初覆额，折花门前剧。郎骑竹马来，绕床弄青梅。
同居长干里，两小无嫌猜。十四为君妇，羞颜未尝开。
低头向暗壁，千唤不一回。十五始展眉，愿同尘与灰。
常存抱柱信，岂上望夫台。十六君远行，瞿塘滟滪堆。
五月不可触，猿声天上哀。门前迟行迹，一一生绿苔。
苔深不能扫，落叶秋风早。八月蝴蝶黄，双飞西园草。
感此伤妾心，坐愁红颜老。早晚下三巴，预将书报家。
相迎不道远，直至长风沙。

一种是尊贵帝妃所罕见的真挚恋情，一种是平凡儿女所能达到的最高境界，从天子到平民，李白在诗歌中显示了宽广的胸襟与宏大的见识，比其他人更了解他们自己所能达到的境界，可以成为不同爱情类型的绝佳代言人。就所描写的爱情的深度、广度、多元性而言，实际上杜甫确是略逊一筹，李白才是真正的爱情大师。

但比起爱情大师的这个美称，李白更了不起的地方在于：李白自己根本就不是像长干女、唐玄宗之类从一而终的人，他浪迹天下，一生好露水姻缘，甚至王安石之所以不喜欢李白，就是因为觉得“其识污下，诗词十句九句言妇人、酒耳”（宋·释惠洪《冷斋夜话》卷五），这固然不尽公平，用语也太过夸大，却也可以看出李白的这一面。那么，李白竟然能把上至天子、下至平民的爱情都写得如此真挚动人，原因又在哪里？我认为，这显示李白是一个不受自己的性格所局限，能够不断超越自己的人，他能打破自己的框架，进入到别人的心灵，因此扩大了自己、丰富了自己。

李白之所以能成为中国最伟大的诗人之一，这一点至关紧要——或者说，任何人要能成就伟大，“超越自我”是最根本的因素。因为超越自我才能让自己越来越通往宏大的世界，不会停留在小小的个人得失中，否则一个人固然可以因为才能杰出、勤奋努力而获得成功，但那只是“成功”，而不是“伟大”。

曾住过集中营的奥地利心理学家维克多·弗兰克（Victor Frankl，1905—1997）便认为，人的特征是“追求意义”不是“追求自己”，“自我超越”要比“自我实现”重要得多：

人是一种能够负责的受造物，他必须实现他潜在的生命意义。

我这样说，是希望强调：生命的真谛，必须在世界中找寻，而非在人身上或内在精神中找寻，因为它不是个封闭的体系。同样，我们无法在所谓的“自我实现”上找到人类存在的真正目标，因为人类的存在，本质上是要“自我超越”（Self-transcendence），而非自我实现（Self-actualization）。事实上，自我实现也不可能作为存在的目标，理由很简单，因为一个人越是拼命追求它，越是得不到它。一个人为实践其生命意义而投注了多少心血，他就会有多少程度的自我实现。换言之，“自我实现”如果作为目的，是永不能获得的，它只是当“自我超越”之后的副产品而已。

人不能把世界看成光为了表现自己的存在，也不该将它视为只是一种自我实现的工具或途径。这两种态度，都会使所谓的世界观（Weltanschauung）变成“世界评价”（Weltentwertung），因而瞧不起世界。[1]

因此，只有才能杰出又品德端良的人才会成为伟大的人，“人品”和“胸襟”才是一个人存在价值的关键，这一点值得我们深思。

1 〔奥〕弗兰克（Viktor E. Frankl）著，赵可式、沈锦惠合译：《活出意义来：从集中营说到存在主义》（*Man' s Search for Meaning: an introduction to logotherapy*），台北：光启文化事业公司 1995 年版，第二部《意义治疗法的基本概念》，《存在的本质》，第 136-137 页。

唐·张萱《捣练图》局部，现藏美国波士顿博物馆

之四 博大精深的诗圣

盛唐杜甫的《月夜》

今夜鄜州月，闺中只独看。
遥怜小儿女，未解忆长安。
香雾云鬟湿，清辉玉臂寒。
何时倚虚幌，双照泪痕乾。

历史上、文学中的妻子

爱情本身具有极大的魅力，唐玄宗与杨贵妃的恋情更是旷世传奇，史上罕见，所以历久不衰，成为人们津津乐道的题材。不仅中晚唐诗人多方歌咏，后来的戏曲更是乐此不疲，元朝王伯成《天宝遗事诸宫调》、白朴《梧桐雨》，明代吴世美《惊鸿记》、洪昇《长生殿》就是这方面的名作。但玄宗与贵妃的情况毕竟罕见，那么一般的文士阶层，作为文化精英的主体，他们的婚姻恋爱又是怎样的情况呢？姑且不论婚姻之外的浪漫艳遇，那伦理制度内的夫妻之间，彼此的关系如何？文人是怎样看待自己的妻子的？固然“相敬如宾”是传统所鼓励的常态，但具体的互动情况当然有各式各样的差异，并非如此简单。

在唐代诗人中，杜甫是我们了解这个范畴的最佳选择，不仅是因为杜甫的儒家血液使他的婚姻具有传统的典型性，更重要的是，杜甫海纳百川的文化底蕴和集大成的诗歌造诣，使得他在夫妻关系的描写上出现突破性的、登峰造极的内涵，并不是一般所以为的封建传统。从中可以看到，原来文化传统是丰富而复杂的，文学家只要不画地自限，站在历史的轴线“共饮长江水”，就能借以展现出生生不息的创造力，既造就了更宏大的自己，也回馈给哺育他的历史文明，于是这个文化大传统就越来越宽阔深厚。

不过，在认识杜甫的婚姻与爱情之前，我们必须先以宏观的视野，看看一般文学中的妻子形象具有怎样的意义，这可以让杜甫的突破性得到更清楚的凸显。

传统对妻子的伦理定位

首先，从世界文学的角度来看，女儿、妻子、母亲这些女性人物都是文学家切身的家庭成员，本可以就近提供入诗的写作题材，但是由于男权文化的关系，无论中西，大部分文学作品中的女性都是不真实的少数，是被男性作家所筛选、变样的文化产品。

20 世纪 80 年代，玛丽·安·佛格森（Mary Anne Ferguson）在她《文学中之女性形象》一书中，就将文学里的女性形象详细分成三大部分：第一部分为“传统的妇女形象”（Traditional Images of Women）；第二部分谈的是自女性的意识开始觉醒之后，文学中有了另外的“转型之女性”（Woman becoming）的女性形象，主要在努力脱除旧有的定型的限制，试图表现出女性真正的自我和真正的生活体验，成为自我的创造者（self creators）；第三部分则是女性的“自我形象”（Self images），主要是近年来有不少女性的日记和书信被发现或整理了出来，不过因为内容和性质的杂乱，还有待进一步的研究与探讨。

以第一部分“传统的妇女形象”而言，其中包括五种类型：

其一为妻子（The wife）之类型。

其二为母亲（The mother）之类型。

其三为偶像（Women on a pedestal）之类型，指的是被视为典范的名女人。

其四为性对象（The sex object）之类型，包括青楼女子。

其五为没有男人的女性（Women without men）类型，例如寡妇、思妇、弃妇、未婚女子、尼姑之类。

这五种类型的身份虽然各有不同，但事实上却都是作为男性的配属而出现的，在文学作品中早已成为固定的类型（stereotype）。[1]

非常雷同的是，在中国古典文学中的女性形象，也和这个分类大略吻合，并且由于伦理观念的影响，哪一种女性该用怎样的手法或角度去描写，也形成了特定的规范，直接导致相关作品的多寡。

意思是说，传统中国文化对于公、私的观念是和今天不同的。家庭内部的女性既不能抛头露面，也不能随着文字而到社会上传播，于是家庭中的女性成员就相对地很少在作品中出现，除非是在墓志铭、祭文这类和礼仪有关的应用文类里，或者最多再加上悼亡的特殊情况；但是，那些没有伦理包袱的女性，例如歌伎、舞伎等女性，甚至姬妾之类没有法律身份的女子，属于作家在公领域冶游宴会的场合中容易接触到的对象，就可以大胆地书写她们的美丽与诱惑力。因此比较起来，不被道德伦理要求的女性反倒构成了传统文学女性描写的大宗。

1 Mary Anne Ferguson, *Images of Women in Literature* （5th ed. Houghton Mifflin Company, 1991），参叶嘉莹：《论词学中的困惑与〈花间〉词之女性叙写及其影响（上）》，《中外文学》第二十卷第八期（1992年1月），第4-5页。

以唐诗中所呈现的情况来说，日本汉学家松浦友久注意到，唐代诗人就自己现实生活的直接体验而个别地歌咏特定女性时，对象可以是妻、妾、母、女、情人等，其中最多的是妻子或情人，涉及母亲、女儿、姊妹等亲人的则比较少。[1]

但是严格而言，唐诗中的妻子虽然出现次数较多一点，但与出现频率更低的女儿、母亲一样，实际都还是属于绝对数量上的极少数族群，既比不上写女妓姬妾的诗篇，更远远比不上各种男性亲友或僚属，包括亲表兄弟、伯叔侄甥，他们是社会公共交流的主要对象，所以在诗歌中处处可见。至于“姊妹”这一类的女性手足，因为一到青春期就出嫁的关系，早早就从本家除籍，与诗人相处的时间只有出嫁前年少甚至年幼的十几年时光，成年、成家后彼此的接触太少、互动也太浅，自然没有被列入佛格森所归类的五种传统女性形象类型内。

就诗歌中所写到的妻子而言，一方面是数量很少，一方面是形象受限，当她们被写进文字里时，笔调和歌姬舞娘当然是完全不同。对古人而言，妻子是一种怎样的身份？对一个男人来讲，又该怎样定位？

1 松浦友久研究唐诗中描写女性的各种情况及其类别时共分为五大类，其中四类为：第一，歌唱宫中女子哀叹天子爱衰的作品，即所谓“宫怨”之作；第二，歌唱在故乡空闺里的妻子思念出征的丈夫的作品，即所谓描写“征夫思妇”之情的作品；第三，可以说与“美女”“娇女”相应的一类，是歌唱女性有魅力的姿态与言行本身的作品；第四，对于历史上或传说中特定的女性，围绕着其女性的特定意象加以歌唱的作品。就涉及女性本身的描写方式而言，这四种大体是类型化的，而且与作者的个人体验没有直接联系。见〔日〕松浦友久：《唐诗中表现的女性形象和女性观——“闺怨诗”的意义》，孙昌武、郑天刚译：《中国诗歌原理》，台北：洪叶文化事业公司 1993 年版，第 45-51 页。

如果从现代人个人主义的角度来说，爱情是人生中最重要的要素，带来爱情的情人也是最重要的人物，妻子既然要共度一生，当然必须是由情人变成生命伴侣，彼此拥有深刻的感情，是彼此的灵魂知己。这也是现代人反对传统父母之命、媒妁之言的原因。

但是，如果我们要真正了解古人和古典文学，就必须尊重他们的世界观与意识形态，一味批评过去的历史是没有意义的。回到传统中国，在儒家传统观念之下，孝道才是最重要的，父母祖宗的地位和重要性要远远高于妻子。尤其应该注意的是，母亲对儿子而言，不只是家长权力的代表，因此不得不唯命是从；实际上母子之间还有一种非常特别的情感关系，如曼素恩（Susan Mann，1943—　）所说的："因为中国家族的结构，……男人将自己最强烈的情感注入与母亲的终生联结中。"[1]这是因为儿子自出生后便与母亲日夜生活在一起，若是父亲早逝，孤儿寡母只有彼此相濡以沫，同甘共苦地分享未来的人生，母子间的心灵联结就会越加紧密。

因此，学者透过明清时期大量的文集、传记、年谱等史料，探讨明清家庭的母子关系，更细密地展现出在中国性别文化的制约下，一个男子一生中最熟悉，并且可以公开地、无所顾忌地热爱的唯一女性，往往是他的母亲；同样地，一个女子一生中可以毫无保留地付出情感，又可以无所畏惧地要求他对自己忠诚、热爱和感激的唯一男性，就是他的儿子。母子间的情感建立在母亲对儿子的襁抱提携与牺牲奉献上，加上儒家孝道允许并要求儿子

1 〔美〕曼素恩著，杨雅婷译：《兰闺宝录：晚明至盛清时的中国妇女》，台北：左岸文化公司 2005 年版，第一章《导论》，第 60 页。

永远对母亲保持绝对忠诚，因而透过母子共同吃苦患难的经验及母亲一再地灌输思想、耳提面命，母亲的价值观、完整性以及影响力会活在儿子的身上，并终身与之相随。[1]

但妻子就不一样了。妻子的角色不是男性自己的个人伴侣，而是家庭定位、家族取向的集体成员之一，《礼记》中就有清楚的规范，因此学者说："古婚姻之礼，重于成妇，轻于成妻，妻与夫同居之义，实对舅姑及夫家之全体而言，非只对夫之个人也。"[2] 夫妻之间的最高境界是相敬如宾，共同承担奉养长辈、友于兄弟、和睦妯娌、抚育幼小的家务责任，《红楼梦》里的贾政和王夫人就是一个典型的例子。

对现代讲求个人主义，追求恋爱婚姻自主的价值观而言，这可以算是对个人尤其是女性的压抑与剥夺。不过，在古代的社会制度下，这其实是不得不然的结果。

儿女情长、英雄气短：夫妻私情的禁忌

学者的研究指出，"房"的观念才是厘清汉人家族制度的关键。一个大家族是由三四代以上的好几对夫妻所组成，一对夫妻作为一个家族的基本小单位，形成所谓的"房"，建立在几个原则上，包括：（1）男系的原则：只有男子才称房，女子无论如何皆不构成一房；（2）兄弟分化的原则：每一个儿子只能单独构成一房，

1 熊秉真：《明清家庭中的母子关系——性别、感情及其他》，李小江等主编：《性别与中国》，北京：三联书店1994年版，主要论点见第535-540页。

2 陈鹏：《中国婚姻史稿》，北京：中华书局1990年版，第555页。

与其他兄弟分划出来；（3）从属的原则：诸子所构成的“房”，绝对从属于以父亲为主的“家族”，房永远是家族的次级单位。所以“分房”并不是一般意义中的“分家”，分家是脱离家族成立新的单位，但“分房”并没有脱离家族；一个家族虽然经过不断地分房，原来的家族单位仍然包容诸房，继续存在。[1]

于是，这也连带影响到古人公、私的概念，和现代并不相同。今天的“公”指的是天下、国家、社会之类的大我世界，但古人的“公”指的是家族，而“私”就是指家族中的各房。谷川道雄指出：

这种公、私的理念构造，是建立在整体家族与部分夫妇的对比立场之上的。不过这并不是颜之推个人所持有的观念，而是全社会普遍的一种认识。《魏书》卷五十七《崔挺传》中可以看到同样的记载：……在这里，全体家人参与经济营运，那些财物都保管在叔母李氏的库房里，李氏扮演着家长的角色，掌管着全家的一切。在这种情况下，兄弟的财产哪怕是“一钱尺帛，不入私房”，这种把夫妇居住的空间称为“私房”应该给予注意。即这些夫妇居住的房间，从家族的立场来看被认作是私的空间。……公与私在对立的过程中，公必须真正超越了私才能成立。也就是说，如果不能抑制私情，就不能坚持公的立场。……这样看来，一个家族，不仅仅是私房的集合体，而且是一个能够超越自我封闭，进而向着更大空间发展的家族集团。维持这样家族集团的生活管理工作，就是颜之推所说的“公务”。[2]

1 陈其南：《房与传统中国家庭制度——兼论西方人类学的中国家族研究》，《汉学研究》第三卷第一期（1985 年 6 月），第 128-129 页。

2〔日〕谷川道雄：《六朝贵族的家庭生活及在社会政治上的作用》，张国刚主编：《家庭史研究的新视野》，北京：三联书店 2004 年版，第 33、35 页。

换句话说，如果夫妻的两人关系过于紧密，容易造成一房之私，于是在偏私下失去了从公着想的立场，当然随之损害了家族的整体利益；倘若各房又彼此就利益权益相争，更会破坏家族的整体和谐。为了巩固大家庭的集体运作与未来发展，必然要求各房都必须效忠于以父母为中心的家族，各房的男主人也应该置父母兄弟于妻子之上，这就是为什么古人的家训中总是告诫子孙，不可亲昵妻子的原因。而父母之命、媒妁之言的婚姻权利，让夫妻各自成为家族的成员之一，正有助于降低夫妻私情的程度，减少两人形成感情、利益的一体性所带来的偏私，以巩固家族的整体利益。这可以说是把家族视为最高价值，把家族事务视为公务的自然结果。

如此一来，即使夫妻之间培养出了爱情，也必须低调，不能张扬，更不可以公开示爱，因为这种爱被视为私情，在家族中强调私情就会以私害公，等于抵触到家族的团结；而对外强调私情，也会让人感觉到儿女情长、英雄气短，有失男子气概。《汉书·张敞传》就记载了一段这样的事迹：

然敞无威仪，时罢朝会，过走马章台街，使御史驱，自以便面拊马。又为妇画眉，长安中传张京兆眉怃。有司以奏敞。上问之，对曰："臣闻闺房之内，夫妇之私，有过于画眉者。"上爱其能，弗备责也。然终不得大位。

张敞"无威仪"的行为，就包括"为妇画眉"在内。张敞为妻子画眉的场面十分浪漫感人，显示出夫妻情深，虽然被现代人津津乐道，但在传统社会中却被视为缺乏男子气概、没有出息的表现。一旦被外人知悉，就成为整个长安的笑话，不但削减了他的威仪，连主管单位都要报告皇帝，显然认为此举有碍清誉，甚至是失德的行为，应该受到责备；而皇帝虽然非常欣赏他的才能，没有当面责备他，但他的官运却也因此受到了阻碍，没有升迁到与他的才能相符的应有的大位。这当然是因为皇帝也有所顾忌，可见社会舆论的强大压力，而社会舆论就是来自深远的文化背景以及当时的集体价值观。

也因此，《世说新语》里所描写的种种脱略世俗，甚至惊世骇俗的人物风景中，就包括了对妻子的深情。有一段故事说：

> 荀奉倩与妇至笃，冬月妇病热，乃出中庭自取冷，还，以身熨之。妇亡，奉倩后少时亦卒。以是获讥于世。奉倩曰："妇人德不足称，当以色为主。"裴令闻之，曰："此乃是兴到之事，非盛德之言，冀后人未昧此语。"

试看荀奉倩冒着冬天零下温度的寒冷，亲自跑到户外中庭把身体冷却后，回去贴着发着高热的妻子，帮她降温，不惜忍受冰冻之苦与生病的风险，把自己变成冰袋以挽救爱妻，这已经是共患难的极致；妻子病重逝世后不久，做丈夫的也随之命丧黄泉，更是名副其实的同命鸳鸯，却因此"获讥于世"，被世人所讥笑。

接下来引述荀奉倩所说的："妇人德不足称，当以色为主。"可见对荀奉倩而言，女性的价值要以美色为第一，而他的妻子也应该非常美丽，所以才会如此迷恋，以致裴令（裴楷）听了以后，特别强调这只是一时兴起的说法，不是君子盛德的言论，希望后人不要被他误导，可见对妻子的要求仍必须以德行为主。而这今天看起来非常感人的夫妻深情，却被《世说新语》的编者放在《惑溺篇》里，意味着男性对妻子，尤其是对美丽妻子的爱，是一种迷惑、陷溺，并不符合正统的家庭夫妻观。

尤其是，儒家伦理中男主外、女主内的性别格局，男性必须志在四方、追求功名，因此更不被鼓励过于恋家。初唐诗人骆宾王就曾说：

但使封侯龙额贵，讵随中妇凤楼寒。（《从军中行路难二首》其二）

从军可以封侯而飞黄腾达，值得冒着生命危险去参战，怎么可以跟着妻子守在凤楼上呢？著名的边塞诗人岑参更明白地说：

男儿何必恋妻子，莫向江村老却人。（《送费子归武昌》）

意思是，眷恋妻子的人会落得潦倒一生、终老江村的下场，恰恰是对照于“封侯龙额贵”的另一个极端，也就是事业失败。这都显示出，家外之公共事业凌驾于家内之私情，诗人积极求取功名而无暇内顾的时代价值观。

正因如此，在社会的公领域里，表达对妻子的爱几乎是一种禁忌，只有在妻子死后，表达对妻子的思念才比较能够被社会接受。自从晋朝的潘岳作《悼亡诗》以追悼亡妻之后，悼亡诗就成为男性传达对妻子的爱的极少数渠道之一，可见诗人的夫妻感情受到很大的压抑和拘束。晚唐诗人赵嘏便感慨道：

一烛从风到奈何，二年衾枕逐流波。虽知不得公然泪，时泣阑干恨更多。（《悼亡诗二首》其一）

诗人对结缡两年便不幸过世的妻子悲悼不已，可是他的哀伤必须压抑下来，不能公开流露，所谓的“不得公然泪”就清楚地显示了男性对妻子的深情是不能公之于世的，只有到了“悼亡”这种合法的文类里，才能表达出“时泣阑干恨更多”的哀恸。这么一来，诗中的妻子当然就比较罕见了，难怪陈寅恪说：

吾国文学，自来以礼法顾忌之故，不敢多言男女间关系，而于正式男女关系如夫妇者，尤少涉及。盖闺房燕昵之情意，家庭米盐之琐屑，大抵不列载于篇章，惟以笼统之词，概括言之而已。此后来沈三白浮生六记之闺房记乐，所以为例外创作，然其时代已距今较近矣。[1]

诗人与妻子在平等关系上的对话

不过，这里应该补充说明的是，比起其他朝代，唐代的妇女地位确实是比较高的，法律上也反映出这一点。相对于《仪礼·丧服》所说“夫者，妻之天”[2]的立论，“妻者，齐也，与夫齐体”

1 陈寅恪：《元白诗笺证稿》，上海古籍出版社 1982 年版，第四章《艳诗及悼亡诗》，第 99 页。

2 夫为妻天之说，最早见于《仪礼·丧服》：“夫者，妻之天也。妇人不贰斩者，犹曰不贰天也。妇人不能贰尊也。”参见（汉）郑玄注，（唐）贾公彦疏，王辉整理：《仪礼注疏》，上海古籍出版社 2008 年版，卷三十，《丧服第十一》，第 920 页。

（清·陈立《白虎通疏证》）的观点一再被唐律所采用，成为唐代处理夫妻相关案件的主要论刑根据。而所谓“妻者，齐也”的观念可追溯至《礼记·郊特牲》中“一与之齐”的“齐”字意涵。郑玄注：“齐，谓共牢而食，同尊卑也。”（《礼记正义》）也就是借由婚礼中共牢而食的仪式，建立“妻与夫齐”的夫妻关系，说明妻与夫在礼的地位上是“齐”的一体相等关系。[1]

换句话说，唐律的观点偏向于平等关系的“夫妻齐体”观，而非较强调上下尊卑的“夫为妻天”观，夫妻之间虽是主从尊卑关系，但是形同长幼关系的“夫妻齐体”观居于主导地位，这也缓和了夫妻关系不平等的倾斜程度。[2] 据此而言，唐代社会中妇女地位确实是相对较高的。

当然，这并没有使得妻子在丈夫的创作中获得更多的重视，唐诗中真正增加妻子露脸机会的原因，主要还是社会剧烈变动所造成的影响，也就是安史之乱所产生的冲击。到了天宝晚期动乱初起，妻子文本竟骤然增多，学者们都注意到，李白是唐代诗人中第一个在诗歌里大量述写其妻子的诗人，如果不计《代赠远》之类的角色诗，单单诗题标明写给妻子的便有十一首，而且这些诗大都作于李白晚年。[3]

1 张文昌：《〈唐律疏议〉与“三礼”》，收入高明士主编：《唐律与国家社会研究》，台北：五南图书出版公司 1999 年版，第 49—50、63 页。

2 刘燕俪：《唐律中的夫妻关系》，台北：五南图书出版公司 2007 年版，第 29—30、178—188、371 页。

3 王辉斌：《王维婚姻问题四题》，《漳州师院学报》1996 年第三期，第 49 页；以及蒋寅：《权德舆与唐代的赠内诗》，《山西师范大学学报》1999 年第一期，第 54 页。

接着，杜甫、白居易、权德舆等诗人，在作品中对妻子的描写都大量增加了，如白居易以《赠内》《寄内》《赠内子》《妻初授邑号告身》《二年三月五日斋毕开素当食偶吟赠妻弘农郡君》等五十三首作品大量述写或涉及妻子[1]；而同样是中唐诗人的权德舆，在其《权载之文集》中，收入卷十的三十二首诗应都是写给妻子的作品。

与李白、杜甫写妻子的诗作相较，它们不仅数量多，而且内容集中，更重要的是作者的抒情方式发生了改变，由此带来的是作品中诗人与妻子关系的变化：首先，如权德舆给妻子写的诗由新婚到垂老，贯穿于他整个创作历程，呈现长期而持续的现象；其次，除了悼亡之外，这些作品几乎开拓了这一母题的全部情感与生活内涵，诗中不仅有常见的别离时对妻子的思念，也有日常生活中共同的忧喜悲欢的传达交流。诗人彻底在妻子面前展露了男性心灵深处的脆弱、孤独感，以及对爱和安慰的渴望，是一种在平等关系上的对话[2]，这成为杜甫之后最值得注目的关于妻子的表述。可见这个现象是时代所造成的普遍情况。

除此之外，李白一方面是这个潮流的反映者，另一方面他对妻子的呈现方式却也同时打上了自己特有的性格烙印，将浪漫的一面延伸到妻子身上，例如《送内寻庐山女道士李腾空二首》（其二）道：

多君相门女，学道爱神仙。素手掬青霭，罗衣曳紫烟。一往屏风

1 此一统计参王辉斌：《白居易的婚姻问题》，《云南教育学院学报》第十卷第四期（1994 年 8 月），第 74 页。

2 蒋寅：《权德舆与唐代的赠内诗》，第 53-57 页。

叠，乘鸾着玉鞭。

李白妻子所寻访的李腾空，便是唐玄宗宰相李林甫的女儿[1]，出家学道有成。又《题嵩山逸人元丹丘山居》：

> 拙妻好乘鸾，娇女爱飞鹤。提携访神仙，从此炼金药。

其中提到李白晚年的妻子宗氏和自己志同道合，一起修道学仙，这已经是罕见的情况。毕竟在男主外、女主内的传统社会结构之下，夫妻比较难有一体行动的机会，甚至做丈夫的常常宦游在外，常年不能见面，无法共同生活的情况非常普遍，所以李白的夫修妇随可以说难能可贵，几乎是全唐诗中唯一的例子。但还有一个更罕见的例子，那就是李涉《送妻入道》这一首诗，写诗人亲自将妻子送入空门：

> 人无回意似波澜，琴有离声为一弹。纵使空门再相见，还如秋月水中看。

虽然唐诗中写到“送宫人入道”的作品很多，反映了唐代宫女出家为女道士的普遍风气，但李涉的这首《送妻入道》，却属于文人家庭中非常罕见的情况。

必须说，从一般的常态而言，儒家伦理所建构的家庭类型和夫妻关系，还是占最大宗的主流，杜甫堪称其中的代表，并且在

1 李腾空出家学道，见（元）赵道一：《历世真仙体道通鉴·后集》，卷五，萧天石主编：《道藏精华》第十集之一，台北：自由出版社2000年版，第1320页。

关于妻子的书写上更是攀登到前所未有的高峰。从量化的统计结果来看，有学者认为：于《文选》这部中国文学史上的第一部诗文总集中，妻十九例，妻子十三例，妻孥三例，合计仅有三十五例的数量；相比之下，杜甫诗中用“妻”“老妻”“瘦妻”“妻子”“妻孥”等词写及妻子的作品则多至三十余首[1]，以一人的创作之力，相关诗篇和词汇量竟完全与《文选》相当，更显示了杜甫对妻子的空前重视，足以使人感受到其分量与真情。

其实，杜甫固然忧国忧民，“每饭不忘君”[2]，但除此之外，他也是一个爱家好男人，这才合乎人性的情理逻辑，岂有关心百姓却不爱家人的人呢？因此，当安史之乱爆发的时候，杜甫面对动荡不安的局势，便放心不下寄住在异乡的妻子，说道：“老妻寄异县，十口隔风雪。谁能久不顾，庶往共饥渴。”（《自京赴奉先县咏怀五百字》）于是风尘仆仆地赶去与家人会合，一起同甘共苦。从此以后，直到杜甫过世的十几年中，杜甫一家人就再也没有长期分开过。

正是这种对家庭的重视，后来杜甫便说“未能割妻子”（《谒真谛寺禅师》），这也是杜甫诗中大量出现妻子的一个重要背景。于是，宋代王安石便说他对杜甫的印象是“瘦妻僵前子仆后”（《杜甫画像》），他的身边总是伴随着妻子儿女，这就是读者心目中杜甫一家的整体造型。

1 蒋寅：《权德舆与唐代的赠内诗》，第 54 页。

2 （宋）苏轼《王定国诗集序》云：“古人诗人众矣，而杜子美为首，岂非以其流落饥寒，终身不用，而一饭未尝忘君也欤？”孔凡礼点校：《苏轼文集》，卷十，第 318 页。

杜甫诗中的妻子：伟大的地母

杜甫的婚姻与妻子杨氏

首先，我们来看杜甫结婚成家的情况。学者指出：唐代男子成婚的年龄大约在十五岁，十六岁最多，帝王与一般民众皆如此，而文人官吏们的适婚年龄，则明显较一般民众迟些。至于女子的婚嫁年龄，大致沿袭北齐、北周以来的早婚习俗，根据史书与墓志的记载数据统计归纳，以十四五岁结婚的最多，十六到十八岁结婚的占次多数，十三岁以下、十九岁以上的占少数。[1] 以知名的诗人来说，考证的结果是：

李白：二十七岁[2]

韦应物：约二十一岁[3]

1 李树桐：《唐人的婚姻》，《唐史索隐》，台北：台湾"商务印书馆"1988年版，第224-262页。

2 开元十五年（727）娶许圉师之孙女，参刘维崇：《李白评传》，台北：台湾"商务印书馆"1972年版，第116页。

3 罗联添：《韦应物年谱》，《唐代诗文六家年谱》，台北：学海出版社1986年版，第89页。

韩愈：约三十岁[1]

权德舆：二十八岁[2]

元稹：二十四岁[3]

白居易：约三十五六岁[4]

李商隐：二十七岁[5]

这些记录确实印证了文人官吏们比一般人晚婚的说法。至于杜甫，大约是在开元二十九年（741）三十岁的时候娶亲，不算特别晚婚，这也和他三十岁以前壮游大江南北的生涯有关。至于他的妻子，根据元稹《杜工部墓系铭》所记载："夫人弘农杨氏女，父曰司农少卿怡，四十九年而终。"可知新妇杨氏为司农少卿杨怡之女，大约比杜甫年轻十岁以上，[6]结婚的时候不到二十岁。

再从杜甫《客夜》所说的"老妻书数纸，应悉未归情"，可

1 时在德宗贞元十四年（798）之前，娶范阳卢氏。参罗联添：《韩愈研究》，台北：台湾学生书局1988年版，第15页。

2 时为贞元元年（785）仲春，娶德宗宰相崔造之幼女崔邸樊。参严国荣：《权德舆研究》，北京：中国社会科学出版社2006年版，第二章，第57页；王红霞：《权德舆研究》，成都：巴蜀书社2009年版，第一章，第34页。

3 时当德宗贞元十八年（802），所娶的是京兆韦夏卿之次女韦丛。见刘维崇：《元稹评传》，台北：黎明文化事业公司1977年版，第二章，第97页；张达人编著：《唐元微之先生稹年谱》，台北：台湾"商务印书馆"1980年版，第16–18页。

4 时当宪宗元和二年（807）夏与三年八月间，娶弘农杨汝士之妹。参杨宗莹：《白居易研究》，台北：文津出版社1985年版，第一章，第18–23页。也有推断为三十五岁至三十八岁之间者，参刘维崇：《白居易评传》，台北：台湾"商务印书馆"1974年版，第二章，第119页。

5（清）张采田：《玉溪生年谱会笺》，上海：上海古籍出版社1983年版，卷二，第53页。

6 杜甫五十九岁病殁，杨氏又卒于杜甫之后，以此推出两人年龄的差数。参陈文华：《杜甫传记唐宋资料考辨》，台北：文史哲出版社1987年版，第40–41页。

知杨氏是受过诗书教育，具有读写能力的，她能够执笔写家书给丈夫，洋洋洒洒有“数纸”之多，可见书信内容之丰富，绝非勉强凑数、仅能达意而已。由此也证明了在重男轻女的基本性别意识之下，唐代贵族官僚家庭的女子，学习条件是颇为优越的。如唐人李华便透过书信对外孙女训勉道：

妇人亦要读书解文字，知今古情状，事父母舅姑，然可无咎。……勿谓幼小不遵训诫，所见所闻，颓风败俗，故申明旧事，不能一一也。（《与外孙崔氏二孩书》）

印证了一般士宦家庭出身的女子，可以接受包括经、史、子、文选、书法等在内的家庭教育[1]，杨氏也是如此。这样出身官宦之家，具有高度文化教养的女性，不只是“腹有诗书气自华”而已，她们也懂得或者说必须有基本的装扮。即使杨氏结婚后生儿育女，跟着杜甫过贫穷的生活时，也还是有化妆品的，以至于跟在身边的小女儿有样学样，“学母无不为，晓妆随手抹”（《北征》），拿起胭脂随手往脸上涂抹，化出一个“狼藉画眉阔”的大花脸，让杜甫看了啼笑皆非，忧苦的心灵顿时轻松起来，暂时忘却了艰难的家国压力。

杨氏就这样伴随着杜甫度过了一生，直到杜甫五十九岁过世为止，共同生活了将近三十年。

1 卢建荣：《从在室女墓志看唐宋性别意识的演变》，台湾师范大学《历史学报》第二十五期（1997年6月），第16–23页。另参段塔丽：《唐代妇女地位研究》，北京：人民出版社2000年版，第93–103页。

值得注意的是，从杜甫的诗歌以及其他的文献数据来看，杜甫终身都没有纳妾，这在古代是非常罕见的情况。虽然杜甫晚年的《草阁》诗中提到："泛舟惭小妇，漂泊损红颜。"这个"小妇"到底是指谁？并不是没有人怀疑，如清代黄生就解释为：

陶、杜二公，俱有"小妇"，老子于此，兴复不浅，一笑。"泛舟惭小妇""飘零愧老妻"，何以惭？何以愧？丈夫欲正乾坤，及其困也，乃至不能宁其妇子，能无内恧于心乎？意极气闷，而出语复尔风致，英雄慨即从儿女情见之，唯其心事磊落，故笔下能曲折尽意。后世虚夸抱负，假装气节之辈，诗中必不肯作脂粉香奁语。（《杜诗说》）

这等于认定杜甫是有妾的，"小妇"被视作妾的意思。不过，大部分的评论家都不采用这样的解读，清邵子湘便注云："蜀中多是妇人刺船。"（《杜诗镜铨》卷十四）又浦起龙注曰："结联见舟妇损颜，暗伤漂泊。彼小年漂泊，犹改红颜，况我老而为客乎！"（《读杜心解》）两人都把"小妇"解释为当地负责划船的船娘，以男强女弱的性别观念而言，杜甫竟让一介弱女子为自己费力执桨交通，男女职能的颠倒错违，强烈冲击了儒家的性别认知结构，于是感到惭愧不安，甚至对船娘生涯导致"漂泊损红颜"的风霜感到悲悯。

另外，吉川幸次郎则以不确定的语气推测道："如果'小妇'是指宗武的媳妇，那他们旅行的团体也就更庞大了。"[1]宗武是杜

1 〔日〕吉川幸次郎著，刘向仁译：《中国诗史》，台北：明文书局1983年版，第312-313页。

甫所钟爱的次子，推算起来，此时年纪已是弱冠左右，确实具备了娶妻的年龄条件，吉川的推测也不无可能。

总而言之，在《草阁》“泛舟惭小妇”这一个孤例之外，杜甫的一千四百多首诗中都没有再出现任何关于妾的踪迹，也不曾再提到儿媳妇，则“泛舟惭小妇”的“小妇”应该还是指船娘比较恰当，杜甫本身并未纳妾。

或许有人会认为，这是因为杜甫太穷，养不起妾所致；但其实这个理由并不够充分，因为穷文人纳妾的例子还是存在的，何况多一个人手其实是增加家庭劳动力，可以帮助家计，所以这并不是关键的因素。应该说，杜甫深爱妻子杨氏，对杨氏的美丽贤淑十分感念，既然两人同甘共苦，动荡的生活也没有分心他顾的余地，正直厚道的杜甫更不想让情况复杂化，于是杨氏就这样成为杜甫一生中唯一的伴侣。

老瘦贤慈的形象，同甘共苦的恩情

当然，杨氏的美丽并没有被杜甫刻意张扬，连杨氏出现在诗歌中的情况，都是符合传统文人的习惯的。

从创作的时程来观察，安史之乱前夕（天宝十四载十月），杜甫四十四岁时所作的《自京赴奉先县咏怀五百字》一诗开始，杨氏才持续地频频出现于丈夫笔下，相关作品多达三十余首；但之前长达十多年的婚姻生活，诗人竟一无所及，前后呈现出醒目的对比。这是因为杜甫一心追求“致君尧舜上，再使风俗淳”的理想，结婚后不久，就将妻子寄放在偏远的异乡，他独自留在长安奋斗，饱尝“长安十年”的辛酸，多少反映了唐代文人“讵随中妇凤楼寒”“男儿何必恋妻子”的心态。

如同李白在安史之乱以后开始大量写到妻子，当然那已经是他晚年时的第四任妻子；杜甫也是从这个历史的转折点，才开始频繁地提到杨氏的。这是因为杜甫彻底放弃了求官出仕这一条路，也决定离开奋斗十年的长安，往西南的四川地区避难，从此展开“漂泊西南天地间”（《咏怀古迹五首》其一）的晚年阶段。一无所有的杜甫只剩下一家人相依为命，家庭成为他生活的重心，因此，妻子儿女常常进入他的笔下，可以说是自然而然的结果，这和陶渊明挂官求去、归园田居后的情况是一样的。

但这时的杨氏，是以外观上的老瘦造型和品格上的贤慈德慧为主要内涵，其余攸关主体的人格特质或个性表现，则如同过去诗人笔下的妻子般，完全隐匿无踪。

首先就外观上而言，杜甫诗中的妻子主要是以毫无审美意趣的“老”“瘦”形象来概括的。这些笼统、抽象的形容词纵贯于杜甫一生的相关作品中，诸如：

· 老妻寄异县。（《自京赴奉先县咏怀五百字》）
· 瘦妻面复光。（《北征》）
· 老妻画纸为棋局。（《江村》）
· 昼引老妻乘小艇。（《进艇》）
· 老妻睹我颜色同。（《百忧集行》）
· 老妻书数纸。（《客夜》）
· 偶携老妻去。（《寄题江外草堂》）
· 飘飘愧老妻。（《自阆州领妻子却赴蜀山行三首》其二）
· 老妻忧坐痹。（《遣闷奉呈严公二十韵》）

以上等等，始终非常一贯，再加以各出现一次的“山妻”“瘦妻”之语，这些笼统、抽象的形容词虽然并未触及具体的感官描写，却也直接牵动了读者对衰老形象的联想，浮现出干瘪、瘦瘠，乃至皱纹、佝偻等“糟糠之妻”的形象表现，以致宋代王安石的《杜甫画像》便是以“瘦妻僵前子仆后”来为他的一家造型。

就此而言，固然如吉川幸次郎所观察到的，杜甫诗歌的特殊倾向之一，乃是突破六朝以来感官愉悦的审美防线而书写丑陋、令人不愉快的风景[1]，因此诗中往往呈现疾病、老丑的身体形象和艰困、贫穷的物质世界，比起李白来更逼近真实的生命原貌；但反映在妻子的描述中，多是“老妻”“瘦妻”之词，却也未必是客观的写真。

当杜甫于《自京赴奉先县咏怀五百字》一诗中写出“老妻寄异县”时，年当四十四岁，则此时杨氏年仅三十出头而已，虽然不是青春华茂之龄，且又历经生活沧桑之苦，但成熟女性的风韵亦应尚存几分，绝非衰老之貌，可是被写入诗歌的时候，却已经被丈夫称为“老妻”了。其中的非写实，正是受到知识和信仰影响的结果。

其实，除了家内的杨氏之外，杜甫诗中非自家的妻子们，也大多以这种老瘦孤寡的形象出现，并且常常置身于贫穷、隔离的生活中：

· 妻孥隔军垒，拨弃不拟道。（《雨过苏端》）

· 去年潼关破，妻子隔绝久。（《述怀》）

· 柴门鸟雀噪，归客千里至。妻孥怪我在，惊定还拭泪。……夜阑更秉烛，相对如梦寐。（《羌村三首》其一）

· 万里须十金，妻孥未相保。（《奉赠射洪李四丈》）

· 老妻书数纸，应悉未归情。（《客夜》）

· 妻子寄他食，园林非昔游。（《过故斛斯校书庄二首》其一）

1 〔日〕吉川幸次郎著，孙昌武译：《杜甫的诗论与诗》，萧涤非主编：《唐代文学论丛》总第七辑，西安：陕西人民出版社 1986 年版，第 54–82 页。

丈夫离家在外，相隔千万里之远，其中的辛酸不可言喻，尤其是《羌村三首》（其一），这首诗描写夫妻久别重逢的情景最是生动感人。其中说当杜甫回到家的时候，久未谋面的妻子儿女竟然感到惊讶无比，然后才是喜极而泣，甚至到了夜深人静的时刻，夫妻两人面对面还觉得像在做梦，不敢相信伴侣就在眼前，真是令人感慨万千。宋代词家晏几道所说的“今宵剩把银釭照，犹恐相逢是梦中”（《鹧鸪天》），正出于同一心曲。可以说，从白天的惊疑不定走到深夜的再三确认，大半天的心路历程是惊与喜的交织，反映了百倍、千倍的漫长等待与苦苦守候，以致伸手可以触摸的伴侣竟然还是如真似幻。可想而知，做妻子的杨氏一个人独力照料儿女，该是何等辛苦！

但即使夫妻团聚相守的时候，嫁鸡随鸡的妻子也不能免于物质困窘的压力，诸如：

· 经年至茅屋，妻子衣百结。……瘦妻面复光，痴女头自栉。（《北征》）

· 失学从儿懒，长贫任妇愁。（《屏迹三首》其三）

· 老妻忧坐痹，幼女问头风。（《遣闷奉呈严公二十韵》）

· 妻儿待我且归去，他日杖藜来细听。（《别李秘书始兴寺所居》）

· 囊虚把钗钏，米尽坼花钿。（《秋日夔府咏怀奉寄郑监审李宾客之芳一百韵》）

可见除了忧心丈夫的疾病、操心儿女的抚育之外，贫穷是她最大的烦忧，“衣食不足”最是勉强度日的窘迫写照。破损的衣裳尚可以钉补后继续用来蔽体，供数年之用；但在钱袋、米粮已经空空如也的急切时刻，就只能“囊虚把钗钏，米尽拆花钿”，拆下钗钏花钿这类的首饰以变卖贴补家用。这和元稹妻子韦丛的牺牲奉献完全一样，所谓：“顾我无衣搜荩箧，泥他沽酒拔金钗。野蔬充膳甘长藿，落叶添薪仰古槐。”（元稹《遣悲怀三首》其一）韦丛死后元稹会如此地哀伤怀念，其中正是包括对妻子深刻的感激。

于是乎，生计艰难反而成为凸显妻子德行的贤顺坚贞的有力背景。而如此贤顺坚贞的杨氏，终其一生牵附在杜甫身边，过着“偶携老妻去，惨淡凌风烟”（《寄题江外草堂》）、“妻孥复随我，回首共悲叹”（《逃难》）的漂泊生活。

再看“晒药能无妇”（《秦州杂诗二十首》其二十）以及“藉糟分汁滓，瓮酱落提携。饭粝添香味，朋来有醉泥。理生那免俗，方法报山妻”（《孟仓曹步趾领新酒酱二物满器见遗老夫》）这几首诗，可见她除了操持一般家务之外，同时还负责晒药的工作，以供自家疗疾之需或赚取外快；更会配合杜甫搜集食谱、增进厨艺。所谓“理生那免俗，方法报山妻”，如同诗评家所解释的：“‘报’字如闻其声，酷似向客细询二物方法，隔屏呼老妻记之，尤见题中‘新’字之意。”（清·黄生《杜诗说》）可见杨氏也完美实践了传统“主中馈”的妻职。

当然，贫困操劳的生活中也不乏轻松闲适的片刻，我们可以看到杜甫一家偶尔享有“老妻画纸为棋局，稚子敲针作钓钩”（《江村》）、“昼引老妻乘小艇，晴看稚子浴清江”（《进艇》）的伦常之乐，手工自制的粗糙工具依然可以带来不假外求的诸多乐趣。那份历经迁隔两地与动荡生涯却维系不坠的深情所产生的信任与了解，当是在物质匮缺的环境中依然无损于夫妻恩爱的重要因素。

除了妻子的角色之外，杨氏所担任的另一职能，乃是儿女的“母亲”。杜甫曾经歌咏“沙上凫雏傍母眠”（《绝句漫兴九首》其七）的田野风光，他自己的家庭生活又何尝不是如此，儿女们都仰赖杨氏的悉心照料：

- 世乱怜渠小，家贫仰母慈。（《遣兴》）
- 学母无不为，晓妆随手抹。（《北征》）
- 女病妻忧归意速，秋花锦石谁复数？（《发阆中》）

这些诗中，可以看到杨氏为儿女所围绕，既是娇憨女儿近身所及的模仿对象，也为女儿罹病而忧心不已，对儿子的温柔呵护亦盈溢可感，在可见的母亲角色的伦理定位上，杨氏的母职也充分获得凸显。从原型的意义来说，杨氏以母性的慈爱来照抚儿女，正符合荣格（Carl G. Jung，1885—1961）所提出的人类集体潜意识中比较常见的母亲原型，相对于象征权威、力量和尊严的父亲原型，母亲原型则代表保护、慈祥、仁爱和救助，体现着母亲的关爱和承担，抚育子女成长并结出硕果。

至此，杨氏在杜甫的字里行间，充分体现了妻职与母职的两大女性传统，成为苦难原则下朴实自然、坚忍担荷的大地之母（the Earth Mother），继承或反映了从《诗经·十月之交》到晚唐的妻子文本中的伦理表述。

对此，曾有学者认为：这种“杜甫型的夫妻关系”乃是“妻子甘居丈夫身后，并在其信赖中同甘共苦的情景，在今天已是极为普遍的现象，亦是使人安心的夫妻关系”，同时推论道：“从妻子的角度而言，虽然一生勤勉操劳不已，但在某种意义上也可以说是十分幸福的，因为她也许认为世间的生活大都如此，况且她是伴随在视自己为一生中唯一的女性的丈夫身旁。”[1]

是否如此，诗中其实并没有提供判定的有效信息。事实上，与大部分的诗人一样，杜甫诗中的妻子全然是被“消音”而沉默无声的，她欠缺独立的形象与个性，虽然在杜诗中处处可见，却又总是惊鸿一瞥，而且这样短暂的现身又往往与儿女相依、密不可分，成为家庭伦理中集体式的构成环节。

在这样一种夫唱妇随、任劳任怨的婚姻形态中，杨氏究竟是认命地逆来顺受，乃至于幸福地乐在其中，还是其实经历了怨怼不甘的心理挣扎，在夫君的男性观点之下都找不到文字的出路，这些都无法从相关诗篇中获得验证。

1 〔日〕筧久美子：《以“女性学”观点试论李白杜甫寄内忆内诗》，《唐代文学研究》第三辑，桂林：广西师范大学出版社 1992 年版，第 259-260 页。

另一种妻子造型：香艳的美人

宫体艳情的文学传统

有趣的是，就在这样的“大地之母”的框架中，杜甫对杨氏的描写却也偶尔逸出道德化的主流之外，进入宫体的艳情系统，同时继承了南朝萧梁时期诗坛上“夫妻风怀诗”那矛盾辩证的复杂内涵。

所谓的“宫体艳情”，来自南朝萧梁时期的写作风尚，唐代刘肃《大唐新语》指出：“梁简文为太子，好作艳诗，境内化之。晚年欲改作，追之不及，乃令徐陵为《玉台集》，以大其体。”对于这类由梁简文帝萧纲所代表的“宫体诗”，唐代魏征《隋书·经籍志》批评道：“清辞巧制，止乎衽席之间；雕琢蔓藻，思极闺闱之内。”衽席、闺闱，指的都是女性的活动空间，也涉及女性本身的描写，因此写作范围很狭窄，笔调也追求雕琢巧制的清辞蔓藻，这类描写女性的诗就成为宫体诗的代表。

一般而言，文学史对宫体诗的评价是很低的，但写作此类诗的人却并不少见，连唐太宗这种“天可汗”的英武身份的人，也写起宫体诗，就可想而知。当然，这时谏臣虞世南就立刻加以反对，

《新唐书·虞世南传》记载：

帝尝作宫体诗，使赓和，世南曰："圣作诚工，然体非雅正。上之所好，下必有甚者，臣恐此诗一传，天下风靡，不敢奉诏。"帝曰："朕试卿耳。"赐帛五十匹。

"体非雅正"就是宫体诗的原罪，极端的批评者甚至称之为"诗中魔鬼"。清代诗评家吴乔便说："诗有魔鬼：宫体淫哇，梁至初唐之魔鬼也。"（《围炉诗话》卷一）到了现代，学者甚至直接称"宫体诗"为色情诗，可见古今一贯对此类诗的负面论断。

不过，宫体诗所受到的待遇其实是不公平的，但因为牵涉文学史的复杂问题，这里无法多做讨论，只能做简单的交代。必须说，宫体诗之所以被如此严重地污名化，其实是来自一连串的误解：

一、宫体诗的写作题材其实涵括了贵族生活的各个层面，关于写女性的艳情题材只是其中之一，所以狭义的宫体诗才能称为"艳情诗"，而"宫体艳诗"是更为准确的说法。

二、梁简文帝萧纲、梁元帝萧绎、庾肩吾、徐摛等人是宫体艳情诗的主要倡导者，但其实他们本人在行为上是严谨有节度的，并不放荡荒淫。根据清朝赵翼《廿二史札记》中《宋齐多荒主》这一篇，所论及宋、齐、陈君主的荒淫行为，独独缺萧梁一代，可见写宫体艳情诗的君臣并没有道德问题，而这一类的写作有更严肃的艺术内涵，并不能用来证明诗人败德，在"知人论诗"的时候，不可以太过草率地混为一谈。

三、宫体艳情诗虽然描写女性人物，但是涉及色情的部分极少，描写身体部位也大抵很含蓄。王梦鸥便指出："今存萧纲诗赋，有关色情之作，在比例上不居多数，惟是刻画，细入眉眼腰支，可为一时特色。"[1]反倒是唐朝以后，尤其是宋明时期，对女性的描写才更暴露狎玩。诚如清代王闿运所言："读齐、梁、陈诗数卷，古艳诗惟言眉目脂粉衣装，至唐而后，及乳胸腿足，至宋明乃及阴私，亦可知世风之日下也。"[2]可见只要不抱成见、人云亦云，就可以客观看待南朝宫体诗的性质与价值。

四、更重要的是，宫体诗虽然描写女性的美，但多是给予冷静、细致的观察和描述，也就是所谓的"刻画"，并没有色情的意味。尤其是，观察和描述集中在眉眼、唇鬓、手腕、腰肢、脂粉、衣装等，都是较能体现人体美的部分。因此应该说："宫体绝不等（于）艳体，艳体也非宫体所独有。……从总体来看，宫体作者还是以比较庄重的态度把妇女的体态、神情当作一种美来描写的。同后来的某些词曲相比，它的描写要庄重得多，其涉于色情之处更要少得多。"[3]如果和《西厢记》相比，这一点就更加清楚了。

在以上的澄清说明后，我们便可以进一步指出：狭义的宫体诗才是"艳情诗"或"宫体艳诗"，而这类诗篇是诗人"观看艳色女性"并加以刻画的产物，并不涉及色情。它们在艺术上的贡献，就是引入高度的感官经验，如学者所说："宫体诗虽有其限制，无论如何，重要的是它无形中接受了感官性（sensuality）为艺术经验中的充分甚至可能是必要的条件，以致诗的内涵表现为最娱

1 王梦鸥：《传统文学论衡》，台北：时报文化出版公司 1987 年版，第 164 页。
2 王闿运：《湘绮楼说诗》，卷二，1934 年成都书局铅印本。
3 马积高：《论宫体与佛教》，《求索》1990 年第六期，第 87 页。

人的那种‘物感’（sensation），即使当人物出现在诗中，也是作为一个全然客体化的画面提供人的趣味。”[1] 意大利学者维科曾说：“诗人们可以说就是人类的感官。”[2]

如果以此标准而言，宫体艳诗甚至可以说是南朝诗人的一大成就。难怪当初徐摛之所以创作宫体诗，就是出于追求“新变”的企图，《梁书·徐摛传》记载：“摛幼而好学，及长，遍览经史。属文好为新变，不拘旧体。……摛文体既别，春坊尽学之，‘宫体’之号，自斯而起。”所以说，宫体艳诗所加入的感官性，就是诗人追求创新和变革的结果。

非伦理的男性凝视：细说《月夜》“香雾云鬟湿，清辉玉臂寒”

而杜甫对妻子的描写，竟然也出现了宫体艳诗的笔调，并且青出于蓝，比宫体还宫体。这就十分令人意外，必须仔细推敲。

就夫妻文本中表现女性感官之美的艳曲式表现而言，当杜甫在肃宗至德二载（公元757年，时四十六岁）困居于长安沦陷区时，就写了《一百五日夜对月》这首诗，记录他怀念妻子的心情，诗中说：

无家对寒食，有泪如金波。斫却月中桂，清光应更多。
仳离放红蕊，想象颦青蛾。牛女漫愁思，秋期犹渡河。

---

1 〔美〕高友工著，刘翔飞译：《律诗的美典（上）》，《中外文学》第十八卷第二期（1989年7月），第15页。

2 〔意〕维科著，朱光潜译：《新科学》，第二卷前言，第172页。

整首诗的风格近似于清绮媚丽的齐梁风调，因此，清代注解杜诗的著名诗评家杨伦，在阐述此诗的偷春格形式（也就是律诗的第一联就对仗）时，说道："此格起于六朝初，唐人亦多有之。梁简文《夜听妓》诗：'合欢蠲忿叶，萱草忘忧条。何如明月夜，流风拂舞腰。'乃此体所托始也，大家偶一用之。"（《杜诗镜铨》卷三）虽然是针对第一联的格式而言，但所引用的诗歌渊源，却是梁简文帝的《夜听妓》诗，而梁简文帝的《夜听妓》诗正是一首典型的宫体艳诗，似乎有意无意地挑明两首诗在风格内容上的相关性。也确实，第三联的"仳离放红蕊，想象颦青蛾"，便属于宫体艳诗会涉及的女性美感。

最值得注意的，是和《一百五日夜对月》同期所作的《月夜》一诗。虽然《月夜》是将"妻子儿女"结合为一的怀家作品，却更是宫体艳诗的代表作。其诗云：

今夜鄜州月，闺中只独看。遥怜小儿女，未解忆长安。
香雾云鬟湿，清辉玉臂寒。何时倚虚幌，双照泪痕干。

就这首诗的主题而言，确实是合乎传统伦理的"雅正"题材，诗篇始终都是以妻子为主体，展开怀想中的情境构设。先是点出"闺中"的女性空间，然后一方面将妻子框定在儿女环绕的母性背景里，以"遥怜小儿女，未解忆长安"来描绘"思妇"加上"地母"的传统妻子形象；篇末两句又以"何时倚虚幌，双照泪痕干"的夫妻相会为收结，呈现妻子独盼孤守的夫妻伦常。

然而值得注意的是，就在由亲子到夫妻伦常的视角转换的间隙，杜甫却偷渡了艳情诗所特有的感官笔触，所谓：“三联句丽，上参六朝，下开温、李。”（清·范辇云《岁寒堂读杜》卷三）以“香雾云鬟湿，清辉玉臂寒”大胆涉入宫体的叙写范畴，将相思等待中的妻子独立出来，框限在一个凝固静止的女性空间中，抽离了“老”与“瘦”的道德化形体，而被赋予浓厚的感官美与感觉性，呈现女体在嗅觉、触觉、视觉上的细腻质感，引向一种原始情欲的范畴。随后杜甫又转换其观看角度，以“双照泪痕干”的夫妻苦思之情，守住整首诗的伦理界限而祛除邪淫之虞。

虽然在亲子、夫妻双重的家庭伦理框架的首尾包绾之下，《月夜》颈联中充满宫体色彩的女性感官之美，受到了校正甚至隐蔽处理，被架空成一时的幻觉呈现；然而却无法完全掩藏“感官欲望”对“伦理情感”的突围，乍然绽现出夫妻关系中往往被压抑回避的两性层次上的情感。

在如此短暂的时间内，诗人已将杨氏从牺牲奉献的“地母”形象中解放出来，不再是儿女环绕且抚育照护他们的慈母，也不再是奔波劳苦而枯瘦憔悴的老妻，人伦定位暂时失效，“慈”与“贤”的妇德也瞬间退隐，因为作为书写者的杜甫转换其观照视角，从丈夫、父亲的伦理角色一变而为单纯两性关系中的“男性”，对恢复为“女性”的妻子展开男性的凝视（male gaze）。

首先，从美学上的修辞表现来看，《一百五日夜对月》和《月夜》两诗中所谓的“青蛾”“香雾”“云鬟”“玉臂”等用语，实际上是一般用以形容歌伎舞娘的习惯用语，也是宫体艳诗常见的词汇，杜甫自己就有不少这类的描写，诸如：

·青蛾皓齿在楼船。（《城西陂泛舟》）

·越女红裙湿，燕姬翠黛愁。（《陪诸贵公子丈八沟携妓纳凉晚际遇雨二首》其二）

·翠眉萦度曲，云鬓俨分行。（《数陪李梓州泛江，有女乐在诸舫，戏为艳曲二首赠李》其二）

·愿携王赵两红颜，再骋肌肤如素练。（《春日戏题恼郝使君兄》）

在这些描写中，都着重对身体感官部位的美感的呈现，女性在男性的观看下成为一种展示品，而她的美，通常用女性身体局部片段的大特写（huge close-ups）来呈现。而这都是宫体艳诗的遗绪，属于一种传统共同享有的、作为惯例的“身体常用句”，因此实在不免平庸甚至陈腐。

但回到“香雾云鬟湿，清辉玉臂寒”这两句来看，正如旅法学者程抱一从修辞角度所指出的：

在这里，幸而有了与它们相伴的其他意象，它们显得非常清新，并且如同必不可少。在第一句诗中，云鬟与香雾相联结；这两个意象都含有大气的成分。它们共同的本性给人一种一个受另一个激发而生的印象。结束诗句的动词“湿”，非常恰当地前来烘托它们之间的联系，将它们融合成一个不可分的整体。同样，在第二句诗中，“玉臂”的意象自然带出“清辉”的意象；况且这由月亮投射下的光辉，也可以看成是由女人裸露的臂膀散发的。展现月夜的动词“寒”似乎也描述了人们在触碰一块玉时的感觉。因此，因袭的隐喻不但没有使诗句沦为“窠臼”，而且当它们被巧妙地组合，反而得以创造出意象之间的一些内在的和必然的关系，并且自始至终，将它们如此保持在隐喻层。[1]

其实必须进一步地说，这两句之所以没有沦为窠臼，就在于其中运用了语言组织所塑造的修辞张力，透过字质的交互作用才发挥了这样的效果；也就是把原本意思是“雾—湿—香云鬟，清辉—寒—玉臂”的主动宾结构颠倒重组，而获得阅读上“抽换可得数联”的多义效果：

香雾云鬟湿——香鬟云雾湿，湿鬟云雾香，湿雾云鬟香，云鬟雾湿香

清辉玉臂寒——寒臂玉清辉，寒辉玉臂清，寒玉辉清臂，玉辉寒清臂

透过语词中各个字词之间的交错置换，扩充了字质的涵摄对象与感觉张力，达到“香”“湿”“云”同时修饰“雾”与“鬟”，而“清”“玉”“寒”同时修饰“月光”与“臂色”的丰富联想，其感觉性便更加地繁复浓密起来。而杜甫类似的写作技巧出现过几次，早年有“春酒杯浓琥珀薄，冰浆碗碧玛瑙寒”（《郑驸马宅宴洞中》）这一联，晚年时更有“香稻啄余鹦鹉粒，碧梧栖老凤凰枝”（《秋兴八首》其八）这两句名诗，它们所创造出来的效果被称为“一色两耀”“互映生姿”，展现出杜甫高妙绝伦的

1 〔法〕程抱一著，涂卫群译：《中国诗画语言研究》，南京：江苏人民出版社 2006 年版，第一部分，第 87-88 页。

功力。[1]

于是，“香雾云鬟湿，清辉玉臂寒”这一联复刻了宫体艳诗的感觉系统，引带出感官的细腻描绘，但又更上一层楼，进一步透过嗅觉、视觉、触觉的多元范畴，以及感官觉知之间的彼此融通或互相结合，而形成“共感觉”，让各种感觉同时综合汇通为一，将静止中的流动、沉默中的变化与感觉活动的互涉加以细腻展示，比起李白《清平调词三首》（其二）的“一枝红艳露凝香”还要精密奥妙得多。

静物般的女体呈现

试看“鬟湿”“臂寒”者，都指向一个人在月夜中久伫静立的结果，这两句意谓着“看月之久，雾染其香，其发又为雾所湿；而月照之下，臂洁如玉，又添夜寒”，而发之香与雾之湿两者的彼此渗透，月之清辉、夜之凉寒与臂之玉洁三方的互相交流，都必须在人物静止的前提之下才能成立。换言之，这两句所塑造的人物肖像画，乃出于时间与空间的融合，“妻子”正身处于这个时空交会的融点之中：“云雾”的弥漫性、张弛性向“鬟”汇聚而凝结，“清辉”的扩充性、延伸性则朝着“臂”收拢而结晶，于是构成了“香雾云鬟湿，清辉玉臂寒”的交互产物。

云雾、月光这些天文意象转化了“大地之母”的形貌，“时间”就在此过程中提供了转化的动能，将妻子升华为一种纯粹美感的

1 欧丽娟：《杜诗意象论》，台北：里仁书局 1997 年版，第四章《意象塑造之特殊形式》第二节“倒装之二：字质的丰富表现”，第 171–177 页。

造型，这就触及象征主义特质中的“暗示性”（suggestiveness）和“官能经验的交融”（fusion of the senses），其美感效果是十分精彩的。

更应该注意的是，在这个漫长的时间中，人物是静止的，由此形成了一个凝固的画面，这又恰恰是宫体艳诗的一大特点，也让宫体诗具有一种更近似于图画般的视觉感受，以致被诟病为物化女性的原因。

确实，这种静物画(still life)的效果，本就隐含着一种恋物结构，犹如美国艺术史家哈尔·福斯特（Hal Foster）所讨论的，17世纪静物画的恋物结构摆荡于“诡异的生动”（uncanny animation）与“死寂的悬止”（deathly suspension）的微妙之间。[1] 而既然这个恋物结构的中心对象是一个女性，那么从女性主义的角度来说，就不免具有一种男性视角的窥视与恋物癖心理。如同劳拉·穆尔维（Laura Mulvey）在分析视觉快感时所注意到的，在这个属于空间幻象的阶段，通常动作的流程冻结了，透过恋物癖和窥视所再现的女性只是一种被动的景观（passive spectacle），女性躯体在展示中只是一个美丽的客体物。[2]

并且，杜甫这首诗采取了“深焦（deep focus）”的手法，在想象中进行大范围的移动，来到了远方的“闺中”——一个私密的空间（private space），这也隐含了一种向观想对象逼近的视觉

1 张小虹：《恋物张爱玲》，《欲望新地图》，台北：联合文学出版社1996年版，第32页。

2 劳拉·穆尔维著，吴斌译：《视觉快感与叙事电影》，吴琼编：《凝视的快感》，北京：中国人民大学出版社2005年版，第8-11页。

运动过程，终而使视线停留于由预设框放大的女性身体部位，此时云鬟、玉臂便跃升为特写对象。

因此，程抱一也注意到，“这两句诗的意趣并不局限于隐喻的平面。它们还拥有将其传递的意象转化为‘行动’的禀赋。我们记得，这一夜，远离妻子的诗人，也站在月下，为云雾所环绕。穿过云雾，他感觉到实际上他可以通过‘毗邻’而触摸到‘云鬟’。并且总是通过毗邻，他可以从月亮的清辉出发，抚摸他妻子的‘玉臂’”。[1]

而这种由“云鬟”“玉臂”所引发的触摸欲望，也恰好在《红楼梦》中得到了清楚的呼应。小说第二十八回《薛宝钗羞笼红麝串》中提到过，宝钗为了表示对贵妃的礼貌尊敬，于是将元妃所赏赐的红麝串子戴在左腕上，当宝玉要求看看这一串红麝香珠时，“宝钗生的肌肤丰泽，容易褪不下来。宝玉在旁看着雪白一段酥臂，不觉动了羡慕之心，暗暗想道：‘这个膀子要长在林妹妹身上，或者还得摸一摸，偏生长在她身上。’正是恨没福得摸，忽然想起‘金玉’一事来，再看看宝钗形容，只见脸若银盆，眼似水杏，唇不点而红，眉不画而翠，比林黛玉另具一种妩媚风流，不觉就呆了”。可见女性在被男性观看时，玉臂这一类的身体部位往往就被特别放大，凸显出一种高度的诱惑力。

若深入探讨文学中的“云鬟”“玉臂”，其之所以能够凸显出如此浓烈的诱惑性，原因可能在于：就“云鬟”而言，女子的头发本来就是女身的象征，这在《周易》《焦氏易林》中的婚配

1 〔法〕程抱一著，涂卫群译：《中国诗画语言研究》，第一部分，第88页。

喻象可以得到印证。[1]而从弗洛伊德的性恋物逻辑来解释，对毛发一类的爱恋更是一种替代性满足[2]；至于“玉臂”的魅力，一方面是经过“取镜”（framing）将身体局部凸显出来的大特写，引导人们的视线加以凝视，再加上明亮的月光照耀，带来一种“打光”（lighting）的效果[3]，就更加强了“玉臂”在视觉上的吸引力。

这是因为颜色是影像构成性中关键的组合部分之一，当颜色以近白（near-white）的样貌出现，其明度（value，此处指颜色的明暗）高；以近黑的样貌呈现则明度低。当肤色作为光线着落的地方时，其颜色的高明度有助于吸引观者的注意力。[4]月亮清辉照耀下洁白反光的“玉臂”的诱惑力，正是来自观看者同时采用了取镜、打光的塑造手法，并配合镜头运动所引导的逼近性，使得凝视焦点更为集中而鲜明的结果。

虽然在趋近妻子的凝视过程中，杜甫采取的是逐步逼近的迂回笔法，先短暂地介入“小儿女”所营构的家庭伦常，强化女人的母性角色（maternal role），让“母亲”的角色与“亲子”的情感缓和女性本身的性别特质；但正如诗评家黄生所说的“儿

1 王政：《〈周易〉〈焦氏易林〉中的婚配喻象》，叶舒宪主编：《性别诗学》，北京：社会科学文献出版社 1999 年版，第 339-340 页。

2 出自 Sigmund Freud, *Fetishism* 一文。

3 另外两种包括“取镜”（framing），最易见的取镜技巧乃是运用特写镜头，把除了身体或是身体的一部分（通常是脸）外的东西，从观者的凝视排除；以及“镜头运动”（camera movement）。这是玛丽·安·唐恩（1982:76）参酌穆尔维的著作而进一步指出的，见〔英〕吉莉恩·萝丝（Gillian Rose）著，王国强译：《视觉研究导论——影像的思考》，第 146 页。取镜框定的结果便是穆尔维所谓的身体局部片段的大特写，而镜头运动也就是创造男性观看行动的技术所在。

4〔英〕吉莉恩·萝丝著，王国强译：《视觉研究导论——影像的思考》，第 50-51 页。

女不过带见”（《杜诗说》卷四），也就是“遥怜小儿女，未解忆长安”这一联只是附带提到而已。接下来的一联，即剥除了所有附加在女性身上的伦理关系，让遭到妻子、母亲等家庭角色所隐蔽的女性特质跃升出来，成为视觉的焦点。这时，妻子杨氏脱胎成为父权视觉性中的女性影像，高度艳化成为一个静物般的女体呈现，以充满感官性的造型，召唤出“观看”甚至“触摸”的强烈欲求。

也就是因为如此高度的情色诱惑力，使极少数固守伦理准线的诠释者颇不以为然，如清朝范辇云就批评道：“用‘玉臂’欠雅。”（《岁寒堂读杜》卷三）现代学者甚至认为，杜诗沉郁苍凉，风格比较傲岸，不惯用倩丽的字句，并且前前后后称妻子时说的都是“老、瘦”，这时忽然想起“香、玉”来，是不大可能的，因此推测道：“可能这一联就正是为后世的风流文士所窜改的。若作‘薄雾（或白露）侵鬟湿，清辉入臂寒’，上句设想鄜州的阶前，下句自述长安的月下，引起结联的‘双照’，也较近于杜诗的风格。”（傅庚生《杜诗析疑》）

但是很显然地，所谓“杜诗的风格”是在僵化的诗圣概念下所产生的成见，在修改后的诗句中，去除了“香”“云”“玉”等表现女性感官特质的字眼，同时就化约[1]了杜甫游走于传统文学互文性（intertextuality）中的多重视角，而削减了杜甫诗集大成的历史性与文化性。

1 源于“化约论”的哲学思想，主张把高级运动形式还原为低级运动形式的一种哲学观点。

婚恋中的女性：地母／神女的统一

事实上，不只是《月夜》这首诗而已，杜甫书写婚恋关系中的女性时，其实不乏从家庭的伦理角色中离析出男女的情色角度的诗，《月夜》诗中的宫体与伦常纠结的矛盾组合并非杜甫笔下的孤例。这样一种作为“地母／神女之复合体”的妻子形象，在自己的妻子身上，还曾经直接反映在《进艇》诗中，其诗曰：

南京久客耕南亩，北望伤神坐北窗。昼引老妻乘小艇，晴看稚子浴清江。

俱飞蛱蝶元相逐，并蒂芙蓉本自双。茗饮蔗浆携所有，瓷罂无谢玉为缸。

颈联的“俱飞蛱蝶元相逐，并蒂芙蓉本自双”，乃直承“昼引老妻乘小艇，晴看稚子浴清江”而下，本身又带有夫妻恩爱相随的意涵与联想，因此杨伦认为：“二句系夫妇相庆慰之词，旧分贴妻、子，非是。”（《杜诗镜铨》卷八）而用来庆慰夫妻团聚相随的“俱飞蛱蝶”与“并蒂芙蓉”两个喻词与其中的狎昵婉娈之情，也是自齐梁以来屡为唐代诗人所采用的宫体手法，可见唐诗是齐梁诗一脉而下的直系血亲。

最有趣的是，汉代司马相如和卓文君这一对才子佳人的故事，杜甫这么说：

卓氏近新寡，豪家朱门扃。相如才调逸，银汉会双星。

客来洗粉黛，日暮拾流萤。不是无膏火，劝郎勤六经。（《奉酬薛十二丈判官见赠》）

卓文君夜奔司马相如是浪漫的爱情故事，杜甫并没有否认，也没有跳过非礼教的这一段，甚至用牛郎织女来形容他们，所以说“银汉会双星”；但杜甫接着以传统妇德的礼教规训，表现出卓文君善尽妻子责任的贤淑，简直可以放进史书的《列女传》里，于是浪漫一变而成为道德训示。但这并不是杜甫迂腐，从其他地方来看，对卓文君与司马相如的婚恋关系，杜甫写起来竟也是浪漫无比，《琴台》一诗中说道：

茂陵多病后，尚爱卓文君。酒肆人间世，琴台日暮云。
野花留宝靥，蔓草见罗裙。归凤求凰意，寥寥不复闻。

蒋弱六注首联云：“千古情种，风流佳话，尽此二语。”（参《杜诗镜铨》卷八）而整首诗诚如黄生所言：“清辞丽句，攀屈、宋而轶齐、梁。”（《杜诗说》卷四）著名学者郑骞[1]许之为“艳体之上乘”，声称：“少陵备众法，复能传百情。孰云无艳体，琴台有遗声。”[2]将此诗与《赠王二十四侍御契四十韵》中的“琴台隐绛唇”合观，可得见，以渲染女性容貌与衣饰的齐梁笔法，将野花、宝靥、绛唇、蔓草、罗裙等，集中向卓文君辐辏汇聚，整合出一种倩丽无方的美人造型。

1 郑骞（1906—1991），中国古典诗词曲研究家。
2 郑骞：《题杜少陵集》，《清昼堂诗集》，台北：大安出版社 1988 年版，卷七，第 238-239 页。

邵子湘也指出：“‘野花’十字，已开温、李。”（参《杜诗镜铨》卷八）也因此召唤出男性文人心中蠢动的“归凤求凰意”。黄生所谓“辞若慕之”“全诗低回想象，真若美之不容口者”（《杜诗说》卷四）诸说，实已挑明此诗文字风调的真正特色。而这正和《月夜》诗有着异曲同工之妙，塑造出一种“地母／神女”复合统一的妻子形象。

“夫妻风怀诗”的巅峰

然而，杜甫诗中这种“地母／神女”复合统一的妻子形象，其实是继承自南朝，并且青出于蓝而胜于蓝，成为“夫妻风怀诗”的巅峰与集大成也。

徐复观认为：“风怀诗”即所谓的色情诗，作为描述男女关系之诗歌，其内涵中只有“对物的爱好”，而没有“对人的感情”，故常常是描写女性某一形体、形态之美，以近于矜夸的心情来表示自己的欣赏、享受，文人抒写姬妾、歌伎之诗，即多半属于这类风怀诗。[1]

根据篆文和甲骨文，学者判断“色”的本义是“女色”，或是表示“男女交媾”，或即性欲之意[2]。因此，“在一个受限制的

1 徐复观：《韩偓诗与香奁集论考》，《中国文学论集》，台北：台湾学生书局2001年版，第292-296页。

2 〔日〕笠原仲二（1908—　）著，杨若薇译：《古代中国人的美意识》，北京：三联书店1988年版，第15-16页。马叙伦则认为，甲骨文中“色”字由一上一下两个人形所构成，本义为男女交媾，“女色”义乃由此推出，见马叙伦：《说文解字六书疏证》，北京：科学出版社1957年版，卷十七，第57页。

语境中，色可以指涉性的欲望（sexual passion）；在宽泛的意识中，色可归之于激发美感（sensuous）的事物外观”。[1]

在过去的文化传统中，这种两性之间的色欲范畴，总是脱离夫妻的伦理关系，而体现于家外的青楼神女身上。所以我们可以注意到，前面所引述的杜甫所写的“青蛾皓齿在楼船”“越女红裙湿，燕姬翠黛愁”“翠眉萦度曲，云鬓俨分行”“再骋肌肤如素练”等特写的“身体常用句”，都是用来形容表演歌舞的女伎们。在没有道德包袱的情况下，诗人可以大胆展开他们的男性凝视，品赏女性的感官之美，原因就在这里。

但妻子既然具有女性的生物性别，一旦诗人将其男性凝视的眼光转移到家内，对夫妻关系的描摹，也就逐渐发展出“诱惑化抒情”的叙写方式。

回顾中国诗歌史中，丈夫写给妻子的诗虽然很少，但从未断过，从东汉秦嘉的《赠妇诗》、张衡的《同声歌》、建安时期徐干的《室思诗》，到太康诗坛（西晋）傅玄的乐府、张华的《情诗》，以及潘岳的《内顾诗》《悼亡诗》《杨氏七哀诗》等，可以看出为人丈夫者的深情。

到了南朝梁代，吟咏夫妇生活的诗作更加兴盛起来，而“由于受到宫体诗描摹女色的风气熏染，描摹夫妇关系时也有很多对

1 Paul F. Rouzer, “Watching the Voyeurs: Palace Poetry and the Yuefu of Wen Tingyan”, *Chinese Literature: Essays, Articles, Reviews* (Sponsoring Institutions: Indiana University, The University of Wisconsin, and Washington University), Vol. 11, (Dec., 1989), p.19. 中译见王力坚：《由山水到宫体——南朝的唯美诗风》，台北：台湾“商务印书馆”1997年版，第206-207页。

女性肌体或床笫之间的描摹”[1]，这种将夫妻关系风怀化的书写方式，被闻一多称为“发妻也就成了倡家”[2]，确实导致夫妻文本的宫体现象。而男女之间伦理性与感官性这两种不同范畴合流的结果，也在诗史上形成了“夫妻风怀诗”的新类型。

例如盛唐诗人岑参《夜过盘石，隔河望永乐，寄闺中，效齐梁体》这一首诗，是写给闺中妻子的作品：

盈盈一水隔，寂寂二更初。波上思罗袜，鱼边忆素书。
月如眉已画，云似鬓新梳。春物知人意，桃花笑索居。

元朝方回《瀛奎律髓》就把它归类于“风怀”类，理由在于中间两联描写妻子的袜、书、眉、鬓，再从诗题上标明了“效齐梁体”，可见岑参是有意仿效宫体艳诗的。

而这种妻子被艳化的写法也确实是南朝诗人所开创，例如沈约《少年新婚为之咏》一诗中，对新婚妻子的体貌容态，有“裾开见玉趾，衫薄映凝肤”的描写，与梁简文帝萧纲《咏内人昼眠诗》的“梦笑开娇靥，眠鬟压落花。簟文生玉腕，香汗浸红纱”，都触及妻子的感官魅力与情色诱惑；乃至刘孝威《鄀县遇见人织率尔寄妇诗》的“愈忆凝脂暖，弥想横陈欢”，以及徐悱《对房前桃树咏佳期赠内诗》的“方鲜类红粉，比素若铅华。更使增心忆，弥令想狭邪”，都已经取消了夫妻关系的伦理性质。从徐悱所挑

1 胡大雷：《宫体诗研究》，北京：商务印书馆2004年版，第153-155页。
2 闻一多：《宫体诗的自赎》，收入《唐诗杂论》，见《闻一多全集》第三册，台北：里仁书局2000年版，第12页。

明的“狭邪”心理，更证明了妻子已与性对象（The sex object）合而为一。

对于传统儒家的伦常界限来说，一旦范畴移位或概念混淆，将妻子物化为一种引向原始欲望的感官诱惑力的女体，势必会干扰伦常秩序而制造道德紧张，因此也令若干诗人产生警觉。如梁简文帝萧纲便刻意以“夫婿恒相伴，莫误是倡家”（《咏内人昼眠诗》），徐陵也同样于篇末以“欲知夫婿处，今督水衡钱”（《中妇织流黄》）提出自清，企图将先前泛滥越界的感官描绘，借由标示“夫婿”的伦理角色的在场，而控制在社会规范之内，使作品得以通过读者乃至诗人自身的道德检查，以保障创作的合法性。

同样地，杜甫的《月夜》诗不也是如此？前有“遥怜小儿女，未解忆长安”的母亲身份，后有“何时倚虚幌，双照泪痕干”的夫妻关系，都使得“香雾云鬟湿，清辉玉臂寒”这两句减低了突兀性，不会让人特别注意其中隐含的高度宫体性质。

但其实，比起传统宫体艳情之作，杜甫的呈现方式具有更大的感官饱和度与审美张力。在南朝那些书写可闻、可嗅、可触之女体的宫体诗歌中，每一个句子都还只是单一感官的载体，分别各自描摹闻、嗅、触的不同感觉经验，岑参《夜过盘石，隔河望永乐，寄闺中，效齐梁体》一诗中，描写妻子的中间两联，更只是各自对应模拟的机械化手法，“月如眉已画，云似鬟新梳”一联也毫不特殊。相较起来，“香雾云鬟湿，清辉玉臂寒”呈现双向交流与同时并生的“联觉”，是“夫妻风怀诗”的压轴之作。

最值得注意的是，《月夜》全篇是以思忆开端，再以地母、神女两极辩证为主体，最终以泪望收尾的内在结构，正是南朝沈约《梦见美人》一诗的翻版：

夜闻长叹息，知君心有忆。果自阊阖开，魂交睹颜色。
既荐巫山枕，又奉齐眉食。立望复横陈，忽觉非在侧。
那知神伤者，潺湲泪沾臆。

第一联的“夜闻长叹息，知君心有忆”，是揣摩梦中美人也在忆念着自己，不就是“今夜鄜州月，闺中只独看”？第二联的“果自阊阖开，魂交睹颜色”，说的是透过想象，可以看到美人的容貌颜色，岂非正是杜甫在想象中看到妻子的容貌体态，于是写出“香雾云鬟湿，清辉玉臂寒”的具体形容，而这也对应了“既荐巫山枕”“立望复横陈”的情色欲望；至于交错其中的“又奉齐眉食”一句，强调了举案齐眉的贤淑，这便对应了“遥怜小儿女，未解忆长安”这一联，都是表达诗中女性的道德伦理；最后两句“那知神伤者，潺湲泪沾臆”又恰恰等于“何时倚虚幌，双照泪痕干”，表现出双方隔离相思的悲哀。

在这样的参照下，更可以说，全篇透过想象的浓缩拼合，投射出男性潜意识中兼美俱全的女性形象，举案齐眉之贤妻与巫山横陈之美人交错并出，诗人所魂交的女性，综摄了妇道德行与神女魅力的双重性质；而这般依违摆荡于伦常道德与情欲耽想之间的夫妻关系，使《月夜》一诗成为对六朝“夫妻风怀”诗类的回顾与发扬，也是青出于蓝的最佳继承者，强化了夫妻风怀诗此一特殊的诗歌谱系。

杜甫曾说他创作学习的态度是“清词丽句必为邻”，对于女性美的细腻刻画本来也就不曾回避，如《丽人行》这首诗，其中对杨贵妃姊妹的倾国丽色有着以下的绝美形容：

三月三日天气新，长安水边多丽人。
态浓意远淑且真，肌理细腻骨肉匀。
绣罗衣裳照暮春，蹙金孔雀银麒麟。
头上何所有？翠微盍叶垂鬓唇。
背后何所见？珠压腰衱稳称身。

诗中不只极力渲染珠光宝气的绫罗绸缎、金碧辉煌的珍贵首饰，那还太流于皮相，也未免落入庸脂俗粉，由“肌理细腻骨肉匀”这一句显示，杜甫的眼光已洞察到美人之所以风姿绰约的神髓，是从骨子里透出来的完美，因此举手投足轻盈优雅，无论从任何一个角度都只见如画一般的造型。所以后面接着说“背后何所见？珠压腰衱稳称身”，连最不是观赏重点的背后都是工笔彩图，那腰身如此之匀称合度，在垂坠的珠饰裙带衬托下，动静之间浑然一体，其体态之窈窕曼妙如在眼前。

杜甫对女体的感官之美不但深刻意会而且加以精巧言传，可以说是宫体中的宫体，施用在青出于蓝的“夫妻风怀诗”中，也再度证明了杜甫海纳百川的宏大实践，确实是言行如一！

浪漫与恩义的结合

明月与思妇：传统父权的性别政治结构

然而，《月夜》一诗虽然在伦常文本中偷渡了宫体诗人特有的男性凝视，但较诸齐梁时期的夫妻风怀诗，却历来能使绝大多数读者感动并受到了他们的赞美，与宫体诗的待遇截然不同。推究其原因，或许是诗圣光环的遮蔽效果，再加上男性读者不自觉的共谋立场，以致难以察觉其中的性别政治意涵。

另一个因素，则或许如闻一多所指出的，从初唐时期以后，“感情返到正常状态是宫体诗的又一重大阶段。唯其如此，所以烦躁和紧张都消失了，只剩下一片晶莹的宁静。”[1]宫体艳情心态消费女性所造成的烦躁和紧张，在杜诗中被返回到亲子与夫妻之双重伦常关系的正当情感所抵消，其官能美感便比较容易削弱读者的抗拒心理而被接受。

但平心而论，以今天性别意识的角度来看，即使不提宫体艳情的部分，《月夜》诗毋宁更是传统男权话语的产物，反映的是性别文化的本质。

1 闻一多：《宫体诗的自赎》，第19页。

首先值得注意的是，杨氏作为一位沉默的女性（mute woman），全然是出于男性想象力的建构，父权文化使这种沉默的理想成为女性的一种质量，以代表守贞、顺从与美德等；但事实上，声音、语言象征权力，所以“将女性消减为沉默就是使她失去权力”，失去自我的主体性。[1]杜甫诗中的杨氏没有表达过任何意见，也反映了女性身为弱势者的历史地位。

其次，杜甫在书写这些怀念妻子的诗篇时，往往又都与“月”相关涉。宋人葛立方（南宋诗论家、词人）已注意到这个现象，指出：

> 月轮当空，天下之所共视，故谢庄有“隔千里兮共明月”之句，盖言人虽异处，而月则同瞻也。老杜当兵戈骚屑之际，与其妻各居一方，自人情观之，岂能免闺门之念，而他诗未尝一及之。至于明月之夕，则遐想长思，屡形诗什。《月夜》诗云：“今夜鄜州月，闺中只独看。”继之曰：“香雾云鬟湿，清辉玉臂寒。”《一百五日夜对月》云：“无家对寒食，有泪如金波。”继之曰：“仳离放红蕊，想象颦青蛾。”《江月》诗云：“江月光于水，高楼思杀人。”继之曰：“谁家挑锦字，烛灭翠眉颦。”其数致意于闺门如此，其亦谢庄之意乎？（《韵语阳秋》卷十）

在月光照耀之下启动对远方妻子的思念，反映的是“隔千里兮共明月”以及后世“千里共婵娟”（苏轼《水调歌头》）之类的心理基型。这或许与“离别”的原始哲学意涵相关，如宗白华

1 张淑香：《男性情色幻想的美典——温庭筠词的女性再现》，《中国文哲研究集刊》第十七期（2000年9月），第122页。亦可参朱崇仪：《闺怨诗与艳诗的“主体”》，台湾中兴大学《文史学报》第二十九期（1999年6月）。

对《周易·离卦》的解释是："离也者，明也。'明'古字，一边是月，一边是窗。月亮照到窗子上，是为明。这是富有诗意的创造。"[1]

事实上，《月夜》一诗中由妻子形象所铺展的"月下丽人图"，最早可以追踪至先秦时代的浪漫情歌，《诗经·陈风·月出》一章中即咏叹道：

> 月出皎兮，佼人僚兮。舒窈纠兮，劳心悄兮。
> 月出皓兮，佼人懰兮。舒忧受兮，劳心慅兮。
> 月出照兮，佼人燎兮。舒夭绍兮，劳心惨兮。

朱熹说这是一篇"男女相悦而相念之辞"（《诗集传》卷七），男子作为咏叹的歌者，以深受相思煎熬的苦恋之姿抒发怨情，以倾慕不舍的目光遥相凝视，遂将所思女子幻化为一尊月色笼罩之下散发莹洁光泽的影像，人月交辉，凸显为夜幕中鲜明夺目的图景。

其中所呈现"明月相思"这种女性造型的关联模式，至晚自汉魏开始，"月"即与闺怨或女性相思成为一体共生而难分难解的表达套式。从司马相如《长门赋》的"日黄昏而望绝兮，怅独托于空堂。悬明月以自照兮，徂清夜于洞房"开始，历经曹植《杂诗》的"明月照高楼，流光正徘徊。上有愁思妇，悲叹有余哀"，以及曹丕的《燕歌行》等，于衬景方面表现出由"黄昏""月夜"或"明月""高楼"等所构成的典型闺怨诗情境，以借由月的圆

---

1 宗白华：《美学散步》，上海：上海人民出版社 1998 年版，第 46 页。

满与人的孤寂，形成鲜明的对比。[1]

但明月与思妇两者相关联的原因，并不只是艺术技巧上的对比效果，更蕴含了父权中心思想体系的性别政治结构。20 世纪 70 年代，埃莱娜·西苏（Hélène Cixous）撰写了《她在何处》（*Where is she?*）一文，将依照男性中心的二元论所繁衍出的思想体系中所有二元对立的概念进行了模拟图示，如下：

主动 / 被动	Activity / Passitivity
日 / 月	Sun / Moon
文化 / 原始	Culture / Nature
日 / 夜	Day / Night
父 / 母	Father / Mother
头脑 / 感情	Head / Emotions
理性 / 感性	Intelligible / Sensitive
道 / 情	Logos / Pathos

并分析指出，在父系的价值系统中，阴柔的一方总是不离“负面、弱者的形象”。后来国际知名汉学大师安乐哲（Roger T. Ames，1947—　）分析这一种二元思维方式的性别（gender）结构，发现这对一个人的文化世界观有着决定性的影响，也认为这同样适用于中国传统思想文化的观察。[2] 于是乎，《月夜》等诗中的妻子，遂在月亮所归属的女性范畴中，连带呈现出感性、肉体、柔弱、附随的、依赖的、缺乏的、受支配的等性质。

1 有关“明月相思”与女性造型的关联模式，参朱崇仪：《闺怨诗与艳诗的“主体”》，第 8、10 页。

2 〔美〕安乐哲著，张燕华译：《中国的性别歧视观》，《和而不同：比较哲学与中西会通》，北京：北京大学出版社 2002 年版，第 159-160 页。

至于颈联的“香雾云鬟湿，清辉玉臂寒”，更潜伏着男性主导的视觉性表述。诚如劳拉·穆尔维以精神分析揭示了在性别不公（sexual imbalance）的世界里，“看”的乐趣被分裂为“主动／男性”和“被动／女性”，具有支配性的男性目光将幻想投射在女性形体（figure）上，女性同时被看和被展示，她们的外貌因编码而具有强烈的视觉和色情感染力，从而能够把她们说成是具有被看性（to-be-looked-at-ness）。父权视觉性（patriarchal visuality）就是用这种性别化的方式建构出来的，它断言男性特质（masculine）的位置是观看，而女性特质（feminine）则是被观看。[1]这也是宫体艳诗一直被贬低的主要原因。

这么一来，《月夜》诗所隐含的性别意识，也是男女不平等了。但这其实是合情合理的，并不令人意外。每一个人都有他的历史限制，后人并不能以自己的价值观给予批评，何况古今相距一千多年，文化思想与意识形态早就发生了本质上的巨大变化，更不能一概而论。

因此，以上指出性别不公的这一点，并不是要指责杜甫的封建，反倒是要说明杜甫是一个真实存在过的人，他认真地生活、学习、创作，以最细腻的心灵面对世界，以最宏大的视野面对文化，并且以最真诚的态度面对所有的人、事、物，包括他的妻子，并不是只有忧国忧民、“每饭不忘君”。虽然他并不能完全摆脱历史时代的局限，仍然受到男权中心意识的影响，但已经透过集大成的创造力达到文学史的巅峰。

1 劳拉·穆尔维著，吴斌译：《视觉快感与叙事电影》，第8页。

从另一个正面角度而言，却不妨说，杜甫以最丰富的眼光看待身边的这位至亲女性，体察到她由内而外的各种美好，既有一种恩义的感激，也有客观角度的欣赏。

诗圣的另一面：弥深弥坚的情爱书写

一般会以为，出于恩义的感激就不是爱情了，其实这是很严重的误解，也把爱情限定在一种比较浅薄的激情里。正如佛洛姆（Erich Fromm）在《爱的艺术》中所说的，爱包含责任、照顾、尊重与了解，并且“爱在本质上是必须出于意志的行为，是一种决心”[1]；也让我们想到《圣经·哥林多前书》所说，爱就是“恒久忍耐，又有恩慈”，才能如此设身处地地将自己转向对方。

由此，以一生累积起来的深厚情感，才能够使彼此真正变成唯一的、不可取代的，可以同甘共苦，甚至生死与共的人。从而我们才真正了解到，元好问在《摸鱼儿·雁丘词》中对于“情是何物”的思考与解读，真正的关键何在：

问世间，情为何物，直教生死相许？天南地北双飞客，老翅几回寒暑。欢乐趣，离别苦，就中更有痴儿女。君应有语，渺万里层云，千山暮雪，只影向谁去？（《词综》）

表面上，那“问世间，情为何物，直教生死相许”的提问固

1 〔美〕佛洛姆著，孟祥森译：《爱的艺术》，台北：志文出版社 1984 年版，第 38—44、70 页。

然撼动人心，似乎又要走上以死证明至情的逻辑；但实际上，元好问对“直教生死相许”之情的理解和所给予的答案，却绝不是杜丽娘式的超现实浪漫激情。从“天南地北双飞客，老翅几回寒暑”这两句可知，让雁儿生死相许的痴情，是建立在时间上长久的比翼连理、空间上多方的携手扶持上，寒来暑往共感炎凉，天南地北处处相伴，在岁月的消磨与流徙的动荡中不离不弃、弥深弥坚，因此联结出全部生命的重量，以死相许时，那失落的悲恸也才能真正穿透到灵魂深处。

同样地，杜甫并没有因为柴米油盐酱醋茶的日常消耗而丧失了对妻子的爱情，或者落入“贫贱夫妻百事哀”的窘境，相反地，他仍然在平凡琐碎的生活里给予妻子由衷的尊重和怜惜，乃至终身不纳妾。而且可以像遇到陌生美人一样，欣赏妻子作为一个女性的美丽，并没有落入“习惯是美的最大敌人”的魔咒，以致把妻子的存在当作理所当然，甚至还“情人眼里出西施”，即便妻子可能真的又老又瘦，但杜甫心中仍然觉得她美丽非凡，堪比绝色美人。

因此，即使是宫体艳情式的客观化的欣赏，从这个角度来说，岂非也证明了更深刻的爱。因为这份爱是那么坚强，不会被琐碎平凡的生活消磨殆尽，也不用靠青春的新鲜感来维持，时时感念、处处珍惜，这岂不就是真正的爱情？

比较起来，玄宗与贵妃的爱情固然是奇迹，但他们的爱情不用受到贫穷的考验，可以在艺术和优渥的环境中悠然升华，贵妃那如盛开牡丹的美丽算是理所当然；相对地，杜甫笔下“香雾云鬟湿，清辉玉臂寒”的杨氏更可以说完全是爱的造型，而“俱飞蛱蝶”“并蒂芙蓉”的恩爱比喻，则是杜甫对妻子的爱的告白。

杜甫对妻子如此，对朋友也是如此。当他和李白在天宝四年（745）秋最后一次分手后，从此两地悬隔，但杜甫一再惦念着这位独特的朋友，一共写了二十多首诗以表达对他的思念之情，从诗题就清楚显示杜甫是如何的念兹在兹：《梦李白》《忆李白》《怀李白》《赠李白》，有担心，也有赞赏，每一篇都是足以传世的佳作。

由此可见，所谓的“诗圣”并不是道貌岸然、古板单调的老夫子，相反地，他比所有人更多情、更浪漫，只是这份浪漫多情永远不逾越分际，始终正派大方，因此只会令人感动，而不会让人不安。所谓：“杜诗正而能变，变而能化，化而不失本调，不失本调而兼得众调，故绝不可及。”（胡应麟《诗薮·内编》卷四）这是多么难能可贵！

也因为这样的性格，再加上高超的才能和见识，杜甫才能成为诗史上最伟大的大家，而不只是名家。胡应麟曾对“大家”“名家”这两个术语做过一番诠释：

偏精独诣，名家也；具范兼镕，大家也……清新、秀逸、冲远、和平、流丽、精工、庄严、奇峭，名家所擅，大家之所兼也。浩瀚、汪洋、错综、变幻、浑雄、豪宕、闳廓、沉深，大家所长，名家之所短也。（《诗薮·外编》卷四）

这对于容易画地自限的人而言，真可以说是暮鼓晨钟。杜甫正是以他一生的努力告诉后世，一个人可以活得多么宏伟，多么顶天立地！

《唐人宫乐图》局部，台北「故宫博物院」藏

之五 精明世俗的诗魔

中唐白居易的《琵琶行》

我聞琵琶已歎息，
又聞此語重唧唧。
同是天涯淪落人，
相逢何必曾相識。

童子解吟长恨曲，胡儿能唱琵琶篇

《琵琶行》作为白居易的名篇之一，当时就风行一时，连皇帝都感受到它所向披靡的威力，唐宣宗在悼念白居易的诗中说道："缀玉联珠六十年，谁教冥路作诗仙。浮云不系名居易，造化无为字乐天。童子解吟长恨曲，胡儿能唱琵琶篇。文章已满行人耳，一度思卿一怆然。"（《吊白居易》）其中用来赞扬白居易长达六十年创作成就的代表作，就是《长恨歌》与《琵琶行》。直到清代，诗评家赵翼也说："即无全集，而二诗已自不朽。"（《瓯北诗话》卷四）可见两诗之风靡不衰。

如果说李白的《清平调词三首》是由好几个奇迹所创造出来的，那么白居易的名篇《琵琶行》就是由时代所孕育的宁馨儿。意思是说，《琵琶行》之所以出现在中唐时期的诗坛上，除了白居易个人的创作才华之外，还有赖于时代文化的贡献，这些外在因素包括：第一，非常重要的社会风气与心理意义，给了《琵琶行》这首长篇诗歌的主题与格局；第二，其中还吸收了许多先行者的创作资源，使得《琵琶行》的内容细节更加丰富细腻；第三，加上白居易融会贯通的才能，于是产生了这首集大成的诗篇。

历来的评论对白居易十分推崇，主要是由于他所写的反映社会民间疾苦的讽喻诗，而被视为继承伟大写实诗人杜甫的中唐大诗人，连带着他的诗歌也深获肯定，《琵琶行》亦然。但每一个人都是复杂的，尤其是伟大的人物，更是深不可测，他的内在心灵并不能一言以蔽之。比如在前一篇，我们看到了杜甫对于女性美的细腻观察与精彩把握，对于妻子贤淑坚忍的传统造型也给予大胆的突破；同样地，白居易是一个怎样的人，他笔下的世界又具有哪些不同的面貌，都应该实事求是地仔细看待。

《琵琶行并序》

元和十年，予左迁九江郡司马。明年秋，送客湓浦口。闻舟中夜弹琵琶者，听其音，铮铮然有京都声。问其人，本长安倡女，尝学琵琶于穆、曹二善才，年长色衰，委身为贾人妇。遂命酒，使快弹数曲，曲罢悯默，自叙少小时欢乐事，今漂沦憔悴，转徙于江湖间。予出官二年，恬然自安，感斯人言，是夕始觉有迁谪意。因为长句，歌以赠之，凡六百一十二言，命曰《琵琶行》。

浔阳江头夜送客，枫叶荻花秋瑟瑟。
主人下马客在船，举酒欲饮无管弦。
醉不成欢惨将别，别时茫茫江浸月。
（第一段）
忽闻水上琵琶声，主人忘归客不发。
寻声暗问弹者谁，琵琶声停欲语迟。
移船相近邀相见，添酒回灯重开宴。
千呼万唤始出来，犹抱琵琶半遮面。

转轴拨弦三两声，未成曲调先有情。
弦弦掩抑声声思，似诉平生不得志。
低眉信手续续弹，说尽心中无限事。
轻拢慢捻抹复挑，初为《霓裳》后《六幺》。
大弦嘈嘈如急雨，小弦切切如私语。
嘈嘈切切错杂弹，大珠小珠落玉盘。
间关莺语花底滑，幽咽泉流冰下难。
冰泉冷涩弦凝绝，凝绝不通声渐歇。
别有幽愁暗恨生，此时无声胜有声。
银瓶乍破水浆迸，铁骑突出刀枪鸣。
曲终收拨当心画，四弦一声如裂帛。
东船西舫悄无言，唯见江心秋月白。

（第二段）

沉吟放拨插弦中，整顿衣裳起敛容。
自言本是京城女，家在虾蟆陵下住。
十三学得琵琶成，名属教坊第一部。
曲罢曾教善才服，妆成每被秋娘妒。
五陵年少争缠头，一曲红绡不知数。
钿头云篦击节碎，血色罗裙翻酒污。
今年欢笑复明年，秋月春风等闲度。
弟走从军阿姨死，暮去朝来颜色故。
门前冷落车马稀，老大嫁作商人妇。
商人重利轻别离，前月浮梁买茶去。
去来江口守空船，绕船月明江水寒。
夜深忽梦少年事，梦啼妆泪红阑干。

（第三段）

我闻琵琶已叹息，又闻此语重唧唧。
同是天涯沦落人，相逢何必曾相识！
我从去年辞帝京，谪居卧病浔阳城。
浔阳地僻无音乐，终岁不闻丝竹声。
住近湓江地低湿，黄芦苦竹绕宅生。
其间旦暮闻何物？杜鹃啼血猿哀鸣。
春江花朝秋月夜，往往取酒还独倾。
岂无山歌与村笛，呕哑嘲哳难为听。
今夜闻君琵琶语，如听仙乐耳暂明。
莫辞更坐弹一曲，为君翻作《琵琶行》。

（第四段）

感我此言良久立，却坐促弦弦转急。
凄凄不似向前声，满座重闻皆掩泣。
座中泣下谁最多？江州司马青衫湿。

（第五段）

这首长篇诗歌，结构非常完整。第一段很简短，只有六句，从“浔阳江头夜送客”到“别时茫茫江浸月”，简单地交代缘起、背景，创造出与琵琶女偶遇的条件；接着“忽闻水上琵琶声”到“唯见江心秋月白”是第二段，笔调从精妙的琵琶音乐切入，毕竟在幽深的黑夜里，听觉比起视觉更为有效，那凌波传来的不只是音乐，也宣告了琵琶女的存在，透过声音的传播与吸引，双方建立了无形的联结，也让琵琶女先声夺人。

白居易采取先虚后实、从外围逼近核心的手法，然后这位幕后的演奏家随着音符越过江水，逐渐被引导到舞台上，进入白居易灯火辉煌的船上，在聚光灯之下正式登场，随即展开炫技式的琵琶演奏，将她之所以吸引白居易的高明造诣发挥得淋漓尽致。到了乐曲的尾声，高亢的音符以雷霆万钧之势画下句点，由绚烂归于寂静的一瞬间，时间仿佛静止，听众们如梦初醒，余音袅袅化入微波荡漾，心灵就像水中皓月般被净化一空，犹自沉醉在无言的充实里，低回不已。

但音乐本身再如何出神入化，毕竟是人所赋予的生命，没有那双弹拨的巧手，旷世名琴也注定只能喑哑。那一位在灿烂的音符中尽情挥洒的灵魂人物，就在有声与无声的交接时刻现身说法。这时，在江边耳际回荡的琵琶声逐渐飘离远去，接着填补这个声音空缺的，是琵琶女的独白。她开始低低倾诉自己的人生，从“沉吟放拨插弦中，整顿衣裳起敛容”到“夜深忽梦少年事，梦啼妆泪红阑干”这一大段，带领听众和读者进入一个奇异的世界，随着琵琶女的际遇感受到荣枯盛衰的无常，以及失落的悲哀，这是第三段的内容。

接着，写诗人聆听之后激起了莫大的震撼，在强烈的共鸣之下，随即白居易像对话般地展开自我倾诉，在“我闻琵琶已叹息，又闻此语重唧唧”到“莫辞更坐弹一曲，为君翻作《琵琶行》”所构成的第四段里，诗人借他人酒杯浇心中之块垒，把自己被贬谪到江州的郁闷一吐为快。

到了第五段，也就是最后一段，从“感我此言良久立”到“江州司马青衫湿”写的是人我合一，同样沦落天涯的这两个人各自诉说之后，在凄厉的琵琶声和窸窣的哭泣声中融为一体，“眼泪”

成为整首诗的最终画面，也是整首诗的创作主旨。

但如果我们离开这首诗，从更广阔的文学史背景来看，就会发现这首诗中戏剧化的情节，以及精湛的描写比喻，都不完全是白居易个人的独创，而可以说是一个受益于时代的集大成的宁馨儿。

《琵琶行》：时代的宁馨儿

“虽小道必有可观者”的小人物书写

首先，《琵琶行》这首长篇诗歌的主题与格局，来自中唐时期所特有的社会风气与心理意义。意思是说，如果是在初、盛唐时期，就不会出现这样的作品。

经过天翻地覆的安史之乱以后，唐代社会、经济、政治、人口各方面都发生了剧烈的变化，单单以人口数来说，从安史之乱发生前与平定后的两次人口普查，就显示出短短十年之间，大唐帝国的人口骤降。固然受限于许多原因，这些统计数字无法精确，但仍然不失其代表意义。玄宗天宝十三年（754）是唐朝的人口高峰期，虽然各家的统计不一，但无论是五千万、六千三百多万[1]，还是八千零五十万[2]，或是一千四百三十万至一千五百四十万户、

1 赵文林、谢淑君：《中国人口史》，北京：人民出版社1988年版，第六章《唐代和五代人口》，第179页。

2 王育民：《中国历史地理概论（下册）》，北京：人民教育出版社1988年版，第十章《历史时期的人口发展（上）》，第82页。

七千四百七十五万至八千零五十万人[1]，乃至八千万至九千万之间[2]，到了代宗广德二年（764）便遽降到一千七百万人。

《资治通鉴》唐代宗广德二年记载："是岁，户部奏：户二百九十余万，口一千六百九十余万。"（卷二二三）这时距离平定安史之乱一年左右，算起来锐减了将近三分之二人口，甚至高达五分之四。胡三省的注便说："史言丧乱之后，户口减于承平什七八。"幸存的只剩下三分之一到五分之一的人口。这个死亡比例迄今仍是从未被打破的世界纪录，即使第二次世界大战的五千万到七千万的死亡人数超过了安史之乱，但就死亡人数所占的人口比例而言，整个人类历史上仍然无出其右。

于是死亡变成了日常的一部分，死亡的悲凉之雾处处弥漫，触目惊心又渗透到灵魂深处，这势必对活着的人产生莫大的冲击，也必然会引起对生命存在意义的思考。如果说，生命是如此的脆弱，连活下来都可以算是一种恩典甚至是一种荣耀，那么，人的存在价值也会被重新评估，究竟怎样的人可以有价值？这一点从中唐诗坛的人物书写变化中就微妙地反映出来了。

更值得注意的现象是，川合康三[3]已经注意到这一时期所发生的对于人自身存在意识的变化，指出：

打破旧有程序规范的、多样化的人物形象和表现手法，就是

1 冻国栋：《中国人口史（第二卷·隋唐五代时期）》，上海：复旦大学出版社 2002 年版，第 182 页。

2 葛剑雄：《中国人口发展史》，福州：福建人民出版社 1991 年版，第六章《唐时期》，第 159 页。

3 他长期从事唐代文学、中国诗学研究，特别是中唐文学研究，曾组织日本中唐文学研究会。

在这一时期绽苞吐蕊、竞放异彩的。例如，韩愈直接以人物姓名为题的诗作，就生新奇警，发前人所未发。过去的诗如果以姓名为题，一般是取历史上的知名人士，对自己身边的实在人物，则用“寄……”的形式。而韩愈不管三七二十一，直接把活人的名字抓来作题目，就明确表示为此人造像，乃是诗的主题。这种富于创意的命题方式，着眼身边的取材角度，正是他开拓诗国新世界的大胆尝试。……韩愈塑造的这些人物形象，既有的人物类型是无法包容的。也就是说，他们是过去的人物画廊里从来没有见过的新面孔，因此只能称他们为“奇人”……对从来没有进入过文学殿堂的人物类型，深刻观察，积极表现，这种创作态度的出现，来自当时对人性多样化的新的时代认识。[1]

换句话说，中唐时期出现了从集体转向个人、由共性转向个性的时代精神，导致了人物形象的写实化与人物个性的多元化，如此一来，使得以前难登大雅之堂，很少被写进诗歌中的小人物、底层人物，也都受到了重视。不只诗歌如此，其他的文章也同步平行，开始出现生活中的平凡人，例如，两大古文家的笔下，韩愈有《圬者王承福传》，柳宗元有《种树郭橐驼传》《梓人传》《童区寄传》《李赤传》这几篇人物传记，写的是园丁、木工建筑工匠与小孩子，甚至江湖浪人。他们都不是英雄豪杰、文人雅士，现在却都具有独立的意义，也就是只要有特色，能表现出“虽小道必有可观者焉”的“小道”，诗人们便愿意为他们动笔，留下专属的个人传记。这是前所未见的现象，也为琵琶女的模铸提

1 〔日〕川合康三著，蔡毅译：《中国的自传文学》，北京：中央编译出版社1999年版，第169–170页。

供了重要的创作意识与书写内涵。

小说化的歌行体

而这些过去诗歌中没有出现过的新面孔，又该怎样去呈现他们呢?

这些名不见经传的平凡小人物，不是秦皇、汉武、昭君、飞燕之类文人所熟悉的共同文化资产，无法很精简地只用一两个典故就能画龙点睛。五、七言律诗当然是不适合的，因为它们的篇幅短、空间小，又十分讲究格律，无法充分铺陈这些陌生人的事迹，于是长篇巨制的古体、歌行体诗歌就成为绝佳体裁，并且在叙事的过程中，诗歌也随之小说化了。

尤其是，中唐时期社会上各种说故事的娱乐活动非常蓬勃，这种风气也很可能影响了诗人的创作手法。从整个文学大历史的叙述来看，“到中唐时期，由于变文、俗讲、说话、传奇小说等民间技艺的出现和影响，文人中如元稹、白居易等，创作了大量的叙事化、小说化的歌行诗篇，推动了七言歌行的发展”。[1]

从而白居易在这种叙事化、小说化的长篇歌行诗篇中，呈现出吉川幸次郎所谓的“繁复而可以洞见其情感的扩张的语言”[2]，这种文类之间挪借取资的汇融互渗，也就为琵琶女的故事与个性呈现提供了必要的书写方式。

1 张鸿勋：《敦煌俗文学研究》，兰州：甘肃教育出版社 2002 年版，第 88 页。

2 〔日〕吉川幸次郎著，章培恒等译：《中国诗史》，上海：复旦大学出版社 2001 年版，第 252 页。

纪实与想象：诗人和琵琶女必然的邂逅

当这些内在、外在的条件都准备好了以后，还欠一个东风——也就是诗人和琵琶女的相遇，没有这个邂逅，也就没有《琵琶行》。不过，这种官员与商人妻的江边偶遇，不乏礼法上的问题，宋代洪迈就曾经质疑白乐天是否真能不避瓜田李下之嫌，深夜登船与一独处女子相从饮酒奏乐，因此推论诗中所写的故事其实是虚构的。（《容斋随笔·五笔》卷七）

但是，如果从白居易自己的人生阶段，以及中唐诗坛上的写作现象来看，白居易与琵琶女的相遇其实是艺术上必然的结果。

单单以白居易《琵琶行》所聚焦的琵琶女来说，身为身份低下的乐伎却成为诗歌的主角，还被诗人引以为同调，声称“同是天涯沦落人”，可以说是空前的现象，却在中晚唐诗坛开始普及。例如，元稹的《琵琶歌》、刘禹锡《泰娘歌》一诗中也是善琵琶、歌舞的家妓，杜牧《杜秋娘诗》则是记述歌唱《金缕衣》的美丽侍妾。至于生动的音乐比喻，那也有许多音乐诗所累积起来的数据库，可供白居易尽情驱遣。

若从当时的文化数据库中追踪，可以发现白居易并不是凭空创造出《琵琶行》的，至少他的好朋友元稹的《琵琶歌》就非常雷同：

管儿为我双泪垂，自弹此曲长自悲。
泪垂捍拨朱弦湿，冰泉呜咽流莺涩。

因兹弹作雨霖铃，风雨萧条鬼神泣。
一弹既罢又一弹，珠幢夜静风珊珊。
低回慢弄关山思，坐对燕然秋月寒。
月寒一声深殿磬，骤弹曲破音繁并。
百万金铃旋玉盘，醉客满船皆暂醒。

这简直可以说是《琵琶行》的简易版。

另外，入谷仙介虽不否认白居易在创作时一定参考了元稹的《琵琶歌》，但特别指出，作为白居易创作模板的，是杜甫的诗《观公孙大娘弟子舞剑器行》并序。其理由是：一、两者都有序，对创作的时间、地点、情景和意图都明确；二、境遇相似，流浪的诗人在偏远之地邂逅了亦为流浪者的身怀绝技的女性，以她们的演技为媒介，追忆难以忘怀的过去，加深了现实的流浪生活的悲哀。[1]因此，入谷仙介认为：

没有必要提问邂逅确否事实。作为诗的真实，它毋庸置疑地存在着。给予他这种期待和信心的导师正是杜甫。……白居易由于左迁前途莫测，时常把眼光转向缅怀过去。对唐朝未来的发展淡漠，时常回顾荣耀的过去，这亦是时代的反映。出现在这之前的人一定是享尽荣华富贵的过去沦落人，故《琵琶行》的女主人公作为这种富有诗意的实有人物而出现在他的眼前。[2]

换言之，杜甫与公孙大娘的遇合，提供了后继者一种可以具

1 〔日〕入谷仙介：《关于〈琵琶行〉的创作——重点研究与杜甫的关系》，中国唐代文学学会等主编：《唐代文学研究》第五辑，桂林：广西师范大学出版社1994年版，第472-473页。

2 〔日〕入谷仙介：《关于〈琵琶行〉的创作——重点研究与杜甫的关系》，第478页。

体再现的想象模式。

但应该还要注意到，无论白居易是从哪里得到了创作灵感，他本人也确实有几次和这类女性接触的经验，在《琵琶行》之前、之后的作品中都出现过类似的复刻现象，如作于《琵琶行》之前的有《琵琶》[1]《听崔七妓人筝》《夜闻歌者》诸诗，而作于《琵琶行》之后者，则有《听夜筝有感》《夜筝》《听琵琶妓弹略略》《代琵琶弟子谢女师曹供奉寄新调弄谱》等篇。这个现象，一方面表示了青楼音乐的诗歌题材确有其现实依据[2]，而这种题材上频繁的自我重复，也显示了他对“琵琶女”这一典型的钟爱。

首先，白居易于谪居浔阳前后的那段岁月里，不但自己常常有江头送客的经验，写下了《秋江送客》《江上送客》之类的作品；此外，诗人还有其他好几篇描写夜间听妓奏乐歌唱的诗章，除了《听夜筝有感》（约作于元和十四年至长庆二年）之外，《听崔七妓人筝》诗亦曰：

花脸云鬟坐玉楼，十三弦里一时愁。凭君向道休弹去，白尽江州司马头。（《白居易集》卷十五，元和十年将至江州时，815）

其中已堪堪粗具《琵琶行》的人物与情境，可惜完全没有铺

1 诗云：“弦清拨剌语铮铮，背却残灯就月明。赖是心无惆怅事，不然争奈子弦声？”《白居易集》，卷十九，第426页。

2 清代赵翼即推论道：“《琵琶行》亦是绝作。然身为本郡上佐，送客到船，闻邻船有琵琶女，不问良贱，即呼使奏技，此岂居官者所为？岂唐时法令疏阔若此耶？盖特香山借以为题，发抒其才思耳。然在鄂州，又有《夜闻歌者》一首云（中略）。则闻歌觅人，竟有其事，恬不为怪矣。”（清）赵翼：《瓯北诗话》，卷四，收入郭绍虞编：《清诗话续篇》，台北：木铎出版社1983年版，第1179-1180页。

陈。而就内容上的相关情节来看，更接近《琵琶行》的是《夜闻歌者》，这首诗题下原注："宿鄂州。"鄂州这个地方就在前往江州的路上，内容与写作时间都和《琵琶行》相近，只是篇幅相对简约短小，更完全没有人我双写的感染力，因此相形失色。其诗云：

夜泊鹦鹉洲，秋江月澄澈。邻船有歌者，发调堪愁绝。
歌罢继以泣，泣声通复咽。寻声见其人，有妇颜如雪。
独倚帆樯立，娉婷十七八。夜泪似真珠，双双堕明月。
借问谁家妇，歌泣何凄切？一问一沾襟，低眉终不说。
（《白居易集》卷十，815）

此外，再看比《琵琶行》晚出的类似作品，近似之处亦多，如《夜筝》诗云：

紫袖红弦明月中，自弹自感暗低容。弦凝指咽声停处，别有深情一万重。（《白居易集》卷十九，穆宗长庆元年，821）

而《听琵琶妓弹略略》一诗，内容全在形容琵琶乐音之美：

腕软拨头轻，新教略略成。四弦千遍语，一曲万重情。
法向师边得，能从意上生。莫欺江外手，别是一家声。
（《白居易集》卷二十四，约宝历二年，826）

另有《代琵琶弟子谢女师曹供奉寄新调弄谱》一诗，谓：

琵琶师在九重城，忽得书来喜且惊。
一纸展看非旧谱，四弦翻出是新声。
蕤宾掩抑娇多怨，散水玲珑峭更清。
珠颗泪沾金捍拨，红妆弟子不胜情。
（《白居易集》卷三十二，任太子宾客分司，文宗大和八年，834）

后面的这三首诗，从时间上来看固然不会是《琵琶行》当时取材的来源，反倒可以说是《琵琶行》写成之后的余波，是在《琵琶行》的笼罩之下所激起的余响；然而正是因为血脉相承，前后连贯为嫡系的近亲作品，因此不妨将之视为一个类型而整体视之。综观这些诗篇，可以发现它们体现了《琵琶行》全部的构成要素，包括：

1. 时间（夜晚）

2. 地点（明月秋江）

3. 背景（邻船相见）

4. 人物（陌生乐女）

5. 活动（自弹自诉）

6. 表情（敛容低眉）

7. 遭遇（薄命不幸）

以上种种，各方面都十分雷同，因此每一首都可以说是《琵琶行》的部分草图与随笔演练，在汇融成形的前前后后持续分化衍绎，成为交光互映的鲜明主题，而《琵琶行》就是其中最成熟的、集大成的代表作。

尤其是《夜闻歌者》一诗与《琵琶行》乃同时所作，足以证明白居易的确曾经在夜晚时于江上遇见弹唱音乐的陌生女子，只要将"歌者"置换为"琵琶妓"，《琵琶行》的女主角便可以诞生。换句话说，《琵琶行》的创作是奠基在白居易几个不同的亲身经历上的，他由个人《秋江送客》《江上送客》之类日常的生活形态，以及《听崔七妓人筝》《琵琶》《夜闻歌者》等多次与乐女有关的亲身经历中取材，让这些性质上大同小异的经历内容彼此激荡、渗透、汇通，而化零为整地熔铸为一种综合的艺术表现。

因此可以说，《琵琶行》恐怕就是在这样的现实基础上所进行的艺术加工的成果，琵琶女的存在也就处于纪实与虚构之间，亦即琵琶女是从想象中聚合成形而走入现实的角色，一旦触及生活中的类似身影，就会从平面的模板转化为活生生的人物；再添加《秦中吟·五弦》《新乐府·五弦弹》中所体验到的演奏技巧与音乐情境，以及其中所营造的人心感染力，完整的《琵琶行》便于此完成。

何况白居易本人，当时也并不是一时偶然的诗兴大发，诚如入谷仙介认为："《琵琶行》绝非在一个夜晚里兴之所至信笔写下的作品，而是诗人人生的一大转机，是诗人在遭受流配江州的打击后，深刻反省自己的人生时，理所当然要产生而终于产生的作品。"[1]

换句话说，白居易与琵琶女的因缘际会，乃在现实的可能与

1〔日〕入谷仙介：《关于〈琵琶行〉的创作——重点研究与杜甫的关系》，第468页。

想象的必然之间，而《琵琶行》正是了解白居易的一把钥匙。若是计较于官员与商人妻的登船会面在礼法上是否可能，那可以说是买椟还珠、胶柱鼓瑟了。

先声夺人：音乐描写的集大成

“幽咽泉流水下滩”的先行者

当然，除了“技艺高超的女性人物”这个要件之外，这些女子的音乐表现也是诗歌刻画的一大重点，其中种种的音乐譬喻也同样继承了前人努力的成果。

《琵琶行》第二段里大量具体的音乐描写，动静穿插、缓急有度，高亢激昂又有清脆婉转，困顿滞碍更显得柳暗花明，连无声之处都如此饱满。这样优秀的比喻技巧让抽象的音乐生动地具体化了，因此和中唐的另外两首音乐诗——韩愈《听颖师弹琴》、李贺《李凭箜篌引》并称，诚然当之无愧。清代的诗评家方扶南曾经针对这三大音乐名篇赞美道：

白香山“江上琵琶”，韩退之“颖师琴”，李长吉“李凭箜篌”，皆摹写声音至文。韩足以惊天，李足以泣鬼，白足以移人。（《李长吉诗集批注》）

这个说法，把握到了这三首诗不同的写法和不同的效果，很有洞察力。比较起来，一般很容易以为，“惊天”“泣鬼”的效果要更突出一些，因为“天”和“鬼”都超越了凡人，更难以讨好，尤其李贺那驱遣神话素材的《李凭箜篌引》更是充满想象力，诸如“昆山玉碎凤凰叫，芙蓉泣露香兰笑”“女娲炼石补天处，石破天惊逗秋雨”等，都令人耳目一新。

不过，我们要公平地指出，其实白居易的描写难度最高，所谓“画鬼容易画马难”，超现实的、看不见的事物本就恍惚无稽，无法验证，更没有一定的标准，所以可以任人驱遣、尽情运用，没有失真的问题，也就不怕失败。但是，日常生活中处处可见的东西却是人人都很熟悉，稍有一点点出入就会破坏效果，因为不像；而一旦让人有一点不像的感觉，整首诗的价值就破坏殆尽了，所以必须十分逼肖始能服人，这其实才是高难度的挑战。

令人赞叹的是，白居易在《琵琶行》中运用如此众多的现实物品和现实经验，却没有丝毫勉强之处，不但贴切传神，并且让平凡的现实世界转化为优美的艺术世界，可以说是达到了化腐朽为神奇的境界，比起脱离现实，在抽象的世界搞来搞去，这确实是更加难得的。

只不过，就像琵琶女一样，这些音乐描写也都不完全是白居易的独门首创，同样是“共饮长江水”的后出转精。例如，白居易的知交文友元稹，就为《琵琶行》提供了部分蓝图，除了前面已经提到的《琵琶歌》之外，还有《何满子歌》的“缠绵叠破最殷勤，整顿衣裳颇闲散。冰含远溜咽还通，莺泥晚花啼渐懒”，以及《新题乐府·五弦弹》的“风入春松正凌乱，莺含晓舌怜娇妙。呜呜暗溜咽冰泉，杀杀霜刀涩寒鞘”，都是形似且神似的片段，并且元稹这三首诗都完成于《琵琶行》之前。因此陈寅恪就认为，白居易应该是从中受到启发的。[1]

至于女诗人李季兰（本名李冶）的《从萧叔子听弹琴，赋得三峡流泉歌》一诗，借由水石相激的意象处理琴音，说道："巨石奔崖指下生，飞波走浪弦中起。初疑喷涌含雷风，又似呜咽流不通。"这段描写更早于白居易《琵琶行》五六十年，不妨说是这类音乐比喻的源头之一。

当然，白居易自己更是经过许多磨炼才创作出这些非常成熟的意象，例如，作于《琵琶行》之前的《秦中吟·五弦》说："大声粗若散，飒飒风和雨。小声细欲绝，切切鬼神语。"《新乐府·五弦弹》则说："第五弦声最掩抑，陇水冻咽流不得。五弦并奏君试听，凄凄切切复铮铮。铁击珊瑚一两曲，冰泻玉盘千万声。……曲终声尽欲半日，四座相对愁无言。"都有似曾相识的影子，实实在在地证明了《琵琶行》是一篇集大成的作品。

而在这些描写音乐的诗句中，"间关莺语花底滑，幽咽泉流水下滩"是我们要特别讨论的重点。

当我第一次读这首诗的时候，心中所产生的问题之一，就是"幽咽泉流水下滩"该怎么解释的疑惑。所谓的"间关莺语花底滑"当然没问题，可是"幽咽泉流水下滩"却一直是我觉得无法理解通透的一句诗，什么叫"水下滩"呢？这个句子里已经写到"泉流"了，泉水在流动，怎么又出现"水下"，水往下流呢？在一个句

1 陈寅恪指出，《何满子歌》一诗"作于元和九年春，而乐天《琵琶引》作于元和十一年秋，是乐天必已见及微之此诗"。而元稹的《新题乐府·五弦弹》与白居易的《秦中吟·五弦》《新乐府·五弦弹》三诗"俱在乐天作《琵琶引》以前，亦可供乐天《琵琶引》中摹写琵琶音调一节之参考者也"。陈寅恪：《元白诗笺证稿》，上海：上海古籍出版社 1982 年版，第二章《琵琶引》，第 55-56 页。

子里出现两个同义词，这其实是很冗赘的写法。

最奇怪的是，“幽咽”是窒涩不顺、滞碍困顿的样子，像一个人暗地哭泣哽咽的声音，所以李季兰《从萧叔子听弹琴，赋得三峡流泉歌》一诗中，也说琴声是“又似呜咽流不通”。但“水下滩”怎么会是“幽咽”呢？滩是水边的砂石地，无论是海滩、湖滩、河滩，都是由水搬运积聚的沉积物——细沙或石砾，所堆积而形成的边岸，因此一定是高于水面，水怎么会反倒流下沙滩？或者，它是指那条河的支流流过沙滩，然后注入到河道里汇流了，是不是可以这样理解？但即使可以做这样的解释，那样的情况是否会说成“水下滩”，实在不无疑问；何况水边的砂石地通常是平坦的，在水流下沙滩的过程中，应该是顺畅无碍，为什么又会用“幽咽”来形容水流不通的状态？越想就越觉得不可思议，其中会不会有被人忽略的错误存在呢？

“幽咽泉流水下滩”的合理修订——“幽咽泉流冰下难”

当然，对于诗歌的用字遣词或语序，也就是文字表述顺序，如果没有真正版本上的证据，很难说它一定是错的，但是从一般道理来讲，“水下滩”的表述又确实是有点奇怪的。果然后来发现，对于这一句的表达方式，也有古代的文人产生疑问。清代一个非常有学问的人，正是注《说文解字》的大功臣段玉裁，他也在这里提出疑问，在写给他的朋友阮芸台——芸台是掌管图书的官署，即秘书省，这位姓阮的朋友就是在秘书省担任相关工作，古人习惯以官衔代称一个人，所以称为阮芸台——的一封信里面，段玉裁说道：

“泉流水下滩”不成语，且何以与上句属对？昔年曾谓当作“泉流冰下难”……莺语花底、泉流冰下，形容涩滑二境，可谓工绝。（《与阮芸台书》）

意思是说，“泉流水下滩”这算什么话，看起来就是不通的，第二个理由则很明显，他说“泉流水下滩”无法和上句的“莺语花底滑”属对，亦即对仗的意思。因为这两个理由，段玉裁虽然说他也没有根据，是揣测的，但昔年还是曾经大胆地推测应当作“泉流冰下难”。这么一来，“花底”和“冰下”都是表示方位的空间语词，而“滑”跟“难”都是形容词，一个在讲声音的流利动听，一个是说声音的滞塞不顺，恰恰分别和“间关”“幽咽”互相吻合，并且“间关莺语花底”的“滑”和“幽咽泉流冰下”的“难”彼此也刚好形成非常工整的对仗，把音乐的两种效果表现得十分精致。因此，陈寅恪也采用了此一说法。[1]

但是必须说，这几个对于“水下滩”的质疑，大部分都不是致命性的，无法用来证明“幽咽泉流水下滩”是错误的。首先，“泉流”就是“水下”，一句里重复两个意思一样的用词，虽然是挺冗赘的，但问题是，这首诗是古诗中的歌行体，本身并不怕重复。古诗因为篇幅很长，重复没有关系，这和只有八句的律诗必须精练有所不同，因此用语重复并不是很关键的一个质疑。

其次，是对仗的法则，段玉裁认为对仗是调整文字的切入点，

1 陈寅恪：《元白诗笺证稿》，第二章《琵琶引》，第54-55页。

可是也必须说，古诗根本不需要对仗，所以是否对仗也同样不构成问题。如果这两句出现在律诗里，尤其是中间两联的话，那么你说是“冰下难”就完全正确，因为律诗讲求对仗，这已经变成很好的衡量法则，可以说是很有力的依据，但是《琵琶行》是古诗，没有对仗的必要性，这就不能成为判断的关键。

所以，最重要的一点，应该就是从自然现象来看，只有“冰下难”才能真正符合“幽咽”的这个描述，这才是段玉裁所谓“不成语”的真正原因。

改成“冰下难”这个想法的合理性，在于它确实吻合了“幽咽”的形容。就它的上一句“间关莺语花底滑”而言，“间关”就是车轮转动得很顺畅，周流不息、圆满自足的样子，所以用来描写“莺语花底滑”那种流滑婉转的感受，“间关”是非常正确的形容，整句诗是很一致的；而下一句的“幽咽”，意指像暗中哭泣般抽噎哽咽，但怎样的泉流方式才会滞涩不顺呢？刚才已经提到过，“水下滩”通常是平顺的，跟“幽咽”没有什么必然的关系，但若是改成“冰下难”，那确实就和“幽咽”的状态完全吻合。

在北方有过冰天雪地的生活经验的人，很容易一目了然，因为在温度很低的时候，陆地上河流、湖泊这种庞大的水体是会结冰的。从哪里开始结冰？是接触空气的表面，包括湖面、河面、水面，随着温度越来越低，会一直结冰到河底或湖底，整个就会变成大冰块，冰冷到极点，但是等到第二年大地回春，天气开始回暖以后，却是从整个冰体的底层开始融化，这个现象和水的密度有关。

总而言之，不管是湖底、河底，都是从冰层的下缘开始融化。

一旦开始融冰以后，就有一些水流产生了，而水的流动并不是完全平顺一致的，这个部分快一点，那个部分慢一些，有的时候还会转个旋涡。如此一来，经过乱流不断地冲刷打磨，冰层的下缘就会产生很多大大小小的窟窿坑洞，造成不平整的崎岖表面，以致形成结冰与融冰的不同情况。河流、湖泊在冬天结冰的时候是从上方的表面开始，而且表面十分平整，所以冰层够厚的时候，人们可以溜冰甚至行驶马车；相反地，当到了春天开始融冰的时候，则是从冰层的下缘开始，而且表面凹凸不平，水流过这些孔洞的时候就会出现冲撞的乱流，产生泡沫并且发出声音，就像幽咽一样。

这么说来，“幽咽泉流冰下难”才完完全全“成语”，“成语”也就是符合大自然现象的一种描述。因此，虽然很可惜的，段玉裁对于“水下滩”到底哪里“不成语”并没有做更具体的解释，而是直接把文字做了一些改换之后，就觉得一切都非常工整，但他改成的“冰下难”，确实更切合大自然的现象。我们认为这才应该是正确的用语。

如果这真的是白居易原来正确的写法，那么之所以发生“水下滩”这种文字上的错误，就是阅读抄写过程中很常见的情况，也就是把其中某一个字的部首转移到另外一个字去，于是形成了一个不同的词语。有如“误把冯京当马凉”，“冯京”的“冯”的部首换到“京”这个字上，于是变成了“马凉”，这是中文这种独特的象形字、形声字很容易发生的一种错误。白居易这句诗应该是类似这种情况的错误，以致“幽咽泉流冰下难”变成了“幽咽泉流水下滩”。

当我们对可疑之处做了合理的推测之后，这样的一个改写会不会使得这首诗更精致，而且更合乎自然的条件，因此增加诗歌的艺术力量？这就是我希望先澄清的。

那么，在创造出这样一个美妙精彩的音乐表演，以高超的炫技先声夺人之后，接下来就是琵琶女的正式登场。下一段可以说是她的自传——当然，这是由白居易所代理的自传。

琵琶女的新造型

当我第一次读这首诗的时候，心中所产生的第二个疑惑，就是琵琶女究竟是一个怎样的人？为什么大部分的人都说她是一个很不幸的可怜女子，被社会所压抑而沦落，我却并没有受到感动而同情她的感觉？原因又在哪里？要回答这些问题，需要花很多时间，包括对这首诗的仔细分析，以及对人性的更多认识，然后才能对这些疑惑提出清楚的解答。

下面我们就从这首诗的第三段开始分析。这一段是琵琶女的自传，琵琶女弹奏结束之后，便现身说法，开始回顾自己过去的一生。

首先，从英文 autobiography 的希腊字源来看，“自传”是“自己”（auto-）对于“个人生平”（bios）的“叙述”（graphia），也就是“叙述自己生平的著作”。既然自传是“现在的自己”对“过去的自己”的回忆，则“现在的我”必然会对“过去的我”所发生的事有所说明，不会只是单纯地陈列事件，而会掺入一种带有评价与论断的阐述。其次，个人生平（bios）所发生的事情繁多而琐碎，作者选择了哪些事件来为自己的生命做批注，同时也就进行了自我诠释。最后，在叙述（graphia）方面，作者在书写的过程中，必然加入“书写的想象”才能组合事件，这就牵涉笔法的问题，而关系到作者的表达方式与诠释过程。从这三方面来看，作者的“自我诠释”就占了很重要的地位。[1]

因此，自传学家菲利浦·勒热讷（Philippe Lejeune）将自传定义为：“一个真实的人以其自身的生活素材用散文体写成的回顾性叙事，他强调的是他的个人生活，尤其是他的个性的历史。”[2]并且，由于自传是用一种个人化的语言来重新表达生活，“它讲述的总是一部作品、一种世界观，一种已经告一段落、已经得到表达的生活的起源，其目的在于对起源和结果做出总结”。同时，“毋庸置疑的是，自传和小说的区别，不在于一种无法达到的历史精确性，而仅仅在于重新领会和理解自己的生活的真诚的计划。重要的是这样一个计划的存在，而不是一种无法达到的真实性。……自传中令我们感兴趣的是一个人上了年纪后看待时光流逝和生活意义的角度，由于这一角度是他的历史的结果，它对于此人的历史所提供的情况并不亚于一部详细但无倾向性的叙事”。（《自传契约》）

意思是说，自传代表人生到了一定阶段的时候，一个人对自己的人生所做的总结，而这个总结也是他对自己人生的意义的定位。当一个人去追述他的生平，一定会涉及心理状态以及传记内容的材料取舍，这就是自传很重要的一个特点。因为人生中发生

1 转引自林秀玲：《现代文学的女性身影》，台北：里仁书局2004年版，第103–104页。

2 〔法〕菲利浦·勒热讷著，杨政国译，《自传契约》，北京：三联书店2001年版，第221页。接下来的引述，分别见第45、第18页。

过大大小小这么多的往事，不可能巨细靡遗地全部加以展示出来，一定要经过取舍，而在这个取舍中，就有你自己对整个人生的评价。另外，人也不能避免遗忘的心理机制，只能说出、写出还记得的部分，而一个人不记得的大都是他觉得不重要的，因此他记得哪些，也可以透露出他的价值观。

由此可见，自传绝对不可能是客观事实的完整罗列，而是主观意识下的个人呈现。于是，从传主选了哪些事件加以组织、重构，累积形成了这份自传的整体，就能看出他对自己的人生所做的一个判断，到底是成是败、是优是劣。

从这个角度来说，琵琶女的这段描述是非常吻合自传的定义的，琵琶女确实是在她人生到了告一段落的阶段，刚好遇到一个很有学问的文人，因为同情她，也跟她有很大的共鸣共感，于是对他陈述自己的往事。这段往事确确实实是她目前为止的一个总体的回顾，以及给予总结，而这个回顾当然就隐含着她对自己过去人生的定位。

换句话说，《琵琶行》的第三段正是采取完整的自传方式，以琵琶女的个人独白来重新表达其生活历程，并呈现出她对过去之我的生命批注与自我诠释。因此，琵琶女存在的真实性与其生平遭遇的精确性并不重要，关键在于：从她上了年纪后如何看待时光流逝和生活意义的角度，就可以看出琵琶女的人格造型与心灵特质。

到底琵琶女是怎样定义她的人生的呢？她觉得她的人生到底是一个怎样的存在，这个存在的意义在哪里？从这个角度来把握，究竟琵琶女所在意的、念念不忘的、构成她的过去最重要的事件有哪些？请看一下，她注意到的事实是什么呢？

琵琶女的成长与天赋：名门意识与一流才艺

第三段从“自言本是京城女，家在虾蟆陵下住”开始，展开了自传的陈述。就琵琶女的成长与天赋而言，无疑地，琵琶女是一位“才伎”，身为一位长安名娼，琵琶女因才、艺、貌兼具而列名于教坊籍，时而以“外供奉”的身份应诏入宫演奏，承应官差，但除此之外，平日并不定居于教坊，而住在平康里等处，过着自由营业、对外卖艺的生活。[1]

所谓的虾蟆陵，是京城里的精华区，为什么叫虾蟆呢？这其实是由一个错误所造成的音转，慢慢沿袭下来的地名。根据唐代李肇《国史补》卷下提到：“旧说董仲舒墓，门人过皆下马，故谓之下马陵，后人语讹为虾蟆陵。”这个地方就在长安里，最初是汉代一位伟大的儒者董仲舒死后的埋骨之处，门人非常尊敬他，于是经过时都会下马步行，不敢直接在老师的墓前呼啸而过。同样地，《红楼梦》第五十二回里，宝玉不就是坚持要下马走过父亲贾政的书房，即使父亲不在，房门深锁，里面空无一人。可见这是一种伦理的礼节，有品德的子弟是绝不肯违背的。因此，董仲舒的门人经过坟墓时都下马，这个地方就产生了下马陵的别称，久而久之，传久了发音讹误，下马陵就变成虾蟆陵。它位处万年县南边六里，是曲江附近的名胜，而曲江本身就是长安东南边著

1 参廖美云：《唐伎研究》，台北：台湾学生书局 1998 年版，第 250、第 182 页。

名的风景名胜区，所以虾蟆陵是一个高级地段，非常尊贵的精华区。

另外应该注意的是，这段自传中出现了两个京城中的地名，一个是“虾蟆陵”，另一个就是“五陵年少争缠头”的“五陵”。五陵是什么意思呢？五陵，也就是五个陵墓，指西汉时的高帝长陵、惠帝安陵、景帝阳陵、武帝茂陵、昭帝平陵，由于汉代政府制令达官贵族必须迁居皇陵附近，以繁荣当地，如班固所言：“与乎州郡之豪杰，五都之货殖，三选七迁，充奉陵邑。”（《西都赋》）于是周边形成了长陵邑、安陵邑、阳陵邑、茂陵邑和平陵邑。五陵等于是权贵集中地，豪门巨族会集的地方，成为长安的卫星城市群。那五陵年少是指哪一种人？当然不是守墓人的儿子，而是指贵胄子弟，贵胄子弟往往会变成纨绔子弟。

由此可见，“虾蟆陵”“五陵”这两个地名原来有这样的意涵，这就可想而知，琵琶女对自己定位在哪里了——她“自言本是京城女”，京城本来就是天下的中心，也是最为富贵的名利场，并且还是住在虾蟆陵这个长安的名胜所在，周围的人都出身五陵贵胄，等于是中心中的中心，这当中就有对自己的位阶的一种高度自豪。当然，这个自豪绝对不是她出身贵宦豪门，而只不过是她出身于一个名动公卿的地方。虽然名门是出自诗书之族还是出身于风流薮泽会非常不一样，但任何一个领域都有高下之分，也就会产生个中翘楚，在风流薮泽也就是青楼的世界里，从出手的大方与消费的高低等来算，就可以模拟数一数二的名门。

因此，琵琶女仍然流露出高度的名门意识，她的自我定位是出身于最繁华、最富贵的天下中心。可以说，琵琶女为什么要把她的籍贯、她的成长居住地一再强调、加以凸显的原因，就在于一种名门的自豪；同时也要注意，这个京城的意象，事实上同样带有一种虚荣的名牌意识在里面。

然后她“十三学得琵琶成，名属教坊第一部”，是不是很自豪她的才艺出众？“教坊”是唐玄宗所创设的宫廷音乐机构，主管歌舞杂艺的教练和表演，入列者多为一时之选；琵琶女的“名属教坊第一部”应该是挂名教坊而已，但所谓的“第一部”也表示她的优秀程度，这是第一个。

第二个“曲罢曾教善才服，妆成每被秋娘妒”，她又以什么自豪呢？才艺跟容貌。她觉得她的才艺是一流的，容貌又可以睥睨所有女性的绝色，所以说“妆成每被秋娘妒”。“秋娘”是唐代常常用来比喻美人的一个代名词，她不见得本名就叫秋娘，例如，白居易《和元九与吕二同宿话旧感赠》中也说“闻道秋娘犹且在”；另外，元稹《赠吕三校书》诗中的“竞添钱贯定秋娘”也出现过这个名字，杜牧更有一首专门的《杜秋娘诗（并序）》。秋娘已经等于美人的代名词，就好比汉代的罗敷一样。

这么一来就可想而知，琵琶女才艺出众、容貌绝伦，因此无比自豪。你有没有注意到，这个人总是在说她过去都得第一名，琵琶表演第一名，选美比赛第一名，连出身背景、职业层级都是娱乐界的第一名，这些就是琵琶女对于她的过去所看重的重点。

既然她拥有这样的条件，当然赢得了许多权贵人士的追捧与欢迎，所谓“五陵年少争缠头，一曲红绡不知数”，请看她又自豪于什么呢？是不是广受欢迎、红极一时，被许多人众星拱月？可见对她来说，受到大家追捧的生活，事实上也感觉到一种自豪。周围永远充斥着许许多多有权有势的男性，争着讨好她、取悦她，给她各式各样的金钱礼物，于是每当她演奏完，许多赏赐便从天而降，简直是彩带纷飞、满天缤纷，显示了五陵年少的出手豪侈大方，以及琵琶女的身价不同凡响；而琵琶女对于这样不可一世的情况也感到有一种荣耀，觉得这就是对她的一种大的肯定。

但琵琶女所注重的，并不只是才华被肯定的满足而已，请看她过的是怎样的生活呢？“钿头云篦击节碎，血色罗裙翻酒污”，这是个怎样的生活形态呢？她记得的生活形态是这一种而不是别种，不是“夜雨剪春韭，新炊间黄粱”（杜甫《赠卫八处士》），不是“开轩面场圃，把酒话桑麻”（孟浩然《过故人庄》），不是“何当共剪西窗烛，却话巴山夜雨时”（李商隐《夜雨寄北》），她记得的过去不是这些，而是“钿头云篦击节碎，血色罗裙翻酒污”，多么触目惊心！那是刺眼的甚至刺鼻的一种浪掷挥霍，固然是青春快意、尽情享乐，但那种生活形态不就是“纸醉金迷”吗？不就是“灯红酒绿”吗？

你看他们的狂欢多么不加节制，珍贵的首饰被拿来打拍子，打破了都无所谓，举杯的手摇晃挥舞，泼洒出来的酒污染了昂贵细致的罗裙也无所谓，出手多么大方，心态多么放纵，当场的男女狂欢又是多么无拘无束！你可以设想那个场面，在一个热闹无比的欢场之中，买笑寻欢的五陵纨绔子弟团团围绕，众星拱月的那个欢场女子如此地乐在其中，你不会觉得有所不安吗？

再看日后琵琶女“夜深忽梦少年事”，那梦寐以求的“少年事”，呼应了序中的“少小时欢乐事”，就是指这段经历。琵琶女始终所认同的究竟是什么，已经再清楚不过。如此一来，就如同自传学家勒热讷所指出的：

认同感可以归结为两种“形态”，即“已经如此”和“今天仍然”。“已经如此”体现在认识层次上，即鉴别出个性的所有来源，总结出生活中决定性的开端和时刻；与之相对应的则是情感层次上的“今天仍然”的语调，亦即对往事的回忆是如此强烈，以致今天仍为之感动和动情。这种对过去生活的认同感，体现出怀旧的情感形式，从而对不得不面对的距离感到遗憾。[1]

据此而言，琵琶女自述最终所说的“夜深忽梦少年事，梦啼妆泪红阑干”，便清楚呈现出她始终如一的人格取向——琵琶女所强烈认同的，就是这样热闹繁华的生活。过去拥有的“钿头云篦击节碎，血色罗裙翻酒污”，是琵琶女所总结的生活中决定性的时刻，可以借此鉴别出个性的所有来源；而她对这个往事的回忆是如此强烈，以致今天仍为之感动和动情，则显示出她的性格并没有改变，她对过去的生活留恋不已，重温的渴望就固结成为夜晚中深沉的梦境。

同类中的异数：美酒华服收编不了的灵魂

然而，是否所有的欢场女子都是如此呢？美丽受宠的人是否都会这么得意忘形呢？答案是否定的。

我选几个例子给大家做参考。最有名的就是汉武帝的宠妾李夫人，她不到三十岁就死了，死前病重的时候，始终不让汉武帝

1 〔法〕菲利普·勒热讷著，杨国政译：《自传契约》，第68-70页。

见她一面，后来汉武帝生气了，旁边的人就劝李夫人说，你不要这样子得罪皇帝，就算你不为自己着想，好歹也要替你还在朝廷中的父兄们设想吧？结果李夫人说了一句多么有智慧的话：

我以容貌之好，得从微贱爱幸于上。夫以色事人者，色衰而爱弛，爱弛则恩绝。（《汉书·外戚传》）

所谓“以色事人者”，李夫人完完全全知道汉武帝之所以宠爱她，只是因为她长得很美，不是爱她的灵魂，不是爱她这个人，等到有一天“色衰”，失去了被宠爱的凭借之后就会“爱弛”，“爱弛”之后则“恩绝”，皇帝大方给你的这些恩宠，他也会毫不考虑、毫不留情地收回去，这就是这个睿智的女子深切意识到的悲哀。

李夫人并没有因为汉武帝非常宠爱她，就骄纵任性，大肆享受，她清清楚楚地知道她为什么备受皇帝的宠爱，关键就在于那薄薄的一层皮，而你只要变丑、变老一点，不必变很多，他就会立刻转移目标；只有真正爱你的灵魂的人，才会不那么在乎你的外表变成什么样子，甚至还觉得那一点皱纹也很美呢！所以说，李夫人不是就有高度的自觉吗？她出身倡家，她的哥哥李延年是个唱歌的，唱歌卖艺的人在古代就是所谓的倡优，属于很低贱的阶层，还不是一般的平民，他们事实上都没有受过什么教育，但李夫人却能够这么清醒，可见只要稍微有一点点理性，应该就可以看清这一点。李夫人真的是让人非常敬佩的一位女性。

当然不只李夫人，回到唐代来看，有一位江淮名妓徐月英，曾经写诗感叹自己的悲哀：

为失三从泣泪频，此身何用处人伦。虽然日逐笙歌乐，长羡荆钗与布裙。（《叙怀》）

她的第一句说，自己真的好不幸，失掉了三从四德的伦理保障，暴露在社会的旷野中没有依靠，所以常常哭泣。请注意，现代人认为三从四德是对女性的束缚与戕害，这是对的，但当你置身于那个时代，社会结构、生活环境、思想观念都是传统的框架的时候，三从四德就是对女性的保护。

我们绝对不是歌颂传统的伦理，因为从公平的角度来说，它的的确确是对女性的一种束缚和自我抹杀，这是我们今天之所以要从法律、制度、观念等方面去改变社会的原因，但是当你还在那样的社会的时候，你不是一走了之就可以得到平等，否则鲁迅也不会理性地追问“娜拉出走之后该怎么办”的问题，提醒我们不能用浪漫激情的心态和方法来处理现实问题，否则就会造成更悲惨的下场。

在家从父、出嫁从夫、夫死从子的“三从”，对当时的女性反而是一种保护和屏障，可以得到法律所给的地位，比较不会暴露在陌生危险的空间里被外力伤害。所以，这位唐代的女性就说她“为失三从泣泪频”，她每天都在哭，觉得自己没有正常的家庭，没有合法的身份，就像落花飘零般地任由男性轻贱。她事实上非常悲痛于这样的处境，于是“长羡荆钗与布裙”，即使是穿戴粗劣的荆钗布裙，就是那种贫户的女子，但是身为良家女性，她们至少受到社会的尊重，甚至还有法律的保护，虽然贫穷但是活得有尊严，而且她们有正当的家庭，有正常的亲人，过的是一个比较健全的人生。

徐月英也清楚意识到，她所在的环境是一个多么畸形、多么病态的处境，表面上有很好的物质享受，可是灵魂真的是困在被践踏、被污染的一种世界，其实是很卑贱的。因此，当她过着“日逐笙歌乐”的浮华生活时，反而对荆钗布裙那俭朴而平凡的民妇生活充满向往，既深刻体察出妓女身不由己、强颜欢笑的漂流本质，并为此种本质深感屈辱与痛苦；而如此一来，琵琶女乐在其中的“繁华高峰”，却正好就是徐月英感到自伤的“沦落不幸”，这岂非是强烈对比到相反的程度？

同样地，《北里志》记有一位白皙美丽的王福娘：

字宜之，甚明白，丰约合度，且有体裁。……每宴洽之际，常惨然郁悲，如不胜任，合坐为之改容，久不能已。静询之，答曰：“此踪迹安可迷而不返耶？又何计以返？每思之，不能不悲也。”遂呜咽久之。（唐·孙棨《北里志·王团儿》）

她在欢场中是非常痛苦的，不想陷身其中却又无法脱身，即使在宴会欢洽的场合里都会惨然郁悲，平常更是每每悲哀呜咽，这和琵琶女的“钿头云篦击节碎，血色罗裙翻酒污”真是天壤之别！有一天，她流着眼泪把一首诗交给孙棨，诗中说：

日日悲伤未有图，懒将心事话凡夫。非同覆水应收得，只问仙郎有意无？（《问棨》，一作《题红笺上》）

第一联表达出自己每天找不到出路的悲伤，也懒得把这样的心事跟一般人讲，而她把谁当作凡夫俗子？不就是所谓的“五陵年少”吗？不就是琵琶女视为同乐者而水乳交融的纨绔子弟吗？但王福娘却觉得这些人根本不配走进她的心，觉得这些人会这样挥金如土、纵情声色，他们的灵魂根本就有问题，因此受到这些灵魂病态的人的赞美跟重金的追捧，还感到可耻，根本懒得理会，这就更显示出一种傲睨凡夫的高傲心性。第二联则是寄望于具有士子身份的孙棨能够将她赎身脱籍，可见她多么渴望可以离开这种地方。虽然她得到孙棨的同情，也被写进《北里志》这部书里，可是孙棨当时有了犹豫，委婉拒绝了她，使她非常难过，诗歌中所流露的悲哀，就被留在《全唐诗》里面。

再以宋代为例，北宋徽宗宣和年间，几位名妓不约而同地积极表露同样的意愿，例如：吴兴妓张珍奴“每夕沐浴、更衣、炷香告天，求脱去甚切”（《青泥莲花记》卷二）；京师杨玉也不愿送往迎来，只求嫁得小民为妇；杭州名妓周韶则赋《白鹦鹉》诗，借“开笼若放雪衣女，长念观音般若经”传示那一份看破红尘的超俗心智；到了南宋，天台营妓严蕊即以“不是爱风尘，似被前缘误”（《卜算子》）吐露心声。

她们都同样意识到这种处境的本质，于是一直很努力地想要从良，杭州名妓周韶甚至愿意出家，长念经书以度过余生，只要能够脱离青楼。换句话说，既然从良不得，在一个是名妓、一个是出家女尼的两种选择下，她宁愿选择出家，因为人生至少是自由的、干净的。

要注意，能够留下这些话语的人都是名妓，或者因为姿色，或者因为才艺等方面，在当时能够引起文人的注意，才会把她们的诗句和这些事迹给记录下来。这就可想而知，这些人绝不亚于琵琶女，完全有足够的条件享受那些物资丰厚的繁华生活，可是她们参透了这种生活的表象，意识到她们的内在和人生是被扭曲、被践踏的，因此她们痛恨她们所在的这种欢场生活。她们都是美酒华服、金堂玉饰收编不了的纯净灵魂。

琵琶女的性格特质：缺乏精神力量的庸俗女妓

以上这么多的例子，从李夫人到唐代再到宋代，已经足以显示，原来在欢场里面还是有非常清新健全的灵魂，出污泥而不染。对比起来，虽然不必因此而苛责琵琶女，可是我们有很合理的参照系，指出琵琶女的人格质量不但称不上高洁清净，甚至可以说是爱慕虚荣、喜欢浮华享乐的。对于欢场生活真的是如鱼得水、乐在其中，以致人生到了一个完全不同的阶段进行回顾时，她也只选取这些生活片段，表示这些片段对她来说是最有意义的，是她最不能忘记的。

可是，最不能忘记的不一定是最有意义的，大多数人最不能忘记的往往是刻骨铭心的伤痛，是难以忘怀的遗憾，但很明显的，琵琶女是乐在浮华之中不愿自拔，这真的是她刻骨铭心的一段巅峰的黄金岁月，甚至可以说这是她念念不忘的高峰经验（peak experience）。什么叫作高峰经验呢？那是心理学家马斯洛（Abraham Harold Maslow，1908—1970）所提出来的对人生经验的一种归纳。

但问题是，这个巅峰的黄金岁月，一则是建立在挥霍浪掷的生活形态上，一则是虚荣无知的心理素质上。请看连很同情她的白居易，接着都这样描写：“今年欢笑复明年，秋月春风等闲度。弟走从军阿姨死，暮去朝来颜色故。”四句里就用了三个有关时间流逝的语词：“今年明年”“秋月春风”“暮去朝来”，一年又一年、一季又一季、一天又一天，累积成一个大跨度的长时间消耗，其中的“等闲”两个字就点出琵琶女的虚度岁月、浪掷青春。

不仅如此，这样的虚度岁月已经到了麻木的地步，下面“弟走从军阿姨死”这一句，是最能显示琵琶女性格麻木的一句话。

对一般人来说，至亲的生离死别往往带来最大的冲击，死亡以最严酷的方式让人在深沉的痛苦中获得启蒙，意识到人生是极为无常和短暂脆弱的，所以是促使人重新反省他的种种追求、生命的终极价值等一个非常有效的外力；也通常通过这些外力，产生对于人的存在处境的一种深刻警觉，人也比较容易能够脱离世俗的束缚。因此可以说，“弟走从军阿姨死”是命运给予琵琶女的一记警钟，一个让她觉醒的机会，但很奇怪的是，琵琶女竟然没有任何的反应，以致接着说“暮去朝来颜色故”，一天又一天地任由时光流逝，依然故我地过着同样纸醉金迷的生活，直到容颜老去。这就是让人感到非常震惊的地方。

本来青春就是一本太匆促的书，青春的短暂大概可以说是所有人都会历经的人生的大失落。一般而言，那青春虽然很短，只有几年的时光，却汇集人类心灵中对于某一种存在样态的乡愁，那个存在样态包含纯真，包含不懂得计较、没有世故，而且带有理想，这是大多数的人在追忆青春时很容易去着重的重点。可是我想提醒一点，我们也应该意识到，青春的同时也是无知的，他的人生经历、对知识的掌握、对世界的了解，事实上都非常有限，真正对社会、对人类文化有贡献的人，他们的成就都不是发生在青春期，而是青春之后更长远的坚持与努力所达到的成熟期。

但是人很奇怪，只要能够解脱世俗，以及人生加诸身上的重担、负荷，就觉得那样的存在状态是最好的，却忘记了青春事实上带有很多其他的问题，不应该以偏概全，忽略它的单薄和局限；何况琵琶女的青春更谈不上纯洁、清新、认真和理想，只有脂浓粉香、意气骄奢的虚荣和享乐，可见青春本身并不是一个绝对的价值，这一点确确实实应该多加思考。

总而言之，青春很短暂，来自青春的年轻貌美也因此注定稍纵即逝。尤其在欢场上，年轻貌美永远有很高、很大的替代性，这是只要有一点常识就可以认识到的，可是琵琶女却始终没有意识到这一点。所以当她不知不觉在这样一个短暂的、匆促的青春生活中浪掷成性，一旦青春资本因为“颜色故”而消失殆尽，很残酷的事实就出现了，那就是“门前冷落车马稀”。这是在欢场中最残酷的事实，当你失去青春资本的时候，追欢买笑之客永远有更多其他的替代品可以去追逐，炎凉对照就是这样清晰地呈现了出来。

这时，琵琶女面临了困境，而她接着所选择的是哪一条路呢？是“老大嫁作商人妇”。这一句非常重要，必须特别推敲，因为这里面有几个重要的问题可以思考。“老大”当然就是延续着上面所说的“颜色故”，随着年龄渐增，青春消退、容颜逐渐衰老，她失去了在欢场中让她赢得“一曲红绡不知数”的一大凭借，这时琵琶女的应变措施就清楚反映出她的性格。

当然必须说，人性是有很多种可能的，人生道路的选择也有许多复杂的因素，其实不可以一概而论，我也很希望对琵琶女公平，因此下面就试图多方思考她到底是在怎样的状况下选择“嫁作商人妇”。因为这个选择后面，直接就连带到后来“去来江口守空船”的生活处境。

为何嫁作商人妇？琵琶女的能与不能，知与不知

所谓“菩萨畏因，凡夫畏果”，一般人只在意结果的好坏，但其实重要的不是结果，那只是最初种下的因所导致的必然后果，一切追本溯源，我们要回到她最初做出这个选择的当下，她的考虑、她的状态是什么。当然要尽量对她公平，所以要反反复复把她的心理状态、当时的处境做多元的思考，也许可以看到她事实上不是我们所以为的那么麻木而盲目，也或许更证明她确实是虚荣浅薄、麻木盲目的。

首先，我们可以从嫁人之前的一些状况来做多方面的揣摩，为什么她“老大嫁作商人妇”呢？

第一，你一定要嫁人吗？第二，如果一定要嫁，一定要嫁商人吗？

必须很公平地说，在古代社会里，一般的良家妇女是不可以不嫁人的，因为在传统的伦理社会里，没有提供给未婚女子任何其他值得别人尊敬的选择。她一定要嫁人，除非她出家，否则在她选择不嫁的那一瞬间，就注定会被世界所轻视，以致从心理到生活都会面临很多可悲的难题，所以良家妇女是没有选择权的，

跟我们现代不一样。可是琵琶女不同，她的身份是游离在伦理社会之外的，反而有更多的选择权，可见人世间的道理也不是那样可以一概而论的。

那么，琵琶女其实可以选择不嫁，在单身的情况下又有两种出路，一个是出家，另一个则是未雨绸缪。一个女人在欢场上资本有限，青春非常脆弱而短暂，过了青春以后还有很漫长的生命需要安顿，当一个女性有这样的自觉，通常她也愿意为更长的未来人生预先做一些准备。

果然，有一些琵琶女的同辈，在唐代历史中真实存在的那些名伎所做的正是如此，她们了解自己存在的真相，也因此不盲目地只活在欢笑的当下，最有名的一个例子是唐代名伎薛涛。薛涛是中唐的一位乐伎，和琵琶女同一时期，也属于同一身份类型。她的诗才很高，是非常风雅的一位女子，跟中唐有名的文士，包含元稹、张籍、白居易、刘禹锡、张祜这些诗歌名家都有往来唱和。她在《酬人雨后玩竹》一诗中说道：

南天春雨时，那鉴雪霜姿。众类亦云茂，虚心宁自持。
多留晋贤醉，早伴舜妃悲。晚岁君能赏，苍苍劲节奇。

你可以看到一种不亚于文人雅士的格调。姜华评论其《春望词》亦云："质朴如白衣处女，婷婷独立，毫无俗态，表白其胸襟，荡荡然如一池清水。"[1]这种卓然清拔的人格，必然使得她的人生

1 姜华：《介绍女诗人薛涛》，引自谭正璧：《中国女性文学史》，天津：百花文艺出版社 2001 年版，第 180 页。

不同凡响。果然，薛涛是怎样安排她的后半生的呢？她做了独居孤守一生的选择，始终没有嫁人。当然，能有这个选择的前提是，在她还拥有很高度的青春资本、日进斗金的时候，做了很多未雨绸缪的工作，包含储备了大量的积蓄，有了积蓄之后，人的自主权就提高了。英国的伍尔芙（Virginia Woolf）不就主张女人如果要创作，就必须有“一年五百英镑的收入和一间自己的房间”？其实不只创作如此，人生也是如此。

薛涛中晚年以后，住到成都西郊浣花溪畔，这是杜甫住过还营建过草堂的地方。薛涛住在那里当然不是为了浣纱，而是提高造纸技术，她下了很大的功夫改善纸质，将其做得非常精妙，因此闻名一时，甚至被称为“薛涛笺”，就是一种非常精美的纸张。那薛涛笺变成一个名物，于是也提供给她中晚年生活上的保障，加上她能诗能赋，用这样精美的纸笺题诗赠答，更使得她闻名遐迩，无论是在抽象的名声还是在实质上的收入而言，薛涛都立于不败之地，这就是她为她的人生所做的准备。薛涛，真是很有意思的一个名伎。

如此一来，薛涛已经提供一个例证，原来对于她们这类身份的女性而言，事实上拥有比其他良家妇女更多元的一种出路，对于未来的安排，也可以有这方面的智慧，增加了不婚的一个可能性；另外，出家也未尝不可。

可是很明显的，琵琶女没有这样做，她之所以没有选择出家，应该是过不惯那样清苦的日子；而她的嫁人则是在没有选择之下的不得不然。

不要忘记，她之前所过的生活是大笔挥霍的物质享乐，是浪掷成性的生活形态，所以很有可能是在这样的情况下坐吃山空，以致当她蓦然发现自己“老大”“颜色故”的时候，已经没有应变的空间，落入了入不敷出的窘境，生活变成了一个很艰难的挑战。当她面临这个挑战的时候，才发现自己已经没有任何别的依靠，再加上“弟走从军阿姨死”，连亲人都不存在了，于是一旦“门前冷落车马稀”这个残酷的现实来到眼前，也就没有别的选择，既然不愿意出家，嫁人就是唯一的出路。恐怕是很现实的经济压力，逼她非得找一个依靠，否则生活就无以为继，这是最大的可能性。

那么，当她选择嫁人的时候，这个选择有哪几种可能性？她的对象一定要是商人吗？

从历史的记录可知，女妓从良的机会虽然不高，但还是有士、农、工、商这几种可能的对象。以读书人来说，就当时的礼法而言，“娼妓与士人的结合，在唐代并非没有先例，但大抵是充作姬妾外室，尚未见有娶作正妻的记载”。[1]然而仅是姬妾侧室，就可以脱离欢场泥泞，这便是王福娘乞求孙棨花一二百金为她赎身的原因。另外，《北里志》还记载了一位出身没落妓院的张住住，她甚至拒绝富人的求婚，选择与青梅竹马的童年故交相爱相守，自甘于陋巷生活，这就应该属于农、工之类的对象。

而琵琶女选的都不是这几类的人，其中的原因，或许是她虽然音乐演奏技巧高超，但品格才调却不受士人青睐，一个喜爱热闹繁华、完全融入欢场生活的女妓，应该是很难让饱读诗书的士

1 陶慕宁：《青楼文学与中国文化》，北京：东方出版社 1996 年版，第 50 页。

人接受的。至于琵琶女没有选农夫、工人之辈，很可能是因为她从小就生长在教坊，环境里都是五陵年少，贫苦的农、工阶层几乎不可能走进她的生活圈，所以缺乏认识的机会；即使有机会出现，琵琶女恐怕也不会接受，毕竟“由奢返俭难”，过惯挥霍生活的人应该也不愿意辛勤劳作、简朴度日吧。于是商人便成了最后也是最好的一个选择。

如果商人是琵琶女所选择的，那么又有几个问题出现了：从情理上来思考，选择商人时，琵琶女考虑的是什么？商人是怎样的人呢？

商人者，就是透过买卖获得利益的人，所谓“易关市，来商旅，纳货贿”（《礼记·月令》），正道出商人活动的基本模式。下面白居易说得很清楚，他说“商人重利轻别离”，可谓言简意赅，直到今天我们都还拿这句话来讥讽商人，什么“商人无祖国”啊，这些话也是我们现在很熟悉的，这几乎注定是商人的本质，未必是为人品德不好，而是他的工作形态不得不然。在没有网络订购的古代社会，经商买卖、贩卖货物就必须东奔西走，从一个地方到另一个地方，注定了无法维持正常的家庭生活。

就此而言，不但李白《江夏行》早有“悔作商人妇，青春长别离”之叹，与白居易同期的诗人们亦都各有类似表示，如元稹《估客乐》一诗云：“估客无住着，有利身则行。……求利莫求名。……卖假莫卖诚！”其他的同题诗，还有张籍的“停杯共说远行期，入蜀经蛮远别离”，以及刘禹锡的“贾客无定游，所游唯利并”，都聚焦于此一特点。而与元稹同时的越州名妓刘采春，更以女性立场书写类似的商妇怨旷之情，其《啰唝曲六首》云：

不喜秦淮水，生憎江上船。载儿夫婿去，经岁又经年。（其一）

莫作商人妇，金钗当卜钱。朝朝江口望，错认几人船。（其三）

其他类似的诗歌还有很多，如刘得仁《贾妇怨》道："嫁与商人头欲白，未曾一日得双行。任君逐利轻江海，莫把风涛似妾轻。"等等，都明指商人为了追求"所费百钱本，已得十倍赢"（元稹《估客乐》）的利益，不惜离乡背井，远游浪迹于各地，过着逐利而居的无根岁月。姑不论买卖过程所涉及的钻营、造假、哄骗之类的贪鄙情事，单就夫妻离散这一点来看，大多数的商人都不是值得女性托付的最佳人选。

白居易自己曾经告诫道：

寄言痴小人家女，慎勿将身轻许人。（《井底引银瓶》）

但琵琶女早非"痴小人家女"的青春年纪与单纯阅历，何以如此轻易委身于商人，主动投入一个注定是聚少离多、独守空闺的婚姻形态，这又是为什么呢？有两种可能的原因：

第一，如果琵琶女是在嫁前就已经觉知"商人重利轻别离"的本质，她还选择商人来嫁，那么她图的是什么呢？可想而知，应该就是经济上的衣食保障，甚至还能延续先前的优渥生活，这是非常有可能的。

既然如此，琵琶女所图者主要为商人所提供的经济优渥的生活保障，婚后也满足了这个条件，如愿以偿；而相对地，独守空闺的寂寞便是应付的代价。所谓“求仁得仁，又何怨乎”，但她却还要抱怨“商人轻别离”这个她早就知道的事实，抱怨“去来江口守空船，绕船月明江水寒”的寂寞，那么必须说，这个人实在很不成熟。选择你所要的，然后爱你所选择的，既然你是有选择权的人，就应该对这个选择负责，这才是成熟的态度；而不是选了之后又要怨天尤人，抱怨这个选择不对，那就流于幼稚，也就是无法对自己的选择负责的不成熟心态。说实在的，这种人我们到处看得到，琵琶女不算过分，她只是反映一般的人性，不是应该过度批评的人性弱点。

第二，还有另外一个可能性，就是琵琶女是在嫁了以后才发现商人是重利轻别离的，当初只是在窘迫的情况下嫁给商人，却没有想到会独守空闺，因此不免感到失落。

如果是这样的话，表面上好像是非战之罪，可是我又有一点质疑了。不要忘记，当她是头牌名妓的时候，她周围不是环绕着各式各样的“五陵年少”吗？其中有没有商人的身影呢？一定有啊。换句话说，在她当红的时候，事实上大有这样近距离观察的机会，可是为什么在她跟这些人有那么频繁接触的情况下，竟然没有察觉商人和纨绔子弟的本质是什么？从这个情况来说，就反映出琵琶女事实上是一个很无知的人，无知于这些人的性格本质，只一味地享受他们所给予众多的金钱或者赞美，只选择性地看到自己喜欢的部分，而没有清明的、客观的观照，对于人性没有足够的了解。就这点来说，琵琶女不但不成熟，还真是盲目无知。

当然，上面所说的那两种情况，都是指琵琶女还有选择的空间时所做的推测。让我们再换个角度进一步去想，也有可能是她其实没有任何选择，“嫁作商人妇”是当时的唯一出路，于是无论如何就只能走下去了。但问题是：你为什么会让自己落入到没有选择的地步，于是就只好被命运主宰，不得已走上“嫁作商人妇”的路？

就这一点来说，成熟的人也应该要有所承担，谁叫你之前那么无知，对于日后的生活没有未雨绸缪，以致把自己逼到穷途末路，直到“门前冷落车马稀”，蓦然发现已经完全没有任何筹码、没有任何凭借的时候，刚好有一个商人出现，就像抓到一块浮木般，只好委屈点嫁给他。如果是这样子的话，琵琶女还是必须扪心自问，你完全没有对自己的存在处境、对这个世界运作的本质有足够的观察与掌握，以致让自己没有选择，只好匆匆忙忙走上唯一的一条路，却又要这样怨天尤人，这仍然是太不成熟、太不负责任了。

更何况，到了“门前冷落车马稀”的地步，至少还有“嫁作商人妇”这样一个机会可以把握，岂不是应该珍惜、感谢吗？不要忽略琵琶女是到了“老大”“颜色故”的时候才“嫁作商人妇”，也就是诗前小序所说的“年长色衰，委身为贾人妇”。而这个“嫁作”或“委身”，又跟我们今天的用法并不一样，事实上以琵琶女的身份，不可能是三媒六聘、举行正式婚礼的那种婚姻关系，这一点陈寅恪先生在做元、白诗歌研究的时候就特别提醒道：“此茶商之娶此长安故倡，特不过一寻常之外妇。其关系本在可离可合之间，以今日通行语言之，直‘同居’而已。”[1]则连“婚姻”

1 陈寅恪：《元白诗笺证稿》，第二章《琵琶引》，第52页。

都谈不上，不过是一种礼法之外、没有法律保障的男女关系而已，等于是妾、姨娘这类的人，真正的本质就是没有名分的同居人。

既然如此，古人也说“贤妻美妾”，妻子攸关整个家族的运作延续，因此讲究的是贤德；妾则不是正式的伦理身份，对于妾的要求一般是着重在相貌美丽上。然而年长色衰的琵琶女已经失去了这个基本条件，以致“门前冷落”，乏人问津，可以说是毫无竞争力。以商人的富有，欢场上大有源源不断的年轻貌美的女性可以选择，何况，娶回琵琶女的并不是一般的小商人乃至地方上的杂货商，而是财力十分雄厚的茶商。

由于饮茶在唐代成为社会一大风气，封演《封氏闻见记》便说：“古人亦饮茶耳，但不如今人溺之甚，穷日尽夜，殆成风俗，始自中地，留于塞外。”在庞大的市场需求下，茶叶的产销自然形成重要的农商活动，不仅种茶区域广大绵延，如祁门山区千里之内，山民大多植茶为生，“祁之茗，色黄而香，贾客咸议愈于诸方，每岁二三月，资银缉增素求市将货他郡者，摩肩接迹而至”（唐·张途《祁门县新修阊门溪记》）。茶商作为茶农与市场的中介者，他们的力量也随之增强，资本、人数、活动区域堪称为史上空前。史传记载：“唐天宝中，有刘清真者，与其徒二十人于寿州作茶。人致一驮为货，至陈留遇贼。”（唐·戴孚《广异记》）即描述刘清真等二十一人从安徽买茶二十余驮到河南陈留贸利，可见其规模。

由于茶叶运输的发展，运河两岸的集镇码头也随之兴起，其中之一是江口，如许浑《送人归吴兴》说：“绿水棹云月，洞庭归路长。春桥悬酒幔，夜栅集茶墙。”王建《寄汴州令狐相公》

云："三军江口拥双旌，虎帐长开自教兵。……水门向晚茶商闹，桥市通宵酒客行。"可见唐代茶叶运输的兴盛，使这个江口军事重镇一跃成为茶船泊集、茶商摩肩的繁华地带。[1]

而位于江西东北景德镇市郊的浮梁，汇集了周边皖南、浙西甚至闽北的茶叶，更是核心的茶叶集散市场，南宋朱翌便说："是唐之茶商，多在浮梁也。"（宋・朱翌《猗觉寮杂记》卷上）每当新茶上市时，便有茶商云集，大量收购，其货量之大、税银之丰，可见诸唐李吉甫《元和郡县图志》所言："浮梁每岁出茶七百万驮，税十五余万贯。"这就清楚说明了何以琵琶女的夫婿会"前月浮梁买茶去"，正是非常写实的历史反映。

如此一来，以茶商的富有程度，当他想要纳妾的时候，就常理而言，通常不会选一个已经过气失宠的老大女子，毕竟欢场上最不缺乏的就是青春，而顶尖的宝座也永远会有新一代的女神可以递补。但这位茶商却竟然还愿意把年长色衰的琵琶女接回家里，若不是真的很爱她，那么便是一个很善良的人，即使"爱弛"也并没有"恩绝"，让一无所有的琵琶女有了归宿，获得后半生的依靠。这对社会底层的女妓们来说，还不算是梦寐以求的好归宿吗？从这个角度来说，琵琶女可以说是非常幸运的。

但是她竟然还不满意，觉得自己漂泊沦落、空闺寂寞，抱怨"商人重利轻别离""去来江口守空船"，岂非太不知足？何况商人若是"轻利重别离"，不出门做买卖营生，守在家里终日相伴，又哪来的收入供给她衣食无忧？因此，这样的抱怨所暴露的，

1 陈宗懋主编：《中国茶经》，上海：上海文化出版社 1992 年版，第 18 页。

究竟是商人无情冷落的唯利是图，还是琵琶女想要鱼与熊掌兼得的自私贪心呢？

让我们再进一步思考：嫁作商人妇之后，琵琶女的心理状态又显示了何种人格特质？有几点可以注意：

首先，即使一个女性到了独守空闺的地步，这当然是一个冷冷清清的处境，但是就在这冷冷清清中，她至少已经没有生计的烦忧，有很多的时间和足够的经济能力来安排自己的生活，这是嫁作商人妇最好的一个重点，因为衣食无虞，就不必辛辛苦苦为了生存而奋斗。但是琵琶女把生活安排成什么样子呢？从诗中的描写当然不完全知道，不过显然她应该还是常在弹琴，或者自娱，或者寄托哀怨；而必须特别注意的是，她生活中一个很特殊的片段，在“绕船月明江水寒”以后，是“夜深忽梦少年事，梦啼妆泪红阑干”。

这两句出现了两个“梦”字。梦是一种心理的补偿，古人也早就察觉到了，南朝梁沈约曾经说“梦中不识路，何以慰相思”（《别范安成》），这等于承认梦具有“慰相思”的功能，只是巧妙地加以反用而已。

1900年，心理学家弗洛伊德又以他跨世纪的研究分析更证明这一点，所以，梦不但是一种心理的补偿，也可以说是一种欲望的满足。然而是怎样的梦，会让人哭醒？这是没有经验的人所不能体会的。一般而言，梦境会让一个人哭醒，那真的是内心里最深的痛苦、最大的遗憾，以及最强的渴望，被深深埋藏在心中纠结，附着了几十年，那无比的执着无以消解，潜入到无意识的层面，连做梦都感受到剧烈的痛苦，以致痛到醒过来。所以说，会让一个人哭醒的梦境，就是他最在乎的事。

据此，我们继续看琵琶女到底为什么哭醒？是怎样哭醒的？令人很吃惊的是，她梦见了什么？答案是梦见“少年事”。可是“少年事”是什么事？你绝对不能随意用自己的想象去推测，“增字解经”是分析问题时很常见却也是最严重的忌讳，一定要从整个文本里来定义，从琵琶女的生命史来寻找。她的“少年事”不是一个她真心爱过的人，或是那时候错过的缘分，人生有一个很重要的东西而没有努力去达到，因此感到遗憾；她梦见的不是这个，而是“五陵年少争缠头，一曲红绡不知数。钿头云篦击节碎，血色罗裙翻酒污”这四句。这四句是一个段落，也正是诗前小序所说的“少小时欢乐事”。

由此可知，她眷恋的竟然就是那种纸醉金迷、灯红酒绿的浮华生活，这就更让我们感到意外了。她脱离那个阶段已经有一段时间了，竟然一点都没有感觉到那种生活的虚假浮面、虚荣肤浅，到现在为止，她还是没有意识到过去浪掷青春的可悲性，可以说是终身没有觉醒。这就让人一再感到匪夷所思，觉得这个人是不是有很严重的人格瑕疵，都到了这种地步了，她还不知道她的问题出在哪里。

带妆入睡的身份限定与心理状态

最奇特的是，她不只梦想、沉迷于这样的“少年事”“少小时欢乐事”，并且“梦啼妆泪红阑干”，这让我们看到什么呢？琵琶女定是夜深睡熟了才梦得那么深，把她内在的执着透过梦境暴露出来，可是当她哭醒以后，脸上是“妆泪红阑干”，泪水被胭脂染红了，纵横交错地爬满了面孔。这告诉我们什么事情呢？是琵琶女晚上睡觉的时候还化着浓妆！不然怎么可能“妆泪红阑干”呢？

然而一张素净的脸，通常是我们带到床上去最真实的本来面目，因为入睡时完全只有自己的世界，房间也是最私密的个人空间，不需要这些涂涂抹抹的妆饰。可是琵琶女睡觉的时候还是化着浓妆，这真是极其特殊的情况，可以说是非常罕见的。

固然在古典诗词里，可以找到一些“宿妆”的例子，从六朝以来就有以下的描述：

· 夜筹已竭，晓钟将绝，窗外明来，帷前影灭。……阶边就水，盘中先映，讶宿妆之犹调，笑残黄之不正。欲开奁而更饰，乃当窗而取镜。（南朝梁 · 刘缓《照镜赋》）

· 衣香犹染麝，枕腻尚残红。（唐 · 元稹《会真诗》）

· 宿妆残粉未明天，总立昭阳花树边。（唐 · 王建《宫词》）

· 锦绣堆中卧初起，芙蓉面上粉犹残。（唐 · 施肩吾《冬词》）

· 深处麝烟长，卧时留薄妆。（唐 · 温庭筠《菩萨蛮》）

· 氤氲帐里香，薄薄睡时妆。（唐 · 韩偓《春闺二首》其二）

· 去岁迎春楼上月，正是西窗，夜凉时节。玉人贪睡坠钗云，粉消妆薄见天真。……别离若向百花时，东风弹泪有谁知？（五代 · 冯延巳《忆江南》）

· 逗晓看娇面。小窗深、弄明未遍。爱残朱宿粉云鬟乱。最好是、帐中见。说梦双蛾微敛。（宋 · 周邦彦《凤来朝》）

· 宝枕轻推粉痕渍，印胭脂，雕阑强情无情思。（元 · 赵善庆《小

桃红》）

但这些例子不仅不能用来证明古代一般女性常带妆入睡，甚或化妆入睡，恰恰相反，“带妆入睡”不等于“化妆入睡”，也往往属于某些特殊状况。所谓“某些特殊状况”，指的是等级、身份的限定性，以及心理上的非常状态。以等级、身份的限定性而言，在这些例子中，宿妆的女性有很大的比例是姬妾或特种身份，并非正统良家妇女：

一、元稹《会真诗》中的“真”，亦称“仙真”，在中晚唐指的就是女妓，把女妓美称为女仙，是当时知识阶层的普遍现象，唐诗中有很多这样的用法。而收入这篇《会真诗》的《莺莺传》，其中女主角崔莺莺的原型就是娼妓，她的“枕腻尚残红”乃是为了与情郎幽会而刻意着妆所留下的污痕。元稹的《会真诗》写的是他与名妓邂逅的浪漫纪事，而《莺莺传》就是元稹追求、最后又抛弃名妓的自传。

二、上面的众多例子中，有将近半数是属于“词”这个文类，包括温庭筠的《菩萨蛮》、冯延巳的《忆江南》、周邦彦的《凤来朝》、赵善庆的《小桃红》等。而“词”这个文类从晚唐五代发展伊始，便是在歌楼舞榭的酒宴场合中写给歌伎舞女演唱的歌词，因此内容所描写的主要是“美女”与“爱情”，也因为浮浪浅薄的题材，历来被称为“艳科”“小词”。据此而言，其中带妆入睡的美女很可能也是歌伎舞娘之类的风尘女性。

三、王建《宫词》写的是后宫中的孤寂女子，也属于姬妾身份，再加上期待临幸而久经失落，却又不甘错过一丝可能，于是时时严妆、耐心等候，切盼能有成为住在“昭阳殿”之宠妃的一天，这正是“总立昭阳花树边”的意思。直到夜深倦极、苦极，仍宣告落空，乃倒卧而眠，无心洗卸脸上的残妆，颇有绝望自弃的意味，这就属于心理上的非常状态。

四、值得注意的是，在描写贵族生活的《红楼梦》里，不分主仆的女性们全部都是入睡前须卸妆，次日晨起重新上妆。诸如：第三回袭人“自卸了妆”、第七回“凤姐已卸了妆”、第十九回袭人“换衣卸妆”、第二十七回黛玉“无精打采地卸了残妆”、第五十一回“晴雯、麝月皆卸罢残妆”、第六十三回为宝玉庆生的众人“忙着卸妆宽衣”、第七十五回尤氏“进去卸妆安歇”、第七十六回湘云与黛玉“二人进去，方才卸妆宽衣，盥漱已毕，方上床安歇”等，这足以显示，带妆入睡并非贵族家庭或精英阶层的女性生活样态，那是“风尘气”的表现，良家妇女不应为之，因而限于倡优姬妾之类以色娱人的低层女子。

所以应该说，“宿妆”指的是延续到深夜乃至达旦的容妆，因玩乐逾时、倦怠偷懒、心事重重等因素以致“带妆入睡”，并非“化妆入睡”——入睡前才化妆，更不是夜间的皮肤保养。而脸妆经过半天以上的时程、睡时卧姿的折腾，由此才会有“残黄”“残粉”“残朱”之类的描写。

回到琵琶女身上来，让我们从普通的人性一个一个来揣摩设想，这时已经从良的琵琶女，为什么深夜入睡时还带着浓妆？此一反常的行为有哪些可能的原因？除了前面所说的，有可能是她习惯化妆，夜晚入睡时忘了卸妆，符合她身为茶商外室的身份，此外还可以设想：

第一，有可能是要让自己处在一种随时准备好的状态，以防万一商人临时回家，因为“商人重利轻别离”，一出去就十天半个月，什么时候回来都不一定，或许是她希望能在商人回来的时候，都还维持着最好的状态。但是问题是，如果这个人是真正爱你的话，你干净的素面、刚睡醒时那惺忪浮肿的面孔，他一点都不会介意的。换句话说，琵琶女随时都化着浓妆，预防商人临时回来，这事实上也很可悲，因为商人显然也不是真的爱她，说不定她是徐娘半老风韵犹存，所以商人还愿意把她纳为妾室；或者明明商人很爱她，才会在她年长色衰时仍然愿意娶她进门，但琵琶女却不懂得这一点，以致患得患失，认为自己应该尽量维持容貌，才能保有商人的爱，于是自动做这些努力。究竟哪一种才是事实真相，我们当然不能确定，可是无论哪一种，这样的互动关系都还是显得勉强甚至可悲，并且流于表面。

第二，那另外的原因呢，是不是还有一种很大的可能，就是琵琶女眷恋着“妆成每被秋娘妒”的往事，想要延续先前的“少年事”“少小时欢乐事”，以致非常勉强地想要留住青春？这其实也是大多数慢慢流失青春的女人身上很常见的，所以要去做各种回春的努力。就古人来说，一般要留住青春的方式，只能由外不断地擦脂抹粉，随着年龄越大，这个方法也就越勉强，而琵琶女连入睡的时候都还浓妆艳抹，或者说，她是平日浓妆艳抹，来不及卸妆就睡着了。无论哪一种都可想而知，她真的是活在一种极端的偏执里，过度执着于外在的皮相，不知道一个女性的成长必须随着岁月由内而外散发出智慧的光芒，产生优雅的风范。

女性的美应该是与时俱变、与时俱化的，以不同的美来呈现她存在的内涵与价值，这才能优雅、从容地老去。就这一点来说，琵琶女化着浓妆入睡，也让人看不到任何理性或是智能的光，并且她从梦中哭醒时，脸上掺带脂粉的红色泪水纵横流下，这一幕又恰恰和“血色罗裙翻酒污”前后呼应，同样触目惊心！可以说，那“妆泪”的“妆”太过伧俗，而为了失去的“少年事”“少小时欢乐事”所流的“泪”，也似乎稍嫌廉价。

可怜之人必有可恨之处

以上所分析的各种状况，都是在文本所提供的事实上，从一般所能想到的可能性加以设想，但是无论哪一种，都指向一种无足称道的庸浅性格。那么恐怕应该说，琵琶女确实是一个缺乏精神性的女子，虽然拥有杰出的音乐技艺，但性格上则非常平庸世俗、流于表面，庸俗到盲目，甚至是麻木，这些较低层次的人性都在她身上显示出来。这就是我重读《琵琶行》之后深深感到匪夷所思的地方，因为完全颠覆了我们从小到大对琵琶女的评价。

我终于明白，为什么我十六岁背《琵琶行》的时候，怎样都无法同情她，虽然那时候并没有想得这么清楚，而现在终于明白原因在于，她没有一个可以让人从心里由衷感到可贵、可敬、可爱的人格素质。

如果理性地看，必须说，并不能因为一个人哭得很伤心就觉得他很无辜、很值得同情，重点是要看他为什么而哭。因此，对这样一个“梦啼妆泪红阑干”的女子，所哭的是不能永远过繁华享乐的生活，那么就只能很抱歉地送给她一句话：“可怜之人必有可恨之处。”意思是说，一个处境可怜的人，一定有性格上可恨的弱点，如懦弱无能、隐忍逃避、暴躁冲动、庸俗浅薄，甚至是盲目无知等值得改进的地方。只有当一个人了解到，原来人生的困境不完全是外力所造成，自己也不是无辜的受害者，反倒很有可能地，那些困境主要是来自自己的性格弱点。认识这一点之后，才可能真正地改变自己，也因此改变自己的处境。

必须补充的是，人的问题很复杂，单单说“可怜之人必有可恨之处”，这句话也是太片面，过度运用会让人变得冷酷，无法体谅、宽容、柔软。毕竟有些人属于“可恨之人也必有可怜之处”，他会变得可恨，是因为太可怜。

例如，法国文豪雨果《悲惨世界》中的主角尚万近，真的是因为环境所逼而无路可走；又如日本漫画家手冢治虫笔下《火鸟》中的我王，更是因为从小就被抛弃，从来没有被爱过，甚至还被乡亲万般地排挤欺侮，以致变成一个为了活下去而不择手段的江洋大盗，都让人深深感慨、不胜唏嘘。原来俄国的谚语说得很对：“人就是人的豺狼。”多少悲剧都是来自人们的自私自利和冷酷无情！但可贵的是，他们都良知未泯，一旦被爱、被宽容，就成长为真正慈悲的好人，可见人类的善与恶绝对不能一概而论。

不过，补充“可恨之人也必有可怜之处”这个道理，是希望我们不要偏颇，但是单单就琵琶女来说，我认为不能忽略“可怜之人必有可恨之处”这一面。倘若好好思考，琵琶女的可怜主要是来自自己，并不能完全怪罪外在的世界。一个人真的要好好扪心自问、痛切自省，是不是因为自己的人格缺陷才召唤出所谓的“厄运”，而这些遭遇是否算得上“厄运”，也都是可以定义的问题；尤其自己到底是被欺压的无辜者，还是其实也有咎由自取的地方，这都是每一个人应该思考的。

总而言之，与琵琶女出身近似的李夫人、徐月英、王福娘、薛涛等诸妓，真可以说是出淤泥而不染的莲花，竟得以在污浊虚浮的情色世界里，独自幽幽绽放一般人都望尘莫及的高度智慧与脱俗心性，表现出充分的“存在自觉”和不凡的“伦理抉择”，令人眼睛一亮。

所谓的“存在自觉”，亦即一种对个体性格特质与自身存在处境的明确认知，对自我、对环境都有很清楚的认识；而所谓的“伦理抉择”，也就是透过个人对生活的抉择，达到主体价值的自我实现。而这些烟花女子竟然比一般人更有充分的“存在自觉”和不凡的“伦理抉择”，更显示出她们确实具有“自觉性的进取的意志”，也就是一种不盲目遵从本能，也不一味顺应环境的主体力量，因此才能主动超越人生限制、反抗既定命运，进而获取自我实践的人生最高价值，而不是任由周遭环境决定自己的命运。

至于怎样才能产生“自觉性的进取的意志”呢？它“必然纠合了明确的认知、强烈的感情，然后和持续的目的性行为汇合成一股力量，具有屦及剑及的奋进精神，形成一个强大的行动力场，然后始可以称为是意志。”[1]而且在变动不居而复杂矛盾的人生处

1 乐蘅军：《唐传奇的意志世界》，《意志与命运——中国古典小说世界观综论》，台北：大安出版社1992年版，第12页。

境中，这股意志还必须进一步召唤理性与智慧的照亮，才能真正做出生命的选择。不仅李夫人、徐月英、王福娘、薛涛等历史人物能做到这一点，唐代传奇小说中的霍小玉、李娃、红拂女都莫不如此。

反观琵琶女，不得不遗憾地说，构成积极的意志所不可或缺的明确的认知、持续的目的性行为、履及剑及的奋进精神，以及共同形成的强大的行动力场，还有理性与智慧的清明之光，实在都极欠缺。琵琶女似乎未曾思考过，人生的某些关卡是自己应该自我抉择，并为之彻底负责的，以致随波逐流，成功时得意忘形，今朝有酒今朝醉，过着纸醉金迷的生活；失势后便怨天尤人，一味偏执于往昔的浮华荣盛，不甘寂寞，其实只是一个缺乏精神力量的庸俗女妓而已。

分析至此，可以把琵琶女的一生做一个归纳：

一、年轻时的生活形态——浮华虚荣

二、当繁华生活不能持续时的反应与做法

（一）不婚——缺乏智慧与意志

1. 独身——必须未雨绸缪，预做准备

2. 出家——必须清心寡欲

（二）嫁人——经济保障

1. 士——必须心性优雅，具备诗书涵养

2. 农、工——必须勤俭度日

3. 商——经济保障

（三）认识商人本质的时机与反应——不知足、不成熟

1. 嫁前已知——没有成熟的负责心态，过分贪求

2. 嫁后才知——盲目无知

3. 不甘寂寞——执着往日欢乐

三、性格特质——浮华虚荣、盲目无知

这么一来，白居易却说他自己和琵琶女“同是天涯沦落人”，道理何在？这个等同关系是在怎样的条件上成立的？其中又隐含了怎样的意义？这就是我们接下来要分析的问题。

代笔的影响：诗人的化身

白居易的缺憾："去中心化"的念念不忘

当白居易听完琵琶女的故事后，立刻感慨地说"同是天涯沦落人"，接着整个第四段就回到白居易自己身上，谈的都是自己的"天涯沦落"。请注意，一个人怎么讲他自己的得与失都是在暴露他的人格，当他抱怨他所没有的，那就是他很想要的，反向可推，那些抱怨就暴露出他的真实欲望。我们现在就用这个道理来推敲一下，白居易到底想要的是什么？这整个第四段全部都在抱怨，请看他抱怨的是什么呢？

这首诗一开始就是"我从去年辞帝京，谪居卧病浔阳城"，离开了长安这一个代表世俗的成功场域，就是"去中心化"。

当时，长安在文人心目中是唯一的天下中心，只有身在长安，才代表是人文荟萃里的一员，也分享着这个大家所积极追求的功名富贵；离开长安也就等于离开了世俗的成功场域。所以唐代文人是这样的：一般的文人宁可在长安做一个小官，称为京官，也不愿意到地方去做首长，虽然那可能品级更高、权力更大、收入更多，可是他们宁可留在长安做个小官，那代表一种荣耀甚至成功；而且在长安这个天子脚下的地方，这边出门可能遇到一个贵人，那边出去可能遇到一个大官，近水楼台，容易建立人脉、获得权位，这些反映的就是趋炎附势的人性。因此，我们可以看到白居易的性格，第一个就是对于“去中心化”念念不忘。

值得思考的是，到底“天涯沦落”是根据什么去定义的呢？简单的意义就是流离失所，到了边陲之地。问题是，天涯就一定是沦落吗？关键应该是你怎么看待“去中心化”以后的处境。

这里可以参考一个了不起的人物，我们望尘莫及但心向往之的人物，就是苏东坡。苏东坡一路被流放贬谪，最后到了如今的海南岛，“天涯海角”这个词就是他写在那里的四个字，这真的是天之涯、海之角的地方；在这个地方过了一段时间后，终于遇到朝廷大赦，苏东坡可以返回中原，这时又要渡过琼州海峡，然后才能踏上中原的土地。当他在海边看着眼前无垠的天光与海波，心中有感而发，写下了“云散月明谁点缀？天容海色本澄清”（《六月二十日夜渡海》）的诗句。

这时的苏东坡已经又老又病，即使后来平安渡过海峡，但一路往北走还没有到达家乡，他就在路上病死了，所以渡海之前也算是人生到了终点；然而即使这样的穷途末路，历尽了沧桑，承受了各种失败打击否定，他在辗转流落到这样一个天涯海角，面对着隔离了他的人生的一道障壁时，所显示的竟然是如此纯净无瑕的人生观、世界观——“云散月明谁点缀？天容海色本澄清”。

第一句是说，云影消散了，月亮的皎洁丝毫不染杂质，上面没有黑子、没有阴影。下面一句是说，你看整片的天空、整片的海洋本来就是没有杂质的、干干净净的。可见苏东坡看到的是存在本身的美好，这个美好的本质根本不受污染。那么污染来自哪里呢？污染其实是来自你内心的翻搅，你的心在忧郁在烦恼在渴望，被各种欲望和情绪所主宰，被许许多多的是是非非、恩恩怨怨搅得心里简直是一摊浑水；但是苏东坡说，事实上存在的本质、世间真正的本质是干干净净的，没有任何的蒙蔽、任何的扭曲。

这就是苏东坡，即使到了人生最后的这个时刻。这跟大家很熟悉的《定风波》不是很像吗？他不是说“莫听穿林打叶声，何妨吟啸且徐行”吗？这也表现出他人格一贯的高境界，真的是令人敬佩。

当然，苏东坡的境界很崇高，我们无法、也不应该用他的境界来苛责一般人，但是白居易不是一般人吧！他历来受到了那么大的赞扬，说他又豁达又洒脱，而且他字乐天，常常以“乐天”表达出他已经超越世俗的得失，可以乐观开朗，这也是他想要营造出来的清高脱俗的形象。

但是，白居易只是被贬到江州而已，就在长江的江南沿岸，他却已经觉得这里简直是荒郊野外，感叹天涯沦落，可是琼州海峡在哪里？海南岛在哪里？那才是名副其实的天涯海角。通常人的心理反应是：距离越远，你的心就越失落，也越觉得失败、越自我否定，这是人很正常的一种心理，但苏东坡却随遇而安，所以我们才觉得苏东坡很伟大；相对地，当我们实实在在地读白居易的诗，就会发现：他真的是不把得失放在心上，真的是超越世俗荣辱吗？未必尽然。从这一段所描述的处境，就清楚呈现了这一点。

请再来看他抱怨什么，也就是他想要什么？是音乐，即“浔阳地僻无音乐，终岁不闻丝竹声”。可是请注意，重点不只是音乐，关键是哪一种音乐？“丝竹声”代表了精致的、高雅的音乐，他说明明有音乐啊，但是“岂无山歌与村笛，呕哑嘲哳难为听”，他鄙视原住民的乡村音乐，可见他要的是那种训练有素、来自长安的高级音乐，因此下面才会说“今夜闻君琵琶语，如听仙乐耳暂明”，那才是让他的耳朵清明起来的仙乐，简单地说，就是“京都声”。

这也是为什么白居易一开始会注意到琵琶女的原因。琵琶女不是“犹抱琵琶半遮面”吗？何况在那之前，深夜的天色一片黑暗，根本没看到人啊，所以白居易绝对不是因为琵琶女的美貌而注意到她的，更不用说这时的琵琶女早已年长色衰，谈不上美貌。事实上首先吸引他的是什么？诗歌前面的小序说得很清楚：“闻舟中夜弹琵琶者，听其音，铮铮然有京都声。”被称为“仙乐”的就是这个“京都声”。

足见白居易存有很严重的差别心和等级观，不屑于地方上的乡村音乐，他要的是这种高级音乐，代表全世界最先进、最精致的演奏技巧，乃至于那种时髦的“京都风格”，于是形成“琵琶—仙乐—京都声”与“山歌村笛—俗乐—荒鄙之音”的鲜明对比。

公平地说，我们必须承认，“京都声”确实比庶民音乐要更精致复杂、更有人文内涵，这是毋庸讳言的，毕竟那是经过几百年长时间的文化累积；但是对白居易来说，更重要的差别还是在于，这个“京都声”代表了长安，也就是天下中心的权威象征，所以才更吸引他的耳朵，同样显示了他对于长安的念念不忘，以至于凡是打上“长安”烙印的，都会特别吸引他的注意。

接着，我们再继续看白居易还抱怨什么？“住近湓江地低湿，黄芦苦竹绕宅生”，他抱怨江南的低洼潮湿，到处是杂乱无章的植物，让人水土不服。无形中还是厌恶这是一个村野，村野乡居没有那么舒适，又低湿又荒凉，配合“其间旦暮闻何物，杜鹃啼血猿哀鸣”，这些都是在渲染村野乡居的落后偏僻，带有一种未开化的粗野不文。可见对他来说，想住的应该是整洁有序的长安豪宅，拥有各种都市化的享乐，所以居住条件也是白居易很在意的一点。

再来呢，所谓“春江花朝秋月夜，往往取酒还独倾”，白居易又在感慨他没有什么呢？就是朋友啊！“往往取酒还独倾”就是感慨没有朋友的孤独，以致遇到“春江花朝秋月夜”，也只能一个人喝酒，真是白白辜负这样难得的良辰美景。换句话说，他渴望的就是朋友。可是他想要的朋友又是哪一种呢？这是个值得追问的问题，我们来想一想。

王维有一首诗《终南别业》，后面六句讲道：“兴来每独往，胜事空自知。行到水穷处，坐看云起时。偶然值林叟，谈笑无还期。”王维很能享受孤独，兴致一来，就一个人到山林里游赏大自然的风光景色，即使“胜事空自知”，跟花鸟邂逅、听水声泠泠这些美好的胜事只有自己知道，还是非常自在。走到溪水的尽头也不会扫兴，反而坐下来抬头看天，领略到广阔的苍穹上白云无尽的生机，比起低着头走路，反倒获得更开阔的视野、更无限的自由，甚至带有“上帝关起了一扇门，就会打开另一扇窗”的哲理，陆游那著名的“山重水复疑无路，柳暗花明又一村”就是从这里化出来的。然后这首诗最后说“偶然值林叟，谈笑无还期”，偶然之间遇到一个邻家的老人，就跟他说说笑笑，根本忘了回家的时间。

请看，“偶然”表示是没有预先安排好的，就意外地遇到一个邻家的老人，“叟”通常不是指饱读诗书的知识分子，而是比较普通的老先生，结果王维这么一个诗歌、书法、绘画、音乐全方位的艺术天才，竟然可以跟邻叟聊得这么投契，这真的很不容易。难处就在于雅俗的落差以及知识水平相距悬殊，不用太久就会发现不晓得该谈什么比较好，双方的交谈往往很难撑下去，但王维能够跟一个邻叟“谈笑无还期”，那心胸是多么宽广自在，跟任何人他都可以如此顺畅地交流，显示他一点都不高傲，完全没有架子，更没有因为自己的知识带给自己限制。就这一点来说，王维跟苏东坡有异曲同工之妙。

苏东坡说他“上可以陪玉皇大帝，下可以陪悲田院乞儿”[1]，意思是说，从天上的玉皇大帝到慈善机构所收容的乞丐，他都可以从容自在地相处，毫无嫌隙隔阂，那该是有多大的学问智慧，尤其是要有多么开阔的胸襟！这样的人格真是何等自在，连李白都是“举杯邀明月，对影成三人”，他们的寂寞都不是白居易这一种。

仔细推敲，从白居易对谪居之地只有生活枯燥无聊、环境低湿难耐、乡音鄙俚刺耳、居处孤独无友的负面描写来看，白居易想要的朋友应该比较接近刘禹锡所说的“谈笑有鸿儒，往来无白丁”（《陋室铭》）。

1（宋）高文虎：《蓼花洲闲录》引《沧浪野录》载苏轼自言，《丛书集成初编》第二八六七册，台北：新文丰出版公司 1936 年版，第 11 页。

果不其然，基于人格的一致性，白居易在别的作品里也清楚呈现了这一点。源自江州司马时期的“醉吟”一词，后来变成了白居易自己的别号，还写了一篇《醉吟先生传》的自序文，等于是他自己的自传。有趣的是，其中所显示的价值追求，正和《琵琶行》一样，差别只在于《琵琶行》是用“抱怨没有”的方式呈现，《醉吟先生传》则是以“满足已有”的笔调书写。

学者通过对《醉吟先生传》的研究指出：白居易其人其诗之特质，是他往往在生计、年龄、官位等基本生存条件都确认自己安然无恐、优裕有余之后，乃由之获得心灵的满足，因此，闲适的心境就建立在物质的、外部的条件得到满足的基础之上；同时，他所描绘的快乐全是源自都市的恩惠，都市的灯红酒绿为他提供了个人尽情纵乐的机会，而导致闲适的社会化、世俗化；至于朋辈交游作为他人生快乐的最重要来源，又多是精心筛选过的僧侣、士大夫等特定人物与特定分野，迥非来者不拒的平民风格。[1]

而这一段阐释，恰恰可以说明《琵琶行》中白居易的性格特质，竟然也同时吻合了琵琶女的性格特质。这个惊人的相似性颇耐人寻味！也许可以说明“同是天涯沦落人”这一句诗的真正意义。

“同是天涯沦落人”的等同意义

对于“同是天涯沦落人，相逢何必曾相识”一联，历来诠释者多抱着推崇赞赏的态度，对其中所寓含的品位意趣与艺术力量，

1〔日〕川合康三著，蔡毅译：《中国的自传文学》，第 87–91 页。

以及其中所反映的社会环境与文化现象，一般都给予正面的申论或评价。而这些观点大致可以分为两类：

首先，从文学写作传统中模拟技巧的角度，认为这是传统士人以“逐臣弃妻”寓托失志愤怨的表现手法，也就是写被离弃的妻子双关被贬谪的自己。如陈寅恪举刘禹锡《泰娘歌》为例，认为此诗“以遗妾比逐臣，其意境尤与白诗‘同是天涯沦落人，相逢何必曾相识’之句近似。……盖二公以谪吏逐臣，咏离妇遗妾，其事既相近，宜乎造意感慨有所冥会也。”[1]

其次，有人认为这是文人与艺伎之间“去阶级化”“去界限化”的结果，或许，这样的创作手法反映了中晚唐时期商业繁荣的城市经济与政治紊乱的社会结构。也就是在中晚唐所形成的文化环境中，落魄文人与带有明显城市商业气息和市民气味的下层青楼女子惺惺相惜，如此才产生“去阶级化”“去界限化”的抒情手法，从而呈现出一种平民风格。这也可以解释何以从文学史的角度来看，“把处于封建社会底层的琵琶女的遭遇，同被压抑的正直的知识分子的遭遇相提并论，相互映衬，相互补充，作如此细致生动的描写，并寄予无限同情，这在以前的诗歌中还是罕见的”[2]。

但是这些说法都还有值得商榷的地方。首先值得注意的是，传统逐臣弃妻式的拟喻手法，或是不涉及“弃妻”的人格问题，或是强调“贤美而被弃”，以与诗人之“忠而被谤”或“怀才不遇”相映衬，这是诗人模拟之际所谨守的分寸，没有人会以品格有问题的弃妻来比喻自己的。可是琵琶女的人格特质却是属于庸

1 陈寅恪：《元白诗笺证稿》，第二章《琵琶引》，第 48-49 页。

2 萧涤非主编：《唐诗鉴赏集成》，台北：五南出版社 1995 年版，第 1060 页。

俗肤浅的，她之所以沦落的原因和白居易的贬谪本质上并不一样，单单用“去阶级化”来解释，其实是不够的。

很明显地，白居易对琵琶女所产生的同类意识，是来自双方都“不得意”以致“天涯沦落”的遭遇，因此才如此之惺惺相惜，如果考察白居易在江州时期所写的其他诗歌，这一点就可以看得很清楚。例如，琵琶女年长色衰之后，那“门前冷落车马稀”与“去来江口守空船，绕船月明江水寒”的凄冷处境，恰恰正是白居易谪居江州时的生活写照，所谓“萧条司马宅，门巷无人过。唯对大江水，秋风朝夕波”（《司马宅》），这两人不是又重叠在一起了吗？

不只如此，江州时期凡是有“沦落”的情况者，都可以引发白居易的感触，成为他等同的对象，并不独琵琶女为然。例如，在《放旅雁》一诗中亦云：

> 我本北人今谴谪，人鸟虽殊同是客。见此客鸟伤客人，赎汝放汝飞入云。

如果把其中的“旅雁”换成“琵琶女”，岂不是完全可以相通吗？白居易之所以花钱买下雁鸟，将它放生，并不纯粹是因为出于一腔仁爱的怜悯和同情，而是在旅雁身上看到自己，赎放的举动主要还是对自己被贬受困的补偿性行为。既然“人鸟虽殊”都可以在不同物种之间画上等号，建立“同是客”的等同关系，则同种之间的去阶级化、去界限化而“同是天涯沦落人”，便更属自然而然。

虽然“同是天涯沦落人”而人我双写的艺术能量，焕发出浓厚的情感并带来强烈的感染力，如陈寅恪认为，本篇“既专为此长安故倡女感今伤昔而作，又连绾已身迁谪失路之怀。直将混合作此诗之人与此诗所咏之人，二者为一体。真可谓能所双亡，主宾俱化，专一而更专一，感慨复加感慨”[1]。但是，如果我们不被这样的雷同所迷惑，就必须说，“沦落”只不过是表面的相似，从本质来说，白居易的“同是天涯沦落人”明显是错误模拟，因为两人沦落的原因完全不同。

琵琶女的悲情是来自过度沉迷物质享乐所导致的结果，展现的是她身为风尘中人的轻浮无知，其“沦落”并不存在人格与现实的冲突，因而并未达到内在价值与自我实践的意志范畴；而白居易之所以遭谗获贬、远谪江州，则是因为写了讽喻诗《秦中吟》十首得罪权贵，以致被借题发挥，导致左迁浔阳司马，展现的是身为知识分子的理想性格，他的“沦落”是坚持原则所付出的代价，事理之本质与境界之高下可谓迥然有别。但白居易却用“同是天涯沦落人”的写法，让他原来所具备的道德原则与理想坚持消失淡化，只剩下单纯的沦落失意，严格说来颇有不伦不类之嫌。

很有可能，白居易并没有注意到这个本质上的差别，似乎对他而言，“平生不得意”与“天涯沦落”就是足以等同彼此的唯一根据；而他之所以写讽喻诗，本来就不完全是来自为国为民的理想。

我们可以进一步注意到：按照平行原则，诗篇中对琵琶女“沦落之前”的繁华岁月，所对应的应该就是白居易“沦落之前”置身长安的朝官生涯。白居易对那一段时期的京官生活是如何评价的？名妓岁月与朝官生涯又是否具有等价或同质的属性？这些问

1 陈寅恪：《元白诗笺证稿》，第二章《琵琶引》，第 47 页。

题的解答，都可以帮助我们看清白居易的性格特质，以及“同是天涯沦落人”的真正意义。从他怎样回顾贬到江州之前的人生，最足以清楚呈现出来。

事实上，白居易对贬谪前的仕宦经历所描述的重心，正是名利权势的价值范畴，在他写给元稹的《与元九书》中说：

十年之间，三登科第，名入众耳，迹升清贵，出交贤俊，入侍冕旒。始得名于文章，终得罪于文章，亦其宜也。

这一段谈的都是各种虚荣得意的记录，对于自己擅长的文章所带给他的得失，也都是在名利权势的范畴上而言的。所谓“始得名于文章，终得罪于文章”，意思是说，文章带给他很大的名声，以致结交权贵，“名入众耳，迹升清贵，出交贤俊，入侍冕旒”，但也因为他写了讽喻诗才遭到贬谪的厄运，等于是一种获得名气的代价。

再看白居易是怎样看待这些讽喻诗的呢？《与元九书》这封信中继续说：

闻《秦中吟》，则权豪贵近者相目而变色矣。闻《登乐游园》寄足下诗，则执政柄者扼腕矣。闻《宿紫阁村》诗，则握军要者切齿矣。……又闻亲友间说：礼、吏部举选人，多以仆私试赋判，传为准的；其余诗句，亦往往在人口中。……诸妓见仆来，指而相顾曰：此是《秦中吟》《长恨歌》主耳！自长安抵江西三四千里，凡乡校、佛寺、逆旅、行舟之中，往往有题仆诗者。士庶、僧徒、孀妇、处女之口，每每有咏仆诗者。

可见白居易于口诛笔伐之际，还同时享受着当道震动、权贵侧目，而同侪礼赞、百姓颂扬的特殊名望所带来的心理满足，从朝廷考试到歌席酒筵，他的诗人人都读过，还被用来做考试题目，其中充满了一种微妙的权力快感，甚至在贬谪到江州的旅途中，白居易还很得意于这三四千里的路上，到处都有人认识他，都有地方题他的诗。

试看这一大段沾沾自喜的话语中，又哪里有一点受苦百姓的踪迹？可是先前他说他之所以写讽喻诗，是因为忧国忧民，所谓"惟歌生民病，愿得天子知"（《寄唐生诗》）、"但伤民病痛，不识时忌讳。遂作秦中吟，一吟悲一事"（《伤唐衢二首》其二），但到了被贬谪的时候，他所注意的重点，却只剩下这些诗能够震撼权贵的影响力，以及被人传诵的名气了！

因此甚至让人高度怀疑：这样一种对于世俗价值患得患失的心理，也连带影响到他写讽喻诗的心理动机，其实并没有像李白、杜甫那样单纯地完全出自理想。从白居易自己的描述，可以推敲出白居易之所以写讽喻诗强烈抨击时政弊端，固然也有儒家兼济天下的理想性，但本质上恐怕还是为了"名入众耳""得名于文章"，利用讽喻诗快速获得名望，应该才是更重要的原因。

既然在《琵琶行》中，所聚焦的都是"繁华→沦落"的单向结构，随之展开被贬谪的怅怨以及对长安的眷恋，显示出白居易最在意的就是世俗的得失，以致"失意"变质为"失势"，所追慕的"繁华"实更近于"浮华"。而琵琶女魂牵梦萦、念念不忘的繁华生活，也是由地位、物质、声名所构成，属于个人一生中爆发于青春岁月的巅峰经验，且满足于外部的、社会化的世俗虚荣。据此而言，可以说在价值取向和人生追求中，确实“他们都有两面性：琵琶女既崇尚艺术又喜爱金钱；诗人具有艺术才华又渴慕权势；上层官吏既追求权势又不放弃名利”[1]，这就是构成“同是天涯沦落人”的另一个原因。原来本质上他们是同一类的人，不只是“天涯沦落”的遭遇相同而已！

“投射心理”的发动

我们一开始就说过，琵琶女的存在是虚是实，在文学史上并非没有争论，我不认为她是完全虚构的，但即使有着现实的蓝本，经过了文学的改造，也必然带有一些虚构性，这就是不可以把《红楼梦》等同于曹家传记的原因。何况，琵琶女的自传是由白居易代笔的，代笔时难免或多或少经过了自觉或不自觉的取舍修改，以至于我们从诗歌中看到的琵琶女，毋宁说是白居易所塑造出来的。

必须说，即使是虚构的人物，也可以证明琵琶女的这个样子，就是白居易所给她的，但也有可能是真实人物，在白居易这个代言人的笔下，透过他的转述，很容易就带上了他个人主观的认知。所以一定要注意一件事，当你听别人的转述的时候，要警觉到转述的人多少都会改写真实的原貌，这里多一点、那边少一点，事实很容易就会走样了，而且，转述的人是怎样认识这些事情的，也就决定了他会怎样去表达这些事情，这么一来，你听到的一定

1 马建荣：《沦落的焦虑——论〈琵琶行〉的社会关系呈现》，《楚雄师范学院学报》第十八卷第四期（2003 年 8 月），第 17 页。

不是事情的真相。

因此，无论琵琶女是虚构人物还是真实人物，我们都高度怀疑其中有白居易自己的认知系统在运作，更大的可能是，不自觉地把他对于人的一个想象带进琵琶女的自传里。

既然琵琶女的人格特质是庸俗肤浅的，那么，白居易在塑造这样的琵琶女时，是否并没有意识到这一点？这是非常有可能的。“同是天涯沦落人”的等同很明显是聚焦在“天涯沦落”上，白居易太在乎这一点，以致并没有注意到人格问题。何况《琵琶行》中对于琵琶女的同情很明显，而同情心往往让人更包容，通常不会导出负面的批评。

但是，白居易又怎么会在自己没有意识的情况下，写出一个庸俗肤浅的琵琶女，而且还和自己的性格很接近？在此，心理学可以提供很深刻的解释，那就是无意识中所发动的投射心理。

“投射心理”是分析心理学家荣格（Carl Gustav Jung，1885—1961）的理论之一，意思是说：“如果人们在他人身上看到自己没意识到的倾向，那就是‘投射’。……投射是一种无意识的心理机制，每当我们的某个与意识无关的人格特征被激活之际，投射心理便趁势登场。在无意识投射的作用之下，我们往往从他人身上看到这个未被承认的个人特征，并做出反应。我们在他人身上看到的某些东西，事实上也存在于我们身上，然而我们却没有察觉自己身上也有。”[1]另外，荣格的弟子冯·弗兰茨（von

1〔英〕康妮·茨威格（C. Zweig）、杰里迈亚·埃布尔拉姆斯（J. Abrams）合编，文衡、廖瑞雯译：《人性阴暗面》（*Meeting the Shadow: The Hidden Power of the Dark Side of Human Nature*），北京：中央编译出版社1998年版，第39、44页。

Franze）也说明道：

> 投射“是一种在他人身上所看到的行为的独特性和行为方式的倾向性，我们自己同样表现出这些独特性和行为方式，但我们却没有意识到……（它）是把我们自身的某些潜意识的东西不自觉地转移到一个外部物体上去”。而当投射发生时，我们常常在投射者身上发现强烈的情绪、言语或行为反应。[1]

正因为过于注重世俗荣辱与个人得失，以致白居易只注意到琵琶女与自己“天涯沦落”的外在遭遇，却没有分辨其中至为关键的内在差异；或者应该说，原来他和琵琶女的内在差异并不存在，他们两人都是追慕“繁华”甚至“浮华”的人，即使白居易自己并不愿意承认，因此才会在《琵琶行》的序文中说“予出官二年，恬然自安”，呈现一个清高恬淡的自我形象。但奥妙的地方就在这里，白居易自己所不承认的真正的自我，却不自觉地转移到琵琶女身上，而琵琶女的性格特质和行为方式，事实上也存在于白居易身上，只是他自己并没有察觉。

而这样的性格，正是苏东坡曾经批评的“元轻白俗”（《祭柳子玉文》）。说白居易“俗”，常见的解释有几种：

1. 用语浅白，直接易懂。[2]

1 杨韶刚：《精神的追求——神秘的荣格》，哈尔滨：黑龙江人民出版社 2002 年版，第 71–74 页。

2 叶庆炳：《中国文学史》，台北：台湾学生书局 1984 年版，第十七讲，第 340 页。

2. 内容表达的浅易，“思想上的简洁直接”[1]，不涉及曲折复杂深奥的生命体验。以上这两者都属于所谓“老妪皆解”的层面。

3. 但是，考虑“元轻白俗”是具有对仗意义的并称关系，所谓的“俗”和“轻”上下平行，应该出于同一个意义范畴。既然“元轻”是指元稹的为人轻浮、轻薄，故有种种巧宦干求之举，也有抛弃崔莺莺的薄幸之态；那么“俗”也应该是就人格评价而言，与文学表现上的用语浅俗、内容浅易无关，而是指白居易的心性世俗，追求的是一般人所热衷的世俗价值，主要便是功名利禄，以致表现出对外在得失的过度重视。

这一点，其实很多古人都已经察觉到了，朱熹就指出：

乐天，人多说其清高，其实爱官职，诗中凡及富贵处，皆说得口津津地涎出。（《朱子语类》卷一百四十）

另外，胡仔也说：

乐天既退闲，放浪物外，若真能脱屣轩冕者；然荣辱得失之际，铢铢较量，而自矜其达，每诗未尝不着此意。（《苕溪渔隐丛话·前集》卷十九）

因此，葛立方就以苏东坡做对比，提醒两人的差别：

白乐天号为知理者，而于仕宦升沉之际，悲喜辄系之，……观此

1 谢思炜：《论自传诗人杜甫》，《唐宋诗学论集》，北京：商务印书馆 2003 年版，第 17 页。

数诗，是未能忘情于仕宦者。东坡谪琼州有诗云："平生学道真实意，岂与穷达俱存亡。"要当如是耳。（《韵语阳秋》卷十一）

不只宋代的诗评家这么说，明朝胡震亨也观察到：

乐天非不爱官职者，每说及富贵，不胜津津羡慕之意。（《唐音癸签》）

清代赵翼更发现：

香山历官所得，俸入多少，往往见于诗。……诗不惟记俸，兼记品服。（《瓯北诗话》）

而这一点，宋代的洪迈已经早一步注意到了，他说"白乐天仕宦，从壮至老，凡俸禄多寡之数，悉载于诗，虽波及他人亦然"，并一一罗列白居易诗中有关品秩俸禄的文句，竟达三十处之多（《容斋随笔·五笔》卷八）。试想，一个人总是在谈他的薪水有多少、最近又升了什么官，确实是俗之又俗。由此也可以发现，白居易其实是很在乎世俗的功名利禄、富贵权位的，难怪一旦失去，就承受不了这样的打击，念兹在兹的都是富贵功名的失落。

如此一来，《琵琶行》中实际上充满了追随世俗价值的被动性。从而描写对象琵琶女所呈现的庸俗性格，便是白居易自己所不自觉的个性投射，而"同是天涯沦落人"非但不是错误模拟，更是这个层次上的同道表示，在镜像的迭映作用之下，琵琶女乃是白居易由其“真实的本然之我”折射出来的投影。由此也令人不禁推测：《琵琶行》中有关琵琶女身世的描写，应该也是出于白居易个人的想象，才会染上这种浮薄伧俗的品位吧？

“向往的理想之我”与“真实的本然之我”的分裂

说白居易自己并没有察觉，原因在于潜意识的运作本来就是不自觉的，何况应该很少有人会承认自己是虚荣庸俗的吧！最重要的是，白居易在自觉的情况下，所表现的自我都是清高脱俗的，是中华文化里所赞扬的理想形象，例如，《琵琶行》小序所言“予出官二年，恬然自安”，以及《江州司马厅记》所说“予佐是郡，行四年矣，其心休休如一日二日，何哉？识时知命而已”，都表现出一种被推崇的旷达襟怀，“出处进退，何往而不自得”，而呈现一种“向往的理想之我”的自觉性表态。

但事实真的是这样吗？“出官”的二年中，白居易真的是“恬然自安”，直到遇到琵琶女的时候才“始觉有迁谪意”吗？从《琵琶行》第四段的种种抱怨来看，何尝有“恬然自安”的味道？而最后收尾的“座中泣下谁最多？江州司马青衫湿”的场面，更显示出白居易的愤懑压抑已久，才会一触即发，出现情绪的大爆发。因此，宋代葛立方就质疑他的言行不一：

> 至于泪湿青衫之上，何惫如此哉！余先文康公尝有诗云：“平生趣操号安恬，退亦怡然进不贪。何事浔阳恨迁谪，轻将清泪湿青衫。”（《韵语阳秋》卷九）

特别是，白居易非常介意身上所穿的那一袭青衫，那就是他失控落泪的真正原因。青衫原是古时学子所穿之服，借指书生。到了唐代，则成为官服的颜色之一，据《旧唐书·舆服志》记载：官员三品以上服色用紫，四品、五品以上服绯，六品、七品服绿，八品、九品服青。青袍、青衫就是蓝色官服，为最低阶的官员所穿，因此也成为沉沦失意的标志。

既然服色反映了穷达贵贱，白居易念兹在兹，于篇终悲楚之情达至最高潮的时候刻意拈出青衫，还用许多眼泪加重青衫的压力，成为整首《琵琶行》的压轴，可见白居易之所以花费如许篇幅淋漓歌咏，都是源于这一袭青衫所带来的愤懑。而洪迈所谓“乐天之意，直欲摅写天涯沦落之恨耳”（《容斋随笔·五笔》卷七），确实道出其最核心的创作宗旨，反映出斤斤于荣辱穷达的得失心。

当然，在贬谪江州的这段时间中，白居易未尝没有坦荡的表示，例如“无论海角与天涯，大抵心安即是家”（《种桃杏》）、“身心安处为吾土，岂限长安与洛阳”（《吾土》）、“我生本无乡，心安是归处”（《初出城留别》），等等。但其实这只是一小部分而已，其他表达愤懑不甘的诗歌更是所在多有，例如，“浔阳迁谪地，洛阳离乱年。……乡心坐如此，秋风仍飒然。”（《忆洛下故园时淮汝寇戎未灭》）《谪居》一诗更云：“面瘦头斑四十四，远谪江州为郡吏。”其他不暇枚举，此类诗歌明显难以被忽略。

更重要的是，即使这些诗句是丝毫无伪的真情告白，其实也属白居易当下于自觉层次上所塑造的“向往的理想之我”，一如《琵琶行》序文与《江州司马厅记》所言；而其潜意识中的“真实的本然之我”，却表露于《醉吟先生传》以及很多诗句的弦外之音，包括这一首《琵琶行》在内。

根据学者的研究，中国古代文人在自序文体中所塑造的自我，有“为世排除之我”“与众异质之我”“众中杰出之我”“向往如此之我”等各种类型，在总体上又与西方着重于个人内在变化的“忏悔式自我”明显不同。[1]以这样的分类来看，可以说，白居易在《琵琶行》序文中所刻意表达的，明显属于“向往如此之我”的理想自我形象，乃是一种超然而杰出于众人之上的清高境界，但是，诗歌中所呈现的却是一种“为世排除之我”的自我形象，且更逼近诗人真实内在的俗情本质，透显出深深为社会成败观念与物质享受程度所拘絷的自怜自艾。

由此也可见，文化大传统给了文人一种很高的期许，引导他们走向更理想的人格追求，但这并不能真正改造世俗性浓厚的文人，他们真实的自我仍然非常顽强，不能忘怀得失，白居易可以说是这种矛盾性最鲜明的一位。而这个“向往的理想之我”与“真实的本然之我”纠葛并存的矛盾性，就以如此奥妙的方式表现在《琵琶行》这首作品里。

1〔日〕川合康三著，蔡毅译：《中国的自传文学》，第二章、第三章。

“讽喻诗”：昙花一现的风骨

从前面的分析可知，一篇文学作品的意义不能只看表面、片面，必须更深入一层，要整体、全面地给予定位。

就亚里士多德（Aristotle）所谓“诗比历史更真实”[1]的意义而言，《琵琶行》这篇传记色彩浓厚的长诗，毋宁更是作诗人本身的自我呈现。并且，在“得罪于文章”而被贬为江州司马之后，白居易就不再写让他名闻遐迩的讽喻诗了，算起来，所谓的讽喻时期只有短短几年，相关作品共一百七十二首，这和他六十年以上的创作过程、三千八百多首诗的创作总量相比，其实算是稍纵即逝、九牛一毛，但却变成现代读者对于白居易的价值判断所在，恐怕是太过以偏概全。

尤其是，《与元九书》中一再津津乐道的“名入众耳”“得

1 语出〔古希腊〕亚里士多德：《诗学》第九章，英译如下：“The poet, unlike the historian, describes not what happened, but what might happen. Hence, poetry is more philosophical and worthy of serious attentions than history. History deals with particular facts; poetry with universal truths.” 姚一苇译注云：“诗比历史更哲学。其次，诗所显示的为一种更高的真实（a higher reality），所谓更高的真实，不是已有的真实，而是可能的真实，亚氏指出不是已属如此，而是应系如此。”（第二十五章）见《诗学笺注》，台北：台湾编译馆 1986 年版，第 89 页。因此，一般多采“诗比历史更真实”的翻译。

名于文章”，确实显示出白居易极为好名，并且这种好名不只是获得当代的名气，甚至还进一步想要留名千古。这指的不只是以好的创作“立言”获得不朽，而且更加上人为的积极操作，以确保作品传世的机会。

白居易一生中，有几次将所撰的全部诗文加以整理编辑，完成后抄写五个复本，分送五个地方收藏，包括庐山、苏州、东都洛阳三处的寺庙藏经院，以及一个侄子、一个外孙家，目的就是为了避免发生各种天灾人祸而导致失传。为了永远把自己的作品保存下去，设想真是十分周到，堪称深谋远虑，以致赵翼感叹道：

才人未有不爱名，然莫有如香山之甚者。所撰诗文，曾写五本：一送庐山东林寺经藏堂，一送苏州南禅寺经藏内，一送东都圣寿寺钵塔院律库楼，一付侄龟郎，一付外孙谈阁童。此香山自记也。……才人名心如此！今按李、杜集多有散落，所存不过十之二三，而香山诗独全部流传，至今不缺，未必非广为藏贮之力也。（《瓯北诗话》卷四）

这个做法以及这种用心，可以说是历代极为罕见的。这就难怪李白、杜甫这些大诗人都只留下部分作品，即使经过后人的努力搜集，目前也只有李白一千首、杜甫一千四百多首而已，但白居易却留存了三千八百多首，这当然不是李白、杜甫写得不够多，而是白居易特别费尽苦心所造成的。比较起来，李、杜果然潇洒脱俗得多，没有把心力放在收集保存自己的作品上，以致散失了十分之七八，不可不说是文学史的重大损失。

这么说来，杜甫与白居易这两位诗人虽然常常被相提并论，但本质上迥然不同。杜甫一生都在致力于“致君尧舜上，再使风俗淳”，往往因为别人的苦难而忘了自己，这样的人又怎么会把个人的得失放在心上？又怎么会把心思用在极力保存自己的作品上？

但是，白居易并非如此，他甚至说：“仆志在兼济，行在独善。”（《与元九书》）表明他在志向上是兼济天下，但行为上则是独善其身。志（理想）、行（行为）二分，各自表述，原不失为自我与社会的协调折中之法，也是一个人很难避免的落差，但这种二分或落差的现象如果太严重的话，很容易就会变成说一套做一套的伪君子，所谓的理想只不过是沽名钓誉的夸夸其谈。

何况一旦失去了这些独善其身的种种好处，白居易就为失势沦落感慨万端、无以自处，平常那一种“自我心存道，外物少能逼”（《伤唐衢二首》其一）的境界就荡然无存。从这个角度来说，白居易的“真实之我”不仅与其笔下的琵琶女无甚差异，甚至恐怕还不如琵琶女——至少琵琶女从来没有营造出清高脱俗的样子，始终都是很一致地袒露自己的现实面。

当然，这并不是要否定《琵琶行》的艺术价值，也没有要全部否定白居易的意思。重点在于：固然《琵琶行》的艺术价值很高，白居易的聪明才智更是不凡，再加上积极创作大量的诗篇，白居易甚至自称“诗魔”，意指对诗歌的狂热爱好有如入魔一般，诸如：

· 自从苦学空门法，销尽平生种种心。唯有诗魔降未得，每逢风月一闲吟。（《闲吟》）

· 酒狂又引诗魔发，日午悲吟到日西。（《醉吟二首》其二）

以致他大量的诗文构成了研究中唐文学的宝库，这是白居易能成为名家的原因。但若只就人格内涵的倾向而言，白居易与琵琶女其实都是世俗化的，甚至称得上是庸俗，常常展现出追随世俗价值的被动性。毋庸讳言，白居易诗中往往流露出一种“聪明人的沾沾自喜”，连他和元稹的交谊，虽然非常真挚感人，也未必没有沆瀣一气的成分。宋代杨万里就认为：

读遍元诗与白诗，一生少傅重微之。再三不晓渠何意，半是交情半是私。（《读元白长庆二集诗》）

所谓的“半是私”，就是指他们的关系不完全是君子之交，而带有一半的私心，也就难免有所偏袒护短。确实，元稹这个人是有很大的争议的，他的热衷名位比起白居易有过之而无不及，甚至被历史学家称为“巧宦”。陈寅恪便指出：“观于此诗，则知微之所以弃双文，盖筹之熟思之精矣。然此可以知微之之为忍人，及至有心计之人也。其后来巧宦热衷，位至将相，以富贵终其身，岂偶然哉。”[1]传统文人乃直指其为“轻薄小人”。[2]而白居易却与这样的人十分投契，成为莫逆之交，终身唱和，岂非带有物以类聚的道理？

同样地，宋代诗评家罗大经也说道：

---

1 陈寅恪：《元白诗笺证稿》，第四章《艳诗及悼亡诗》，第 96 页。

2 “秋芙谓元九《长庆集诗》，如土饭尘羹，不知有味，惟《悼亡》三诗，字字泪痕，不堕浮艳之习。余曰：未必不似宋考功于刘希夷事耳，不然，微之轻薄小人，安能为此刻骨语。”（清）蒋坦：《秋灯琐忆》，台北：世界书局 1959 年版，第 8 页。

乐天非是不爱富贵者，特畏祸之心甚于爱富贵耳。其诗中于官职声色事，极其形容，殊不能掩其恋谬之意。其平生所善者，元稹、刘禹锡辈，亦皆逐逐声利之徒，……岂非冤亲未忘，心有偏党乎？慕乐天者，爱而知其疵，可也。（《鹤林玉露》卷三）

所谓“爱而知其疵”，正是《礼记·曲礼》早已提醒的：“爱而知其恶，憎而知其善。”这就是一种理性的思维，清楚客观地看出真相，不会被表面的感觉所遮蔽，这也是我们应该学习的。并且，看清以后更重要的是用以自我省思，是否也有不自觉的浅俗性格，以致不能振拔起来有所超越？以致结交朋友的时候，只在乎“友谅，友多闻”，却很少接受“友直”，导致了互惠互利的结党营私而不自知，这都是更重要的问题。

清·郎世宁《荷花蝴蝶》

之六 哀凄绝望的诗灵

晚唐李商隐的《锦瑟》

錦瑟無端五十絃，一絃一柱思華年。

莊生曉夢迷蝴蝶，望帝春心託杜鵑。

滄海月明珠有淚，藍田日暖玉生煙。

此情可待成追憶，只是當時已惘然。

无题的凄苦：独恨无人作郑笺

李商隐是唐诗的压轴，绽放出世纪末的华丽，《锦瑟》则是他一生歌咏的代表作，也是首屈一指的唐诗名篇。

李商隐被认为是“晚唐第一人”（清·叶矫然《龙性堂诗话初集》），为人纤细、敏感、执着、多愁的感伤性格，往往耽溺于残缺美中，与上文谈到的几位诗人的性格完全不同。他一生都困在牛李党争的复杂处境之中，在夹缝中求生存，饱受有苦难言之痛，他首创的无题诗可以说是这种命运的结晶，所以他变成一个最能体会弱者处境的诗人，如《龙池》写的是被侮辱与被损害的痛苦，还有《野菊》《回中牡丹为雨所败》之类受苦的生命，托物寓志，将自身放顿在里面，令人感慨万端。

关于李商隐那谜一般难解却又魅力无限的诗歌，尤其是《无题》，元好问《论诗绝句三十首》（其十二）云：“望帝春心托杜鹃，佳人锦瑟怨华年。诗家总爱西昆好，独恨无人作郑笺。”说的是李商隐的诗具有迷离恍惚、美丽动人又茫然不解的特色，可惜没有人能如同汉代的郑玄注解《诗经》一样，为李商隐的诗作充分注解。因此，诗人到底在感慨什么、痛苦什么，当他不愿明说的时候，后世读者也无法呼作者于地下而问之，只能大胆假设或小心猜测。

当然，这并不等于可以把这些无题诗都当作政治诗来解读诠释，即使那确实是由某一个现实碎片所引发，但重点并不在于那是哪一个现实事件，而在于李商隐书写时展现出哪一种性格特质。所以，除了这种内心底层的秘密实在无法破解之外，用字遣词的基本意义、诗人的主要性格特质，读者却是可以通过勤奋用功的研究而得出正确的解答。

历来的理解视域：咏物？政治？爱情？

元好问用来拈出李商隐诗特点的“望帝春心托杜鹃，佳人锦瑟怨华年”，都是出自《锦瑟》这首诗。《锦瑟》虽然题目明确，其实是仿照古诗掇取首句前二字以为标示，并非一般诗歌因内容立题者，所以实质上仍是一首“无题诗”。无题诗是由李商隐所创，这和文学史上因为流传过程中失落了诗题的“佚题诗”不同，是李商隐刻意隐藏创作主旨的做法。

通常，古典诗的命题具有标示写作动机、目的的功能，例如：咏物诗必须在诗题上标示所歌咏的对象名称，以免成为猜谜诗；送别诗就要点出相关的人、事、时、地、物，才能产生设身处地、感同身受的具体环境；其他类型的诗歌都大略如此。但李商隐却有意隐晦其事而朦胧言之，因此造成索解纷纭的结果，清初王士祯在《论诗绝句》中更直接说：

獭祭曾惊博奥殚，一篇锦瑟解人难。

确实如此，有人统计过，从宋代以来，关于《锦瑟》这首诗的诠释已经超过十种，归纳起来，主要有五个范畴：

一、单纯的咏物诗

有人根据诗题，认为这是一首以锦瑟为对象的咏物诗，宋人许顗《彦周诗话》云："《古今乐志》云：'锦瑟之为器也，其柱如其弦数，其声有适怨清和。'又云：'感（适）怨清和，昔令狐楚侍人能弹此四曲，诗中四句，状此四曲也。'章子厚曾疑此诗，而赵推官深为说如此。"宋黄朝英《缃素杂记》也是采用此说，谓此诗乃言瑟乐"适、怨、清、和"之声，显然是就诗篇题作"锦瑟"，于是把它当作一首一般的咏物诗。

这种说法的不当之处，明代胡应麟早就指出："宋人认作咏物，以适怨清和字面，附会穿凿，遂令本意懵然。且至'此情可待成追忆'处，更说不通。"（《诗薮·内编》卷四）

二、和政治有关

有人以为诗中是在寄托牛李党争的历史事件，这是李商隐诗歌诠释史上很常见的一种说法。代表者是张尔田《玉溪生年谱会笺》卷四说的："沧海句言李德裕已与珠海同枯，李卒于珠崖也；蓝田句言令狐绹如玉田不冷，以蓝田喻之，即节彼南山意也。"此外，甚至有疑此诗乃伤唐室之残破而作者。

三、和情感有关

这是政治比附说之外一样常见的解读法，认为李商隐的爱情诗质量俱佳，既多且好，再加上李商隐在写作这类无题诗时，往往都是以爱情为包装，因此同样属于无题诗的《锦瑟》也就被归纳为这一类。清朝纪昀便以为它是一首艳情诗：“以思年华领起，以‘此情’二字总承，盖始有所欢，中有所阻，故追忆之而作。”（《李义山诗辨正》引）

不过，情感或者说狭义的恋爱，也还是牵涉对象的具体差异，因此其诗旨主要有以下数种说法：宋代刘攽《中山诗话》和明朝胡应麟《诗薮》都认为“锦瑟”是青衣婢女的名字，诗乃为“令狐楚家青衣”而作，是写给“锦瑟”的爱情诗篇；清朝纪昀《玉溪生诗说》则以为这是追忆过去对一位无名女子的绝望之恋；也有人说，这是在表达对宫女或女道士的爱情。

但这种说法早就遭到胡震亨的反驳：“以锦瑟为真瑟者痴；以为令狐楚青衣，以为商隐庄事楚、狎绹，必绹青衣亦痴。商隐情诗借诗中两字为题者尽多，不独《锦瑟》。”（《唐音癸签》卷二十三）

还有一种说法，是主张恋爱对象已经过世，即亡故的妻子王氏。最早提出此一说法的是明末清初的钱龙惕，后来的朱鹤龄、朱彝尊都采此说，钱良择《唐音审体》中便解释说：“此悼亡诗也。《房中曲》云：‘归来已不见，锦瑟长于人。’即以义山诗注义山诗，岂非明证？锦瑟当是亡者平日所御，故睹物思人，因而托物起兴也。集中悼亡诗甚多，所悼者疑即王茂元之女。旧解纷纷，殊无意义。”

清人程梦星也说：“夫妇琴瑟之喻，经史历有陈言，以此发端，无非假借。诗之词旨，盖以锦瑟之弦柱实繁多且多，夫妇伉俪历有年所，怀人睹物，触绪兴思。”（《重订李义山诗集笺注》）意思是，经史中自古就有将琴瑟比喻为夫妇伉俪的先例，《锦瑟》诗正是以此开端，故当为悼亡诗。清人胡以梅、陆昆曾、姚培谦、孟森等人均赞同此说。

还有清代厉樊榭指出："此诗，义山悼亡之作也。锦瑟五十弦，剖为二十五，是即其人生世之年，故云思华年也。今则如庄生之蝶、望帝之鹃，已化为异物矣。然其珠光玉润，容华出众，有令人追忆不能忘者。在当日已惘然知尤物之不能久存，不待追忆而始然也。"（施国祁《元遗山诗集笺注》卷十一《论诗三十首》之十三注引）如此一来，连死者逝世的年龄都被推测出来了，就是锦瑟二十五根弦所对应的二十五岁，诚可谓青春早逝，更令人怅惘。

另外，也有诗评家把咏物和悼亡结合在一起，认为这首诗是借死者生前所喜爱的乐器来抒发悲悼之情，如前面已经提到钱良择所说的："锦瑟当是亡者平日所御，故睹物思人。"更早的朱彝尊也认为："此悼亡诗也。意亡者善弹此，故睹物思人，因而托物起兴也。"（《李义山诗集辑评》引）

四、和创作心法有关

第四种范畴都和诗歌创作有关，虽然细部的解释颇有差异，但一致认为此诗是李商隐对自己诗歌创作的总结。例如，清何焯在评论《李义山诗集》时，把这首诗列于卷首，提到其友人程湘衡认为："此义山自题其诗以开集首者，次联言作诗之旨趣，中联又自明其匠巧也。"（《义门读书记》卷五十七）所谓的"匠巧"，是指李商隐作诗的匠心独运与雕琢精巧。而钱锺书先生《冯注玉溪生诗集诠评》则认为全诗皆借物拟象，说明作诗的技法和创作的心得，所谓：

自题其诗，开宗明义，略同编集之自序。……首二句言华年已逝，篇什犹留，毕世心力，平生欢戚，清和适怨，开卷历历。庄生……（次联）一联言作诗之法也。心之所思，情之所感，寓言假物，譬喻拟象，如飞蝶征庄生之逸兴，啼鹃见望帝之沉哀，均义归比兴，无取直白。举事宣心，故曰“托”；旨隐词婉，故曰“迷”。……沧海（腹联）……一联言诗成之风格或境界，……不曰“珠是泪”，而曰“珠有泪”，以见虽化珠海圆，仍含泪热，已成珍玩，尚带酸辛，具宝质而不失人气。暖玉生烟，此物此志，言不同常玉之坚冷，盖喻己诗虽琢炼精莹，而真情流露，生气蓬勃，异于雕绘夺情、工巧伤气之作。……珠泪玉烟正以形象体示抽象之诗品也。（周振甫《诗词例话》引）

这一大段解释，可以说是历来这一类说法中最详细的。

五、和自我感伤有关

至于第五类的看法，则是把这首诗视为李商隐回顾人生时的感伤之作，当然这些看法的细部差异也一样存在。例如，清代叶矫然《龙性堂诗话初集》指出：此诗“分明是义山自悔其少年场中，风流摇荡，到今始知其有情皆幻，有色皆空也。”这段说法比较偏向于对年少时情色风流的忏悔，范围比较狭窄，针对性也比较特定，因此反倒让整首诗的涵盖面降低。另外，明末清初的朱鹤龄说道：

此篇乃自伤之词，骚人所谓美人迟暮也。庄生句言付之梦寐。望帝句言待之来世。沧海、蓝田言埋而不得自见；月明、日暖则清时而独为不遇之人，尤可悲也。义山集三卷犹是宋本，相传旧次，始之以《锦瑟》，终之以《井泥》，合二诗观之，则吾谓自伤，更无疑矣。

（《李义山诗集笺注》）

同持此见的尚有清初的钱谦益、何焯：

详玩“无端”二字，锦瑟弦柱当属借语，其大旨则取五十之义。无端者，言岁月忽已晚也，玩下句自见。顾其意言所指，或忆少年之艳冶，而伤美人之迟暮；或感身世之阅历，而悼壮夫之晚，则未可以一辞定也。（《唐诗鼓吹评注》）

这就把诗歌的主旨定调为自我感伤。至于感伤什么呢？从“美人迟暮”的说法可知，指的应该是怀才不遇、终身无成的失败，这也是一些诗评家的共识，如薛雪也说：“此是一副不遇血泪，双手掬出，何尝是艳作？”（《一瓢诗话》）汪师韩解释得更详细了，他认为：

锦瑟乃是以古瑟自况……世所用者，二十五弦之瑟，而此乃五十弦之古制，不为时尚；成此才学，有此文章，即己亦不解其故，故曰“无端”，犹言无谓也。自顾头颅老大，一弦一柱，盖已半百之年矣。“晓梦”喻少年时事，义山早负才名，登第入仕，都如一梦。“春心”者，壮心也，壮志消歇，如“望帝”之化“杜鹃”，已成隔世。“珠”“玉”皆宝货，“珠”在“沧海”，则有遗珠之叹，唯见“月”照而“泪”。“生烟”者，“玉”之精气。“玉”虽不为人采，而“日”中之精气，自在蓝田。“追忆”谓后世之人追忆也。“可待”者，犹云必传于后无疑也。“当时”指现在言。“惘然”无所适从也。言后世之传，虽可自信，而即今沦落为可叹耳。（《诗学纂闻》）

意思是说，第三句“庄生晓梦迷蝴蝶”写少年时的才华功名如同一梦；第四句“望帝春心托杜鹃”写壮志不再，恍如隔世，悲伤之情托诸杜鹃；第五句“沧海月明珠有泪”以沧海遗珠表示怀才不遇；第六句“蓝田日暖玉生烟”也是写良玉埋地，不为世用。

“无题”的内在意义：人生总体情境的身世之感

以上这些说法，很难说哪一种是“标准答案”，但我们认为，从整首诗的意象特点、意境特色，都在指向这是李商隐年近五十岁时，所进行的一场人生总回顾。“总回顾”意味着并不是针对哪一个特定的人、事、物，而是一种整体的，包括所有一切在内的感受，因此全篇处处弥漫着一股苍茫迷蒙的意境。就此而言，前面的几种说法都不甚符合这样的特质。

说李商隐是针对一个特定事物（如乐器，或是创作活动，或是写作技巧）去写咏物诗，实在并不符合那样苍茫的心境；而主张这首诗谈的是爱情者，无论牵涉的是妻子还是情人，对象是生还是死，也都难以涵括生命经验的全体；至于主张此诗是有感于政治党争的辛酸而发，那更是太过狭隘的猜测了，“人生”的涵盖面何其宽广，亲情、友情、爱情的酸甜苦辣、喜怒哀乐，都远远超过了政治的范畴。

尤其这首《锦瑟》诗大约作于宣宗大中十二年（858），李商隐四十七岁，亦即在故乡郑州临终的前夕，表现出李商隐在走到人生尽头之际，于回顾平生、缅怀前尘往事之余，悲欣交集而感慨系之的综合感受。作为将李商隐的艺术与人生表现得淋漓尽致的篇章，堪称为笔力万钧的压轴之作，读者根本无须拘限坐实、牵引具体事物以解之，而直接就其中综摄了一切有关理想、爱情、人生遭遇等生命的整体感受，以体味其深沉的感伤，似乎更能切近其本质。

李商隐在写作这类无题诗时，往往以精丽华美的意象和曲折间接的笔法，交织渲染出迷离朦胧与扑朔隐晦的诗境，充满了绝美而难懂的魅惑力。尤其是诗前所冠“无题”之名，并不是因为在历史传承过程中遭到无情的遗忘，导致其本题被沉埋而流失的结果；相反地，它是出自作者有意曲避隐讳的心态的产物，将具有指示和说明功能的诗题完全解消，从而让读者在缺乏人、事、时、地等具体指涉的情况下，连同创作者一起被引导到诗境的迷雾之中。

那不可名状的朦胧氛围，奠定了凄迷怅惘的基调，此外，诗中又加以“晓梦迷”“玉生烟”的层层皴染，以及“托杜鹃”“珠有泪”等神话传说的幻化虚写，渲染出极其浓厚的非现实的梦幻色彩，更使得全诗笼罩在一片朦胧迷茫的意境中。

此时，纯粹的美丽与哀愁就从个别的事件和特定的情节中独立出来，不但构成一种普遍性的基调，更成为吟咏品赏的主要内容。换句话说，“美丽与哀愁”本身既是作者唯一想传达，也是作者希望读者主要去领略的重点，因此超越了对事件之叙述和对理路之安排的关心，而让其本事显得不够明确与具体。

可以说，无题诗饱胀的是一种糅合了人生总体情境的身世之感，虽由政治生涯的追求与失意、爱情方面的执着与落空等经验同时汇聚而来，却避开了具体事件的有限性，更展现出丰富多义、易于联想的效果，达到了含蓄蕴藉、意旨遥深的艺术境界。此类诗作或许令人产生“独恨无人作郑笺”的遗憾，但那从千疮百孔的现实人生中所提炼出来的美丽与哀愁的结晶，无疑却更能将我们推向艺术的精灵，而不落言诠地直接从内心深处随之震颤低吟。这就是无题诗最动人的性质所在。

然而更重要的是，把《锦瑟》这首诗定义为自伤、自慨而作，虽然已经比较接近诗歌的情调，但必须追问的是，李商隐只是在表达感伤、感慨而已吗？并且即使是感伤、感慨，他又是在感伤什么、感慨什么呢？所谓的一生失落无成，这只是很一般性的理解，触及的是一般文人常见的感受，而李商隐所呈现的，是否还有他自己与众不同的个人独特性，并不是这种一般性的、常见的心理经验而已？

就此，我们要提出另外不同的看法，认为这首诗是李商隐在人生最终阶段回首人生时所进行的个人总结与自我剖析，其中透露了他对自己的深刻认识，以及自己的悲剧性格所在——究竟“此何人哉”！

到底李商隐这个人是怎样的一个人？他是怎样地面对人生的一切？对这些问题，李商隐用自己最熟悉的创作方式提供了自我解答。据此可以说，《锦瑟》就是诗人亲手撰写，为自己盖棺论定的墓志铭，而整篇墓志铭的主旨就是那一份美丽与哀愁的心灵。

《锦瑟》诗的意象特点

美丽与哀愁的共同结晶

现在我们来看《锦瑟》这首诗：

锦瑟无端五十弦，一弦一柱思华年。
庄生晓梦迷蝴蝶，望帝春心托杜鹃。
沧海月明珠有泪，蓝田日暖玉生烟。
此情可待成追忆，只是当时已惘然。

诗中的意象充满了凄美浪漫的情调，但首先必须注意到，这首诗不仅创作时间是在作者人生的最终时刻，而且其中所运用的意象也都是李商隐一生所偏好的集大成，过去在创作文字中持续闪烁的吉光片羽，都汇聚到这首压卷的代表作里。

其实，凡是李商隐所好用的诗歌意象，大都具有同一特点，也就是美丽与哀愁的共同结晶，“锦瑟”就是非常典型的一种意象，其他还有“晓梦”“春心”“无端”等。以“春心”而言，这个词一共出现两次，包括：“春心莫共花争发，一寸相思一寸灰”（《无题四首》其二），以及《锦瑟》这首诗所说的“望帝春心托杜鹃”。追踪这个词最早的源头，是来自《楚辞·招魂》的“湛湛江水兮上有枫，目极千里兮伤春心”，如此一来，屈原那执着不悔、浪漫多情的精神已经为它灌注了纯净优美的血脉。

这是一份无比纯洁、执着、美好的心灵，可又那么脆弱而容易受到伤害，于是李商隐的诗中更常出现“伤春”这个词，例如：

· 我为伤春心自醉，不劳君劝石榴花。（《寄恼韩同年二首》其二）

· 年华无一事，只是自伤春。（《清河》）

· 莫惊五胜埋香骨，地下伤春亦白头。（《与同年李定言曲水闲话戏作》）

· 曾苦伤春不忍听，凤城何处有花枝。（《流莺》）

· 君问伤春句，千辞不可删。（《朱槿花二首》其二）

· 天荒地变心虽折，若比伤春意未多。（《曲江》）

· 芳心向春尽，所得是沾衣。（《落花》）

其中，《落花》诗所说的“芳心向春尽，所得是沾衣”，虽然没有直接出现“伤春”这个词，但其实更加清楚地表现出伤春的悲哀，因为那份无比美好的心灵，随着春天的流逝逐渐残缺殆尽，而所得的竟只有沾衣的眼泪而已。这已经初步显示了李商隐一心追求美好的事物，却又总是受到伤害的人生体验。

而李商隐对这样的人生充满了无法理解的困惑，不明白为什么会有这样的遭遇？为什么会发生这样的事？而造成这些现象的道理又何在？往往油然生起一种莫名所以的、无缘无故的无奈感，于是常常发出“无端”的感慨，成为李商隐诗中常常出现的语词，诸如：

· 潭州官舍暮楼空，今古无端入望中。（《潭州》）
· 秋蝶无端丽，寒花只暂香。（《属疾》）
· 无端嫁得金龟婿，辜负香衾事早朝。（《为有》）
· 云鬓无端怨别离，十年移易住山期。（《别智玄法师》）
· 人岂无端别，猿应有意哀。（《晋昌晚归马上赠》）

这些例句，都以“无端”表达一种事出意外、难以言诠而莫名所以的感受。不过，以上这几个词虽然在数量上颇为引人注目，却并不是李商隐的特有现象，而是中晚唐诗人普遍常见的惯用词，搜寻起来，不仅数量很多，而且内涵也很相近。因此，真正专属于李商隐的专利，可以展现出他与众不同的美学品位与心灵趋向的是“晓梦”和“锦瑟”这两个用语。

在《全唐诗》里，“晓梦”这个词一共出现二十一次，李商隐就占了四次，将近五分之一，是别的诗人所难以望其项背的，包括：

· 可要五更惊晓梦，不辞风雪为阳乌。（《赋得鸡》）
· 三百年间同晓梦，钟山何处有龙盘。（《咏史》）
· 山驿荒凉白竹扉，残灯向晓梦清晖。（《梦令狐学士》）

当然还有《锦瑟》这首诗的“庄生晓梦迷蝴蝶”，可见李商隐对这个词语的钟爱。“晓梦”就是清晨破晓时所做的梦，由于接近日出的时刻，又是清醒之前所做的最后一场梦，因此晓梦的特点是短暂而清晰，正道出了追忆平生时，那记忆犹新却又稍纵即逝的感受；何况“庄生晓梦迷蝴蝶”的梦境是如此美丽缤纷，有如庄子梦蝶一般，彩翼双飞，栩栩然、翩翩然，与繁花互相辉映，梦中人当然流连忘返，沉迷其中不可自拔。

果然，李商隐直接提到“蝴蝶”的诗篇，约计有二十九首，并且这些蝴蝶意象多用于其首创的无题和准无题诗[1]，点缀在诗人的梦里梦外，正是那一片春心的化身；然而那小小的、轻盈的春天精灵，同样是那么脆弱而容易受到伤害，与春花一样短暂，可以说是“伤春”的典型事物，点缀在晓梦中，更增加好梦难留的惆怅感。

更值得注意的是“锦瑟”这个意象，《全唐诗》里总共只出现十一次，单单李商隐便用了四次，包括：

· 归来已不见，锦瑟长于人。（《房中曲》）

· 新知他日好，锦瑟傍朱栊。（《寓目》）

· 玉盘迸泪伤心数，锦瑟惊弦破梦频。（《回中牡丹为雨所败二首》其二）

再加上《锦瑟》这首诗，比例高达三分之一！最关键的是，《锦瑟》这首诗也是《全唐诗》中唯一一首用“锦瑟”做标题的诗篇。

1 吴晶：《论蝴蝶意象在李商隐诗中的多重涵义》，《浙江学刊》2001 年第二期，第 124-127 页。

换句话说，唐代的两千二百多位诗人中，没有一个像李商隐一样，在锦瑟上流连注目，凝视着它不肯离开，到最后还全力为锦瑟打造出一首杰作，成为五万首唐诗里唯一一首以锦瑟为对象的咏物诗。可想而知，李商隐对之是多么情有独钟！

作为李商隐所钟爱的诗歌意象，李商隐特别偏好锦瑟的原因，一是它的美丽高贵。“锦”是华丽的织物，与“锦绣”有关的词汇都是最美丽的象征，所谓锦绣文章、锦绣大地、锦心绣口，都是如此；同样地，瑟加上“锦”字，可见造型十分精美。《周礼·乐器图》云：“雅瑟二十三弦，颂瑟二十五弦，饰以宝玉者曰宝瑟，绘文如锦者曰锦瑟。”可见锦瑟的美不是珠光宝气的宝瑟，而是以“绘文如锦”展现出人文艺术的文化精神，代表一种知识的、性灵的美。

至于李商隐特别偏好的原因之二，则是“瑟”这种乐器本为悲哀的象征，来自一个神话传说，出于《史记·封禅书》所载：

> 太帝使素女鼓五十弦瑟，悲，帝禁不止，故破其瑟为二十五弦。

原来“瑟”本身就是一个哀愁的意象，瑟之所以为二十五根弦，是被减半的结果，原本的五十根弦悲凄怆楚至极，甚至连太上忘情的天神也为之动容，到了完全无法承受的地步。可见瑟这种乐器的声调何其哀怨，它那内在深蕴着的哀伤，令人推测如果琴弦加倍的话，就连最伟大的神也都会被悲哀淹没。这可以说是一个后设的神话，用来解释瑟的悲剧感染力，而浓厚的神话色彩更反过来使它染上了迷离凄美的深沉悲剧感。李商隐不仅选了瑟这个悲哀的乐器，更偏偏要用五十根弦的瑟，所谓“锦瑟无端五十弦”，一方面是切合当时的年龄约数，另一方面更是要借以传达那“载不动许多愁”的悲剧一生。

于是，锦瑟这种文采华美却音声甚悲的乐器，金玉其外、酸涩其内，代表了一种柔美深情的心灵，而寓有无限的沉痛与悲感，本来就是一个美丽与哀愁的共同结晶。就像李商隐的心灵和他的人生一样，努力追求美丽，但美丽却同时渗透了悲伤的泪水，很美又很沉重，遂成为李商隐反复致意的一个特殊象征。

四句神话传说，迷离不清的晕染效果

除了大量总汇了这类美丽与哀愁的意象之外，《锦瑟》这首诗的第二大特点，就是充满了迷离不清的晕染效果，而这种效果主要是运用超现实的神话传说来达到的。

第一句的“锦瑟无端五十弦”已经开启了神话视野，中间两联的四句更是一路神游物外，让我们深入到陆地、海底中展开无限的想象。以第三句的“庄生晓梦迷蝴蝶”来看，此句用“庄周梦蝶”的典故，《庄子·齐物论》云：

> 昔者庄周梦为胡蝶，栩栩然胡蝶也，自喻适志与，不知周也。俄然觉，则蘧蘧然周也。不知周之梦为胡蝶与？胡蝶之梦为周与？

其中梦是虚幻的，化蝶更是幻中之幻，一切都失去了真实的界限，已经展开了一个超现实的空间。

接下来的第四句“望帝春心托杜鹃”，运用的是周朝末年蜀王望帝死后化为杜鹃（即子规）鸟的传说，来表达一种生生世世传承不绝的执着。《说文解字·隹部》于“巂”字下云：“一曰蜀王望帝淫其相（即鳖灵）妻，惭，亡去，为子巂（即子规）鸟。故蜀人闻子巂鸣，皆起曰是望帝也。”又唐代刘良注左思《蜀都赋》时，引《蜀记》曰：“昔有人姓杜名宇，王蜀，号曰望帝。宇死，俗说云宇化为子规。子规，鸟名也，蜀人闻子规鸣，皆曰望帝也。”另外，晋朝常璩《华阳国志·蜀志》亦载：

周失纲纪，蜀先称王，有蜀王蚕丛，其目纵，始称王。……后有王曰杜宇，教民务农，一号杜主。……七国称王，杜宇称帝，号曰望帝，更名蒲卑。……会有水灾，其相开明（按：开明即鳖灵之号）决玉垒山以除水害，帝遂委以政事，法尧舜禅授之义，禅位于开明，帝升西山隐焉。时适二月，子鹃鸟鸣，故蜀人悲子鹃鸟鸣也。

各种的传说版本有详有简，互有出入之处，但都表现了一种生死不移的执着，而人鸟之间的异类转化、世世代代的生命流转，都只有在传说中才能出现。同时，望帝化为杜鹃鸟，又延续了庄周梦蝶的物化形态，只是一个迷醉不已、一个悲愿不息，都表现出不为现实所拘限的超越性。

至于第五句的“沧海月明珠有泪”，更可以说是李商隐运用典故纯熟至极的表现，把“月明珠圆”及“鲛人泣珠”两个传说巧妙地熔于一炉，毫无“獭祭鱼”式的堆砌，反倒天衣无缝、出神入化。前一个典故反映了古代天人感应的连动思维，左思《吴都赋》云：“蚌蛤珠胎，与月亏全。”李善注引《吕氏春秋》曰：“月望则蚌蛤实，月晦则蚌蛤虚。”意谓蚌珠随月亮圆缺的形状而产生相应的变化，则当月明之时，蚌珠的形态体积势必最为硕大圆润。

鲛人泣珠的故事则见于《博物志》卷三：

> 南海外有鲛人，水居如鱼，不废织绩，其眼能泣珠。

又左思《吴都赋》刘良注云：

> 鲛人，水底居也。俗传鲛人从水中出，曾寄寓人家，积日卖绡。……鲛人临去，从主人索器，泣而出珠满盘，以与主人。

据此而言，珍珠便是海中鲛人的眼泪所化成的。如此一来，“月明珠圆”及“鲛人泣珠”这两个传说就扩大了眼泪的渗透力，形成了以下的等同关系：

月（明）＝珠（硕大）＝眼泪（盈溢）＝悲伤哀凄（至痛）

于是从天上的月亮到海中的珍珠，都被泪水所浸透，处处也就弥漫着悲哀的本质，何况那由泪水所凝结而成的硕大珍珠上，竟又“有泪”，是为“泪中之泪”，原来眼泪作为悲哀的结果，又可以进一步悲哀到流出眼泪，那泪水绵延不尽又生生不息，其悲哀伤痛的非常程度实在难以想象！

接下来，李商隐从另一个截然相反的角度，跳跃到温馨和暖的幸福体验，第六句“蓝田日暖玉生烟”呈现了一片春夏冲融的氤氲气息。蓝田，又名玉山、覆车山，在今陕西蓝田县，唐朝徐坚《初学记》卷二十七引《京兆记》云："蓝田出美玉如蓝，故曰蓝田。"而李商隐这一句所用的意象，很可能是来自中唐诗人戴叔伦所说的几句话，宋代王应麟《困学纪闻》卷十八提到：

司空表圣（按：即晚唐诗人司空图）云："戴容州（按：即戴叔伦）谓诗家之景，如蓝田日暖，良玉生烟，可望而不可置于眉睫之前也。"李义山"玉生烟"之句，盖本于此。

这一句虽然不是来自神话传说，仍然充满了一种神话世界般的意境，那"玉生烟"的景象可望而不可即，可远观而不可近看，可以具体感受却无从描述，有如置身于宁静安详的乐园里。

"遗貌取神"，回顾一生的过眼烟云

解释至此，我们可以进一步指出，李商隐之所以要运用超现实的神话传说来达到迷离不清的晕染效果，主要就是为了呈现"追忆"的特质。

一开始李商隐就说"锦瑟无端五十弦"，以"五十弦"为言者，乃如李商隐在《七月二十八日夜与王郑二秀才听雨后梦作》一诗中所说的"雨打湘灵五十弦"一般，都是舍弃现实世界中瑟器二十五弦的通俗形制，以极言其人神同悲的哀凄怨苦；又因为"五十"之整数恰恰是李商隐此际年岁的近似值，更能够触动诗人因物起兴的微妙感应。所以下一句便接言"一弦一柱思华年"，意谓五十根弦系在五十根琴柱上，每一弦一柱都令人想到过去四十七年来的美好时光，从而引发中间两联四种不同的人生感受。

然而，"锦瑟五十弦"固然完备地呈现其一生的整体历程，却又加以“无端”一词，则更添注一种无可奈何的迷惘惆怅之情。“无端”者，谓无缘无故、没有原因；一说为“无心”之意，其实应以前者为是。也就是当诗人面对如此兼具美丽与哀愁的锦瑟时，心中所兴起的，竟是一种难以理解而充满疑惑的无端之感。原来整个一生悲欢离合的经历与喜怒哀乐的遭遇竟然都是无法解释，也无从究诘，更欠缺理性的答案；一切都是冥冥中一股无名力量的展现，它隐身在茫昧之中，随意拨弄命运的齿轮，于是被迫启动并不断向前展开无常的人生，“存在”的本身就是一切的解答。

换言之，无论是幸或不幸，是美丽或哀愁，是人生际遇或历史发展，都是出自那深不可测的形上命运的奇异决策，受赠者只能被动承接命定的结果，根本无从预知，也无力抗拒，更不可能叩问答案。因此，当李商隐在代表了一生的“五十弦”之前冠以“无端”一语，便深深呈现出李商隐回首一生的前尘往事时，那种无以名状、难以言诠的迷惘之感。因此清人薛雪评曰：

此诗全在起句“无端”二字，通体妙处，俱从此出。意云：锦瑟一弦一柱，已足令人怅惘年华，不知何故有此许多弦柱，令人怅惘不尽；全似埋怨锦瑟无端有此弦柱，遂致无端有此惘望。即达若庄生，亦迷晓梦；魂为杜宇，犹托春心。沧海珠光，无非是泪；蓝田玉气，恍若生烟。触此情怀，垂垂追溯，当时种种，尽付惘然。对锦瑟而兴悲，叹无端而感切。如此体会，则诗神诗旨，跃然纸上。（《一瓢诗话》）

被“五十弦”所触动的诗人，在怅惘不已之后，禁不住从“五十弦”的笼统中进一步深入，将此无端形成的五十弦一一玩味、细细寻索，而产生“一弦一柱思华年”的悠然怀想。

一方面，所谓“华年”者，与一般作为“年岁”同义词的“年华”不同，意指美好的岁月。此处作“华年”而不作“年华”，固然是因为“华年”一词以“年”字为句尾，正可以和全诗押韵，而更具音节流动谐畅的音乐美感；但另一方面，“年华”一语不过是对人生岁月的泛泛描述，具备的仅仅是对应于物理现象的客观意义，而“华年”一词则是对此人生岁月无比珍爱的特殊指称，其中蕴含的更是一种出于个人情感的主观评价。

换言之，无论一生遍历多少伤痛苦楚，诗人对这样的一生都还是充满了珍爱怜惜之情，因此生命中所经历的每一年、每一事，都同样促使他缅怀不已；或者说，诗人对他所经历的每一年、每一事，都那么清楚地意识到它的存在重量，因此事事物物都深深刻镂在他的生命历程中，有如沦肌浃髓般无时或忘。

如此，则“思”字并不仅仅是出于情感耽湎的“怀思”之思，也是来自心灵观照的“省思”之思。对过去一生种种情事既怀思又省思的李商隐，在一往情深的耽迷之中，却又深深体认到一往不返的幻灭，当那眷恋难舍的怀思与悲观察照的省思交织杂糅之际，便回荡出一首缠绵悱恻的哀歌。

而接下来的“庄生晓梦迷蝴蝶，望帝春心托杜鹃。沧海月明珠有泪，蓝田日暖玉生烟”这四句，分别是李商隐所怀思的华年中，种种令他终生缅怀不已的遭遇与感受，同时也直接贯彻到第七句的“此情可待成追忆”，是为“此情”所综摄的几个内涵。

首先，“庄生晓梦迷蝴蝶”即领衔展现出一种耽溺执迷的情感形态，而这正是李商隐性格中最鲜明的一个特征。此句用庄周梦蝶的典故，但李商隐除了借以呈现他对人生中美好事物深深沉湎的忘我情境之外，复又加上原典所无的“晓”字、“迷”字，用以表现往事的美好如清晨的晓梦般短暂，却又如蝴蝶般令人深深眷恋而迷醉。清晨时那令人迷醉的美梦是何其清晰，又何其短暂！

李商隐便借由这样的“晓梦”传达了无限美好、无比眷恋却又无力挽留的无奈怆痛，如此一来，整句诗非但没有庄子的达观逍遥，更欠缺与万物同化的洒脱自适，反而带有李商隐特有的性格烙印，亦即将全部的情感投注在美好却十分短暂的对象上，一往情深而执迷不悔。当他将全部的情感投入时，所获得的固然是酣然升华的审美体验，然而因为投入其全部情感的对象却只有极为短暂的存在时间，则倾心投入之后不久，便几乎是立刻就要面临幻灭，那先前投入的全部情感因为失去基点而陡然落空，整个生命也就势必被架空而彷徨无托。

因此，在投入了全部的情感之后，那如清晨晓梦般令人沉迷的短暂时光，就像流星霎时照亮了生命的黑幕却又瞬间消逝，除了留下清晰的回忆之外，便只创造出无尽的苦涩与无望的缅怀；彷徨无所托的炽热情感又必须寻求出路，于是终其一生，李商隐都在迷醉与幻灭中摆荡挣扎，塑造出一个失落了美好记忆而在无垠的黑暗中彷徨无依的灵魂，注定只能孤独地在无底的深渊中无望追寻。

而此一追寻仅仅用“春蚕到死丝方尽”的一生是不够的，为了把情感意志继续扩延下去，就必须跨越死亡的界限，更进一步将希望托诸来生的缘会。因此接着“庄生晓梦迷蝴蝶”之后的“望帝春心托杜鹃”一句，便是运用蜀王望帝死后化为杜鹃鸟的传说，来表达一种永世不息的期盼。李商隐在原始内容上又复添加了“春心”与“托”字，则更传达其情志如春般的珍贵芳美，以及那呕心泣血般的悲凄哀苦；而这美好却凄怆的心灵，将如望帝一般寄托在杜鹃鸟世世代代的啼鸣中而永恒不绝、生死不灭。其“美好”启下联下句的“蓝田日暖玉生烟”，而其“凄怆”则引出下联上句的“沧海月明珠有泪”。

“月明珠圆”及“鲛人泣珠”两个典故经过李商隐的融并裁铸之后，便产生了新的意义，即在此月明之际，由泪所凝成的珠最为硕大圆润；而这同时，最充盈饱满的眼泪之上竟又“有泪”，这就形成了“泪中之泪”此一哀甚悲绝的彻底伤心之境。此乃昔日人生遭遇中，包括漂泊之苦、丧妻之痛和失志之悲在内的种种不幸的写照，而至今泪光依然闪烁。

但除了饱胀的泪水之外，浮光掠影的往事中依然闪现了几许温存的记忆，当那记忆被召唤而来时，暖融轻柔的氛围沁人肌骨，足以令人遍体生春，接下来的“蓝田日暖玉生烟”一句，就是总括李商隐一生的甜美梦想的意象感受。全句以日之温热、玉之莹润和烟之迷离，交织出一种遍身和融、暖馨洋溢的无限温蔼之情，代表过去所拥有的美好经历和温暖感受，但其存在却如烟似雾一般的虚幻而难以把捉。

整体来看，当李商隐“一弦一柱思华年”时，令他缱绻缅怀的种种追忆，浓缩了人生中重要的各种人生体验，诗中用“晓梦迷”“玉生烟”的层层皴染，以及“托杜鹃”“珠有泪”等神话传说的幻化虚写，渲染出极其浓厚的非现实的梦幻色彩，使得全诗笼罩在一片朦胧迷茫的意境中，这正显示了回顾往事的特质。

李白在《下终南山过斛斯山人宿置酒》一诗中，也写到他在结束一天的活动之后，“暮从碧山下，山月随人归”，于下山的小径上忍不住回首来时路，但当他反观回顾之所见，已不是历历如绘的一草一木，而是“却顾所来径，苍苍横翠微”——方才一路行经的风光景致已然瞬间化为明日黄花，沦灭于遗忘的深渊中，早已弥漫着一片苍苍茫茫的云雾烟岚，迷离恍惚，而无从把捉。比观这首《锦瑟》诗，岂不也正是如此？差别只在于李白回顾的只是当天“暮从碧山下，山月随人归”的一小段路程，而李商隐回顾的却是他漫长而曲折的一生，但都体现出“苍苍横翠微”的迷茫之感。

既然过去的岁月不论是长是短，其间种种悲欢离合的际遇都已经化为苍茫迷离的过眼烟云，一如《孟子·尽心篇》所说的“所过者化，所存者神”，所经历过的一切都已经化掉了、看不清楚了，只留下来神妙的作用，诸如那些未必能自觉到的成长变化。于是回顾这样的人生时，势必不能是一弦一柱的工笔镂刻，诗人也并不想设定任何清晰具体的轮廓，他只是打通了所有人、事、物的全部经历，综合为一整体的大块写意，将人生“遗貌取神”地点染出一片无形无迹的化境。其中只有抽象的情思，没有写实的叙述；只有幻化的意象，没有具体的事件。

因此，《锦瑟》作为一篇诗歌化的墓志铭，所传达的乃是诗人对整个人生的存在感受的综合写意，而不是对个人历史的细部写真；创作风格上则是属于泼墨渲染式的光影闪烁的印象派，而不是对号入座式的丝丝入扣的工笔画。

这四句有喜有悲，也有无尽的期望和追求，有的温暖如沐春风，有的悲哀凄苦，其中有深刻的执着，也有对人生美好的耽溺，种种的人生体验就是第七句“此情可待成追忆”的“此情”。所以说，《锦瑟》并不是一般的咏物诗，而是借这个意象来总结自己的人生，也就是美丽与哀愁，其中没有抱怨与批评，只是优美地展现追寻与失落，自我实践的满足与求之不得的打击。

但是，李商隐在当时经历的过程中，对“此情”到底是怎样的感受？诗歌收尾时所说的“此情可待成追忆，只是当时已惘然”，又是什么意思？这并不是可以望文生义的大问题。

美丽的错误

诗歌是通过文字构成形式与表现意义的艺术品，因此一切的意义解释必须紧扣着文字本身而发。诗歌中的每一个典故、每一个意象，都是构成“意义”的根基，因此在阅读一首诗时，所有的分析都应该紧紧扣着诗中的用字遣词和典故来进行推论与思考。

然而，文字语言的意义会随着时代而改变，现代人的习惯用法并不一定是古人的用法。因此，正如艾柯（Umberto Eco，1932—2016）所强调的，“诠释文本”（interpreting a text）与“使用文本”（using a text）并不相同，读者固然可以根据不同的目的自由地“使用”文本，但是，如果想“诠释”文本的话，就必须尊重他那个时代的语言背景，一个敏锐而有责任心的读者，有责任去考虑作品时代的语言系统的基本状况。[1]“此情可待成追忆，只是当时已惘然”的正确解释，最可以作为这个现象的代表。

1 〔意〕安贝托·艾柯：《在作者与文本之间》，收入〔意〕安贝托·艾柯等著，斯特凡·柯里尼编，王宇根译：《诠释与过度诠释》，北京：三联书店 1997 年版，第 83 页。

“可待”“只是”“惘然”的正确训诂

末联的“此情可待成追忆，只是当时已惘然”两句，虽然一洗前面诸句的典故藻饰，呈现出质朴浅白的语言本色，却没有因为文字的平直如话而免除了争论，历来的解释也是聚讼纷纭、莫衷一是。只不过这一联的争议是来自训诂上，而不像前面数句的争议是来自用典上；也唯其如此，末联的含义是比较容易解决的，只要掌握住字词的训诂意义，并以李商隐其他作品的相关用法作为诠释基准，这样的争议事实上是可以避免的。

所谓“此情”，指的是以上所说的包括“庄生晓梦迷蝴蝶”“望帝春心托杜鹃”“沧海月明珠有泪”与“蓝田日暖玉生烟”等充满悲喜哀丽的种种情感。而“可待”者，即岂待、何待，为“何必等到”之意，是一个否定疑问词，带有“无须”的否定意味。

犹如李商隐在另一首《牡丹》诗中歌咏牡丹多么芳香时，所说的“荀令香炉可待熏”，显然其中的“可待”便作此义。整句意谓，东汉末年曹操的宠臣荀彧身上本已有着远播而持久的浓郁芳香，如习凿齿《襄阳记》载刘季和云：“荀令君至人家坐幕，三日香气不歇。”又李商隐《韩翃舍人即事》诗亦曰：“桥南荀令过，十里送衣香。”这么一来，荀彧又何必等到香炉熏染，其香气便久久不散，“可待熏”就是不必再熏香了。“可待”作为否定的疑问词，意义十分明确。[1]

1 另可参张相：《诗词曲语辞汇释》，台北：洪叶文化事业公司 1993 年版，卷一，第 58 页。

同样地，《锦瑟》诗中的用法也是如此，“此情可待成追忆”的正确意思是：不必等到事后成为追忆时才知道珍惜。所以一般解释为“可以等到”就是错误的。

“此情可待成追忆”意谓，人生中悲欢离合的种种经历与感受，并不必等到日后追忆的时候，才能了解它们对自己的意义和重要性；换言之，在事件正在发生、正在体验的当下时刻，诗人就已经深深体认其中的无限情思与珍贵价值了。

顺着这样的意脉发展下去，接下来的“只是当时已惘然”的“只是”这个词，就绝不可能是我们现在当作转折语气的用法，所谓的“只不过是”。既然“可待”是不必等待的意思，那么接着说“只不过”当时已经惘然，这显然是不通的。事实上，“只是当时已惘然”也正是延续“此情可待成追忆”——不必等到日后追忆的这个意义而来。回到使用的时代，“只”这个字在古文献里面就是限定范围的意思，语法学的修辞研究已经证明了“只”字是表示限定范围的副词，“只是”等于“就在”“就是”的意思。

关于这个用法，大家最熟悉的例子，如贾岛《寻隐者不遇》的“松下问童子，言师采药去。只在此山中，云深不知处”。什么叫“只在此山中”？意思是童子回答说老师采药去了，人“就在此山中”啊！虽然没有离开太远，但是因为山中云雾弥漫，不确定他的踪迹何在，所以来拜访他的诗人还是只能扑空了，诗题也才会说《寻隐者不遇》。

另外，李商隐在《登乐游原》这首名作中，也用了“只是”这个语词：“向晚意不适，驱车登古原。夕阳无限好，只是近黄昏。”意思是说，傍晚时分心中涌现了不适意的郁闷之情，于是驱车赶紧登上乐游原这个长安城中最高的地方，想要登高望远以纾解心情，果然就在这接近黄昏的时刻，在乐游原上眺望到远天的夕阳彩霞，无比壮阔美丽。

这首诗的曲折当然并不是这么简单，但字义上“只是近黄昏”就是“就在近黄昏”的意思，这才和第一句“向晚意不适”的“向晚”前后呼应又翻转变化，形成细腻曲折的深沉心理；我们现在一般所以为的“只可惜”“只不过”已经接近黄昏，带有惋惜不舍的感慨，其实是望文生义的解释，并且因此让诗歌的含义流于直接而表面。

到目前为止，我们已经确定“此情可待成追忆，只是当时已惘然”这两句是说：这些情感何必等到事过境迁之后才成为追怀的珍贵记忆？就在当时便已经深心爱惜，而感到惘然了。

这么一来，“惘然”又该怎样解释才能合情合理呢？

其中由“惘然”所表现的怔忡莫名的复杂情愫，固然不是汪师韩所说的无所适从的意思，这当然不对，但是一般最常见的，把“惘然”当作“无知的样子”，也完全是错误的。现在我们已经知道，“此情可待成追忆”的意思是不必等到事后追忆就已经明白这些情感经历非常珍贵，明明是说当时就已经知道，所以“惘然”绝不可能是“无知”而迷惑茫然的状态，否则必然会造成语意的矛盾。

另外一种说法，是把“惘然”解释为惆怅伤感，施蛰存说道：

尾联运用递进句式，今昔对照，突出诗人内心的惆怅寂寞。诗用反问句式更有力地肯定正面意思：凡此种种遭受，何待今天回忆，就

在当时也够令人惆怅伤感的啊！（《晚唐诗话》）

由此可见，施蛰存已经正确把握到“此情可待成追忆，只是当时”的训诂意义，而在这个正确的解读下，把“惘然”理解为惆怅伤感，这却不无疑问。因为那些种种遭受，包括“庄生晓梦迷蝴蝶”的执迷、“望帝春心托杜鹃”的追求、“沧海月明珠有泪”的苦涩、“蓝田日暖玉生烟”的温暖，为什么在当时经历的那刻会令人惆怅伤感呢？并且既然“此情可待成追忆，只是当时”指的都是“当时”，不必等到日后、事后，那就没有所谓的“今昔对照”可言了，因此其作用也不是“突出诗人内心的惆怅寂寞”。

必须说，既然那些刻骨铭心的往事历历都是值得追忆的珍贵回忆，从“追忆”的珍贵性而言，所追忆的往昔便应该都是眷恋不舍的美好事物，一旦当下就预知其必然失落、必然幻灭，那执着眷恋的心灵所感受的，就绝不只是惆怅伤感而已。惆怅伤感的心理太一般了，无法触及“爱别离”——也就是“爱而别离”的锥心刺骨之痛。尤其是一个习惯于失去的悲剧心灵，在凡是所爱的、所珍惜的都不断失去的打击之下，即使所拥有的宝贵事物还在手中，也不免产生一种被剥夺的撕裂感。

所以，它的意思应该是：这些感受不必等到事后成为追忆才觉得珍贵，在当时就珍惜不已，可是又因为知道一定会失去，在那预知必然失去的当下，拥有的幸福与失去的恐惧融为一体，所以就在倒数计时的凌迟当中，明明还拥有的时候却已经提前预知它的失落和幻灭，现在的真实和未来的幻灭交织在一起，以致当下的真实就被幻灭的虚无感所笼罩，握在手里的东西产生了一种不真实感，越想要握在手里，却越感到它的模糊不清与虚幻不实。“惘然”的意思，正是如幻影般的不真实感。

只有经历过大失落的人才能明白，面对如此珍爱的宝贵事物却必须放手，要眼睁睁地失去那些失去不起的东西，是如何的惨痛难当，以致一方面拼命想要永远握紧，另一方面却更加感到它流失得更快；想睁大眼睛看得更清楚，以便永远牢牢铭记在脑海里，却反而更看不清楚，于是越发感到恐慌，当时仍然拥有的幸福便不成其为幸福，甚至涌出了泪水；泪水又让眼前的事物朦胧不清，像幻影般越来越虚无，然后又增加稍纵即逝的、留不住的悲哀。那不必等到追忆的“当时”，就这样深深陷在循环纠结的煎熬中，以及一寸寸失去的凌迟里。

“可惜馨香手中故”：习惯于绝望

其实，这样的体验是李商隐特有的情感模式，可以从别的诗歌中得到清楚的印证。请看《燕台四首》这一组诗，就明确提供了最佳说明：

> 歌唇一世衔雨看，可惜馨香手中故。（其三《秋》）
> 当时欢向掌中销。（其四《冬》）

这里，清清楚楚都用了手中、掌中的形象，有如所谓的掌上明珠，表现出一种无比珍惜、全心呵护而不愿放手的深情至爱。第三首《秋》中说“歌唇一世衔雨看”，意思是他的双唇不是用来谩骂、批评世界的，而是用来歌咏、礼赞人生的，但他咏叹了一辈子，同时却也“衔雨看”——含着眼泪凝视美好的、珍贵的事物，因为“可惜馨香手中故”，那握在手中的一瓣馨香在双眼的凝视、双手的紧握下仍然枯萎消逝，只能痛惜，却无从挽救，犹如鲁迅所定义的：“悲剧将人生的有价值的东西毁灭给人看。”[1]这也正是李商隐不得不“衔雨（含泪）”的原因。

至于第四首《冬》所说的“当时欢向掌中销”，简直更是“只是当时已惘然”的脚注——当时的欢乐就在掌中消失殆尽，如何不令双手颤抖、心碎如刀割？而当时凝视着“馨香手中故”与“欢向掌中销”的双眸，又岂能不盈满泪水？那逐渐凋零的馨香、逐渐远去的欢乐，又怎能不变成看不清、捉不住的幻影！

因此，时时怀抱着幻灭意识，而随时准备要失去一切的李商隐，在确知眼前的一切都必然面临失落之时，提前感受到的幻灭感便会让目前手中尚且真实拥有的人、事、物，就这样笼罩在一种虚浮不实的感受中，而像幻影般模糊不清起来。这才是此种怔忡茫然的莫名情愫的真正心理原因。

整体以观之，“此情可待成追忆，只是当时已惘然”这一联在串解之后，乃意味着：这些情感何必等到事过境迁之后才成为追怀的珍贵记忆？就在当时便已经深心爱惜，因唯恐失去而感到虚幻了；那清泪、暖烟，那迷梦、春心，不待日后的追忆，当时即已化入惆怅难舍，又捡拾无望的一片惘然之中；于是在拥有的每一刻即触及失去的悲哀，乃形成一种绝望的拥抱、幻灭的真实

1 鲁迅：《再论雷峰塔的倒掉》，《鲁迅全集》第一卷，第 192—193 页。

与含泪的微笑。

由此可见，李商隐对人生所抱持的是极其深邃的悲剧意识，出于一种彻底绝望的悲剧情怀。因为唯有一个不断被剥夺的人才会习惯失去和落空，也才会产生如此深切的幻灭意识与不安全感，因而在深知一切都无以久留常驻之余，感到手中尚且真切拥有的东西却如同幻影般地不真实，而一切际遇也都深深染上了势必一往不返的痛惜。所谓“可惜馨香手中故”，又与“当时欢向掌中销”相应，正恰恰与“只是当时已惘然”一般，呈现出一种因为亲眼见证幻灭的过程所产生的心灵凌迟，足为李商隐一生习惯于幻灭的悲剧心灵的写照。

而这才是形成李商隐彻底的悲剧性格的真正根源。因为“悲剧”的定义并不是来自一连串的打击与不如意所产生的痛苦处境，那仅仅是被动的、外来的附加物，虽然使人在当下感受的层次上身心俱裂，却并未从思想的根本层次上动摇到个体的存在自觉，因此至多只能算是“不幸”而已，唯有当一个人将种种打击与不如意的遭遇加以本质化，成为世间（乃至个人）具有普遍作用的必然规律，而清楚地意识到一切事物都蕴含着必然销毁、终将幻灭的本质，以至于在观照任何事物之际，都深刻自觉到拥有的必将失落，美好的必将摧毁，这才形成真正的悲剧心灵。

李商隐的悲剧乃涵括前述两种类型，或者应该更正确地说，外在赋予的种种打击与失意，被这位敏感脆弱的诗人深刻内化为一种观照事物时根本性的悲观情调，而形成一种“习惯于绝望”并“预知绝望”的心理模式。因此李商隐总是自觉到目前所拥有的，乃是彻底幻灭之前相对可喜的残光余热，致使当下所引发的往往不是拥有的幸福与满足，反而是预知即将失去的忧惧与痛苦。

既然如此，在面对眼前尚且能够拥有的事物时，除了拼命珍惜之外，心中同时还会染上一种即将漏失的恐惧，好比在点燃光亮的同时就已准备迎接它的熄灭，在花朵绽放的时刻就预见了它的凋零，以至于在挚爱中同时包含着永别，在拥有的同时就准备失去。爱之深，也就悲之切，凝视不移的双眼便蒙上了泪水。因而，《锦瑟》整首诗最后一句的“惘然”，就进一步将整首诗架空在无以言诠、不可名状的朦胧幻影之中，奠定了凄迷辛酸的悲剧基调。

每况愈下的悲剧：自我的墓志铭

天鹅之歌：爱与悲剧的陷溺

一个艺术家死前最具有代表性、最伟大的杰作，我们会称为“天鹅之歌”，《锦瑟》就是李商隐凄美至极的天鹅之歌。李商隐或后人把这首诗放在他诗集的第一首，可以作为读者进入他心灵的路标，确实是很有眼光的，那就可想而知，这首诗除了美之外，还有一种雕塑他心灵素质的特性。

康正果《试论杜甫的咏物诗》一文曾指出，杜甫“他总是从趋于极端的差异性感受中反顾人及其世界的永恒统一。因此，他即使写很伤惨的感情，也不至于堕入绝望，而始终缠绵不已”[1]。但反观李商隐，他的作品总是陷入那种“趋于极端的差异性感受”里，将自己逼入一种哀哀无告的极度惨伤之中，让世界之巨大和自我之渺小呈现巨幅的反差，而使自己被架空为一个绝望无助的弱者，只剩下不断失去、不断受伤、不断流血、不断哀泣的悲惨命运而已。

1 康正果：《试论杜甫的咏物诗》，《大陆杂志》第九十一卷第一期（1995年7月），第26页。

正是基于如此观物应世的模式，对李商隐来说，人生是一个每况愈下的悲剧过程[1]，即使已经到了哀哀无告的谷底，还是得准备更坏的情况发生，“并觉今朝粉态新”这一句诗最能说明这一点。李商隐在《回中牡丹为雨所败二首》（其二）描绘了牡丹遭受风吹雨打的种种惨况之后，末联竟然说道：

前溪舞罢君回顾，并觉今朝粉态新。

所谓的“前溪”，本是溪水名，《太平寰宇记》云：“水自铜岘山曰前溪，在武康县西一百步，古永安县前之溪也。晋沈充家于此溪。”又为村里名，其地居民盛习音乐，如于兢《大唐传》

1 于此，应该特别澄清使用“每况愈下”而非“每下愈况”。成语的形成不外乎历史传承，传承久远则往往会因特殊状况而有所改变。再如“枕石漱流”一词，在《世说新语·排调篇》中，因孙子荆的一时口误，颠倒语序作“枕流漱石”，当时虽遭同侪质疑，水流怎么能当枕头，石头又哪里可以拿来漱口？然而口误者的强辩却也赋予它“自我砥砺”之另类新意，而铸造出新的成语，至今沿用不歇。这是成语推陈出新的方式之一，“每况愈下”的出现也很类似。考察《庄子·知北游》中的“每下愈况”，乃庄子借“履狶之术”以阐述道无所不在之理，因猪腿的愈下位处愈不易肥美，因此真正识猪者不为厚背丰臀所迷误，懂得向下探察脚胫的肥美度，这就明显呼应“道在蝼蚁，在稊稗，在瓦甓，在屎溺”此一“愈下”的道理。则“每下愈况”的原意是：越能在低下处看出价值，就越是切近道，“愈况”不只是“愈甚”这单纯的程度副词，实更偏重于愈好、愈关键的正面意味。因此，“每下愈况”的原意恰恰与今日作为“越来越糟”的用法迥然不同。另外，为了顺应表示越来越糟的使用需要（对不如意事十之八九的人生来说，也许这要比越来越好的使用需求来得高），早在宋代就已经出现了“每况愈下”的词序，宋·胡仔《苕溪渔隐丛话·后集》卷二十六载：“子瞻（苏轼）自言平生不善唱曲，故间有不入腔处，非尽如此，后山（陈师道）乃比之教坊司雷大使舞，是何每况愈下！盖其谬耳。”可见这是今日常用形态前有所承的嫡祖。宋代距今约一千年，已具备形成成语的时间条件，且此一新成语更切合现在的用法，应以此为是。

谓："前溪村，南朝习乐之处，今尚有数百家习音乐。江南声伎多自此出，所谓舞出前溪者也。"同时亦为曲歌之名，由晋时家于此溪的沈充创作而因地称之，如《晋书·乐志》载："《前溪歌》者，车骑将军沈充所制。"这里所用的，明显是作为歌舞曲调的《前溪曲》，它属于乐府的《清商曲辞》，歌词谓："黄葛结蒙笼，生在洛溪边。花落随流去，何时逐流还？还亦不复鲜！"内容乃是以花为喻，传达时光无情流逝、青春一去不返的悲感。

"并觉"者，意谓"相对地觉得"，如《说文通训定声》解释道："相合为并，相对为并。"则末联两句的意思便是：当《前溪歌》舞终曲罢而花朵也凋落飘零殆尽之际，您再回头看看现在，从两个时间点的对照中就会相对地觉得，现在雨中残败的花朵姿态仍然算得上是粉艳鲜新的。这等于说：比起以后必然更多的不幸，今天这样的惨况已经算是很好的了！

换句话说，对李商隐而言，每一个必然来到的而可以预期的明天，都会开启另一个更大的厄运；而每一个手上握有的今天，无论是多么的残破不幸，都已经是个人所能拥有的最佳状态。未来只有更不幸，而没有最不幸，这种每况愈下的命运，就是李商隐习惯于绝望的原因。如此一来，人生之路的开展势必是一道不断向深渊坠落的轨迹，只有逐渐黯淡的破灭，没有奋斗向上的梦想。

然而，这样如同凌迟般的极端痛苦是一般人所难以忍受的，法国女作家玛赛儿·梭维若（Marcelle Sauvageot，1900—1934）在《留下我一个人：爱的剖析》（*Laissez-moi : Commentaire*）中就曾说：

如果痛苦是陌生的，我们会有更多的力量来抵抗，因为不知道它的威力……可是如果我们知道什么是苦痛，便想举手求饶。

这是体验过深刻痛苦之人的切身感受，中肯地指出人类很难一再忍受痛苦——尤其是蚀骨般痛苦的原因，以致多数的人选择逃避或麻木，极少数的人则是超越这种痛苦，如杜甫、苏东坡等，因为他们有着宏大的心胸；至于李商隐，简直是唯一的一个，他面对痛苦既不是逃避更没有麻木，却也没有想要超脱，而是让自己用最敏感的心灵一再承受巨大的痛苦，有如在无止境的凌迟中度日。

如果进一步思考，李商隐非比寻常的特殊模式似乎很接近于希腊神话中的西西弗斯（Sisyphus），由于被宙斯诅咒（curse），西西弗斯注定要用尽全力推着巨大石头上山，然后石头滚下来，再推上去一次，然后落下、重推，一再循环，成为永恒的折磨。在法国思想家加缪的分析之下，他是一位真正的勇者：

使我感兴趣的是，西西弗斯一驻足再回首的那顷刻。一张如此紧贴着石块的面庞，基本上也僵化为石了，我见到那人拖着沉重且规律的步伐踱下山冈，走向永无止境的酷刑。那歇息的一刻，如同他的苦难一般确凿，仍将再回来，那正是他恢复意识的一刻。每当他离开山巅，缓缓步向诸神的居处时，他便超越了命运，他比那块千钧磐石更为坚强。如果说这个神话具有悲剧性，那是因为它的主人翁具有意识。假如他每跨一步，成功的希望都在支撑着他，那么他的苦刑还算什么？今天的工人毕生做着同样的工作，其荒谬与前者又相差几何？但是只有偶尔当它成为有意识行为时，其悲剧性才呈现出来。西西弗斯是诸神脚下的普罗阶级，他权力微小，却桀骜不驯，他明白自己整个悲惨状态：在他蹒跚下山的途中，他思量着自己的境况。这点构成他酷刑的清明状态，同时也给他自己加上了胜利的冠冕。蔑视能克服任何命运。[1]

那么，一再清醒地面对尖锐痛苦的李商隐，也算是勇者吗？

无意于改变的非勇者

什么叫“勇者”？有人的定义是“明知会受伤还要去爱，就是勇者”。这乍听起来似乎很有道理，也很感人，为了爱不惜受伤吃苦，让我们联想到慈母、情人的牺牲奉献，他们当然都是勇者，于是我们对这一个定义立刻加以赞成。

但是，这个定义其实是非常抽象且暧昧不明的，充满了模糊不清的混淆。例如，什么叫作“爱”？“爱”的对象是否任何事物都可以？怎样的“受伤”是有意义的？“爱”的价值是由“受伤”界定的吗？如果更理性地仔细思考这些问题，就会发现“明知会受伤还要去爱”，非但不能成为“勇者”的定义，甚至很可能恰恰相反，常常会导致“弱者”的结果。

首先，作为一种定义，是一种必须普遍执行的道理，如果遇到很多都不符的情况，那么这个定义就大有问题，甚至不能成立。什么叫“普遍执行”呢？也就是凡是有人符合“明知会受伤还要

1 〔法〕加缪著，张汉良译：《西西弗斯的神话》（*The Myth of Sisyphus and Other Essays*），台北：志文出版社 1975 年版，第 140–141 页。

去爱”的条件，都必须被定义为勇者。然而，“明知会受伤还要去爱”的人不只是慈母，那不惜受伤都还不放弃的“爱”，也不是用一个抽象的“爱”字就可以涵括的。

举例来说，用“明知会受伤还要去爱”来定义勇者的话，那么，飞蛾扑火算不算？沉迷而不能自拔算不算？上了瘾、戒不掉算不算？这么一举例，大家都会说，不算！因为我们清楚明白，那些是由无法自我控制，欠缺坚强的意志与清醒的理性所致，所以扑火的飞蛾、上瘾的病患反倒是一种弱者。

然而，为什么当不能控制的东西是“感情”的时候，一个人就变成了勇者？是否因为我们对“感情”——尤其是爱情太过于崇拜，把它过度神圣化，成为一种不证自明的崇高价值，却忽略了情感——包括爱情其实都是人格的表现？犹如佛洛姆所说的：“爱在本质上必须是出于意志的行为，是一种决心。”[1]因此，不是抽象的“爱”就是伟大的，以致大多数人在情感崇拜之下，一遇到和感情有关的议题就变得盲目，失去理性。

以《红楼梦》中的秦可卿为例，从小说文本的分析可知，她是爱贾珍的，第五回人物判词中的“情既相逢必主淫”其实就已经清楚说明这一点，她和公公贾珍的乱伦关系是建立在两情相悦的基础上的，但是，并不能因为有真爱，就放任不正当的关系发生，秦可卿之所以最后一定要“淫丧天香楼”，就是因为她缺乏道德意识或道德控制，做不到“发乎情，止乎礼”，于是落入严

1 〔美〕佛洛姆著，孟祥森译：《爱的艺术》，台北：志文出版社 1984 年版，第 38–44、第 70 页。

重败德的地步，终于以付出生命作为代价。[1]而连生命都牺牲掉了，她为了这份爱所受的伤还不够大吗？但从本质上来说，秦可卿却完全不能算是一个勇者。我们从小说文本中并没有看到其中有任何清醒的成分，无论这是否出于小说家对相关情节的删除还是隐讳，只就这个现象而言，她的爱只不过是一种无法自我控制的放纵与沉沦。

再看英国小说家毛姆（W. Somerset Maugham）在《人性枷锁》（*Of Human Bondage*）这部小说中塑造的男主角菲利浦，他爱上了一个品格卑劣的女子，明知遭到恶劣的欺骗、玩弄却仍然甘受驱使。很明显地，这种爱只是一种盲目的迷恋，正是书名所说的“人性枷锁”，是心智被束缚的囚奴；更不用说，那些明知毒品会伤身、闯红灯会丧命的人，却依然乐此不疲，甚至到了被自己的一种惯性所支配控制的地步。

由此可见，“明知会受伤还要去爱”，在很多情况下只不过是一种盲目的、缺乏意志力而无法自拔的陷溺，都体现出“弱者”而不是“勇者”的本质。换句话说，“受伤”有时候是一种勇敢的勋章，但更可能是来自无知莽撞的结果，不能一概而论，必须就具体的、个别的情况仔细检验，不应该只看到“爱”“受伤”这类感性语词就失去客观分析的理性。更何况，理性和意志都会使爱更深刻、更宽广，反倒缺乏理性和意志的人，很容易就让他们的爱沦为“只是二人份的自私”[2]——甚或四人份、八人份的自私，

1 欧丽娟：《秦可卿新论：才情与情色的特殊演绎》，《成大中文学报》第五十二期（2016 年 3 月），第 201–246 页。

2〔美〕佛洛姆著，孟祥森译：《爱的艺术》，第 69 页。

其实只是成群结党的沆瀣一气。

所以说，“明知会受伤还要去爱”不过是一种凭感觉而来的粗疏讲法，根本不足以作为“勇者”的定义，不加分析地套用这个模糊又混乱的说辞，实质上是一种强词夺理。

回到李商隐来说，在李商隐的诗里充满了太多的受虐意识和自怜情绪，他总是把自己设定在一个无可奈何、软弱无力的状态，夸大、膨胀外界的力量，觉得自己在外界的压力下受尽了压迫，以致充满了自怜情绪，觉得自己就是一个无力反抗的人，也因此只能用眼泪和无止境的伤痛自我怜惜。在这样的情况下，他的作品里常常呈现出一种陷溺在眼泪中无法自拔的处境，处在一种倒数计时的自我凌迟中，即将要面临坠落、即将要遭到重大的失落、即将要受到最大的悲痛，可是完全无意于改变和挽救，只能眼睁睁地接受这个坠落的、失落的、悲痛的宿命，一步一步走向没有光的所在。

所以，他形成了一种习惯于绝望的心态，对他来说，现在所拥有的幸福很快就会被剥夺，绝望变成了一种宿命，若非求之不得，就算一旦拥有了也会很快失落。用加缪的话来说，就是：“习惯于绝望，比绝望本身更可悲。”（《瘟疫》）[1]因为单单“绝望”的经验只是某些特定时候的感受，是一个独立的、个别的经验，处境一改善、绝望感一消失，心理就会恢复正常，过一般的生活，但是，当一个人习惯于绝望时，就放弃了挣扎，也放弃了改善，永远面临血淋淋的剥夺。

1〔法〕加缪著，孟祥森译：《瘟疫》（*La Peste*），台北：桂冠图书公司 1995 年版，部三，第 172 页。

这就是李商隐不同于西西弗斯的地方，也是他之所以不能称为勇者的本质所在。

“深知身在情长在”的生命哲学

再参考一首诗作为例子。《暮秋独游曲江》是最能表现李商隐的生命哲学的一首诗，这首绝句说：

荷叶生时春恨生，荷叶枯时秋恨成。深知身在情长在，怅望江头江水声。

暮秋时分，他一个人去游曲江，曲江作为长安的名胜，春夏季节百花齐放，风光明媚，然而到了秋天便人烟寥落，水面也只剩下荷花的残枝败梗。但李商隐就是选在苍白的秋色中来到繁华落尽的、空荡荡的岸边，以不用典故、不雕琢文字的白描手法写下这首诗，清楚说明了他怎样看待自己。

虽然李商隐的诗谜往往被附会解读，这首诗也不例外，大家对于荷叶有很多的解释，有的说是李商隐的意中人，有的说是情人留赠给他的信物，然而我们不要再从穿凿附会的角度，去说这首诗是表达他对政治的嘲讽，或是他寄托了恋爱经验的艳情诗，这样的解读反而失去了它最精彩的价值。

这首诗其实明明白白，透过荷叶这个存在物，来展现他对于所有生命的本质的一种看法，亦即他看到眼前残败不堪的荷叶，对于生命之所以存在的意义给予了一个独特的诠释。荷叶代表了生命，第一联“荷叶生时春恨生，荷叶枯时秋恨成”意味着荷叶，也就是生命，是和“恨”一起诞生的，等到枯萎陨落的时候，也就是“恨”完成的时候；换句话说，“恨”与生俱来、到死方休，“恨”与生命始终为一，甚至可以说，“恨”就是生命本身！

你看，春天来时荷叶生机盎然，但对李商隐来说，他看到了“恨”也同时随着荷叶而诞生，面对生命的死亡，他又看到了“恨”终于可以结束，于是“荷叶”的实质是什么呢？就是“恨”。所谓的“恨”，不是仇恨、怨恨的意思，从第三句“深知身在情长在”来看，它指的是来自情的憾恨，因为有情就会有执着，也就会产生种种的遗憾、失落、哀愁，而这些遗憾、失落、哀愁伴随着他的一生。“身在情长在”就是“荷叶生时春恨生，荷叶枯时秋恨成”抽象化以后的另一个说法，是李商隐以自己的人生作为印证。于是，在彼此等同的关系下，诗中这几个词语以及其中的意义，如下面所示：

荷叶＝生命＝恨（憾恨、哀愁）＝情＝悲剧

由此可见，生命对于李商隐来说是什么呢？就是悲剧啊！一个生命从生到死，就是悲剧的诞生与悲剧的终结，李商隐提出的就是他对于自己生命的解释。

而李商隐对自己的性格是非常自觉自知的，由春到秋、由生到死，他认识到这样悲剧性的存在本质，深深知道只要他活着、存在的一天，这个情，也就是恨、就是遗憾、就是悲剧，就会一直伴随着他，和他的一生相始终，生命的意义就是恨的创造与完成。

接着最后一句“怅望江头江水声”，其实这个“江头江水”

也是以一个具体意象说明“身在情长在”，所谓“逝者如斯夫，不舍昼夜”，江头江水永恒不息，就人的一生来说就是“身在情长在”。整首诗有非常一贯的等同性，指出只要他活着，各种剥夺、各种失落就会昼夜不息，直到生命终止的一天。

这样的模式，在他的另一首《西溪》诗中也同样反映出来：“怅望西溪水，潺湲奈尔何。”看着西溪水潺湲流去，不只是在讲时间的流逝，它跟这里的“怅望江头江水声”完全是如出一辙，表现出“身在情长在”的同一种生命模式。李商隐清楚表达了他所选择的是一个多么悲苦的人生，因此对这样的自己也感到无奈，感到心疼而惆怅。

李商隐非常了解自己，只要一息尚存，他就是以情为骨、以泪为心，这是他所认知的自我状态，所以说，《暮秋独游曲江》显示了他对整个生命的观照。

但为什么李商隐了解自己是这样的性格，却不做任何改变呢？即便知道那有多痛，因为刻骨地经历过，他却仍然选择了那样的人生，多么悲苦、多么沉重、多么难以承受，可见李商隐认定“绝望”就是他的命运，幻灭就是无可逃避的必然。这就是他最与众不同的独特性格，而《锦瑟》诗便可以说是他最后一次，也是最优美动人的一次，对他的生命观所作的表白。

《锦瑟》这首天鹅之歌已然咏成，回荡在诗国的时空之中，诗人也随之缥缈云逝，就此销声匿迹，留下迷离朦胧、不落言诠的亘古哀愁，继续为无端而惘然的人生发出深沉的叹息。